Die Apokalypse Gottes

Die Apokalypse Gottes

Eine Offenbarung

von

Alexander Laurent

An den Leser:
Achten Sie auf Feinheiten innerhalb des Romans:
Beiläufigkeiten, Doppeldeutigkeiten, Hinweise, den „Sound" und die
Metaphysik des Buches.

Bibliografische Information der Deutschen Nationalbibliothek
Die Deutsche Nationalbibliothek verzeichnet diese Publikation
in der Deutschen Nationalbibliografie; detaillierte bibliografische
Daten sind im Internet über http://dnb.d-nb.de abrufbar.

März 2012

© 2012 Alexander Laurent
© Photosani - Fotolia.com, M. Rosenwirth - Fotolia.com, magann - Fotolia.com
Umschlagdesign, Satz, Herstellung und Verlag:
BoD™ - Books on Demand GmbH, Norderstedt
ISBN 978-3-8448-6256-0

Inhalt

Prolog

Die bewusste Kenntnis von Vergänglichkeit und Tod brachte vor Urzeiten die Entstehung von Spiritualität hervor – den Glauben an hohe und allmächtige Instanzen, die dem Tode Einhalt gebieten und der Existenz geistig Ewigkeit bescheren. Viele Jahrtausende später, als Stammes- und Hochkulturen erblühten, machten spirituelle Mächte es erforderlich, sich auch auf Bestrafungen, drohende Unglücke oder Bußen nach dem Tode einzustellen. Angst vor göttlicher Willkür sowie die Ausnutzung und Instrumentalisierung dieser Furcht verdarben das allererste Mal das Verhältnis zum Göttlichen.

Im Laufe der modernen Zeitrechnung, im Zuge der Aufklärung und aus persönlicher Freiheit, begann der Mensch schließlich, geistige Mächte zu ignorieren, zu verleugnen. Während Wissenschaftler anhand der Funktionsweise von Gehirn und Psyche sowie weiterer rationaler Gründe die menschliche Sehnsucht gegenüber einer göttlichen Instanz identifizierten, unterstützten Bestrebungen materieller Interessengruppen die menschliche Vernunft darin, ein nüchternes wie zweckgebundenes Urteil über die Bedeutung des Glaubens zu fällen.

Dieses Buch thematisiert weder Missverständlichkeiten noch Widersprüche in der Beziehung zwischen Mensch und Spiritualität. Es stellt keine Lehren in Frage oder wird versuchen, sie Ihnen begreiflich zu machen. Dieses Buch geht lediglich Sie, ganz persönlich, an.

Die folgende Erzählung spielt wenige Jahre vor dem Beginn des dritten Weltkrieges und weiterer katastrophaler Ereignisse.

Kapitel 1

Uni-Alltag

Kassel, am Morgen eines Freitags – eines 13.

Michael, 26-jähriger Student der Politikwissenschaften, war an solchen Tagen stets mulmig zumute. Mehr allerdings aufgrund der von ihm an diesem Wochentag belegten Uni-Seminare, denn der abergläubischen Zuschreibung jenes Datums.

Verschlafen und seit nunmehr einer Stunde von einem nebligen Wachtraum verfolgt, kroch er mühselig, gegen kurz vor 10, aus dem geräumigen Bett seines Einzimmerappartements. Sechs Stunden geschlafen! Für Michael ein Horror, der doch mindestens achteinhalb Stunden Schlaf benötigte, um den Tag vernünftig bewältigten zu können. Einem 26-jährigen, so müsste man meinen, könne wenig Schlaf kaum zusetzen, das Gegenteil war der Fall.

Mit auf Wangen und Stirn sich abzeichnenden Kissenabdrücken bequemte er sich vor den PC, ein paar Blätter für das in einer knappen Viertelstunde anstehende Seminar musste er noch ausdrucken. Unkonzentriert, einen faden Geschmack im Mund, bilanzierte er, dass es gestern Nacht, in der WG seines Kumpels, wohl einige Biere zu viel gewesen sein mussten. Für seine Abgeschlagenheit viel schwerwiegender schien aber der Umstand, dass ihm der mit seinen Freunden um 2 Uhr nachts noch eingenommene Hamburger-Imbiss nun erhebliches Sodbrennen bereitete.

Indessen sich die Seminarblätter in schwerfälligstem Zeitlupentempo seinem überalterten Drucker entwanden, zog Michael die Kleidung vom Vortag an. Eine kurze, beige Hose und ein blaues T-Shirt. Er strich sich mit den Händen durch die kreuz und quer liegenden Haare und prüfte seinen Atem. Ganz klar, er benötigte noch schnell eine Katzenwäsche, andernfalls stände gelösten Gesprächen heute etwas im Wege.

Überstürzt düste er ins Bad, vorbei an einer großen Korkwand, bestückt mit allerhand Papierkrempel. Dazwischen angepinnte Fotos – spontan und ohne Zielgenauigkeit geschossen – verrieten eine leidenschaftliche Beziehung zu einer jungen, hübschen Frau, Michaels langjähriger Freundin, die er scherzhaft-liebevoll »Jojo« nannte. Fast jedes der Bilder zeigte das schlanke Paar eng umschlungen, oft sich selbst und dem Kameraobjektiv so nah, dass man darauf kaum ihre Gesichtszüge, geschweige ihre übrigen Körperumrisse erkennen konnte.

In Eile geübt, kämmte Michael sein fülliges, braunes Haar, trank einen Rest Saft aus einer Tasse und steckte sich ein halb vertrocknetes, mit Schokolade gefülltes Croissant von gestern in den Mund. Hastig platzierte er die ausgedruckten Seminarblätter in einer Mappe und verstaute sie in seinem Rucksack. Die Schlüssel im Vorbeigehen gegriffen, stürmte er aus der Wohnung, schlug die Appartementtür hinter sich zu und hetzte durch einen dunklen Etagengang einem mit Tageslicht gefluteten Treppenhaus entgegen.

Unten, im Foyer des Hauseingangs, entschloss sich Michael, noch schnell sein Postfach zu prüfen. Die Absender der herausgezogenen Briefe inspizierend, zögerte er: Ein verwirrendes Gefühl befiel ihn – der Eindruck eines Déjà-vu, als habe er die Situation bereits erlebt, beziehungsweise genau diese Briefe schon einmal betrachtet! Als ehemaliger Psychologiestudent wusste Michael, dass derartige Wahrnehmungen bei alltäglichen Handlungsvorgängen nichts Ungewöhnliches darstellten. Eine Ursache konnte sein, dass ein und dieselbe Erinnerung an unterschiedlichen sowie nicht miteinander verknüpften Orten im Gehirn gespeichert war. Auch falsche Übereinstimmungen von Lang- und Kurzzeitgedächtnis, verdrängte Phantasien oder Schlafmangel – wie er ihn momentan definitiv aufwies – konnten Déjà-vus auslösen.

Michael legte die Briefe zurück, verriegelte das Fach und trat nach draußen. Schnellen Schrittes lief er auf den hauseigenen Parkplatz zu, in dessen Mitte sich ein überdachtes, großes Fahrradhäuschen befand. Nur noch fünf Minuten, bis die sogenannte akademische Viertelstunde vorüber war und das Seminar wohl oder übel begann. Hektisch glitt Michael der kleine Schlüssel seines Fahrradschlosses aus den Fingern und fiel mit einem leisen »Pling« auf den groben Asphalt des Parkplatzes. Er bückte sich mit gereiztem Stöhnen, zwackte den winzigen Schlüssel vom Boden auf, als ihm das Teil ein zweites Mal aus den Fingern glitt. Michael fluchte laut, während er rechts gegenüber einen Mann hinter dem Steuer seines Autos bemerkte, der sein zorniges Gebaren zu verfolgen schien. Im Detail konnte er den Typen nicht erkennen, vielleicht war es ein Nachbar, den er kannte.

Über sein beäugtes Verhalten verlegen, nahm Michael die Holztreppe in den unteren Bereich des zweistöckigen Fahrradhäuschens. Einbetonierte Metallstangen ragten aus dem Boden, an welchen Fahr- und kleine Motorräder angekettet waren. Er ging auf sein Fahrrad zu, öffnete die massive, mit elastischem Plastik ummantelte Kette, wickelte sie um die Sattelstange und klickte ihr Schloss zu. Schnell schob er das Rad zur Treppe, hob es an und stemmte es die wenigen Stufen zum Parkplatz hinauf.

Oben angekommen, schaute er sich kurz um. Wieder glotzte ihn der Typ in dem Auto an! Michael nervte der Blick, wenngleich er den Kerl noch immer nicht identifizieren konnte. War auch egal, in erster Linie hatte er das Seminar pünktlich zu erreichen – so pünktlich es eben noch ginge. Er schwang sich auf den Sattel und fuhr ohne Helm eilig vom Parkplatz. Mit einigen riskanten Lenkmanövern erreichte er schneller als üblich seinen gewohnten Fahrweg, dessen längster Streckenabschnitt eine relativ abgeschiedene und beschauliche Uferstraße entlang führte. Dort konnte er jetzt aufdrehen und seine Fahrt ungehindert beschleunigen. Das hieß, wenn sich kein Auto in dieser schmalen Einbahnstraße dazu aufgefordert fühlte, ihn trotz seines um die 50 Stundenkilometer angelegten Tempos überholen zu wollen. In solch einem Fall war er gezwungen abzubremsen und das Fahrzeug vorbeizulassen.

Michael hörte bereits das erste Auto hinter sich. Langsam, aber stetig, kam es näher. Platz zum Vorbeifahren war gegeben, auch wenn es hier, an einer Uferpromenade, durchaus eng werden konnte. Als ihn schließlich das Gefährt eingeholt hatte, hielt es sich dicht hinter ihm – ohne jeden Anschein, vorbeifahren zu wollen. Nach einigen Sekunden rätselte Michael, was den Fahrzeugführer bloß dazu bewegte, so nah und dauerhaft hinter ihm herzufahren? Überholwillige zogen nach kurzem Drängeln stets an ihm vorüber.

Fast eine Minute verging. Sollte er ein Zeichen geben? Aus Angst, die Kontrolle über sein Rad zu verlieren, wagte er es jedoch nicht, sich umzudrehen oder zu gestikulieren. Vielleicht war es ein Spielchen eines oder mehrerer Teenager? Sein Tacho zeigte etwas um die fünfzig, ein Sturz wäre bei dieser Geschwindigkeit fatal. Missmutig verringerte er sein Tempo.

Unerwartet passte auch der Verfolger seine Geschwindigkeit an. Michael wunderte sich einen Moment lang, ging dann aber von einer Vorsichtsreaktion des Fahrers aus, der seine Lenkkünste auf der engen Uferstraße wahrscheinlich nicht überfordern wollte. Erneut verringerte Michael das Tempo. Nichts änderte sich, der Autofahrer klebte weiter hinter ihm, kein Wille, überholen zu wollen.

Nun gut, ärgerte sich der Student, dann würde er halt weiter abbremsen, bis dem Fahrer irgendwann keine andere Wahl mehr bliebe. Ein drittes Mal verringerte er die Geschwindigkeit und überlegte, ob er nicht einfach anhalten solle. Winkend deutete er mit dem rechten Arm an, dass das Auto vorbeiziehen solle, doch nichts geschah.

»Fahr! Fahr!«, schrie Michael in seiner bedrängten Lage, seine Geduld war am Ende, er durfte einfach keine Zeit mehr verlieren. Zaghaft wandte er seinen Kopf um, konnte aber schlecht erkennen, wer da genau im Wagen saß. Für den schmalen, ihm zur Verfügung stehenden Fahrbereich benötigte er all seine Konzentration, um nicht aus Versehen an den unterhalb des Uferzauns verlaufenden Bordstein zu gelangen. Trotzdem genügte der kurze rückwärtige Blick um festzustellen, dass es sich nicht um Teenager oder ähnlich zu Späßen aufgelegte Leute handelte. Hinter der Windschutzscheibe, auf der sich aufgrund des hellen Tageslichts vor allem die Laubbäume der Straße spiegelten, befand sich eine undefinierbare Person, konzentriert hinter dem Lenker sitzend, keinerlei Anzeichen eines Schabernacks ersichtlich.

Michael winkte ein zweites Mal, doch der Wagen wollte einfach nicht an ihm vorbeiziehen. Also tat er das, was er als letzte Möglichkeit ansah: Er bremste auf Schrittgeschwindigkeit herab, sodass das Auto einfach vorbeifahren musste. Doch das Fahrzeug passte seine Geschwindigkeit erneut an, fuhr in Schneckentempo weiter hinter ihm her. Unwillkürlich kamen dem Studenten Zweifel an der Zurechnungsfähigkeit des Fahrers. Irgendwas konnte nicht stimmen.

Plötzlich heulte der Motor des verfolgenden Wagens auf, es knirschte kurz. Michael stierte wie gelähmt auf seinen Lenker, während ihn das Fahrzeug am Vorderreifen streifte. Der Rempler ließ sein Fahrrad seitlich zum Uferzaun fallen.

Jetzt beschleunigte das Auto. Mit hoher Geschwindigkeit raste es die Straße hinunter. Fassungslos blickte Michael hinterher, seine Beine zitterten, während er sein zur Seite geneigtes Fahrrad stützte. Vor Schreck vergaß der Student, sich das Nummernschild zu merken, auch einen genaueren Eindruck des Wagens konnte er nicht in seinem Gedächtnis konservieren.

Mit Schrecken im Gesicht richtete er sein Rad wieder auf und setzte sich auf den Zaun der Uferpromenade. Relativierend stellte Michael fest, dass er die Böschung nur hinabgestürzt wäre, wenn ihn das Fahrzeug in voller Breite erwischt hätte. Was aber, hätte ihn der Wagen bei höherer Geschwindigkeit gerammt? Wäre er überfahren und danach einfach liegen gelassen worden? Er konnte das Handeln des Fahrers einfach nicht nachvollziehen. Was dachte sich dieser Irre dabei, einfach jemanden anzufahren? Welcher Spinner kam auf solche Ideen?

Leeren Blickes prüfte er den Zustand seines Rades, stieg wieder auf, schaute sich nach weiteren Autofahrern um und trat in die Pedale. Nach der Uni würde er sich bei der Polizei melden, um dort das Ereignis zu schildern. Vielleicht hatte es bereits ähnliche Vorfälle gegeben …

Am Fachbereich der Uni angekommen, stellte er sein Rad in den Fahrradständer des ASTA. Jetzt erst merkte Michael, dass seine Beine erheblich zitterten. Zunächst vermutete er dahinter eine Übermüdung, eine Überanstrengung, weil er nicht vernünftig gefrühstückt hatte. Als die zittrigen Knie aber auch einen unsicheren Gang generierten, wurde ihm klar, dass es sich um einen Schock handeln musste. Eigentlich, so wünschte er sich, wollte er auch gar nicht mehr zum Seminar, jetzt, wo er dort eh zu spät auftauchen würde. Womöglich müsste er sich bei Erwähnung seines Unfalls noch Sprüche anhören und bekäme seine Erklärung als Ausrede interpretiert.

Grübelnd setzte er sich auf ein paar Treppenstufen. Vielleicht blieb er einfach hier sitzen und wartete eine Weile ab. Er könnte auch rüber zur Cafeteria oder in die Unibibliothek gehen, sich dort in eine Ecke setzen und über alles nachdenken. Oder sollte er vielleicht sofort zur Polizei gehen, je eher desto besser?

Michael schloss die Augen und ließ die Schultern hängen, seine Nerven waren überreizt. Ihm war klar, dass der Schock unbrauchbare Ideen förderte. Jetzt sofort zur Polizei zu gehen, war Unsinn; die wirren Gefühle jedoch mit Lernstoff zu übertünchen, war gewiss ebenso falsch. Nein, anstatt sich auf das Seminar einzulassen, benötigte er Besinnung.

Er stand von der Treppe auf und sah sich im ersten Stockwerk seines Fachbereichs nach einem Stuhl um. Von einer Sitzgelegenheit weit und breit nichts zu sehen, trottete er apathisch den Gang entlang; der tief liegende Schwerpunkt seines Rucksacks verstärkte seine niedergeschlagene Erscheinung.

Forsch, ohne vorher anzuklopfen, öffnete er die Tür zu einem Seminarraum. Niemand drin, durch die Fenster schien die Sonne hinein. Außerstande, eine bewusste Entscheidung zu treffen, latschte Michael durch den Raum und zog sich am Fenster einen gepolsterten Stuhl herbei. Mit dem Rucksack auf den Schultern nahm er Platz und starrte auf den grauen PVC-Boden – deutlich konnte er darauf die schmierigen Spuren unsauberen Putzwassers erkennen. Vieles ging ihm durch den Kopf, meist Banales: Partys, Besorgungen, Kinofilme, ein Zahnarzttermin. Dann dachte er an sein Studium, auch an seine Freundin Jojo, anschließend wieder an gar nichts, so als gäbe es überhaupt nichts zu durchdenken. Scheinbar teilnahmslos blickte er aus dem Fenster.

… Er war dem Tod von der Schippe gesprungen! Er war das wahllose Opfer eines Verrückten geworden, einfach so, aus einer Laune heraus. Eines Irren, der Zorn auf andere Menschen hegte und diese, wie es ihm gerade passte, schädigte!

Plötzlich, mit übersteigerter Courage, mutmaßte Michael, dass es nicht Glück allein, sondern Schicksal sein müsse, dass ihm nichts passiert war. Ein Anfall von Euphorie, seinem Schockzustand entsprungen, wirkte seiner Schwere einen Moment entgegen.

Er streifte den Rucksack vom Rücken, zog ihn zu sich auf den Schoss und öffnete den Reißverschluss einer Seitentasche. Ein Handy kam zum Vorschein. Erschöpft wählte er über die Direktwahl die Nummer seiner Freundin. Jojo musste zuhause sein, die meisten Veranstaltungen dieses Semesters hatte sie nachmittags, freitags musste sie gar nicht zur Uni. Dies nutzte sie, um jeden Donnerstagabend, gelegentlich auch freitags und samstags, bis tief in die Nacht zu jobben. Anzunehmen, dass sie deshalb zum gegenwärtigen Zeitpunkt noch immer schlief.

Statt auf ihrem Handy wollte Michael es erst mal auf ihrem Festnetzanschluss probieren. Es klingelte – drei, vier Mal … ein sechstes, siebtes Klingeln. Jojo nahm nicht ab. Obwohl es Michael nicht behagte, sie aus ihrem wohlverdienten Schlaf zu reißen, wusste er sich keinen besseren Rat. Da endlich unterbrach ihre müde lallende Stimme das Tuten.

»Ja …? Hallo?«

»Ich bin's«, antwortete Michael kleinlaut. Sein Tonfall verriet ihr sofort, dass etwas nicht in Ordnung war. Ihr Anschluss raschelte – sie setzte sich auf, um genauer zu hören, was ihr Freund zu sagen hatte.

»Was ist? Was hast du? Geht's dir nicht gut? Du hörst dich …«

»Ich fühl mich nicht besonders«, unterbrach Michael sie unbeabsichtigt, »es …«

»Was ist passiert?« Jojo wurde bange, dermaßen demoralisiert hatte ihr Freund noch nie geklungen. Mit beinahe trivialen Worten schilderte Michael das Erlebte: »So 'n Verrückter hat mich gerade mit seinem Auto auf der Uferpromenade angefahren. Fuhr direkt hinter mir her. Ich bremste ab, damit er ohne Schwierigkeiten an mir vorbeikommen konnte … weißt ja, die Straße ist eng. Doch das Auto passte ständig seine Geschwindigkeit an und blieb hinter mir. Dann gab der Fahrer Gas und erwischte mich am Vorderreifen. Vielleicht, um mich die Promenade hinunterzustürzen, weiß nicht.«

Entsetzt entgegnete sie: »Ist dir was passiert? Geht's dir gut?«

»Nein, ich fühl mich nur … ich weiß nicht, es ist …«

»Du bist geschockt!«, stellte sie lapidar fest.

»Ja, ich glaub' auch. Ich fühl' mich seltsam.«

»Wo bist du jetzt? An der Uni oder wieder zuhause?«

»Ich sitz in 'nem Seminarraum meiner Fakultät.«

»Soll ich zu dir kommen?«

Michael wollte Jojo schonen, sie hatte momentan viel Stress. Außerdem fuhr sie am heutigen Abend auf ihr Wochenendseminar, für das sie sich noch vorbereiten musste, also beschwichtigte er: »Nein, brauchst du nicht. Ich wollt's nur sagen und … weiß nicht, es war halt erschreckend. Hat mich scheinbar nicht richtig gesehen.«

Jojo war Psychologiestudentin im siebten Semester, möglicherweise war es daher ein Fehler, das Gesagte ihr gegenüber wieder herunterzuspielen. Vielleicht würde sie jetzt nur intensiver über seinen Zustand nachgrübeln.

Michael wollte das Gespräch jetzt schnell beenden, sie sollte entspannt weiterschlafen, deshalb wiegelte er erneut ab: »Wir sprechen heute Nachmittag noch mal, okay? Mir geht's gut, ich wollte dir das einfach nur sagen. Vielleicht dachte ich, mich auf diese Weise abreagieren zu können.«

Auch wenn Jojo es verbal nicht durchschimmern ließ, war sie zutiefst beunruhigt. Zögerlich, sich sorgend, an diesem Wochenende nicht für ihn da sein zu können, willigte sie ein: »Okay, dann telefonieren wir heute Nachmittag noch mal? Du weißt ja, um halb sechs werd' ich mit dem Kleinbus abgeholt?« Sie hob ihre Stimme, um ihm ein Angebot zu machen: »Willst du vorher noch mal vorbeikommen? Dann reden wir darüber?«

»Nein, ist schon in Ordnung. Ich ruf' dich heute Nachmittag, bevor du losfährst, noch mal an. Mach dir keine Gedanken, ich wollt's nur loswerden.«

Beide schwiegen einige Sekunden.

»Dann bis nachher«, unterbrach sie die Stille. »Ich liebe dich.«

»Ich liebe dich auch. Bis dann.« Kleine Kussgeräusche besiegelten die Worte des Paares.

»Viel Spaß beim Packen«, ergänzte Michael und legte auf. Etwas Besseres, was die Sorgen seiner Freundin wirkungsvoller hätte zerstreuen können, fiel ihm nicht ein.

Er begutachtete das Display seines Handys. Das Gespräch hatte nur zweieinhalb Minuten gedauert. Trotzdem, so bildete er sich ein, hatte ihm die Unterhaltung etwas gebracht – hatte er sich zumindest verbal von der Last des ungewöhnlichen Ereignisses befreien können.

Wie sollte er den angebrochenen Tag nun weiter verleben? Die übrigen zwei Seminare nach der jetzigen Veranstaltung konnte und wollte er nicht besuchen. Was sollte er tun? Die Anzeige bei der Polizei! Bis er sich dazu aber körperlich aufraffen konnte, vergingen noch einige Minuten. Er hielt sein Handy in der Hand und schaute auf die satten, grünen Blätter, die vor dem Fenster bewegungslos an einer Buche hingen. Gerädert zog er schließlich den Rucksack auf und erhob sich mit deprimiertem Gesicht von seinem knarrenden Stuhl. Das Geräusch innerhalb des stillen Raumes war symptomatisch für Michaels empfundene Verlorenheit. Lahm schob er den Stuhl unter einen der Tische und verließ den Raum.

Am Fahrrad angekommen, löste er gedankenversunken die Kette und steckte sie in seinen Rucksack. Mechanisch setzte er sich auf das Gefährt und rollte die kleinen Gassen des verwinkelten Kasseler Unigeländes entlang. Bis zum Rand des Campusgeländes, von wo aus er sich zum Polizeipräsidium aufmachen wollte, blieben nur wenige Kurven, allerdings mangelte es ihm an Entschlossenheit. Er trat nur schwach in die Pedale und lenkte sein Rad zehn Minuten lang kreuz und quer über das Uni-Areal. Passanten nahmen von der Irrfahrt keine Notiz, oft fuhren Hochschüler verträumt auf ihren Rädern umher und lauschten mit Kopfhörern einem Musikstück. Allerdings ließ Michaels auf den Boden fixierter Blick alles andere als entspannten Müßiggang erahnen.

Langsam, ohne es selbst zu bemerken, näherte er sich dem großen Parkplatz hinter seinem Fachbereich. Die meisten Universitätsangestellten parkten hier ihre Fahrzeuge. Er rollte zum Eingang des Platzes hinein und steuerte auf eine Traube parkender Autos zu, was ihn zwar nötigte aufzusehen, nicht aber dazu animierte, seine Lage bewusster zu erfassen. Zwischen den Autos erschien plötzlich ein Herr mit lederner Aktentasche, ein Professor möglicherweise. Der Mann, etwa Mitte fünfzig, schien es eilig zu haben, vielleicht kam er zu spät zu seiner Veranstaltung.

»Warten Sie!«, rief der Hastige mit forderndem Unterton, während er sich mit seiner Aktentasche zwischen zwei eng geparkten Autos hindurchbemühte. Doch zu spät, seine Hektik übertrug sich auf seine Umgebung, sprich, auf Michael, der dem drohenden Aufeinandertreffen mittels Beschleunigung seiner Fahrt aus dem Weg zu gehen suchte. Unglücklich, direkt vor einem Kofferraum, verhakten sich die beiden Männer ineinander.

»Verzeihung, tut mir leid, ich dachte, sie würden langsamer«, entschuldigte sich Michael. Der mutmaßliche Dozent schien freundlich gesinnt, er lächelte, allerdings mit einer Beharrlichkeit, die man in dieser Lage gut und gerne als Überheblichkeit hätte interpretieren können.

»Macht nichts«, entgegnete er gekünstelt gegenüber Michael; sein schneidiger Körper schien durch das ihn einpferchende Fahrrad verkrampft, was die Befreiung voneinander zu einer fast slapstickartigen Hängepartie werden ließ. Der Karambolage entronnen, entfernte sich der Hektiker umgehend – kein Interesse, sich noch einmal nach dem Wohl des Radfahrers zu erkundigen.

Dem Gehetzten hinterher blickend, kam Michael plötzlich das Gefühl, zu wissen, wer dieser Herr war ... die Frisur, die schwarzschütteren Haare, an den Seitenrändern grau meliert? Er schüttelte konsterniert den Kopf, während er den windigen Gesellen im Gebäude der Uni verschwinden sah. Solche Arroganz, auch wenn sie vielleicht nicht so gemeint war, ging ihm auf den Wecker; Menschen, die nichts anderes als sich selbst mit ihren großen und doch so kleinen Lebenszielen im Kopf hatten.

Ein Gutes aber hatte diese Begegnung: Sie riss Michael aus seinem tranceähnlichen Zustand. Außerdem glaubte er zu spüren, sich halbwegs vom vorherigen Schock gelöst zu haben. Er wendete sein Fahrrad und lenkte es schnurstracks auf den Radweg am unteren Ende des Parkplatzes zu. Von dort wollte er den Heimweg antreten.

Auf die Strecke konzentriert, dachte er jetzt an Jojo, wie sie wohl mit seiner unkontrolliert dargebotenen Nachricht umgehen würde. Hoffentlich machte sie sich nicht allzu viele Sorgen und hatte sein Gestammel bereits wieder vergessen.

Rechts von ihm sausten nun die Häuserfronten leerstehender

Wohnungen vorbei, die Wände mit Graffiti beschmiert. Michael sah nicht genau hin, bis er an einer Wand in überbordenden, roten Lettern las: »Für eine Welt ohne Krieg!« Dämlicher, abgenutzter Spruch, dachte er sich, hatte sicherlich ein Student im zweiten Semester dort drangepinselt – ein Gutmensch in einem Anfall planlosen Idealismus'. Da beschlich ihn plötzlich der Eindruck, Überlegungen zu jenem Wandspruch schon einmal angestellt zu haben, in ähnlicher Form ... war es auch hier? War er vor einigen Tagen schon einmal hier vorbeigefahren? Oder spielte ihm sein Gedächtnis – wie vorhin am Postfach – erneut einen Streich? Mit dem Schock konnte das jedenfalls nicht zusammenhängen.

Angestrengt strampelte er im ersten Gang einen steilen Wegabschnitt hinauf. Auf dem Scheitelpunkt angekommen, rollte er gemächlich zum Fuße der Erhebung und stoppte an einer Kreuzung, an der er noch einmal wählen konnte, ob er geradeaus zum Appartement oder doch nach rechts zum Polizeipräsidium fahren wollte. Er überlegte nicht lange, gab Handzeichen und bog rechts in die stark befahrene Hauptstraße ein. Leider fehlte hier ein Fahrradweg.

Erneut überkam ihn das Gefühl, die Situation schon einmal erlebt zu haben – eine aufdringliche Empfindung, zu wissen, was sich gleich zutragen würde. Fahrend drehte er sich um, ohne exakt zu verstehen, wozu er dies tat. Suchte er nach etwas? Irgendwas erwartete er, es sollte etwas geschehen.

Doch nichts passierte. Die Autos hinter ihm näherten sich und hielten großen Seitenabstand – so wie sie es meistens auf stark frequentierten Straßen gegenüber Radfahrern taten.

War es vielleicht Angst? Angst, erneut angefahren zu werden? Weil ihn die Autos streifen könnten? Das war es – das musste es sein!

Michael gab Handzeichen, wechselte auf den Bürgersteig, stieg ab und schob das Fahrrad bis zur Fußgängerampel der nächsten Kreuzung. Von hier aus beschloss er, einen Umweg durch einen kleinen Park zu nehmen.

Beim Polizeipräsidium eingetroffen, ging alles sehr schnell. Da der Täter unerkannt geblieben war und Kennzeichen sowie eine klare Beschreibung des Autos fehlten, blieb nichts anderes übrig, als »Anzeige gegen unbekannt« zu erstatten: Gegen einen Amok fahrenden Verrückten, der es auf Radfahrer, möglicherweise auch auf Fußgänger abgesehen hatte. Relevant und zweckdienlich würde die Anzeige für Michael erst dann, wenn weitere ähnliche Hinweise eingingen oder Anzeigen gemacht wurden, die helfen könnten, eine Fahndung einzuleiten. Folglich bedeutete dies, wie es der routinierte Polizist mit einer altmodischen Floskel ausdrückte: »Abwarten und Tee trinken.«

Tee trinken – das hatte der Student zuhause auch vor! Nicht ganz uneigennützig freute er sich über sein diagnostiziertes Trauma und die dadurch erreichte Freistellung von der Uni. Andererseits war ihm klar, dass sein Schwänzen in gewisser Hinsicht einem Selbstbetrug erlag, denn für seinen bevorstehenden Abschluss besaß das ausgefallene Seminar bedeutsames Gewicht. Seinem Gewissen aber blieb er nichts schuldig, schließlich war sein Verhalten alles andere als normal, sein klares Denken beeinträchtigt. Darüber hinaus behagte ihm die Tatsache, dass er nun auch den Schlaf von letzter Nacht nachholen könne.

Zuhause schaute Michael eine Zeitlang fern. Dabei langweilte er sich zunächst mit einigen Folgen alter Serien, später lauschte er im Wachschlaf noch einem 50er-Jahre-Western, dessen bruchstückhaft aufgeschnappte Handlung er unruhig in seine Halbschlafträume miteinwob.

Gegen 15 Uhr klingelte das Handy. Nicht Jojo war es, sondern Eva, eine langjährige Freundin, die Jojo und Michael zu ihrer Feier einladen wollte. Da Evas Eltern von Freitag bis Sonntag nicht zuhause waren, konnte sie heute Abend eine ihrer zahlreichen Partys steigen lassen. Außerdem hatte sie – mal wieder – einen neuen Freund.

»Kommst *du* wenigstens?«, fragte sie, nachdem Michael ihr von Jojos Abwesenheit an diesem Wochenende erzählt hatte. Er sträubte sich, er mochte den ganzen Zirkus um ihre neuen Lover nicht, die sie alle paar Tage zu wechseln pflegte. Erst recht nicht ihre schrumpeligen Alkoholpartys, die nichts anderes zum Ziel hatten, als sich hoffnungslos ins Koma zu saufen. Andererseits war sie eine perfekte Adresse, um ein wenig Spaß zu haben, doch Michaels Sinn für Vergnügen endete oft dort, wo Evas Zickereien begannen. Zudem war sie eigentlich Jojos Freundin. Woher *er* Eva kannte, wusste er nicht mehr, Jojo hatte sie ihm jedenfalls nicht vorgestellt. Na ja, die buntesten Vögel der Uni kannte eben jeder.

Mit halbgaren Worten versuchte sich Michael aus seiner misslichen Lage zu befreien: »Hab' eigentlich noch einiges zu erledigen. Muss mich um die Literaturrecherche für 'ne Klausur kümmern.« Bedrängt kratzte er sich am Kopf. »Außerdem hatte ich heute einen nicht gerade aufbauenden Unfall«, hervorragend, das musste einfach ziehen, »Beinahe hätte mich ein Auto erwischt ... geht mir nicht gerade gut.«

»Ja eben«, antwortete Eva hysterisch-fröhlich, seine Ansage ließ sie völlig kalt, als hätte sie die Bedeutung des ihm Widerfahrenen gar nicht richtig begriffen, »du brauchst ein wenig Ablenkung. Gerade deshalb! Komm, gib dir 'nen Ruck.«

Michael stieß ihre ignorante Dreistigkeit ab. Ihn nervte allein schon die billige Fröhlichkeit, die sie jedem in standardisiert lockerem Tonfall unterschob. Wie konnte er ihr bloß charmant klarmachen, dass es ihn wirklich nicht juckte, heute Abend die Bekanntschaft eines ihrer neuen Assi-Liebhaber zu machen? Ihr ständiges Wechseln von männlichen Bekanntschaften – sogenannter fester Beziehungen – offenbarte letztendlich nur ihr tief liegendes, emotionales Problem, dem sie sich nicht zu stellen wusste.

Sie drückte auf die Tränendrüse und gab vor, sich auf Jojo und ihn gefreut zu haben. Dass jetzt nur er allein kommen könne, verpflichte ihn geradewegs dazu, vorbeizukommen.

Im Grunde feierte Michael gern in größerer Gesellschaft, nur eben nicht unbedingt mit oder bei Eva. Die Stimmung auf ihren Partys drohte stets zu kippen.

Schließlich, mit resignierter Gefälligkeit, gab Michael ihrer Bitte nach. Weiterem Gebettel wollte er sich nicht aussetzen. Vielleicht, so versprach er sich, gewährte die Feier ihm tatsächlich die eine oder andere Ablenkung, die er für diesen Tag benötigte. Erkundigend, ob er etwas Alkoholisches mitbringen solle, prüfte er den Bestand seines Barschranks: »Ich hab' noch 'ne Flasche ...«

»Wein. Bring einfach Wein mit. Zwei Flaschen, möglichst zwei unterschiedliche Sorten, das wäre gut.« Sie schwieg kurz und platzte dann überschwänglich mit der nächsten Idee heraus. »Oder doch besser Korn, den haben wir noch nicht. Matthias bringt Schnaps oder Whiskey mit. Komm aber bloß nicht mit so bunt gefärbtem Zeug, davon haben wir hier schon genug. Also, … geht das mit Wein, zwei Flaschen? Ach ne, ich meinte ja Korn«, sie lachte kurz, »Oder geht vielleicht alles? Also zwei Flaschen Wein und ein Korn?«

Michael stöhnte in Gedanken. Nicht wegen ihrer Forderung, sondern wie sie es vertonte – wie sie mit ihrem gespielten Klein-mädchengequietsche aufdrehte. Je länger es andauerte, desto schau-derhafter wurde es.

»Ja, werd' mal schauen, was ich noch dahab'.« In der Bar stand außer einem alten Sekt nichts mehr, er musste etwas kaufen. Das würde er aber später erledigen, an der Tankstelle.

»Okay, bist ein Schatz«, schmatzte Eva süßlich in den Hörer.

Der Fernseher lief noch. Michael griff auf seinem Bett nach der TV-Fernbedienung und schaltete seinen neuen LCD-Fernseher auf einen anderen Kanal um.

»Dann bis später …«, wollte er sich verabschieden.

»Oh, ich hab noch gar nicht gesagt, ab wann. Also, gut wäre es, wenn du erst so ab halb elf eintriffst, weil Sebastian, seine Freunde und ich vorher noch ins Kino gehen. Und vor halb elf werden wir sicherlich nicht zurück sein. Ist das okay für dich?«

»Ja, kein Problem«, beruhigte er Eva, die wegen ihrer neuen Bezie-hung vor Glücksgefühlen fast überzukochen schien. Zum x-ten Mal hatte sie wohl ihren endgültigen »Traumprinzen« gefunden – gräss-lich, das Ganze heute Abend wieder mit ansehen zu müssen. Aber vielleicht machte sie mit dem Kerl ja schon vorher Schluss.

»Wer kommt noch alles?« Diese Frage wollte er genau genommen nicht mehr stellen. Dass er es dennoch tat, lag wohl daran, der Konversation zum halbwegs guten Schluss zu verhelfen.

»Noch ein paar BWLer.« Das konnte ja super werden – Spaß pur. »Und welche von Informatik. Dann außerdem Anke, Nadine, Mar-kus … viele, die du kennst.«

Eva dankte ihm nochmals. Mit kitschig-liebtönenden Worten ver-abschiedete sie sich – einer Sprechweise, die sie immer dann benutzte, wenn sie Männer gegenüber ihren Wünschen gefügig halten wollte.

»Gott, was für eine Kuh!«, sprach Michael seine Gedanken nach Beendigung des Gesprächs laut aus. Er fläzte sich aufs Bett und schaute mit versteinerter Miene eine Fernsehsendung über bizarre Sternensysteme zu Ende. Zwei Stunden später rief Jojo an, 20 Minuten sprachen sie detailliert über seinen Unfall. Sie gab zu, dass sie seine Schilderung verunsichert hatte, war aber aufgrund der harten Strapazen des vorangegangenen Arbeitstages vor Erschöpfung schnell wieder eingeschlafen.

Während sie redete, fiel Michael Jojos deprimierte Sprechweise auf. Irgendwas schien mit ihr nicht zu stimmen, er spürte, dass sie etwas quälte. Als er nachhakte, gab sie ihm dazu aber keine exakte Auskunft, meinte nur, dass sie seit Tagen an Übelkeit und Schwindel leide, könne sich manchmal einfach nicht konzentrieren.

Nach Abgleich diverser Uni- und Alltagsgeschehnisse kündigte Michael an, heute Abend auf Evas Party erscheinen zu müssen. Jojo bedauerte ihren Freund und teilte ihm mit, ihn morgen Abend anzurufen, was aber davon abhänge, ob sie noch Zeit und Lust zum Telefonieren aufbrächte. Er hatte Verständnis dafür, ihm war das langwierige Prozedere auf Wochenendseminaren bekannt.

Ein flaues Gefühl

Gegen halb elf raffte sich Michael schließlich auf, um den Weg zu Evas Feier anzutreten. Draußen war es warm, eine schwüle, angenehme Sommernacht. Wie am Tage trug Michael seine kurze, beige Hose und das blaue T-Shirt. Hinter gelbem Milchglas stieg seine dunkle Silhouette die Stufen des erhellten Treppenhauses hinab. Im Parterre seines Wohngebäudes angekommen, stemmte er mit einem kräftigen Stoß die schwere Haustür auf. Betont locker latschte er über den Mieterparkplatz, fest entschlossen, sich nicht umzublicken – vielleicht hatte es heute Morgen ja doch ein Irrer auf ihn abgesehen und lauerte jetzt vorm Haus.

Michael hatte nicht vor, das Fahrrad zu nehmen, auch weil er es bis zu Eva nicht weit hatte. Das Haus ihrer Eltern lag etwa 15 Gehminuten entfernt. Der Weg dahin führte ihn an einer Tankstelle vorbei, an der er auch den von Eva gewünschten Alkohol kaufen wollte. Unauffällig drehte er sich jetzt doch einige Male um, abwägend, ob ihm jemand folgte. Erst als er sich etwa dreihundert Meter von zuhause entfernt und in Richtung Hauptstraße begeben hatte, begannen seine Verdachtsmomente abzunehmen. Doch Skrupel blieben. Parkende wie fahrende Autos empfand er weiterhin als potenziell verdächtig.

Nach 10 Minuten Wegstrecke erreichte Michael die große, durchgehend geöffnete Tankstelle, die neben den üblichen Lebensmitteln ein äußerst umfangreiches Spirituosensortiment bot. An Wochenenden besorgten sich hier besonders gern junge Leute Hochprozentiges für ihre durchzuzechenden Nächte. Nicht gerade unbedenklich, wenn man sah, wie viele von ihnen in Autos vorfuhren und mit aufgefüllten Alkoholbeständen wieder abrauschten.

Michael musste einen betriebsarmen Augenblick erwischt haben: Im Tankstellengebäude war nichts los, als bräuchte gerade niemand etwas, obwohl die Warenauswahl sonst unter Dauerbeschuss der Laufkundschaft stand. Überhaupt, die ganze Gegend schien plötzlich wie ausgestorben, die umliegenden Straßen gänzlich unbefahren. So ruhig, dass Michael, als er die Zapfsäulen der Tanke passierte, deutlich das Brummen der Neonröhren vernehmen konnte. Lediglich von der zwei Kilometer entfernten Autobahn drangen leise Verkehrsgeräusche herüber. Ein einziger Wagen hielt an einer der Tanksäulen, niemand darin. Im Gebäude selbst schien sich der Fahrer des Fahrzeugs nicht aufzuhalten, nur der Tankwart stand an der Kasse. Michael näherte sich der automatischen Schiebetür, die sich mit einem deutlichen Signalton öffnete.

»'n Abend!«, begrüßte ihn der hinter dem Tresen stehende junge Mann. Meist handelte es sich um einen Studenten, der sich in den Nachtstunden das Geld fürs Studium verdiente.

»Hallo!«, erwiderte Michael höflich und verschwand im Verkaufsareal zwischen zwei mit Computermagazinen bestückten Trennwänden. Von den Deckblattschlagzeilen der Magazine inspiriert, blätterte er einige Minuten flüchtig in den Zeitschriften herum, bis er sie jeweils mit gelangweiltem Ausdruck an ihren angestammten Platz zurücksteckte. Neben den Magazinen, am linken Ende der langen Trennwand, befand sich ein kleines Weinregal, auf das er sich nun hinzuzubewegen begann. Eine Weile suchte er konzentriert in dem engen Regal umher, ehe er sich entschloss, dem Tankwart eine Frage zu stellen: »Entschuldigung … haben Sie auch Merlot?« Michael hob der Deutlichkeit halber die in seiner Hand befindliche Flasche über die Trennwände nach oben.

»Müssten wir haben. Eine Reihe darunter, unterm Sauvignon, glaub' ich.«

Michael suchte, sah aber den Wald vor lauter Bäumen nicht.

»Dort, ja, … da steht er! Genau vor Ihnen müsste er sein. Da, wo Sie hinschauen!«

Michael entdeckte den gesuchten Wein. Kein Wunder, dass er ihn nicht sofort sah, das Etikett wirkte schmucklos – dürftig und drittklassig. Na gut, dachte er sich, besser als Wein aus dem Tetra-Pak und nahm den Merlot an sich. Er kramte ein paar Geldscheine aus seiner Hosentasche und checkte seine Finanzen. Quer rechts hinter ihm vernahm er, wie ein weiterer Kunde die Tankstelle betrat.

Michael sah sich noch den Sauvignon an – einen Weißwein, der ebenso günstig wie der Merlot angeboten wurde. Nach genauer Prüfung des Flaschenetiketts beschloss er, auch diesen Wein zu kaufen. Mehr wollte er aber nicht beisteuern – nicht noch eine Flasche Korn. Schließlich würde er sowieso früh gehen, wozu also mehr investieren?

Beiläufig sah er über die Lebensmitteltrennwände nach vorn zum Tankwart. Am Tresen stand eine Kundin, deren Profil Michael nur für den Bruchteil einer Sekunde wahrzunehmen brauchte, um darauf entsprechend zu reagieren. Er duckte sich ab, die Weinflaschen dicht an den Körper gezogen. War das möglich? Dort stand seine ehemalige Freundin! Wie konnte es sein, dass sie sich hier aufhielt, um diese Uhrzeit und in dieser Stadt? 200 Kilometer von ihrem Wohnort entfernt. Oder irrte er sich?

Den ersten Schreck verdaut, ging Michael geduckt unterhalb der Trennwand entlang, lugte vorsichtig am rechten Rand hervor und versuchte das Gesicht der Frau zu taxieren.

»Und Nummer zwei«, sagte die junge Dame dem Tankwart. War das ihre Stimme? Er war sich nicht sicher, dafür war es zu lange her, etwa sieben Jahre. Doch, überlegte er nervös, das war sie! Es piepte zwei, drei Mal – sie kaufte wohl noch etwas.

»Das war's?«, fragte der Tankwart. Keine Antwort mehr. Die Gesten der beiden sah Michael nicht. »Das macht dann 38 Euro und 28 Cent.«

Unbehaglich ließ Michaels schneller schlagendes Herz seinen Blutdruck in die Höhe klettern. Hoffentlich, so bat er inständig, würde sie ihn nicht entdecken. Nicht hier und jetzt! Natürliche Bedecktheit war erforderlich. Bloß kein großes Aufsehen erregen.

Er tauchte mit dem Kopf wieder über der Trennwand auf und wandte sich rücklings der gegenüberliegenden Gangreihe zu – Schokolade, Gummibärchen und Bonbons. So abgewandt wollte er darauf warten, dass die junge Frau zum Ausgang ging. Wenn sie an ihm vorbeikäme, würde er sich gerade so weit zur Seite drehen, dass er sie aus den Augenwinkeln heraus identifizieren konnte.

Schon hörte er ihre Schritte. Er wandte den Blick nach unten, sodass er ein paar Meter hinter sich blicken konnte. Aber, wo blieb sie? Hatte sie ihn gesichtet, erkannt an Frisur oder Statur? Verunsichert drehte er sich ein Stück nach hinten und sah, wie ihr Kopf über einen Stapel Zeitungen gebeugt war. Just in dem Moment kehrte sie ihren Blick von den Zeitungen ab und setzte ihren Weg zum Ausgang fort. Nein, jetzt ging es nicht mehr! So ruckartig konnte er nicht zurück zu den Süßigkeiten wechseln, das wäre zu auffällig gewesen. Er drehte den Körper weiter, mit dem Ziel, erneut die Trennwand mit den Computermagazinen zu betrachten. Wenn es tatsächlich seine Ex war, würden sie sich nicht ignorieren.

Sie ging an ihm vorüber, Michael war ihr direkt ins Blickfeld gerutscht, ihre Augen trafen sich für eine Sekunde. Doch außer, dass sie ihn ungewöhnlich freundlich anlächelte – das Lächeln einer überaus hübschen, jungen Frau mit dunklen, schulterlangen Haaren –, wippte sie seelenruhig, mit großen Schritten, ein paar Schokoriegel in ihren Händen, an ihm vorüber. Für einen Moment dachte er, sie würde ihn ansprechen, aber ohne ihn scheinbar überhaupt erkannt zu haben, verschwand sie hinaus zum Ausgang.

War sie es? Dieser kleine Begegnungsmoment reichte nicht aus, um es hundertprozentig mit Ja beantworten zu können. Menschen konnten sich in sieben Jahren erheblich verändern, damals waren sie Teenager. Vielleicht sah ihr die junge Frau einfach nur ähnlich. Allerdings wirkte ihr Lächeln für eine Fremde zu gefällig – freundlich und in ungewöhnlicher Weise behaglich. Möglicherweise hatte sie ihn erkannt, wenn auch nur unbewusst.

Michael brütete noch, als ihm klar wurde, dass sie mit einem Auto hier war. Das Nummernschild könnte ihm die Antwort auf seine Fragen liefern – sie stammte aus Frankfurt am Main. Er schaute aus der Fensterfront und sah einen Wagen an der Ausfahrt stehen, bereit zur Abfahrt auf die Hauptstraße. Wenn er doch nur das Nummernschild erkennen könnte …

Geistesgegenwärtig, nicht dass man ihn noch des Diebstahls bezichtigte, stellte er die zwei Weinflaschen ab und ging hinaus. Der Wagen befand sich bereits auf der Fahrbahn und war hinterm Tankstellengebäude verschwunden. Michael folgte gemächlich, um nicht unnötig das Aufsehen der Insassen auf sich zu ziehen. Um die Ecke des Gebäudes gebogen, sah der Neugierige das Auto in circa 50 Metern Entfernung an einer roten Ampel stehen. Darauf hatte er gehofft. Trotz allem aber zu spät, denn auf diese Entfernung war das klare Entziffern des Kennzeichens unmöglich.

Weiter wollte er dem Fahrzeug jedoch nicht folgen, vielleicht hatte sie ihn erkannt und beobachtete jetzt, wie er hinter ihr hertrabte. Nein, diese Blöße durfte er sich nicht geben, er bog die Nächste rechts ein, machte eine Runde um die Tanke, bis er wieder vorn an der automatischen Schiebetür stand. Nebenbei bemerkte er, dass der unbesetzte Wagen an der Zapfsäule verschwunden war.

Er kaufte die zwei Weine und versuchte, die seltsame Begegnung zu vergessen.

Die Party

Michael setzte seinen Weg fort. Es war kurz vor 23 Uhr und schon von Weitem stellte er anhand eines dumpfen Dröhnens fest, dass irgendwo in dieser beschaulich-wohlhabenden Gegend Evas Party im Gange war. Eigentlich hätte er dieser Fährte nur folgen müssen, allerdings wusste er, dass die verwinkelten, engen Straßen dazu verleiteten, die falsche Richtung einzuschlagen. Am Ende befand man sich zwar in der Nähe des Gebäudes, kam aber nicht an es heran, weil Zäune von anderen Grundstücken den Zugang versperrten.

Das moderne, nicht mehr als zehn Jahre alte Haus war im Erdgeschoss komplett erleuchtet. Bis auf die pochende Musik blieb es draußen relativ still, keiner der Feierwütigen befand sich außerhalb der schmucken Behausung, was dem Umstand geschuldet war, dass Eva in jüngerer Vergangenheit eine zu laute Party im Garten veranstaltet hatte und sich die Familie in der Folge mit den Nachbarn überwarf. Als Konsequenz wurde vorerst nur innerhalb des Gebäudes gefeiert.

Michael klingelte am Hintereingang, einer Tür zur unteren Etage – Evas Gefilden. Es rumpelte, jemand hatte das Klingeln bemerkt. Die Tür öffnete sich, sie quietschte, Eva vor Freude auch: »Hi! Da bist du ja!« Wie jeden ihrer Mitmenschen umarmte sie Michael voller Inbrunst. Er konnte nicht umhin, ihre Herzlichkeit mit einem echten Lächeln zu belohnen, er mochte es, wenn man ihn drückte. Behände zog sie ihn hinein und schloss die Tür hinter ihm.

»Ich hab' zwei Flaschen Wein mitgebracht! Merlot und Sauvignon.«

»Super! Danke! Mensch, komm, ich stell' dir die anderen vor!«

Das ansehnliche, mit pechschwarzer Ponyfrisur und kinnlangem Seitenhaar dekorierte Frauenzimmer zerrte ihn an seiner rechten Hand durch einen engen, langen Flur ins Wohnzimmer der Erdgeschosswohnung. Beide hielten in ihren Händen jeweils eine der mitgebrachten Weinflaschen.

Das Wohnzimmer lag im Halbdunkeln, nur zwei große Stehlampen und ein paar Kerzen spendeten den Leuten in ihrem lauten

Musikgetöse Licht. In allen Ecken standen Bierflaschen herum, billiger Fusel zierte Tische und Fensterbänke. Zigarettenrauch lag in der Luft, der hier und da vom süßlich-würzigen Geruch frisch entzündeten Haschischs überdeckt wurde.

Michael setzte sich zu ein paar Bekannten. Die meisten der Anwesenden kannte er, eigentlich fast alle, bis auf ein paar Leute anderer Fachrichtungen. Im Grunde eine schöne Atmosphäre, dachte er sich vorschnell, bis Eva drängte, dem Eingetroffenen ihren neuen Lover mitsamt Freunden vorstellen zu wollen. Zurückgezogen saßen diese an einem abseits stehenden, runden Esstisch – inmitten der Studenten fühlten sie sich wohl fehl am Platze und verbarrikadierten sich deshalb weit weg vom Rest der Leute. Für Michael ein klarer Hinweis, dass es sich erneut um Assis handelte.

Auf dem Weg zur illustren Runde stellte Eva dem Neuankömmling noch ein paar weniger bekannte Kommilitonen vor: »Susanne und Thomas kennst du?« Beide grüßten Michael und hielten kurz die Hand hoch; sie sahen sich des Öfteren in Seminaren. Eva sprang voraus und setzte sich an den Esstisch, direkt neben ihren frisch gebackenen Freund – einen muskelbepackten, gebräunten Kerl, dessen kurze, dunkelbraune Haare blond gefärbte Strähnchen darboten. Schätzungsweise war er drei bis vier Jahre jünger als Eva.

Michael lachte in sich hinein. Okay, riss er sich zusammen, jemand Extravagantes war ja zu erwarten. Außerdem war es längst überfällig, dass sie einen Typen mit dicken Oberarmen anschleppte.

Evas Neuer saß zwischen zwei anderen harten Jungs, die unverkennbar zu ihm gehörten. Trotz ihrer aufgeplusterten Gestalten wirkten sie im Getümmel des sie umgebenden Studentenvolkes verunsichert, fast verloren. Michael war die Begegnung mit diesen Minderwertigkeitsgefühlen auf zwei Beinen nicht geheuer. Was sollte er mit solchen Leuten reden? Über Steroide und Muskelaufbaudrinks? Sicherlich wären die Heinis so zerfressen davon, männlich herüberzukommen, dass sie jede ihrer Verhaltensweisen mit übertrieben maskulinem Gebaren durchsetzten. Lästig! Eva zuliebe würde er sich eine Weile zu ihnen setzen, ein paar Belanglosigkeiten austauschen und sich dann wieder zu seinen Kommilitonen verziehen.

»Hallo«, grüßte Michael die drei am Tisch, gab ihnen aber nicht die Hand – zu formell. Auch weil nicht selten Mitglieder solcher Gruppen ihre Männlichkeit durch die Stärke ihres Händedrucks zu beweisen suchten. Derart versteckte Körperauseinandersetzungen fand Michael unerträglich. Nicht, weil er dagegen nicht ankam, sondern weil es ihm das neurotische Potenzial seines Gegenübers offenbarte – einen latent vorhandenen Vater- oder Bruderkomplex.

Nickend grüßten die drei Muskelmänner zurück. Ganz so ernst schienen sie es mit der Begrüßung nicht zu nehmen, vielmehr waren sie mit Evas Fotoalbum beschäftigt, das sie allesamt mit unübersehbar künstlichem Interesse begafften.

Eva beschrieb aufgekratzt eines der Bilder, welches sie als kleines Kind vor einer kaputten Schaukel zeigte. Sie erzählte irgendeine Geschichte, Michael verstand jedoch aufgrund der manchmal grellen, manchmal bassgeschwängerten Musik nur halbe Sätze. Eva wurde immer lauter, gackerte und kreischte hysterisch. Nebenbei checkte sie ab, welchem ihrer Gäste ihre akustisch kaum wahrnehmbare Darbietung wenigstens visuell auffiel. Die immer aufgedrehte Studentin schien genau zu wissen, wie sie von Verlegenheiten und Absurditäten ablenken konnte – heute Abend scheinbar von ihrer peinlichen Partnerwahl. Aber so weit dachte sie vielleicht gar nicht. Manchmal hatte Michael sogar Zweifel, ob sie wirklich so dämlich, fast schon verrückt war oder ob sie dies letztendlich nur zur emotionalen Beeinflussung ihrer Mitmenschen einsetzte. Wahrscheinlich traf beides zu.

Er machte sich eine Flasche Bier auf, die er sich aus einem Kasten unterhalb des runden Esstisches nahm. Viele Worte musste er also mit den neuen Freunden, mit denen es für Eva sicherlich sowieso bald wieder vorbei war, nicht wechseln. Anstandshalber stand er noch einige Minuten am Esstisch, trank sein Bier und versuchte, mit verdrehtem Hals Personen auf den im Fotoalbum eingeklebten Bildern zu identifizieren.

Ein paar zur Geschichte der Bilder beigesteuerte Lacher später spazierte Michael ohne Ankündigung vom Esstisch weg und suchte sich im Wohnzimmer einen Platz auf Evas altem Sofa. Einige der anderen Besucher lachten und redeten dort angeregt miteinander. Er setzte sich an den äußeren, linken Rand, neben zwei junge Studentinnen, die, mehr liegend als sitzend, ihr kreischendes Gelächter voreinander ausschütteten. Das, worüber sie so herzhaft lachten, bekam Michael nur bruchstückhaft mit. Die laute Musik ließ es einfach nicht zu. Freilich interessierte es ihn auch kaum. Er war froh, sein Bier zu trinken und ungestört Überlegungen anzustellen, wie er sich schon bald wieder unbemerkt verdrücken könne.

Einigermaßen zufrieden schaute er auf die direkt vor ihm, in etwa vier Metern Entfernung stehende Stereoanlage. Ein abgehalftertes, uraltes Ding aus den 80er Jahren, an das behelfsmäßig ein MP3-Player angeschlossen war. Die Anlage selbst diente nur als Verstärker. Ihm gefiel die darauf gespielte Musik. Ein unbekannter Rocksong, bei dem ihn das Gefühl überkam, das Lied vor Kurzem schon einmal gehört zu haben. Langsam, während er der Musik lauschte, wurde ihm bewusst, heute zum nunmehr dritten oder vierten Mal in ein Déjà-vu-Erlebnis geraten zu sein. Doch dieses Gefühl kümmerte ihn kaum – schließlich suchten jeden Menschen irgendwann Tage mit Eindrücken scheinbar wiederkehrender Ereignisse heim.

Er nahm einen Schluck aus der Pulle und bemerkte erst jetzt, dass sich ein junges Mädel links neben ihm auf einem Stuhl drapiert hatte. Michael schaute sie kurz irritiert an, sie dagegen lächelte und begutachtete sein anmutiges Gesicht. Sie hielt ebenfalls ein Bier bei sich, das sie mit beiden Händen fest umschlungen auf ihren übereinandergeschlagenen Beinen balancierte. Zaghaft und ein wenig unbeholfen bewegte sie die Flasche rhythmisch zum Takt der Musik, durchblicken lassend, an einer Konversation mit Michael interessiert zu sein.

Ihn aber nervte ihre Geste, also drehte er sich weg. Vielleicht lag es an ihrem Aussehen. Sie war hübsch, keine Frage. Niedlich. Und genau das störte ihn. Ihre herausgeschminkte Schönheit, geschmückt mit schwarzen, schulterlangen Haaren, wirkte auf ihn irgendwie zu fein, albern. Sie trug ein enges, weißes Oberteil zu einer ebenfalls eng sitzenden Jeans, an deren unterem Ende die Spitzen schwarzer Pumps herausragten. Alles zusammen, mit ihrer nett-braven Präsenz und dem gepflegten Stil, fast anbiedernd. Er wusste nicht recht, was ihn genau nervte oder gar abstieß. Ihre nach außen getragene Freundlichkeit mit der subtilen Anmache? Vielleicht. Das Mädel kitzelte jedenfalls ein verschollenes Gefühl in ihm hervor, dessen Ursache er nicht exakt in der Lage war, auf den Grund zu gehen.

Unwillkürlich, als er sich schon über sein abgestoßenes Empfinden zu wundern begann, mutmaßte er, dass sie die Gefährtin von Evas neuem Mucki-Kerl sei. Zwei Witzfiguren, die zusammenpassten. Voller belustigender Abscheu malte sich Michael aus, wie diese Frau mit einem solchen Typus Mann im Sommer nach Mallorca flog, dort Sangria soff, feierte und fickte, was das Zeug hielt.

Eigentlich sah sie nicht billig aus, gestand Michael sich ein, nur wirkte sie in gewisser Hinsicht gewöhnlich, weil unbedarft locker und sexy. Er merkte, dass es etwas anderes sein musste, an das sie ihn auf unangenehme Weise erinnerte. Möglicherweise projizierte er auf sie etwas. Bloß was?

Obwohl er sich von ihr abgewandt hatte, konnte er gut beobachten, wie sie neben ihm mit anderen jungen Frauen – einige waren Kommilitoninnen – herumschäkerte. Sie kicherte, während ihre schlank und zart wirkende Statur immer wieder nach vorn einknickte. Ihre schmalen Finger spreizte sie ab und streckte die Arme in die Höhe, um ihren amüsierten Gesprächspartnerinnen eine witzige Situation darzustellen. Ihm fiel auf, dass sie ihre langen Fingernägel weiß lackiert hatte. »Wie scharf«, kommentierte er verbal ihre Aufdonnerung – aufgrund der Lautstärke war seine Stimme kaum zu vernehmen.

Als würden Michaels obszöne Gedanken sie anlocken, passierte es erneut: Interessiert schaute sie zu ihm herüber. Nach kurzer Überlegung sprach sie ihn schließlich an: »Hallo«, grüßte sie. Ausgerechnet jetzt setzte ein ruhigeres Lied ein, eine moderne Variante von »Caravan of Love«, sodass sich die beiden nun auch akustisch verstehen konnten. Ein indisponiertes Gefühl überkam ihn.

»Hi!«, entgegnete er und versuchte nett zu lächeln. Da sie nichts mehr von sich gab, fühlte er sich aufgefordert, mehr sagen zu müssen, »Kenn' dich gar nicht? Bist du eine Freundin von Eva?«

Sie schüttelte den Kopf und deutete auf einen der Kerle, die mit Eva am Esstisch saßen. Na bitte, fühlte Michael sich bestätigt, mit jemand anderem konnte sie ja gar nicht hier sein! Neutral nickte er der jungen Frau zu und ergänzte: »Eva kennst du?« Er wusste beim besten Willen nicht, über was er mit ihr nun reden sollte.

»Ja, kenn ich. Bist du öfter bei ihr?« Vorsichtig nahm sie einen Schluck aus ihrer Bierflasche.

»Seltener. Is' 'ne Freundin, wir kennen uns von der Uni.« Mit nachlassender Erwartung beguckte er sie, äußerst kommunikativ war sie ja nicht gerade. Aber gut, immerhin plapperte sie nicht wie andere Weiber unkontrolliert drauflos, um peinlich-inhaltsleere Situationen mit Leben zu füllen.

»Sie ist mit Sebastian zusammen, der in der Mitte«, kommentierte sie und zeigte auf Evas neuen Typen in der trauten Foto-Runde. Michael nickte unbeeindruckt.

»Und mit welchem von denen bist du hier?«

»Eigentlich mit allen dreien.« Sie lächelte, ihr Oberkörper neigte sich in seine Richtung.

Im Grunde war sie nicht so übel, sie machte einen selbstbewussten und spontanen Eindruck. Trotzdem stieß Michael ihr gutes Aussehen aus unerfindlichen Gründen weiterhin ab. Es ließ ihn auf nichts Positives schließen und verkomplizierte seine Absicht, ein vernünftiges Gespräch mit ihr zu führen.

Sie besaß zarte Gesichtszüge, eine kleine, aber nicht stupsige Nase, deren Spitze sich harmonisch rundete. Ihr mit vollen Lippen gesegneter Mund passte optimal zur Breite ihrer schmalen, fast verschwindenden Backenknochen, die durch ihr kleines Kinn die Zierlichkeit ihres Kopfes betonten. Die Wangen hingegen standen hoch, verbreiterten ihr Gesicht jedoch nicht, sondern hoben stattdessen ihre Bäckchen hübsch hervor. Wimpern und Lider ihrer eben nebeneinander stehenden Augen betonte sie dunkel, sodass sie größer wirkten. Demgegenüber hatte sie ihre dünn gezupften Augenbrauen sacht mit Kajal akzentuiert. Die makellose Haut, das dichte, schwarze Haar und die ansprechend verpackten Körperformen rundeten ihre weibliche Erscheinung perfekt ab.

Süß und sexy war sie allemal, dennoch war da etwas, das Michael seinem Gegenüber nicht zuzutrauen vermochte: charakterliche Schönheit, eben weil sie zu viel äußeres Blendwerk aufwies. Sie musste die Art von Frau sein, die gut aussah und es wusste. Die bereit war, dies als Mittel einzusetzen, um sich Vorteile im Leben herauszuspielen – vielleicht war es das, weshalb ihr Bildnis so zwiespältige Empfindungen in ihm hervorrief.

Moment, was dachte er denn da? Das war es doch: Sie entsprach einem ihm bekannten Typus Frau! Darum ging es in seinem Gefühl!

Sie unterbrach seinen Gedankengang: »Was studierst du? Dasselbe wie Eva?«

Ehe er darauf antworten konnte, traten zwei der von Eva mitgebrachten Muskelmänner an seine Gesprächspartnerin heran. Sie zogen zwei Stühle herbei und setzten sich dicht neben die Hübsche. Schon quatschte sie angeregt mit den beiden Kerlen weiter. Michaels vorurteiliger Gesamteindruck bestätigte sich: Nicht mal ein Gespräch konnte die Tussi anständig beenden. Inzwischen registrierte er, dass ihn einer der beiden Muskelprotze seitlich fixierte – unverkennbar ihr Freund.

Michael trank sein Bier aus. Er würde noch ein weiteres trinken und sich dann, mit einer kleinen Ausrede, in circa 20 Minuten davonstehlen. So weit sollte es aber nicht kommen, denn schon erhoben sich die beiden Typen wieder. Michael vernahm noch, dass sie sich auf die Suche nach speziellen alkoholischen Getränken begeben wollten, wovon sie dem sichtlich begeisterten Mädel etwas mitzubringen versprachen.

Beleidigt fragte sich Michael, was Weiber generell an solchen Kaspern mit aufgeblasenen Armen fanden? Ja gut, auf die ein oder andere Weise konnten Frauen wohl nicht anders, als das machohafte und archaische Verhalten brünstiger Hirsche attraktiv zu finden. Es signalisierte Überlebenstalent, wenn auch rein körperlich. Der menschliche Verstand war eben noch immer ein jagendes Urzeitmodell – da war es nicht so wichtig, wenn das Denkvermögen ein wenig begrenzt war.

Von dieser Eingebung inspiriert, beschloss er, das Mädel indirekt nach ihrer Begeisterung für so viel Protzerei zu befragen: »Hat Eva Sebastian und deinen Freund beim Bodybuilding kennen gelernt?«

Sie schüttelte den Kopf, nicht wissend, was er meinte. Er wiederholte seine Frage: »Dein Freund und Sebastian – wo und wie haben sie Eva kennen gelernt?« Zur Unterstützung zeigte Michael auf jenen Stuhl, auf dem der ihn zuvor angaffende Kerl gesessen hatte.

»Der ist nicht mein Freund«, abweisend hob sie ihre Hand, ihrer Aussage haftete ein gewisser Verdruss an.

Die beiden waren kein Paar? Damit hatte Michael absolut nicht gerechnet.

»Oh, Entschuldigung. Ich dachte …«, seine geplante Dreistigkeit konnte er sich nun sparen, trotzdem musste er sich auf seine Frage zurückbesinnen, damit er sie umformulieren konnte. »Kennen deine Freunde Eva vom Bodybuilding? Haben sie sie dort gemeinsam kennen gelernt?«

»Nein, die kennen sich alle von der Disco, glaub' ich.« Genauere Auskunft wollte sie ihm scheinbar nicht geben, Michael wollte auch nicht weiter nachbohren. Also fragte er sie etwas Persönlicheres: »Was machst du? Studierst du? Arbeitest du?«

»Ich mach' momentan 'ne Ausbildung zur Steuerfachgehilfin. Bin am Ende meines dritten Ausbildungsjahres. In fünf Monaten hab' ich meine Prüfung.«

»Ach!«, entgegnete er überrascht. So was hatte er ihr gar nicht zugetraut. Wie alt war sie? Anfang 20, höchstens. »Willst du danach in dem Job weiterarbeiten?«

»Mal sehen. Eigentlich wollte ich noch mein Abi machen. Krieg' ich gerade aber zeitlich und finanziell nicht hin. Vielleicht studier' ich aber im Anschluss an meinen Berufsabschluss Wirtschaft. Dieses Fach könnte ich sofort an der Universität studieren.« Von ihrem Nicken untermalt, freute sie sich über ihre vorgetragenen Lebenspläne.

So übel schien sie wirklich nicht zu sein. Ehrgeiz und Streben imponierten ihm, auch wenn ihre Zukunftspläne zu einem statistisch hohen Prozentsatz wohl Traumwolken bleiben sollten – die wenigsten Leute mit abgeschlossener Berufsausbildung studierten noch.

»Was machst du als Steuerfachgehilfin? Um was geht's den ganzen Tag?« Michael waren die Inhalte hinreichend bekannt. Tagaus, tagein hatte ihm früher ein Freund vom schalen Arbeitseinerlei im Steuerbüro vorgejammert. Für die folgende Konversation schob er dies aber gern beiseite, gab sich ahnungslos, um detaillierter auszuloten, was für ein Mensch sie eigentlich war. Gut möglich, dass er seine ihr gegenüber vorhandene Restskepsis weiter abbaute.

»Steuern, Tabellen, pausenloses Prüfen von Buchungen, Belegen«, sie staute die Luft in ihren Backen und pustete sie mit Druck gelangweilt aus, »nichts, was irgendwie von Interesse wäre.« Sie lachte mädchenhaft, nahm erneut einen Schluck aus ihrer Bierflasche und grinste ihn entspannt an.

Michael durchzuckte ein Geistesblitz, jetzt wusste er, was ihn an dem Mädel störte: Sie zeigte genau dieselben devot-mädchenhaften Verhaltensweisen seiner Ex aus Teenagertagen! Natürlich, das ergab Sinn! Vorhin das Erlebnis an der Tanke – es musste sich unbewusst in seiner Psyche gehalten haben – und jetzt dieses Mädel, das nicht nur äußerlich eine Menge mit seiner Ex-Freundin gemein hatte, sondern sich auch im direkten Verhaltensvergleich verblüffend ähnlich aufführte. Er projizierte Abscheu auf sie, weil die damalige Trennung ein angekratztes Selbstwertgefühl in ihm hinterlassen hatte, was sich nun darin ausdrückte, dass er sich von dem Mädel gleichfalls abgestoßen wie angezogen fühlte.

Plötzlich fand er sie weit interessanter, ja, jetzt konnte und wollte er sie erst interessant finden! Eine halbe Stunde verging, in der Michael sich gespannt mit ihr befasste. Angeregt kundschafteten sie ihre Musikgeschmäcker, Hobbys und Interessen aus. Obendrein brachte er in Erfahrung, dass es keinesfalls der vollständigen Wahrheit entsprochen hatte, dass der für ihren Freund gehaltene Bodybuilder nicht ihr Freund gewesen sei – denn bis noch vor fünf Monaten war er es. Weil das ehemalige Paar aber die gemeinsamen Freunde nicht missen wollte, hatte es sich darauf geeinigt, es bei einer freundschaftlichen Beziehung zu belassen – damit Begegnungen und gemeinsame Unternehmungen zu keinem Drama eskalierten.

Während Laura, so ihr Name, weiter von den Hindernissen dieser Beziehung berichtete, kehrte ihr Ex-Freund – jener Kerl, der Michael zuvor seitlich begafft hatte – eifersüchtelnd zu Laura zurück und überreichte ihr den vor einer halben Stunde versprochenen Drink. Rechtzeitig wechselte sie das Thema, um ihn nicht bloßzustellen. Nachdem er wieder verschwunden war, wandte sie sich mit bissiger Rhetorik an Michael: »Hast du das gesehen? Hast du gemerkt, wie er geguckt hat? Was nur habe ich in meinem vorherigen Leben

Schlimmes getan, dass ich jetzt so dreist überbewacht werde? Das darf nicht wahr sein!«

Amüsiert gab Michael zu denken: »Vielleicht hast du ihm in deinem vorherigen Leben etwas angetan, für was du nun bezahlen musst.«

Spröde ergänzte Laura: »Ja, aber um das zu rechtfertigen, müsste ich ihn mindestens zweimal ermordet haben.« Beide lachten. Sie besaß nicht nur anziehenden Charme, sondern bewies auch exquisit-fiesen Humor. Ob er wollte oder nicht, ihrer immer magnetischer werdenden Persönlichkeit konnte er sich nicht mehr entziehen. Besonders interessant fand er – gar gruselig –, wenn ihm an Laura weitere Ähnlichkeiten zu seiner Ex auffielen. Fast schon schien er es zu genießen, einer Frau begegnet zu sein, auf die er all die alten Vertrautheitsgefühle projizieren konnte.

Doch die gute Stimmung verging schnell, als Eva, um einer Belanglosigkeit willen, mit ihrem frisch gebackenen Freund einen Streit vom Zaun brach. Trotzig warf sie ihm irgendeinen Unsinn vor. Sie konnte ungenießbar werden, wenn sie angetrunken ihre Meinung vertrat, worauf sie diesmal auch besonders stolz zu sein schien – zu verkünden, dass sie sich nichts gefallen lasse und sich wehre, wenn man ihr krumm komme. Nicht gerade verwunderlich, dass niemand merkte, wie sehr sich dahinter kompensatorische Ohnmachtsgefühle gegenüber Eltern und anderen Intimpersonen verbargen, schließlich wies ihr Verhalten auch sonst diesen Dachschaden auf.

Mit einem leeren Weinglas in der Hand bewegte sie sich auf einen kleinen Ausgang zu. Durch ihn gelangte man direkt in den zur Straßenseite gelegenen Vorgarten. Sie öffnete die schmale Tür und verschwand. Von ihrer beleidigten Reaktion irritiert, folgte Sebastian ihr mit fragendem Gesicht; seine schamhaften Bewegungen verrieten, dass er sich für die Szene verantwortlich fühlte. Nach kurzem Zögern gingen auch Sebastians Muskelfreunde den Streitenden hinterher. Die anwesende Studentenschaft nahm von dem Ganzen kaum Notiz.

Entnervt beobachtete Michael den Vorfall und wandte sich nachdrücklich gelangweilt an Laura: »So läuft's immer.« Dann stand er auf, um aufzupassen, dass Eva mit den Steroidenfans nicht irgendwelche Dummheiten anstellte. Im Eifer eines für sie typischen Wortgefechts war nicht auszuschließen, dass sie Unvorhersehbares tat.

Michael passierte die offen stehende Tür und schloss sie hinter sich.

Laura nippte an ihrem Drink. Zögerlich wartete sie noch einen Moment auf ihrem Platz, als würde eine nicht ungewichtige Tatsache sie davon abhalten, mit hinauszugehen. Nicht mal eine Minute später folgte sie aber trotzdem, neugierig, was sich draußen abspielte. Sie stöckelte zur Tür, trat hindurch und zog sie verantwortungsbewusst hinter sich zu – wie fast alle Anwesenden war sie vorher ausführlich von Eva über das in der Nachbarschaft geltende Lautstärkereglement instruiert worden.

Draußen bemerkte Laura sofort, wie erschreckend laut sich das Geplärr der Streitenden im Vergleich zur geöffneten Vorgartentür verhielt. Lauthals schreiend stand sich das Paar auf dem beleuchteten Bürgersteig gegenüber. Vergeblich versuchten die Herumstehenden, die Situation mit Worten zu beschwichtigen.

Gerade wollte sich Laura der Szenerie nähern, als sie mit beiden Pumps in einem erdigen Blumenbeet versank. »Mist!«, fluchte sie erbost. Angst, einen falschen Schritt zu machen, blieb sie erstarrt inmitten des Beetes stehen. Michael bemerkte ihren Ärger und wandte sich von den Streithähnen ab.

»Ist was passiert?«, und ging einige Meter in Lauras Richtung. Misstrauisch schaute Andreas – Lauras Ex-Freund – dem im diffusen Licht verschwindenden Kontrahenten nach.

Bei Laura angelangt, streckte Michael der Verunsicherten seine Hand über das Beet entgegen. »Danke!« Sie fasste mit der rechten Hand zu und strich sich mit den Fingern der anderen ihre langen, voluminösen Haare aus dem Gesicht. »Jetzt sind sie hübsch besudelt«, bedauerte sie schmerzlich ihre Schuhe, indessen sich Andreas näherte.

»Hey, gibt's was?«, schallte es provokant hinter Michael hervor. Um unauffälliger den offenkundigen Flirt zu unterbrechen, versuchte Andreas sein Nachstellen als einfaches Schutzangebot zu verkaufen. Laura reagierte nicht; vom eindeutigen Grund seines Verhaltens belästigt, stresste sie allein schon, Andreas' überwachende Stimme zu hören. Michael stützte sie, damit sie ihre Pumps säubern und zurück an ihre Füße stecken konnte.

Der Eifersüchtige stellte sich hinter Michael und wartete ab. Laura blickte gereizt an Michael vorbei und entgegnete Andreas' Penetranz lautstark: »Was ist?« Sie torkelte etwas, bis sie ihren rechten Pumps endlich vollständig unter ihrem langen Hosenbein versteckt hatte. Andreas musterte Michael und ging etwas näher an ihn heran. Der verstand nicht, was die Aufführung zu bedeuten hatte und fragte mit naiver Ehrlichkeit: »Gibt's irgendwelche Probleme?«

»Ach Andi«, schüttelte sie gereizt den Kopf, »lass mich bloß in Ruhe! Das ist ja nicht mehr wahr!« Nachdrücklich verschränkte Laura die Arme und ließ die Männer hinter sich zurück. Beide gleichermaßen mit Ignoranz zu strafen, diente der Lageentschärfung: Um ihrem Ex zumindest ansatzweise weiszumachen, dass sie niemanden ihm gegenüber bevorzugen würde.

Zielstrebig, mit wackeligen Schritten, durchquerte sie den finsteren Vorgarten. Die Rivalen folgten nur langsam, misstrauisch gingen sie nebeneinander her.

»Gefällt sie dir?«, tat der Geschmähte gelangweilt; sein neutral gehaltener Gesichtsausdruck passte überhaupt nicht zu seiner ungestümen Einmischung. Den Ärger witternd, hielt Michael im gleichen Tonfall dagegen: »Gefällt sie dir denn?« Der Bodybuilder reagierte nicht, düster schaute er seinen Konkurrenten von der Seite an. Michael säuerte die absurde Drohhaltung an – umso anmaßender für ihn, da er von Laura im Vorfeld erfahren hatte, dass die drei Muskelfetischisten im Durchschnitt vier bis fünf Jahre jünger als er waren.

Inzwischen fühlte sich Laura dazu berufen, besänftigend auf Eva und Sebastian einzuwirken. Die aufgeheizte Hintergrundatmosphäre des über Lappalien streitenden Paares verstärkten Andreas' Zorn auf den Nebenbuhler. Mühsam versuchte er den Studenten zu reizen: »Mir gefällt sie, wieso auch nicht? Wie steht's mit dir? Das interessiert mich?«

Forsch entgegnete Michael: »Warum fragst du mich das, Mann? Was soll das?«

Andreas antwortete nicht sofort, das musste er auch nicht, diente das Ganze doch nur der Provokation. Nebeneinander auf dem Bürgersteig stehend, dem streitenden Paar zuschauend, stichelte Andreas mit kleingeistigen Worten weiter: »Ich weiß nicht … du siehst wie jemand aus, der's auf jede absieht.«

Michael wurmte der ihm aufgezwungene Groll. Selbstredend, dass er kein Mensch war, der sich leichtfertig auf einen verbalen Schlagabtausch mit einem Steroidbolzen einließ. Ob er sich aber zurückziehen oder doch auf die lächerliche Herausforderung eingehen sollte, hatte er noch nicht endgültig entschieden. Dafür juckte es ihn einfach zu sehr in den Fingern.

»Komisch … *du* siehst eigentlich *viel eher* wie jemand aus, der an jeder gern herumschraubt. Oder ist dein gewaltiger Oberbau dazu da, um dich gegen böse Menschen aus dunklen Gassen zu verteidigen? – Gegen Studenten, die's auf jede absehen?«

Michael ärgerte seine emotionale Übersteuerung – vielleicht war es bereits zu viel für Andreas' Ohren. Doch erstaunlicherweise rührte der sich gar nicht.

Dank Lauras gutem Zuspruch hatte sich das zankende Paar mittlerweile wieder etwas eingekriegt. Besser gesagt hatte sich Evas hysterisches Geschrei nun in stoßartiges Keifen gewandelt, was Sebastian etwas weniger auf die Palme trieb.

»Ist mir egal. Ist mir egal«, brachte Eva ihre Missachtung irgendwelcher Erklärungen zum Ausdruck. Die Hysterikerin ging in kleinen Kreisbewegungen auf ein und derselben Stelle des Gehweges umher. Michael hatte noch immer nicht mitbekommen, wegen was sich die beiden eigentlich stritten. War ihm auch egal, denn Andreas rückte ihm mit verdächtigenden Fragen weiter bedrohlich auf die Pelle und begann, sich direkt vor ihm zu platzieren. Da bemerkte auch Mark – der Dritte der Bodybuilder – die am Rande stattfindende Auseinandersetzung. Grinsend gesellte er sich seinem Freund hinzu.

Mit vorsätzlich ruhig gesprochenen Worten mühte sich Andreas, seinem Widersacher Dampf zu machen: »Was ich dir damit sagen möchte, ist, wenn du heute ohne Schwierigkeiten nach Hause kommen willst, solltest du besser deine Griffel von ihr nehmen.«

Der Bedrängte roch ihre Alkoholfahnen. Jetzt, im gänzlich ungünstigsten Moment, sträubte sich in Michaels Eingeweiden etwas gegen die Situation. Nicht, weil er sich den beiden Kerlen nicht stellen wollte – von dieser Tatsache schien der Eindruck völlig entkoppelt zu sein – lediglich das Gefühl, nicht hier sein, hier nicht stehen zu sollen. Schon wieder ein Déjà-vu? Nein, er empfand es eher umgekehrt – ein Jamais-vu: Die Umgebung schien plötzlich fremd und Eva wirkte auf ihn seltsam beziehungslos. Andererseits schien ihm die Situation, in der er steckte, wiederum sonderbar vertraut zu sein.

»Wieso sollte ich meine Hände bei ihr haben? Was willst du mir unterstellen, Prolet!«

Fast erfreut über Michaels aggressiv ausgespuckte Aussage, die die Chance zum Zuschlagen in greifbare Nähe rückte, begannen die beiden Bodybuilder aufgebracht vor Michael herumzutänzeln. Mark gab zu, langsam richtig Bock »auf ein bisschen Studentenkloppe« zu haben.

Zufällig fiel Lauras Blick auf die beieinander stehenden Männer. Sofort wusste sie, was los war und ahnte ihre Verantwortung an dem Geschehen. »Was macht ihr denn da?«, schrie sie. Wütend forderte sie Andreas und Mark auf, ihr zu erklären, was die Aufführung solle. Doch die Maßregelung in der bereits aufgeheizten Konfrontation erniedrigte Andreas' Ego. Sie waren nicht mehr zusammen, also könne sie ihm auch nicht vorschreiben, was er tun dürfe. Aufgebracht drängte sich Laura zwischen ihn und Michael.

Das Vorauszuahnende geschah: Launenhaft versetzte Andreas seiner Ex einen Hieb an die Schulter, Laura kippte auf den Bürgersteig. Sein Schlag war nicht heftig, selbst bei geringerer Wucht hätte sie sich auf ihren Pumps nicht halten können.

Andreas wirkte verstört, sein Blick glich einer Mischung aus alkoholisierter Duseligkeit und unberechenbarem Zorn.

»Sag mal, hast du sie …«, winselte Laura nach kurzer Besinnung, am Boden liegend. Ein Blick in das Gesicht ihres Ex verdeutlichte ihr aber, dass sie sich besser ruhig verhalten sollte. Andreas machte einen Schritt auf die am Boden Liegende zu – um ihr aufzuhelfen?! Zweimal, mit voller Wucht, trat er ihr seitlich in die Beine. Michael konnte zunächst nur zuschauen, so baff war er von Andreas'

Reaktion. Unpassend, wie einige Augenblicke zuvor, überkam den Studenten wieder ein befremdliches Erinnerungsgefühl – als stände er neben sich, als solle all dies nicht geschehen.

Noch ehe Michael sich bewusst zum Handeln entschloss, hielt er Andreas fest und rammte ihn gegen seinen Kumpel Mark. Der schwankte und zeigte sich erbost. Es folgten Sekunden massiven Schiebens und Schubsens. Aufgestaute Aggressionen, Stolz und Eifersüchteleien mündeten schließlich in einer Rauferei.

Michael erhielt Schläge an Körper und Gesicht, wahlweise von Andreas und Mark. Es dauerte nicht lange, bis er aufgrund des unfairen Schlagwechsels komplett die Orientierung verlor. Lag Michael am Boden, lasen sie ihn wieder auf und prügelten erneut auf ihn ein. Der Kampf entwickelte eine solche Eigendynamik, dass es selbst für Sebastian zu gefährlich wurde, dem hemmungslosen Gewaltrausch Einhalt zu gebieten. Fassungslos schauten die Außenstehenden zu. »Aufhören! Hört auf!«, und fragten sich, wie sie das unfaire Spiel beenden könnten.

Unterdessen, im Dunkeln der Straße, näherte sich ein langsam fahrender Wagen. Laura fiel das Auto auf. Geistesgegenwärtig kam ihr eine Idee, sie schrie: »Aufhören! Die Bullen! Hört auf, die Bullen kommen!«, und wies auf das in einiger Entfernung anhaltende Fahrzeug.

Erst jetzt hielten die Raufenden inne. Sie ließen von Michael ab, der stehend k.o. herumtaumelte und vor der Kühlerhaube eines am Straßenrand geparkten Autos zum Stehen kam. Schwankend versuchte er, sich dort festzuhalten.

Nach kurzer Beurteilung des Verprügelten wandten sich Eva und Sebastian den Schlägern zu. Fordernd stellten sie ihnen Fragen. Laura, noch vom Hieb und den Tritten ihres Ex-Freundes brüskiert, hielt deutlichen Abstand zu ihm.

Michael bekam die Debatte kaum mit. Sein Schädel dröhnte. Mindestens viermal musste er mit dem Kopf hart auf den Bürgersteig geprallt sein. Er drehte sich von den Diskutierenden ab, zur Straße hin. Der angebliche Polizeiwagen wartete in circa 100 Metern Entfernung. Geblendet schaute Michael in die grellen Scheinwerfer – womöglich Nachbarn, die die Szene mit angesehen hatten.

Er torkelte und merkte, dass er erneut das Gleichgewicht verlor. Bemüht zwang er sich, gegen den Schwindel anzukämpfen und stemmte seinen Oberkörper in Richtung des Bürgersteiges. Kurzzeitig half dies, zumindest so weit, dass er nicht nach hinten überkippte. Doch dafür driftete er jetzt zwei Meter auf die Straße hinaus.

Da unterbrach ein dumpfer Knall das Geschnatter der jungen Leute. Ihre Körper zuckten reflexartig, gefolgt von erschrockener Ursachensuche. Michael selbst vernahm nicht mehr mit klarem Verstand, wie er von dem heranrasenden Auto erfasst wurde. Das Fahrzeug – exakt jenes, das Laura als Vorwand zur Beendigung der Schlägerei genutzt hatte – schleuderte ihn an einen Bordstein.

Laura kreischte laut, als sie Michael dort liegen sah. Sein Körper lag regungslos, wie tot, auf Straße und Gehweg. So weit es die mentale Leistungsfähigkeit der vom Alkohol betäubten Anwesenden zuließ, blickten sie in einem Gemisch aus Schrecken und Erstaunen dem sich entfernenden Wagen hinterher. Keiner konnte sich in diesen Sekunden vom Fahrzeug irgendetwas merken. Kein Kennzeichen, keine Automarke oder sonst einen zweckdienlichen Hinweis. Mit entsetzten Mienen näherten sie sich Michael und starrten auf seine zur rechten Körperseite verdrehte Gestalt. Weiter hinten, am Ende der leeren Straße, sah man noch immer die Rücklichter des Wagens – wie er mit moderatem Tempo, ganz ohne Eile, in der dunklen Nacht entschwand.

Samstagmorgen, im Krankenhaus

Durch dunkelgrüne und vollständig geschlossene Vorhänge eines Krankenhauszimmers schimmerte das Licht der aufgehenden Sonne. In dieser sommerlichen Frühe, gegen 6 Uhr 50, stand sie bereits sehr hoch, wärmte und erhellte die noch ruhige und menschenleere städtische Umgebung so beachtlich, dass man hätte fragen müssen, warum sich kaum jemand in Straßen, Parks und öffentlichen Gebäuden aufhielt.

Michael lag in einem Bett dieses Krankenzimmers. Die wilde Fahrt sowie die Einlieferung ins Hospital hatte er gestern Nacht noch mitbekommen, das Verarzten nicht mehr.

Jetzt, im Zustand des Schlafes, wusste er von alledem nichts, hatte das unmittelbar Geschehene für kurze Zeit vergessen … sein Traum sorgte für eine andere Realität.

War er wach … ja?! Doch sein Körper blieb unbeweglich. Zwei weitere Patienten befanden sich im Raum, Michael hörte ihren schlafrhythmischen Atem. Seine Lähmung schwand allmählich, Kopf und Nacken wurden regsam, sodass er die Mitpatienten von seinem Bett aus sehen konnte.

Etwas Grundlegendes jedoch stimmte nicht: *Ihm selbst* fehlte die Atmung! Bevor er prüfen konnte, warum dies so war, wunderte er sich, dass ihn trotz dieses unnatürlichen Zustands das luftlose Befinden weder zu gefährden noch zu stören schien.

Mit einem Mal kam ihm der Eindruck, dass er die leeren Parks und Straßen außerhalb des Gebäudes spüren könne: Wie sie Sonnenlicht, Wärme und Leben aufnahmen; es bereitete ihm ein angenehmes, vertrautes Gefühl.

Ohne den Übergang mitbekommen zu haben, stand er plötzlich inmitten des Krankenzimmers und blickte auf die zugedeckten Körper der beiden Mitpatienten. Ihre Köpfe waren grau, schienen irgendwie staubig. Ihre schwachen Atembewegungen hoben und senkten die Decken kaum.

Michaels Aufmerksamkeit richtete sich auf das untere Bettende des rechts liegenden Patienten. Dort flatterte die Überdecke. Von draußen – hinter dem dunkelgrünen Vorhang – mussten enorme Luftmassen hineinströmen. Seltsam, hörte oder spürte Michael doch von nirgendwoher Wind in den Raum dringen. Da sah er, dass dem linken Patienten die Decke fehlte – im Bett ein ausgemergelter Menschenkörper: knochig, verdörrt, mit faltig hängender Haut.

Als wüsste Michael bereits davon, erschreckte es ihn nicht, sondern ließ ihn stattdessen einen unbekümmerten Blick hinter den Vorhang nach draußen werfen: in eine menschenleere Gegend, fahl und neblig. Es roch nach etwas. Ein beißender, unerträglicher Gestank, vielleicht Verdorbenes, dessen Herkunft er nicht klassifizieren konnte. Auf der Straße sah er eine Person sitzen, eifrig an einem Stück Fleisch knabbernd – dem Bein eines Menschen.

Mitten in die Stille des Raumes prallten auf einmal harsche Worte: »Guten Morgen die Herren. Es ist 7 Uhr, ich wünsche Ihnen einen wunderschönen neuen Tag. Die Sonne scheint, die Sonne lacht und es sieht so aus, als brächen wir heute wieder alle Hitzerekorde.« Manisch aufgedreht, wanderte eine Krankenschwester durch den Raum, öffnete die Gardinen, drehte sich zu Michael um und forderte ihn mit einem flotten, arbeitsamen Lächeln auf: »Na, würden Sie vielleicht noch so lange im Bett liegen bleiben, bis die Putzdamen hier durch sind? Danke!«

Das Angesicht der Krankenschwester vor sich, zog Michael ein kurzer, reißender Schmerz zurück ins Bett – als würde etwas seine Füße packen, sie aufrollen und in die Länge ziehen. Jäh riss ihn die Pein aus seiner Traumwelt: in die Welt des realen Krankenzimmers, wo er blitzartig aus seinem Bett in die Senkrechte emporschnellte. Sein Atem stand still! Erschrocken darüber, sog er röhrend seinen Atem ein.

In seiner aufrechten Haltung brauchte Michael eine ganze Weile, um sich von der Verkrampfung seiner Bronchien zu erholen. Ähnlich mussten sich Asthmatiker fühlen, wenn sie nachts aus dem Schlaf erwachten und keine Luft mehr bekamen.

Nach einigen rasselnden Zügen ließ er sich zurück aufs Bett fallen. Mitpatienten wälzten sich unruhig in ihren Betten. Nachdenklich stierte er hinauf zur weißen Deckenverkleidung und grübelte darüber nach, was er einige Augenblicke zuvor geträumt hatte. Dann begutachtete er das Zimmer. Es gab zwei Mitpatienten, dessen Betten, wie im Traum, am Fenster standen. Die Vorhänge waren orange, nicht dunkelgrün, auch blies durch die Fenster kein Wind.

Eine Schwester betrat das Zimmer. »Guten Morgen, die Herren. Es ist 7 Uhr, ein wunderschöner Tag. Die Sonne scheint, die Sonne lacht und es sieht ganz nach einem Hitzerekord aus.«

Zunächst überraschte Michael die mit seinem Traum übereinstimmende Morgenansage. Während aber die Schwester eiligst Vorhänge und Fenster öffnete, kombinierte er, dass er während seines Traumes ihren immer gleich heruntergeleierten Begrüßungsspruch aus den vorangegangenen Patientenzimmern vernommen haben musste.

»Wissen Sie, man hört Sie bereits, wenn Sie sich noch in den anderen Zimmern befinden. So laut sind Sie!« Er hob den Kopf, um sie vom Bett aus besser sehen zu können.

»Na, das ist doch wunderbar!« Mit hoher Geschwindigkeit schüttelte sie das Kissen eines der beiden Mitpatienten auf und sah zu Michael herüber: »Sie haben eine Wahrnehmung, die sich jede Krankenschwester nur wünschen kann.«

Michael grinste säuerlich. »Ein bisschen sanfter und leiser könnten Sie trotzdem in den einzelnen Zimmern vorgehen. Ich hab' sogar von Ihrer Stimme geträumt.«

»So?«, kommentierte sie uninteressiert und mutmaßte, dass Michael etwas unbeholfen mit ihr anzubandeln versuchte. »Sie sind aber die Ersten, die ich heute wecke. Es gab kein Zimmer davor.«

Die Ersten, die sie weckte? Michael verstand nicht, ihre Worte blieben in der Luft hängen. Sollte es ein Scherz sein, wollte sie ihn veräppeln? Ihr Gesicht deutete diesbezüglich nichts an. Unbeeindruckt setzte sie ihre Arbeit fort und schüttelte die Bettdecke der Zimmernachbarn auf.

»Wie, … kein Zimmer davor?«

Sie ging auf sein Bett zu; zur Demonstration ihrer bemühten Nachsicht riss sie kurz die Augen auf und antwortete: »Ja, weil keines davor ist.« Dann nahm sie sein Kopfkissen und schickte sich an, es zu bearbeiten. Michael beobachtete eine Weile ihr gedankenloses Herumhantieren, bis er kleinlaut feststellte: »Auch das Zimmer in meinem Traum sah ähnlich aus.«

Bildete er sich etwas ein? Hatte er das Zimmer vielleicht schon in irgendeiner Form vorher wahrgenommen, möglicherweise, weil er nachts aufgestanden und auf Toilette gegangen war?! Dem Gedanken nachhängend, ergänzte er gegenüber der Eiligen: »Nur die Vorhänge waren anders. Dunkelgrün.« Energisch steckte sie sein Bettlaken unter die Matratze und schob gereizt seinen Überlegungen hinterher: »Vielleicht träumen Sie ja jetzt.«

Schon war sie aus dem Zimmer verschwunden.

Michael fragte sich, wann er einen Doktor sprechen und gehen könne, lange wollte er nämlich nicht mehr bleiben. Auf dem Stuhl neben seinem Bett lag seine Kleidung. Der hintere Kragen des blauen T-Shirts war blutig verschmiert.

Einige Stunden später

Kurz nach halb eins prüfte Dr. Rentmann, leitender Stationsarzt der Unfallchirurgie, in seinem Büro nochmals Michaels Verletzungen – eines Unfalls, der in der Regel tödlich verlief. Doch außer einigen Schürfwunden, einer mittelschweren Gehirnerschütterung sowie Prellungen des rechten Oberschenkelknochens waren erstaunlicherweise keine schwerwiegenderen Blessuren zurückgeblieben.

»Sie hatten mehr als nur Glück, einen Zusammenprall mit einem fahrenden Auto überlebt zu haben.« Auf seinen Computerbildschirm konzentriert, begutachtete der Arzt Michaels Röntgen- und MRT-Aufnahmen. »Vor allem wenn man bedenkt, dass Sie sich davor geprügelt haben ... und Sie die Rettungssanitäter zuerst für tot hielten.« Der Arzt machte eine kleine Pause und setzte sich bequemer an seinen Schreibtisch. »Diese Prügelei ist auch der Grund, weswegen ich Sie vor Ihrer Entlassung noch einmal zu mir ins Büro gebeten habe, denn, obwohl wir momentan nichts Außergewöhnliches feststellen können, könnten Sie eine Hirnschädigung davongetragen haben. Einige neuronale Schädigungen zeigen sich nicht sofort, sind zunächst nicht diagnostizierbar, können sich erst nach Tagen, manche erst in einigen Wochen, gar Monaten bemerkbar machen. Das heißt, auch wenn Ihre Gehirnerschütterung nur mittelschwerer Ausprägung ist, sind mentale Ausfallerscheinungen nicht auszuschließen. Und genau deshalb, um sich gegen mögliche Folgeschäden dieses Unfalls abzusichern, sollten Sie gegenüber den Personen, mit denen Sie sich geschlagen haben, Anzeige erstatten ... sich bei einem Anwalt informieren, um bei etwaigen Regressansprüchen nicht im Regen zu stehen. Ansonsten könnte es für Sie ziemlich düster aussehen.« Rentmann schüttelte bedauernd den Kopf: »Ich kenne Fälle, die würden Sie nicht für möglich halten.«

Er holte Michaels Krankenbericht hervor, blätterte in den eingehefteten Dokumenten und ergänzte: »Eigentlich sollte ich Sie noch nicht fortlassen … gerne hätte ich Sie mit ihren Prellungen und der Gehirnerschütterung noch ein bis zwei Tage hier behalten, doch sehr klamme Kassen und Ihr außerordentlich guter Allgemeinzustand zwingen, oder besser gesagt, ›raten‹ uns dazu, Sie gehen zu lassen. Sie kennen ja die Lage der Kliniken?« Er kramte in einer Schublade und erklärte weiter: »So bleibt mir nichts anderes übrig, als Ihnen eine gute Genesung für daheim zu wünschen. Wenn Komplikationen auftreten, rufen Sie an. Denken Sie vor allem daran, Anzeige zu erstatten und sich bei einem Anwalt zu informieren.«

Er überreichte Michael eine Visitenkarte der Klinik, steckte den Krankenbericht in eine größere Pappmappe und legte sie in eine Ablage. »Versprechen Sie mir, sich zuhause sofort hinzulegen, Ruhe zu halten und keinen anstrengenden Tätigkeiten nachzugehen. Ruhen Sie sich einfach aus, als seien Sie weiterhin ein Patient dieses Krankenhauses und könnten nichts weiter tun, als gelangweilt zu genesen. In Ordnung?« Rentmann grinste freundlich.

Der Student nickte und dachte über die Hinweise nach. Der Arzt begleitete ihn noch auf den Stationsflur und verabschiedete sich dort von ihm mit einem sorgenden Handschlag.

Michael war ein wenig genervt: Schon wieder sollte er Anzeige erstatten. Aber, … Moment mal! Erst jetzt fiel ihm der gestrige Unfall an der Uferpromenade ein. Sein Herzschlag erhöhte sich, sollte etwa eine Verbindung zwischen diesen beiden Ereignissen bestehen? War es derselbe Fahrer?! Das konnte doch unmöglich ein Zufall gewesen sein!

Von wirren Gedanken getragen, machte er sich auf den Weg nach Hause. Dort wollte er zunächst einmal Eva anrufen, um sie mit dem Sachverhalt von gestriger Nacht zu konfrontieren. Auch wollte er von ihr wissen, warum ihn bis jetzt eigentlich keiner auf seinem Handy angerufen oder im Krankenhaus besucht hatte. Er selbst konnte den Ursachen telefonisch nicht auf den Grund gehen, das Gesprächsguthaben seiner Prepaid-Karte war aufgebraucht und in der Klinik gab es blöderweise nur defekte Münztelefone. Nun gut, dachte sich Michael, wahrscheinlich schliefen die Partygäste ihren Rausch aus. Warum aber meldete sich Jojo nicht? Hatte Eva ihr nichts von seinem Unfall mitgeteilt?

Vor der Klinik stehend, überkam ihn urplötzlich eine ganz andere Beklemmung. Lauerte hier draußen vielleicht noch immer jemand auf ihn und versuchte ihn umzubringen? Seine Ahnung rief das Bedürfnis hervor, mit seiner Freundin zu telefonieren. Um sie aus der nächsten Telefonzelle anrufen zu können, durchsuchte er die Rufnummernliste seines Handys. Dabei fiel ihm auf, dass einige seiner wichtigsten Freunde gelöscht waren. Hatte das Handy etwas abbekommen – ein Geräteschaden? Auch fiel ihm auf, dass er sich an einige Personen oder Namen gar nicht mehr erinnern konnte. Wer zum Beispiel waren Johanna und Heiko? Sonst wusste er immer, welche Personen, sprich Gesichter, zu den einzelnen Namen gehörten. Dringend müsste er die Liste aufräumen, alle unwichtigen oder vergessenen Leute aussortieren.

Noch bevor er diesen Vorsatz aber zu Ende denken konnte, tauchte in seinem Ohr ein grelles, unangenehmes Fiepen auf, begleitet von einem unsagbar heftigen Schwindel. Er fasste sich an den Schädel und musste sich setzen. Mit dem Anruf bei Jojo wollte er erst mal warten. Sowieso wollte er sie nicht wieder unnötig mit abenteuerlichen Geschichten beunruhigen.

Kapitel 2

Dienstag, vier Tage zuvor

Meine Güte, dachte Henrick Merten, namhafter Psychologe einer psychiatrischen Klinik Kassels, als er, mit Schreibkram beschäftigt, entgeistert feststellen musste, dass ihm nur noch 10 Minuten bis zum nächsten Termin blieben. Es handelte sich um ein dringliches Erstgespräch mit einem Patienten, der unter Druck seiner Familienangehörigen gestern Abend zwangseingewiesen wurde.

Die Erstanamnese hatte heute Morgen schon der Stationsarzt durchgeführt. Außer den Informationen aus der Akte sowie einem kleinen vormittägigen Gespräch im Zimmer des Patienten konnte sich Dr. Merten bisher keinen tieferen Eindruck von dem etwa 40-jährigen Mann machen. Ganz so gut vorbereitet wie sonst war der Psychologe diesmal nicht. Zudem standen noch die Stühle vom Sitzkreis seiner letzten Patientin herum – einer 30-jährigen, suizidgefährdeten Frau, die unangekündigt und nach eigenem Ermessen die gesamte siebenköpfige Familie zum Entlassungsgespräch mitgebracht hatte.

Eilig entschloss er sich, die Stühle erst mal so anzuordnen, dass er beim Eintreffen des neuen Patienten nicht mehr lange herumräumen müsste. Er ließ das Schreibzeug liegen und dekorierte rasanten Tempos den Therapiebereich um. Was Sorgfältigkeit und gute Vorbereitung anging, war er akkurat, manchmal beschuldigte ihn seine Frau übertriebener Strebsamkeit, wenn er zuhause noch stundenlang mit den Akten seiner Patienten beschäftigt war.

Henrick, der von den meisten seiner Kollegen beim Vornamen genannt wurde, verstand etwas von seiner Arbeit. In den vergangenen Jahren hatte er vielen seiner Patienten helfen können. Nicht durch jenes klassisch-passive Zuhör-Frage-Verhalten, in welches viele seiner Fachgenossen nach einigen Berufsjahren zynisch und gelangweilt abzurutschen drohten. Nein, er besaß noch immer genügend Motivation, um mit Charme, Intelligenz und Intuition den Ursachen des Leidens seiner Patienten auf den Grund zu gehen. Vielleicht weil er es sich zu Beginn seiner Karriere zum erklärten Ziel gemacht hatte, kein verbohrter Durchschnittspsychologe mit Hang zur Standardanalyse berühmt-bedeutender Psychiater und Kollegen zu werden. Man hätte es auch Leidenschaft nennen können, denn sein umfangreiches, weit über seine eigentliche Disziplin hinausreichendes Engagement, ließ ihn oftmals unübliche Behandlungswege beschreiten. Möglicherweise erklärte dies auch seinen hohen Therapieerfolg.

Hektisch schrieb er wieder am Entlassungsbericht der Suizidpatientin. Im Hinterkopf plante er bereits, wie er den Bericht trotz des anstehenden Termins noch bis 15 Uhr fertigstellen könnte. Doch da, fünf Minuten vor Beginn der eigentlichen Therapiesitzung, klopfte es zaghaft an die Tür. Pünktlich war der Neue ja nicht. Oder war es jemand anderer?! Henrick überlegte, ob er hineinbitten solle. Den Stift in der Hand, rief er der Tür ein deutlich vernehmbares »Herein!« entgegen.

Keiner öffnete. Henrick wiederholte seine Aufforderung. Schließlich, einer Veralberung gleich, begann sich die Türklinke in Schneckentempo zu senken. Ein Mann mit schütterem Haar und auffallend weißem Hautteint linste in das Behandlungszimmer hinein.

»Guten Tag, Herr Bachspiel«, begrüßte der Psychologe betont beschwingt den scheuen Mann, der entweder nur sehr abgenutzte oder aber Kleidung aus zweiter Hand am Körper trug. Ein Pullover mit ansehnlichem Muster, der bleiche Stofflappen musste allerdings mindestens zwanzig Jahre auf dem Buckel haben. Dazu eine beige, ausgewaschene Kordhose, deren Saum ausfranste. Am Ausschnitt lugte ein Hemd hervor, dessen Kragen gefaltet unter dem Pullover verblieb. Die Halbschuhe schwarz und ohne Glanz.

Henrick stand auf, legte den Stift auf den Schreibtisch und reichte dem Herrn seine Hand über den Tisch entgegen. Bachspiel schüttelte sie verlegen, nur ein kleines, verhindertes Lächeln zuckte über seine Lippen. Schüchtern und leicht verzögert antworte er: »Tag, Herr Doktor.«

»Ich bin zwar noch nicht so weit, aber Sie können sich schon setzen.« Henrick deutete auf den rechts neben seinem Schreibtisch liegenden Gesprächbereich, in dem zwei gemütliche Stühle einander gegenüberstanden. Eine Couch befand sich an der hinteren Wand.

»Suchen Sie sich einen aus. Beide sind hervorragend gepolstert. Ich bin gleich bei Ihnen.«

Bachspiel lächelte gezwungen und entgegnete ein beklommenes »Danke«.

Den Stift wieder in die Hand genommen, verfolgte Henrick mit nachdenklicher Miene die auffällig langsamen Bewegungen seines Patienten. Bachspiel wählte jenen Stuhl, der den Blickkontakt zu dem am Arbeitstisch sitzenden Psychologen unterband. In mancherlei Hinsicht gefiel das Henrick – von einem Patienten angestarrt zu werden, derweil er noch etwas zu erledigen hatte, war ihm ein Graus. Vor allem, wenn dieser Patient für ihn ein noch unbeschriebenes Blatt war.

Fünf Minuten arbeitete der Psychologe mit strebsamer Hast. Bachspiel schien es nicht zu kümmern, seinen Therapeuten eventuell gestört zu haben. Vielmehr wirkte er mit sich und seinen Gedanken beschäftigt – mit inneren Auseinandersetzungen, Ängsten und Wahnvorstellungen.

Henrick klappte die Akte der Suizidpatientin zu, steckte die Verschlusskappe auf die Spitze seines Stiftes und wandte sich auf seinem Drehstuhl dem neuen Patienten zu: »So, Herr Bachspiel. Dann können wir jetzt auch beginnen.« Mit dieser Einleitung, die ihre Intonation auf »jetzt« legte, versuchte Henrick dem Patienten zu vermitteln, dass er beim nächsten Mal etwas pünktlicher zu kommen habe. Er ging zum Gesprächskreis herüber, in der linken Hand hielt er einen Papierblock, in der anderen eine Schreibunterlage mit Kugelschreiber. Auf der Unterlage klemmten zwei Blätter aus Bachspiels Akte, deren Inhalt Henrick für bemerkenswert hielt. Vor seinem Patienten Platz genommen – in einer Entfernung von etwa drei Metern – notierte er im oberen Bereich des Blockes Datum, Uhrzeit und Patientennamen sowie den vermuteten Formenkreis der Erkrankung: paranoide Schizophrenie. Bislang blieb dies aber ein vorläufiger Verdachtsbefund.

Henrick rekelte sich auf dem Stuhl und versuchte eine geeignete

Sitzposition zu finden. Dann, während er noch schrieb, eröffnete er mit einem nebensächlichen Kommentar über die Bequemlichkeit ihrer Sitzgelegenheiten das Gespräch: »Fantastische Stühle. Wir haben sie seit einer Woche, man sitzt wie auf Wolken. … Wie man sitzt, so spricht es sich dann auch.« Henrick lächelte. Doch vergeblich. Bachspiel reagierte nicht, weder gesichtsmimisch noch durch beiläufige Körpersignale. Neutral, ohne einen Hauch von Gefühlsregung, blickte er seinen Therapeuten an, möglich, dass er ihn missbilligte.

Henrick fuhr mit Routine fort: »Herr Bachspiel, ich hoffe, Sie haben sich gut eingelebt, so weit man das innerhalb dieser kurzen Zeit tun kann. Ihr Vorname ist Thomas … oder Gabriel? Auf dem Aktendeckel stehen zwei Vornamen.«

Mit ruhiger Abwesenheit antwortete Bachspiel: »Thomas. Gabriel ist mein zweiter Vorname.« Er wirkte in sich gekehrt, fast entrückt. Bei Zwangseingewiesenen nicht verwunderlich.

»Gabriel, wie einer der Erzengel«, merkte der Psychologe beiläufig an, schlug die Beine übereinander und sah dem Patienten entspannt in die Augen. »Sie sind nach Intervention Ihrer Eltern und Ihrer«, Henrick warf einen Blick auf die Aufnahmevermerke aus der Akte, »Ihrer 19-jährigen Tochter hierher gekommen. Sie hat Sie begleitet?«

»Ja, sie ist mit meinen Eltern hergekommen«, ergänzte der Patient kühl.

»Sie sind jung Vater geworden. Mit 21 oder 22 Jahren, richtig?«

Bachspiel nickte, fügte dieser Frage aber nichts außer einem längeren Wimpernschlag hinzu.

Henrick registrierte, dass er bei Bachspiel bereits auf einen wunden Punkt gestoßen sein musste. In Fällen wie diesem, wenn die Familie eine Zwangseinweisung eingeleitet hatte, war es nicht weiter verwunderlich, dass Angehörige in keinem guten Licht dastanden – zumindest zeitweise. Also vermied Henrick es vorerst, auf familiäre Angelegenheiten einzugehen und versuchte stattdessen über allgemein gehaltene Gesprächsthemen einen Zugang zum Patienten zu finden.

»Darf ich fragen, wie es Ihnen geht? Wie fühlen Sie sich? Haben Sie schon ein paar Mitpatienten kennen gelernt?«

Bachspiel entgegnete emotionslos: »Meinen Zimmernachbarn …
und noch ein paar Leute beim Frühstück. Ihre Namen hab' ich mir
nicht gemerkt.«

Henrick ergänzte dies mit motivierendem Tonfall: »Ihre Mitpatienten werden Sie heute und in den nächsten Tagen sicherlich noch
viel genauer kennen lernen. Es sind sehr nette Leute darunter. Ich
denke, Sie werden sich mit einigen sehr gut verstehen.« Noch ehe
Henrick seinen Satz vollenden konnte, erwiderte Bachspiel mit be-
langloser Miene: »Ich hab' keine Zeit, hier zu bleiben. Eigentlich
muss ich so schnell wie möglich wieder weg. Länger als ein paar
Tage geht's nicht.«

Henrick nickte sanft, blickte auf seine Unterlagen und notierte
das Gesagte. Es war nicht ungewöhnlich, wenn sich neue Patienten
mit Gedanken trugen, schleunigst wieder gehen zu wollen. Üblicherweise nahm nach fünf bis sieben Tagen jede Neuaufnahme von
solchen Gedanken wieder Abstand. Meistens schwand in dieser Zeit
auch ihr abweisendes Verhalten. Bachspiels stimmliche Gelassenheit
ließ Henricks Fachverstand allerdings verstärkt aufhorchen.

»Wieso wollen Sie wieder gehen?«, fragte er vorsichtig.

»Ich habe etwas zu tun, ich muss mich um etwas kümmern«,
antwortete Bachspiel und fügte nach einer kleinen Pause zögerlich
hinzu: »Es ist so was wie'n Auftrag. Ich muss ihn zu Ende bringen.
Ich kann das nicht warten lassen.«

Henrick schwieg einen Moment, blickte auf seinen Block und
überkritzelte ein Wort. Unverblümt hakte er nach: »Geht es dabei
um Weltuntergänge und Katastrophen?«

Bachspiel reagierte nicht. Henrick fügte an: »… um die Vernichtung der Welt, die Zerstörung allen Seins?«

Mit lauter gewordener Stimme antwortete Bachspiel: »Es ist kein
Weltuntergang. Es ist nur ein gewaltiges Desaster!« Die reservierte
Sitzpose des Patienten änderte sich. Trotzdem hielt sich sein körperliches Temperament auffällig zurück, wirkte nicht im Geringsten
bedrohlich oder gar bösartig. Vielmehr schien er aufgekratzt bedrückt; typisch für die Angst vor Kataklysmen – weltumspannen-
den Untergangsszenarien und Katastrophen.

Paranoid Schizophrene waren ein schwieriges Behandlungsfeld.

Die Erkrankung zeichnete sich insbesondere dadurch aus, dass der Patient seinen Wahn auf ein intelligentes, in sich schlüssiges Vernunft- und Ordnungssystem stützte. In der Therapie half es daher meist wenig, dem Erkrankten einfach nur die Bedeutungslosigkeit seiner Ängste und Wahnvorstellungen zu veranschaulichen, sodass er sie intellektuell nachvollziehen konnte, um schließlich einzusehen, dass alles ein Hirngespinst war. Nein, gerade weil sich der Wahn des Paranoiden auf ein intellektuell ausgetüfteltes Konstrukt gründete – meist wissenschaftlich fundiert –, war er davon überzeugt, Verschwörungen, Intrigen und Bedrohungen klar und deutlich erkennen zu können. Meinte der Patient also zu wissen, durch die Antennen auf dem Dach des Nachbarhauses ausspioniert zu werden, war es nutzlos, ihm die Unmöglichkeit sowie die Unsinnigkeit dieser Idee nahezubringen. Sein Erklärungsmodell förderte stets ergänzende Ideen und Möglichkeiten zutage, die ihm ohne jeden Zweifel von Neuem bewiesen, dass seine Vermutungen richtig seien.

Im ersten Schritt der Therapie war es daher für den Therapeuten zunächst wichtig, einen genauen Einblick in die Wahnwelt seines Patienten zu erhalten. Die dafür unumgängliche Befragung führte in der Regel dahin, dass der Therapeut vom Patienten selbst der Intrige oder Kooperation mit fremden Mächten bezichtigt wurde. Er stecke mit ihnen unter einer Decke und würde mithelfen, ihn – den Patienten – zu demütigen, zu beobachten, zu behindern oder gar zu vernichten. Dies machte Henricks Beruf hin und wieder sogar gefährlich.

»Was genau kommt in dem Desaster vor? Was löst es aus? Würden Sie mir das beschreiben wollen?«, bat Henrick den Patienten höflich um Aufschluss. Um nicht den Verdacht zu schüren, das Gesagte später als Unsinn zu brandmarken, lehnte sich der Psychologe ein wenig nach vorn – vertrauensvoll, als würde er die Erkenntnisse aus eigenem Interesse erfahren wollen. Dabei stützte er seinen rechten Ellebogen auf seine linke Hand, der Schreibblock ruhte währenddessen auf seinen übereinanderschlagenen Beinen.

»Ich darf keine Details über die Zukunft verraten. Jetzt darf noch niemand detailliert etwas darüber wissen«, warnte Bachspiel, den

Zeigefinger einen winzigen Moment auf den Psychologen gerichtet. Offensichtlich hatte der Erkrankte Angst vor Konsequenzen – vor der Weitergabe seines Wissens an Unbefugte.

»Aha, … und warum darf es niemand erfahren?«, fragte Henrick mit Bedacht.

»Weil sonst alles aus den Fugen gerät. Das passiert immer.«

Henrick schlussfolgerte: »Es ist also ein ziemlich gewaltiges Ereignis, es betrifft die ganze Menschheit?« Für einen kurzen Moment glaubte der Psychologe eine Aura wahrzunehmen – eine flimmernd auftretende Sichteinschränkung in seinen Augen. Meist das erste Anzeichen einer beginnenden Migräneattacke, unter der er ab und an litt. Irritiert wanderte sein Blick zum Fenster, zu umherschwingenden Baumkronen des Klinikinnenhofes.

Bachspiels Lippen wurden schmaler, er zog sie zurück und presste sie fest aufeinander. Gestik und Mimik sprachen von der Überzeugtheit seines Wahns. Trotzdem hatte er die daraus entstehende Spannung gut unter Kontrolle. Henricks Gesicht blieb neutral, er dachte über den Vermerk seines nächsten Spiegelstrichs nach.

»Warum können Sie mir nichts von dem Desaster an sich erzählen? Was passieren wird, wie der Ablauf sein wird. Das könnte schließlich für viele Menschen hilfreich sein. Berühmte Propheten der Geschichte haben mit ihren Fähigkeiten der Menschheit oft nützliche Dienste erwiesen. Warum sollten Sie Ihr Wissen nicht mitteilen dürfen?«

Bachspiel war von der Initiative des Therapeuten überrumpelt, doch die Antwort folgte prompt: »Weil ich kein Prophet bin. Und weil ich es noch nicht veröffentlichen kann. Es ist fragmentiert und unvollständig. Deshalb muss ich auch wieder von hier weg, damit ich meine Arbeit fortsetzen und beenden kann. Verstehen Sie das? Die werden das Ganze sonst zerstören. Die wollen nicht, dass ich meine Arbeit veröffentliche.«

»Wer sind *die*?«, insistierte der Psychologe geschwind. Bachspiel reagierte nicht.

Henrick wunderte es nicht, dass der Patient erst mal kein Wort über Details seiner inneren Wahnbilder verlieren wollte. Früher oder später, so seine Erfahrung, waren sie aber alle bereit, ihre Vorstellungen genauer zu beschreiben. Dann, wenn Henrick es geschafft hatte, sich dem Patienten erfolgreich als Gleichgesinnten zu präsentieren, der mit der Überzeugung des Erkrankten auf einer Stufe stand. Für diesen Eindruck musste er sich vollkommen auf die Regel-, Gedanken- und Gefühlswelt des Patienten einlassen. Alles, was gesagt und dargeboten wurde, wurde akzeptiert, ohne Zweifel oder Rückfragen. Henrick agierte dann sogar unterstützend, indem er die Logik des Patienten bestätigte sowie dessen Ideen nachvollziehend reflektierte. Diese Ebene ließ schließlich ein Vertrauensverhältnis zu, in dem der Therapeut dem Erkrankten das Gefühl vermitteln konnte, vom Wahrheitsgehalt des Wahns ebenso wie der Patient überzeugt zu sein. Dies war die Grundlage, auf der er den Erkrankten schließlich stückweise mit Ungereimtheiten konfrontieren und ihn in der Folge allmählich aus seiner Wahnwelt hinausgeleiten konnte.

Soweit jedenfalls die Theorie. In der Praxis erwies sich dies oft als ein sehr schwieriger und langsamer Prozess, der in seinen Erfolgsaussichten von Fall zu Fall erheblich variierte. Kein Mensch war eben wie der andere. Trotzdem maß Henrick dieser Form von Gesprächstherapie den größten Nutzen in der Behandlung paranoidschizophrener Patienten bei.

»Sie sagen also, dass Sie von einer bestimmten Personengruppe verfolgt werden – die verhindern will, dass Sie Informationen über den Weltuntergang veröffentlichen?«

Bachspiel ließ gegenüber Henricks eisernem Forschen eine ärgerliche Verzweifelung durchblicken: »Ich darf nichts Genaues darüber sagen. Wenn ich Ihnen etwas über die Zukunft sagen würde, würden Sie mit hineingezogen. Über kurz oder lang hingen Sie mit drin. Man würde Sie aufsuchen, damit Sie nichts von den geheimen Informationen an die Öffentlichkeit bringen.«

»Das würde ich ganz gewiss nicht«, entgegnete Henrick überzeugt.

Misstrauisch erkundigte sich Bachspiel: »Wieso nicht?«

»Dafür gibt es keinen Grund«, ergänzte der Psychologe. Bachspiel dachte kurz nach und schaute zu Henricks Schreibtisch herüber, dann fragte er: »Haben Sie sich jemals für Prophezeiungen interessiert, vielleicht ein paar Bücher über Edgar Cayce oder Mother

Shipton gelesen? Oder befassen Sie sich mit den Texten der Bibel, der Offenbarung? Nostradamus? Benutzen Sie Dechiffrierprogramme zur Entschlüsselung der Nostradamus-Centurien? Dies würde Anlass bieten, Sie aufzusuchen … und schließlich zu beseitigen.«

»Ich denke nicht, dass ich mich für derartige Dinge begeistern würde, nein.« Henrick lächelte selbstbewusst.

»Dann seien Sie froh! Denn wenn Sie sich für Derartiges interessieren würden, säßen Sie jetzt vielleicht schon mit drin!« Bachspiel unterstrich seine Aussage mit übertriebener Mimik und erklärte weiter: »Das Problem ist, dass der sogenannte Weltuntergang eigentlich schon längst stattgefunden hat. Er ist geplant und vorbereitet. Durch meine Kenntnisse kann aber die Erfüllung dieses Desasters noch aufgehalten werden, da ich die kommenden Ereignisse exakt kenne. Man will mich aus dem Weg räumen, weil meine Veröffentlichung das Desaster verhindert.«

»Man will Sie aus dem Weg räumen, weil Sie vom Weltuntergang wissen? Was ist dann mit Bibelforschern und Esoterikern, die auch bereits wissen, dass das Ende kommt? Werden auch sie aus dem Weg geräumt, weil sie vor dem Untergang warnen?«

»Nein, das spielt keine Rolle. Nur Menschen mit detailreichen Informationen über die Zukunft werden verfolgt. Zum Beispiel ist es absolut tabu zu wissen, wann eine Katastrophe genau einsetzt, also mit exaktem Datum und Ortsangabe. Eben deshalb werde ich verfolgt – weil ich die Details des Untergangs kenne. Menschen, die nur aus verschleierten prophetischen Texten oberflächlich davon wissen, sind nicht gefährdet. Weil sie keine exakten Informationen über die Zukunft haben und deshalb den Verlauf nicht beeinflussen können. Nur wenn man die Zukunft exakt kennt, kann man sie verändern.«

Henrick musste zugeben, dass ihn Bachspiels Geschichte zu interessieren begann. »Die Menschen, die also nur indirekt und bruchstückhaft wissen, dass die Welt untergehen wird, werden nicht verfolgt?«

»Richtig. Zudem wissen sie es aus vielen unterschiedlichen prophetischen Texten, die alle geringfügig variieren, sich gegenseitig sogar zu widerlegen scheinen und miteinander konkurrieren. Außerdem sind alle existierenden Prophezeiungen schemenhaft und nicht sehr genau, weshalb ihre öffentliche Publikation, zum Beispiel die Offenbarung in der Bibel oder Nostradamus' Vierzeiler-Verse, keine Verhinderung des geplanten Ablaufs provoziert. Die meisten Prophezeiungen sollen nur oberflächlich warnen. Aber es gibt eben noch etwas anderes«, Bachspiel wurde leiser, »innerhalb der meisten Prophezeiungen gibt es noch eine andere Form der Prophetie, eine Art Klarschrift. Und die habe ich entdeckt.«

Der Erkrankte schien mit seinen Wahngedanken bestens umgehen zu können. Er spann sich seine Schilderungen jedenfalls nicht gerade erst zusammen. Wenig überraschend für einen Verschwörungstheoretiker, brauchten sie doch nie lange überlegen: Ihre Wahngebilde waren oft so ausgefeilt, dass sie für nahezu alles sofort und ohne Umschweife eine logische Erklärung parat hatten.

»Weshalb sind die Personen, die Sie verfolgen, so gefährlich für Sie? Was genau macht sie gefährlich?«

»Was genau macht sie gefährlich?«, wiederholte Bachspiel genervt die Frage und fügte eine weitere hinzu: »Was sagte ich denn eben, was die mit mir vorhaben?« In sachtem Tonfall bekräftigte Henrick: »Sie wollen Sie aus dem Weg räumen?«, und machte sich eine Notiz auf seinem Schreibblock. »Wann sind diese Verfolger Ihnen zum ersten Mal aufgefallen?«

»Irgendwann, eines Tages, etwa vor sechs Monaten, … sie waren einfach da und hinter mir her. Sie hatten wohl rausbekommen, was ich tat. Ich konnte sehen, wie sie mir auf der Straße hinterhergingen, mich beobachteten. Wie sie sich abwechselten, ständig ganz neue Personen losschickten, um mich zu täuschen, mich zu verwirren. … Ich bekam es heraus, als ich sie einmal länger aus sicherer Deckung zufällig dabei beobachtete, wie sie sich miteinander absprachen – Personen, die mir minutenlang hinterhergegangen waren. Von da an war mir endgültig klar, dass ich es mir nicht einbildete. Dass sie tatsächlich hinter mir her waren, es auf mich abgesehen hatten.«

»Hm …«, stimmte Henrick nachdenklich seinem Gegenüber zu und notierte das Gesagte wieder auf seinem Block. »Also, diese Leute stellen Ihnen nach und …«

Bachspiel nickte: »Ja, sie beschatten mich … andauernd.«

Henrick wechselte den Beinüberschlag und hielt den Daumen auf dem Knipser seines Kulis. »Welche Art von Informationen haben Sie, dass diese Leute Sie aus dem Weg räumen wollen?«

Zögerlich kroch an Bachspiels Wangen ein Grinsen hinauf – so langsam, dass es ihm einen verschwommen-zweideutigen Ausdruck verlieh, irgendwo zwischen Irrsinn und Wutausbruch. Entgegen allem äußeren Anschein wurde Bachspiel aber nicht zornig, sondern fragte still: »Warum fordern Sie immerzu Details? Wie ich schon sagte, ich darf nichts davon erwähnen. Lassen Sie mich einfach damit in Ruhe. Ich bin nicht irre.«

Schonend erhob der Psychologe Einspruch: »Herr Bachspiel, keiner hat Sie als Irren bezeichnet. Diese erste Therapiesitzung dient dem Kennenlernen.« Mittlerweile rätselte Henrick, ob sein Patient ihn vielleicht schon der Kooperation mit den Verfolgern verdächtigte. Erneut warf der Therapeut einen Blick auf das oberste Aktenblatt: »Wir haben noch gar nicht über Ihr bisheriges Leben gesprochen. Sie sind, oder Sie waren, als Finanzbeamter im mittleren Dienst beschäftigt. Jetzt sind Sie seit fast vier Monaten beurlaubt.«

Äußerlich schien Bachspiel die Überleitung des promovierten Psychologen nicht zu stören, innerlich sah er sich jedoch aufgrund des Hinweises auf seine Zwangsbeurlaubung kritisiert. Unbewusst wuchs der Drang, seine momentane Situation zu verteidigen, doch Henrick stellte bereits weitere Fragen zu Bachspiels Berufsverhältnis: »Hat Ihnen die Arbeit im Finanzamt Freude bereitet? Haben Sie sich gut mit Ihren Kollegen verstanden?«

Bissig konterte der Patient: »Sparen Sie sich das einfach.« Wieder zeigte Bachspiel mit dem Finger auf Henrick, darüber im Bilde, dass sein Therapeut wusste, wie lange er über mehrere Monate hinweg allein und isoliert in seiner Wohnung gelebt hatte – zugemüllt, sozial abgekapselt und abgemagert, nur noch damit beschäftigt, Zahlencodes zu erstellen und diese in Bibeltexte und literarische Hinterlassenschaften großer Propheten einzusetzen.

»Ich hab' einfach keine Zeit mehr gefunden, mich um meinen Beruf zu kümmern. Ich hatte Wichtigeres zu tun. Wirklich wichtige Dinge.«

Erstaunt über die wüste Einsicht, zog Henrick missmutig die Mundwinkel zusammen, nickte und entgegnete heiser: »Ich verstehe.« Es folgte ein weiterer Vermerk auf seinem Notizblatt. Genötigt, etwas über Beruf und Kollegen zu erzählen, ging Bachspiel doch noch auf Henricks letzte Frage ein: »Mit meinen Kollegen bin ich eigentlich immer gut zurechtgekommen. Man hat sich akzeptiert, nicht gerade freundschaftlich, aber auch nicht so, dass man sich spinnefeind gewesen wäre. Wie das halt so ist, das Berufsleben.« Er wedelte mit der Hand, seine Augenlider klimperten. »Man muss sich nicht mögen oder ständig beieinanderhocken, zusammen grillen, verreisen oder so'n Zeug. Das gefällt mir sowieso nicht.«

Behutsam unterbrach Henrick Bachspiels Erklärung: »Haben denn Ihre Kollegen miteinander gegrillt oder sind miteinander verreist?«

Bachspiel antwortete gereizt: »Woher soll ich das wissen. Vielleicht, ja ... weiß nicht, was die gemeinsam unternehmen.«

»Sie waren selten dabei?«, stellte der Psychologe behutsam fest.

Bachspiel bejahte zunächst, nur um nach kurzem Innehalten zu korrigieren: »Ich meine, nein, ich war so gut wie nie bei so was dabei. Es interessierte mich eben nicht.«

Henrick nickte wieder, notierte das Berichtete in kurz gehaltenen Spiegelstrichen, während der Patient seine Aussage untermauerte: »Meine Kollegen sind oft grillen gewesen oder machten halt solche Kegelabende. Bei so was war ich kaum dabei, ich hatte wenig Zeit dafür ... und Geduld. Wenn man abends müde ist, hat man keine Lust, noch mit den ganzen anderen Einkommenssklaven«, er warf ein künstlich klingendes Lachen ein, »die einen den ganzen Tag nerven, den restlichen Abend zu verbringen. Man braucht auch mal Abstand.«

Angestrengt blickte er seinen Therapeuten an. Nach einigen Sekunden fragte Bachspiel vorwurfsvoll: »Denken Sie, ich sei ein Außenseiter?« Henrick reagierte nicht, er schrieb noch. Bachspiel empfand die Beschäftigung jedoch als Ausdruck provokanter Ignoranz – als Zustimmung zu seinem halbherzig verlautbarten Eingeständnis, ein Außenseiter zu sein. Er reckte seinen Oberkörper ein Stück zum Notizblock und deutete mit dem Zeigefinger darauf: »Sie schreiben das jetzt auf, stimmt's? Dass ich ein Außenseiter wäre?«

Sanftmütig entgegnete Henrick: »Nein, ich habe mir nichts dergleichen aufgeschrieben«, und stellte sogleich eine Gegenfrage: »Denken Sie, dass Sie ein Außenseiter sind?« Bachspiel schwieg, er wirkte enttarnt, verschränkte die Arme, schaute erneut in Richtung des Schreibtisches und gab erbost zum Besten: »War ja klar, egal was man sagt, alles kriegt man entsprechend ausgelegt ... wie im Film.«

»Im Film? Welchen Film?«

»Na, Sie wissen schon«, Bachspiel ärgerte das naive Nachhaken seines Therapeuten, »Filme, die in Klapsmühlen spielen, wo die Patienten von den Wärtern und Doktoren als Irre dargestellt werden. Und sie können tun und sagen, was sie wollen, es wird ihnen nicht geglaubt. Ihr ganzes Verhalten passt ins Schema. Alle glauben, dass die Patienten einen an der Waffel hätten.«

»Also, Herr Bachspiel, Wärter haben wir hier nicht. Und ich kann Ihnen auch versichern, dass das, was Sie sagen – dass Sie meinen, wir dächten, dass Sie einen an der Waffel hätten ...«

»Ja, ich weiß«, fuhr Bachspiel erzürnt dazwischen, »das hab' ich auch nur gesagt, weil es halt in manchen Filmen so aussieht«, und fügte dem Ganzen ein lautes »Mein Gott!« hinzu.

Etwa eine Minute saßen die beiden sich wortlos gegenüber, bis Henrick beschloss – so hart es auch werden mochte – einmal mehr auf Bachspiels Paranoia einzugehen. Hartnäckigkeit war eines jeden Psychologen charakteristische Eigenschaft.

»Ich habe noch ein paar Fragen zu den Personen, die Sie verfolgten. Sie sagten, dass Sie sahen, wie diese sich miteinander unterhielten und sich sozusagen in Ihrer Beschattung ablösten? Könnte man das so sagen?«

Beleidigt, noch immer die Arme vorm Brustkorb verschränkt, fasste Bachspiel lustlos seine Beobachtungen zusammen: »Ob sie sich wirklich ablösten, weiß ich nicht. Jedenfalls sah man, dass sie hinter mir her waren und dass sie sich miteinander unterhielten. Sie liefen mir nach, zum Einkaufen, überall dorthin, wo ich in der Öffentlichkeit unterwegs war. Dann tuschelten sie, sahen mich ganz genau an«, Bachspiel überlegte kurz, zog die Augenbrauen hoch und ergänzte: »Ich hätte mich verteidigt.«

Der letzte Satz deutete auf eine Geisteshaltung hin, die erhöhtes Gefahrenpotenzial mit einschloss. Henrick gab Bachspiels Glaubwürdigkeit statt und stellte weitere Fragen: »Wie haben Sie sich gegenüber den Spitzeln verhalten? Was haben Sie getan? Und … Sie hätten sich verteidigt? Wie meinen Sie das?«

»Wenn sie vorgehabt hätten, mir etwas anzutun, wäre ich ihnen zuvorgekommen. In den letzten zwei Monaten hatte ich stets eine Schreckschusspistole und ein Messer dabei. Wissen Sie, wie gefährlich es ist, ohne größeren Abstand einen Schreckschuss auf jemanden abzufeuern?«

Henricks Sirenen heulten. Nach außen war ihm seine Alarmiertheit jedoch nicht anzusehen.

»Gehe ich richtig in der Annahme, dass Sie vorhatten, diese Spitzel zu verletzen?«

»Wenn sie auf mich losgegangen wären. Wenn sie mir bis in den letzten Winkel einer kleinen Straße gefolgt wären, mich dort bedroht hätten, … dann hätte ich zuschlagen müssen, um mich zu verteidigen.« Unweigerlich leuchtete Bachspiel die Wirkung seiner Aussage ein, erregt fuhr er fort: »Natürlich nicht hier in der Klinik, ich bin nicht gewalttätig oder so, ich meine nur, falls es wirklich zu einer Konfrontation mit diesen Leuten *dort draußen* gekommen wäre. Ich bin ja nicht verrückt.«

Henrick war gewarnt, eifrig notierte er das Erzählte auf seinem Block und sah bereits die lästige Pflicht auf sich zukommen, Untersuchungen auf Zurechnungsfähigkeit seines Patienten durchführen zu müssen. Für heute und die nächsten Tagen sollte aber sein eng gestrickter Zeitplan dies unmöglich machen. So blieb ihm vorerst nichts weiter übrig, als eine zeitweilige Einzelunterbringung des Patienten anzuordnen.

»Fühlen Sie sich hier vor den Spitzeln sicher?«

»Auf jeden Fall. Das ist auch der einzige Vorteil an diesem Ort.« Bachspiel zeigte eine verträumte Gefälligkeit, ergänzt vom Nachsatz: »Das heißt nicht, dass ich hier bleiben werde.«

»Wieso sind Sie *hier* sicher? Wie sieht es mit dem Personal der Klinik aus, oder den Patienten? Könnte nicht jeder Mitarbeiter oder Patient einer Ihrer Verfolger sein?«

»Nein, hier trauen sie sich nicht rein. Das wäre zu gefährlich für den Verlauf ihrer Pläne. Das hätte äußerst fatale Folgen.«

Henrick nickte wieder, vom Verdacht beschlichen, dass sein Patient dies vorsätzlich behauptete, um die Bedenken seines Therapeuten abzudämpfen.

»Das heißt also, Personal und Patienten kommen nicht in Frage. Und warum genau?«

»Weil die Spitzel innerhalb der Raumzeit bereits festgelegt wurden. Es würde kompliziert werden, jemanden, der bereits einer von ihnen geworden ist, hier einzuschleusen. Dadurch müsste man in die gesamte Menschheitsgeschichte eingreifen, ohne an ihrem bereits stattgefundenen Verlauf etwas zu verändern. Sehr kompliziert, aufwendig und daher unwahrscheinlich. Außerdem wissen die, dass ich hier drin nur als Irrer mit einer unglaublichen Geschichte gelte, was mich zusätzlich vor ihnen schützt.«

Henrick erkannte, dass Bachspiels Wahn längst tief mit der Realwelt verschmolzen war. Die Behandlung würde sich sehr umfangreich gestalten.

»Herr Bachspiel, ich habe noch eine Frage zu Ihrer Methode des Auskundschaftens zukünftiger Ereignisse. Wie sind Sie zum ersten Mal mit Prophezeiungen in Berührung gekommen? Sie erwähnten ja vorhin die Verse des Nostradamus – wann lasen Sie zum ersten Mal in derartigen Texten? Und warum kamen Sie damit in Kontakt?«

Bachspiel verschränkte die Arme hinter den Kopf. Es gefiel ihm, danach gefragt zu werden: »Immer schon habe ich mich mit so was beschäftigt, aber eher nebenher, als 'ne Art Hobby, um meinen Hunger nach mystischen Geheimnissen zu stillen. Mehr als Unterhaltung habe ich dabei nie gesucht.«

»Das ist etwas ganz Selbstverständliches«, fügte Henrick vertrauensvoll hinzu, »viele Menschen interessieren sich für esoterische Themen.«

»Ja, trotzdem, oder gerade deswegen, konnte es kaum ein Zufall sein, dass ich während der Ausübung meines Hobbys auf die genauere Lesart prophetischer Texte gestoßen bin. Ich kam auf die Idee, dass hinter dem ganzen prophetischem Kram eventuell etwas ganz anderes steckt.« Bachspiels Worte wurden langsamer. Mit geheimnisumwitterter Stimme legte er seine Arme auf die Stuhllehnen und holte etwas weiter aus: »Prophezeiungen sind allesamt Hilfestellungen, um nicht unterzugehen. Wir wären schon untergegangen, wären da nicht jene vorhersagenden Schriften, die uns immer vor der absoluten Katastrophe geschützt haben. Etwas oder jemand versucht, uns damit zu helfen. Prophezeiungstexte sind sozusagen Leitlinien, vielleicht auch Methoden, um gegenzulenken. Sie sind einige von vielen helfenden Zahnrädchen, die die Menschheit retten können. Aber diejenigen, die mich verfolgen, wollen verhindern, dass ich der Menschheit die geplante, diesmal wirklich bevorstehende, grauenvolle Zerstörung der Welt mitteile. Diese Leute wollen die Menschheit zerstören. Sie haben sich gegen sie verschworen! Sie wollen eine neue Weltordnung! Und deshalb ist es diesmal so wichtig, dass die Menschheit die vollständigen exakten Details über die kommende Entwicklung kennt. Daran arbeite ich. Mehr darf ich Ihnen dazu aber jetzt noch nicht sagen. Erst wenn ich fertig bin.«

Henrick demonstrierte Erstaunen, indessen er mit dem Gedanken zu spielen begann, ob es lohnenswert sei, sein eigenes, privates Interesse an Esoterik zu erwähnen. So könnte er womöglich besser intervenieren. Zunächst aber wollte er noch ein wenig ausloten, wie gefährlich Bachspiel wirklich einzuschätzen war.

»Was täten Sie, wenn Sie die Klinik verließen und Ihnen die Verfolger erneut nachstellen würden, ... versuchen würden, Sie in die Enge zu treiben?« Bachspiels Augenbrauen senkten sich, brütend antwortete er: »Dann würde ich das tun, was ich tun muss.«

Der Psychologe nickte und notierte. Würde sich in nachfolgenden Gesprächssitzungen zeigen, dass der Patient auch in Klinikpersonal und Mitpatienten eine Gefahr sehe, müsste man ihn in eine Anstalt mit Hochsicherheitstrakt überstellen. Da Henrick sich der Implikation der letzten Bemerkung allerdings nicht hundertprozentig gewiss sein konnte, bat er den latent Gefährlichen, noch einmal zu verdeutlichen, was er mit dem fragwürdigen Konjunktiv anzudeuten vermochte: »Was *würden* Sie tun? ... Sie würden sich verteidigen? Zustechen? Schießen?«

Bachspiel blieb still. Dass er darauf nicht mehr zu antworten bereit war, war abzusehen. Wie die meisten Patienten in solch einer Lage, roch auch er die Maßnahmen, die sein Therapeut geneigt war einzuleiten. Henrick kratzte sich an seiner linken Wange und bilanzierte: »Sie wissen, dass Sie unter diesen Umständen keinesfalls aus einer psychiatrischen Klinik entlassen werden können?«

»Weiß ich.« Als wolle Bachspiel davon nichts hören, wippte er zweimal mit dem Stuhl. Henrick wunderte diese Übersprungshandlung nicht, sie zeigte Unsicherheit.

»Wie stellen Sie sich dann vor, von uns ohne Weiteres freigestellt zu werden?«

»Ich werde hier nicht lange bleiben.« Scheinbar von einem Wunder überzeugt, verschränkte Bachspiel wieder die Arme vor der Brust. Für ihn musste das Verlassen der Klinik eine feststehende Tatsache sein; etwas, das seiner Wahnvorstellung essentiell zugrunde lag.

Mittlerweile flimmerten erneut Aura-Schleier durch Henricks Gesichtsfeld. Es störte ihn. Seit Tagen häuften sich solche Erscheinungen. Zur Ablenkung strich er sich kurz durch sein fülliges Haar, räusperte sich einmal und sah wieder durch die Fenster hinaus zum Innenhof.

Um die Gesprächssituation etwas aufzulockern, legte Henrick nun seine Schreibunterlagen auf einen Stuhl beiseite. Es sollte dem Setting eine persönlichere Note verleihen – ohne sichtbare Beurteilung: »Wie weit dürften Sie gehen, wenn Sie mir etwas über die prophetischen Texte erzählen wollten?«

Bachspiel prüfte die Gestik seines Gegenübers, überlegte kurz und antwortete: »Ich könnte lediglich Andeutungen machen.«

»Das heißt, Sie könnten verworrene, zweideutige Beschreibungen anbringen?«

»Nein, ich könnte nur abstrakt etwas zur Gesamtentwicklung des Kommenden sagen. Keine Datumsangaben, keine Ereignisverläufe, auch nicht, welche Nationen in das Geschehen involviert sind. Würden wir uns zum Beispiel in der Zeit vor dem Zweiten Weltkrieg befinden, würde ich die Kriegsereignisse lediglich mit ›Gewalt‹, ›globale Zerstörung‹ und ›Verfolgung‹ beschreiben. ... Allerdings würde ich diese Wortbegriffe wohl auch verwenden, wenn es sich um Naturkatastrophen handeln würde. Eben weil es dieselben Folgen und Ausmaße hätte.«

Für einen kleinen, unkontrollierten Augenblick zeigte sich Henrick enttäuscht. Obwohl dies zur Methode des therapeutischen Settings gehörte, entsprang sein Ausdruck doch einer wahrhaften, persönlichen Unzufriedenheit – gern hätte er den Untergangsszenarien gelauscht. Bachspiel bemerkte diesen Ausdruck, doch vermochte er dahinter weder ehrliche Neugier noch Schauspielerei zu erkennen, sondern Enttäuschung – Enttäuschung darüber, dass Dr. Merten ihn nicht aushorchen konnte.

Mit gesenktem Haupt und düster gewordener Miene begann Bachspiel sein Gegenüber zu prüfen: »Wieso interessiert Sie diese Zukunft?«, und verlagerte mit Verrat witternder Langsamkeit seinen Oberkörper auf die rechte Stuhlseite. Vielleicht hatten die Spitzel doch Mittel und Wege gefunden, ihn selbst hier, mit Hilfe eines unscheinbaren Therapeuten, zu infiltrieren.

»Es interessiert mich einfach«, erklärte Henrick, »Ich finde es faszinierend«, und entschied, Bachspiel von seinem Esoterikhobby zu erzählen. Vorsichtshalber würde er sich aber wie ein Laie anstellen: »In meiner Jugend habe ich mir mal ein Buch über Hellsichtigkeit gekauft. Hintergründe geheimnisvoller und unerklärlicher Phänomene. Dieses Arbeitsfeld nennt sich Parapsychologie, ein Ableger der Psychologie.« Vielleicht, so die Idee des Therapeuten, würde diese Info allein schon reichen, um Bachspiel aufzutauen. Bewusst amateurhaft fügte Henrick hinzu: »Zwischen Himmel und Erde gibt es sicherlich mehr, als wir augenscheinlich wahrnehmen können.« Er zog die Unterlippe hoch, was seiner Aussage nicht gerade einen glaubhafteren Eindruck verlieh.

Bachspiel grinste. Er blieb eine ganze Weile stumm und musterte den Psychologen kritisch; die Haut zwischen seinen Augen gerunzelt. Dann fragte er unverblümt: »Dient das dazu, mich aufzuhalten, … um mich auszuhorchen?«

Henrick ließ die Vermutung des Patienten im Raum stehen, schwieg umsichtig und blickte vor Bachspiels Füße. Diplomatisch, die Hände auf seinen überschlagenen Beinen belassend, gab er zu denken: »Wenn ich einer Ihrer Verfolger wäre, was würde dann das Aushorchen bringen? Sagten Sie nicht, dass die Spitzel lediglich Ihre Unterlagen wollen? Und dass diese daheim liegen? Ergäbe es einen Sinn, Ihnen auch hier in der Klinik nachzustellen?«

Bachspiel schaute an Henrick vorbei, realisierend, dass er etwas gesagt hatte, was ihn nicht gerade glaubhafter machte. Aber musste er denn glaubhaft sein? Schließlich konnte er ja wirklich nicht ausschließen, dass der Therapeut ein Spion war! Anhand der seltsamen Fragerei und der aufgesetzten Interessenbekundung schimmerten zumindest Indizien dafür hindurch. Seine Gedanken kreisten. Und er musste endlich etwas sagen. Etwas, das Dr. Merten fürs Erste beschwichtigte.

Kleinlaut pflichtete er seinem Therapeuten bei: »Nein, hierher verfolgen die Spitzel mich natürlich nicht. Niemand in dieser Einrichtung kann ein Spion sein. Auch Sie nicht.«

Bachspiel war mit seinem Statement zufrieden. Einem eingeschleusten Spion versicherte es, nicht aufgeflogen zu sein, einem echten Therapeuten hingegen, dass sein Patient ihn nicht der Spitzelei verdächtigte. Bachspiel ging nicht gern so vor, aber in dieser Lage war es die einzige Möglichkeit herauszufinden, ob sich bereits Spitzel in der Klinik befanden.

Das brachte ihn auf eine weitere Idee. Vielleicht sollte er dem Therapeuten einfach einige seiner Informationen mitteilen. Das würde Vertrauen vorspielen. Auf diese Weise könnte er ganz allmählich herausfinden, was sie mit ihm hier wirklich vorhatten. Zudem würde man ihn vielleicht auch weniger beobachten.

»Was ließ Sie gerade glauben, dass ich ein Spitzel sei? ... Könnten sich etwa doch Spione hier in der Klinik befinden?« Henrick lehnte sich zurück, gespannt zu erfahren, welche Erklärung der Erkrankte dafür bereithielt.

Bachspiel konterte monoton: »Sicherlich haben dann meine Verwandten geplant, mich in eine Klinik mit Spitzeln zu stecken.« Der Patient grinste und erwiderte herausfordernd: »Wollten Sie eine solche Antwort von mir hören?«

Überrascht schüttelte Henrick den Kopf. Mit ironischer Selbstreflektion hatte er nicht gerechnet und konstatierte maschinell: »Demnach denken Sie nicht, dass es hier Spitzel gibt. ... Sie denken nicht, dass ich ein Spitzel bin?«

»Ich denke nicht, dass Sie ein Spion sind, nein«, und betonte: »ich meinte nur, dass man es *rein theoretisch* nicht ausschließen kann.«

»Wie hätte *ich* es werden müssen? Wäre ich angeworben worden?«

Bachspiel lachte abfällig und erklärte: »Nein. Natürlich wären Sie nicht angeworben worden.« Pikiert stieß er seinen Atem aus. »Etwas schlüpft in die Körper anderer Menschen, leiht sie eine Weile aus oder besetzt sie dauerhaft.«

Wie hatte Henrick das nun wieder zu verstehen? War es eine erneute Verunglimpfung? Steckte dahinter Prinzip, um eine Therapie zu verhindern?! Mit langsamen Worten wiederholte er die Aussage des Patienten: »Irgendetwas *schlüpft* also in die Gestalt von Menschen. … Sind diese besetzten Menschenkörper dann in irgendeiner Form auffällig? Haben sie ein auffälliges Verhalten, an dem man sie erkennt?«

Bachspiel verneinte kopfschüttelnd, seine Augen geschlossen – er wirkte plötzlich wie ein überkandidelter Lehrer, der seinem begriffsstutzigen Schüler die erforderlichen Lektionen erteilen müsse: »Die übernommenen Personen bleiben so, wie sie sind. Genauer gesagt besitzen Spione nach der Übernahme des Körpers das gesamte Erinnerungsvermögen der Wirtsperson. Also alle Eigenschaften, die das übernomme Subjekt vorher ausmachten: Persönlichkeit, Charakter, Stärken und Schwächen.« Bachspiel pausierte einen Augenblick und wurde leiser. »Aber da ist noch etwas anderes … etwas, das ich erst vor wenigen Wochen herausgefunden habe. Und das ist die eigentliche Quintessenz: Menschen werden nicht einfach zu Spitzeln, sondern sie *waren* es schon immer! Ihr gesamtes Leben lang. Nur wussten sie es nicht, bis sie abkommandiert werden – sozusagen ihre Aktivierung erfahren – und ihr neues, wahres Ich erscheint.«

Bachspiel legte eine rhetorische Pause ein, blickte nach links zur Tür, als wolle er sich des Schutzes vor Lauschern versichern. Mit gemächlicher Stimme setzte er wieder an: »Schlafende Spitzel sind die beste Art der Infiltration, eine nahezu unmerkliche Maßnahme. Sie können überall und jeder sein … ich habe gesehen, wie es geschieht, ich konnte es beobachten.«

»Wer macht sie zu Spitzeln? Wer oder was steckt dahinter?«

»Das ist die Frage. Jedenfalls sind die dahinter steckenden Leute allmächtig, kontrollieren alles, selbst die Zeit, und sie versuchen, jeden auszuschalten, der die Geheimnisse ihrer prophetischen Texte verstanden hat.«

Henrick erstaunte die Mitteilung: »Habe ich das richtig verstanden: ›ihrer prophetischen Texte‹? ... Prophetische Texte stammen von den Auftraggebern dieser Spitzel? Warum das? Welche Texte sind es?«

»Alle prophetischen Texte stammen von diesen Auftraggebern. Alle, die je geschrieben wurden. Es dient der Zeitbeeinflussung. Sie wollen damit eine neue Weltordnung erschaffen.«

»Aber, ... warum veröffentlichen diese Leute dann alles als allgemein zugängliche Texte? Beispielsweise die Offenbarung Johannes? Wieso lassen sie all diese Texte so offen stehen!?«

»Die Texte dienen der Aktivierung von Spitzeln. Durch sie erhalten sie ihren Auftrag.«

»Aha, aber eins verstehe ich dann trotzdem nicht: Sollen diese Prophezeiungen die Menschen denn nicht in erster Linie vor Katastrophen schützen? Oder sind prophetische Texte nur für die Spitzel bestimmt?«

»Prophezeiungen sollen Menschen schützen, ja, aber nur diejenigen, die den Auftraggebern gefallen – Personen, die beim Aufbau der neuen Weltordnung für sie von Vorteil sind. ... Trotzdem aber dienen die verschlüsselten Textinhalte vor allem der Aktivierung von Spitzeln, zur Orientierung und Planung eines Auftrages – um etwas im Zeitablauf verändern zu können.« Bachspiel wurde hastiger: »Verstehen Sie, es sind ganz normale Menschen, die im Bedarfsfall aktiviert werden, zur Korrektur des Zeitablaufs. Und diese Leute wissen über ihre eigene Identität selbst nicht Bescheid. Wer sie sind und was ihr Auftrag ist. Jeder kann es sein – nur sehr wenige dieser Spitzel wissen von ihrem Auftrag und ihrer Identität.«

Darauf wusste Henrick etwas zu kontern: »Selbst Sie könnten also eigentlich ein Spitzel sein?« Henrick beglückwünschte sich, konnte er so doch anfangen, Bachspiel in seinem Wahngebäude einzukreisen. Doch der antwortete unbeeindruckt: »Ja, selbst ich könnte es sein. Wir beide könnten Spione sein.«

Einen Moment fühlte sich Henrick wie ein blutiger Anfänger, wagte aber sofort die nächste These: »Vielleicht arbeiten wir Hand in Hand, und das alles hier ist eine Verschwörung, in der wir letztendlich einen Auftrag zu verrichten haben.«

»Möglich, aber eher unwahrscheinlich.«

Verstimmt gestand sich der Psychologe ein, dass sein paranoid-schizophrener Patient ein verdammt cleveres System kreiert hatte. Zugleich empfand er Erleichterung darüber, zuvor nicht allzu viel von seinem esoterischen Interesse ausgeplaudert zu haben. Es hätte unnötige Verdachtsmomente heraufbeschworen, gar die Bestätigung geschaffen, dass ihm selbst, innerhalb von Bachspiels Wahnidee, eine besondere Rolle oder Bedeutung zukäme. Möglicherweise hätte es dem Erkrankten sogar die Grundlage geliefert, seinen Wahn auf die gesamte psychiatrische Klinik auszuweiten.

»Wenn es eines Tages geschieht, verstehen Sie, wovon ich geredet habe. … Dass dahinter mehr als eine verrückt klingende Geschichte steht.«

»Wenn was passiert?«

»Das größte Desaster der Menschheitsgeschichte«, betont hob Bachspiel den rechten Arm und streckte seine flache Hand empor. »Dann erst werden Sie wissen, was genau in diesem Augenblick … überall um uns herum, auf der ganzen Welt, im Geheimen passiert. Eine Verschwörung!«

Henrick schwieg und schaute seinen Gesprächspartner reaktionslos an. So gut es ging, versuchte er seine Neutralität aufrechtzuerhalten.

»Noch einmal zu den Wirtskörpern … Ich könnte also auch jemand von ihnen sein? Von den Personen, die Sie verfolgen.«

»Ja, nur aus diesem Grund könnten Sie hier in der Klinik ein Psychologe sein. Nur, um mich testen zu wollen.« Bachspiel fuhr gespielt detektivisch fort: »Sie könnten den Therapeuten geben und mich gleichzeitig insgeheim ausspionieren wollen. Um herauszubekommen, was ich weiß und wie gefährlich ich für euer weiteres Vorgehen wäre. Und Sie selbst wüssten noch nicht einmal, dass Sie ein Spitzel sind – von außen gesteuert, würden Sie Ihre Aufgaben erledigen.«

Auf die absichtlich vorgetragene Verdächtigung formulierte Henrick eine für Bachspiel unpässliche Anschlussfrage: »Meinten Sie nicht gerade noch, dass ich auf keinen Fall einer Ihrer Verfolger sein kann?« Henrick lächelte und schob selbstbewusst hinterher: »Glauben Sie es jetzt?«

Für den Psychologen unersichtlich, erschrak der Schizophrene über den zweideutig wirkenden Satz: »Glauben Sie es jetzt?« – War dem vermeintlichen Therapeuten etwas herausgerutscht? Bachspiel grübelte. Fühlte sich Merten vielleicht durch die Offenlegung geheimer Vorgehensweisen provoziert? Oder war es doch nur ein gedankenlos hervorgebrachter Satz?

Betont gelöst antwortete der Erkrankte: »Keine Ahnung, was ich glauben soll. … Was sollte ich denn Ihrer Meinung nach glauben?«, und begutachtete Henrick misstrauisch. Beide schwiegen einige Sekunden, dann setzte der Patient mit langsamen Worten nach: »Sie sagten, dass Sie sich in Ihrer Jugend mit Hellsichtigkeit auseinandergesetzt haben. Mit was genau haben Sie sich dabei beschäftigt? Welche Gebiete der Esoterik sind Ihnen ein Begriff?«

Ein Hitzeschwall stieg Henricks Oberkörper hinauf, er bereute, von seinem Hobby erzählt zu haben. Schwärmerisch gab er zu Bachspiels Frage allgemeine esoterische Eckdaten zum Besten: »Ich besitze eine kleine Büchersammlung, vom Pendeln bis hin zur Nummerologie … Nahtod-Erfahrungen. Die Rätsel der Pyramiden, Atlantis, und die verborgenen Geheimnisse der Antike. Wünschelrutengänge habe ich selbst schon einmal durchgeführt. Eine erstaunliche Erfahrung!«

Bachspiel traute dem Gesagten nicht. Immer mehr versank er in der Annahme, der Therapeut könne ein Spitzel sein, möglicherweise ein noch nicht aktivierter Spitzel, der über seine eigene Identität nichts wusste. »Interessant, was Sie erzählen. Sicherlich wissen Sie aber weit mehr, als Sie mir glauben machen wollen.«

Henrick fragte sich indessen, ob Bachspiel ihn aufgrund seines Wahns oder seiner schlechten schauspielerischen Leistung verdächtigte? Vielleicht lag es auch an seiner daherschwafelnden Interessenbekundung, die nicht zu seinem differenzierten Therapeutenverhalten passte.

Der Patient fragte: »Dürfte ich Sie etwas Persönliches fragen oder besser noch, Ihnen ein Rätsel stellen? … Wenn Sie mit dem Rätsel nichts anzufangen wissen, es nicht lösen können, weiß ich, dass Sie niemand von denen sein können.«

Henrick überlegte eine Sekunde, dann nickte er einverständlich, wunderte sich aber über die absurde Idee. Denn, wüsste er auf das Rätsel zu antworten, würde er selbstverständlich Unwissenheit fingieren. Was brächte es also? War sein Patient wirklich so naiv?

Bachspiel wirkte ruhig, machte es sich im Stuhl bequem und begann zu erklären: »Nehmen Sie die Centurien-Tafel des Nostradamus und setzen Sie Folgendes ein.« Er zeigte zum Stuhl, auf dem der Psychologe seinen Schreibblock niedergelegt hatte und machte mit der Hand eine schreibende Bewegung. Henrick zog den an der Unterlage angeklemmten Stift ab und reichte ihn Bachspiel. Der machte Andeutungen, dass er selbstverständlich auch den Block mit dem Papier dazu bräuchte. Henrick löste einige der Schreibblätter und übergab sie ihm zusammen mit der Unterlage.

»Ich werde Ihnen etwas aufschreiben. Was Sie damit anzufangen haben, müssen Sie selbst sehen. Es wird klären, wer Sie sind.«

Henrick verstand, was das Ganze zu bedeuten hatte. Da Bachspiel in der Klinik nicht mehr an seinem Entschlüsselungswerk weiterarbeiten konnte, suchte er nun mit Ersatzelementen diesen Ausfall zu kompensieren – indem er den psychiatrischen Aufenthalt als Schicksal, gar als eine Art Erfüllung seines Auftrages begriff. Das war positiv, vielleicht schuf er so gleichfalls schon die Basis, auf der er seine paranoide Erkrankung später würde überwinden können.

Angestrengt kritzelte der Patient auf einem der überreichten Blätter herum. In der Mitte des Papiers schrieb er eine Art mathematische Formel auf, links daneben seltsame, noch nie gesehene Symbole und Zeichen, die aus Strichmustern bestanden. Während er noch schweigend skizzierte, leicht im Stuhl eingesackt und konzentriert auf das Blatt starrend, fing er wieder an zu reden: »Wissen Sie, Doktor, wären Sie ein bereits aktivierter Spitzel, würden Sie mir sofort auffallen. Ich kenne dieses Verhalten. Ich frage mich vielmehr, ob Sie ein noch nicht aktivierter Spitzel sind, ein Schläfer. … Wenn Sie also das Zeug hätten, zu verstehen, was ich hier für Sie aufzeichne, dann stehen Sie möglicherweise kurz vor ihrer Aktivierung.« Er grinste. Um das Aufgeschriebene besser beurteilen zu können, legte er seinen Kopf nachdenklich zur Seite und wechselte wirr das Thema: »Selbst solche Katastrophen, die nicht vom Menschen gemacht sind, Katastrophen also, die nicht aufgehalten werden können, können durch gezieltes Eingreifen zumindest insoweit abgemildert werden, dass das Unglück nur wenige Menschenopfer fordert ... wenn man vorbereitet ist, also Datum, Uhrzeit und Ort exakt weiß.«

Henrick erwiderte: »Vielleicht ist es nicht gut, wenn man den Untergang verhindert. Besonders dann, wenn man all dies in einer Prophezeiung glasklar mit Datum und Uhrzeit gelesen hat.«

Bachspiel schüttelte unduldsam den Kopf und konterte: »Es muss eine Bedeutung haben, dass ich in die Lage versetzt wurde, Prophezeiungen zu entschlüsseln. Es hat seine Richtigkeit, es kann kein Zufall sein. Es zeigt, dass ich den Untergang verhindern soll.«

Dem Psychologen war nun hinlänglich bewusst, dass das Primärziel des Patienten darin bestand, eine Erlöserrolle einzunehmen. Die Errettung der Welt, die Bachspiel durchspielen musste, damit er genesen konnte. Für Menschen, die im Alltag nicht von Bestätigung, Lob und Anerkennung gestützt wurden, war dies ein Mechanismus, um Bedeutung und Wert zu erlangen. Entsprechend schlüssig war demnach auch das Wahngebäude konzipiert. Denn falls der Untergang wider Erwarten nicht eintreten sollte, hätte Bachspiel die Zerstörung der Welt verhindert und könnte sich, aufgrund seines undurchschaubaren Wahnsystems, insgeheim damit brüsten, die Menschheit errettet zu haben. Ein geradezu klassischer Fall, wie aus dem Lehrbuch.

Wieder untermalte Bachspiel sein Zeichnen mit beiläufigen Hinweisen: »Sie kennen doch sicherlich Nostradamus' Worte an seinen Sohn César und an ›Heinrich den Glücklichen‹? Die Briefe, die er ihnen schrieb? Dort deutet Nostradamus an, dass die Zukunft noch nicht fest steht. Er sähe die Dinge erst, nachdem sie geschehen sind, was bedeutet, dass er uns erst jetzt sieht, bei dem, was wir tun. Seine Verse stellen Ereignisse dar, die wir *noch* in der Lage sind zu verändern. Seine Verse und das Weltgeschehen spiegeln sich ineinander – jetzt in diesem Augenblick. Wir können also wählen, welche Zukunft wir haben wollen – ich darf die drohenden Katastrophen somit verhindern, ich soll sie verhindern!«

Henrick stimmte seinem Patienten zu: »Schon möglich …«, gab aber zu bedenken: »Vielleicht *erzeugt* diese Spiegelung aber auch erst die Veränderung und beeinflusst den Lauf der Dinge. Dann würde Nostradamus mit Hilfe dieser Prophezeiungen die Zukunft aktiv mitgestalten, weil Leute wie Sie darauf reagieren, ja sogar Staatsmänner oder Staaten darauf reagieren.«

Bachspiel nahm die Augen von der Skizze. Ohne mit dem Kritzeln aufzuhören, prüfte er skeptisch das Gesicht des Therapeuten. Wollte er ihn erneut herausfordern? Denn schon wieder posaunte der vermeintliche Psychologe ein Gesetz unsichtbarer Zeitkontrolle hinaus. Henrick fühlte sich vom spitzen Blick seines Patienten allerdings vielmehr aufgefordert, seiner vorangegangenen Überlegung Nachdruck zu verleihen: »Außerdem, falls sich Nostradamus' Verse und unsere Zeit tatsächlich ineinander spiegeln, würde dies doch geradezu bestätigen, dass die Zukunft nicht mehr zu ändern ist?!«

Unbeeindruckt entgegnete Bachspiel: »Nein, denn ich bin die Änderung dieser Zukunft. Ich soll sie mit der Veröffentlichung meiner Ergebnisse verändern. Ich habe mich schon an die Medien gewandt.«

»Das weiß ich.« Henrick sprach Dokumente in der Akte an, die beschrieben, wie Bachspiel mehreren Fernsehsendern seine Theorien anzudrehen versuchte. »Was sagte man Ihnen dort?«

Bachspiel wurde laut: »Lassen Sie mich in Ruhe! Verdammt noch eins!«

Schmerzlich erinnerte er sich an den ihm dort entgegengebrachten Unglauben. Niemand beim Fernsehen hatte ihn für voll genommen, seinem Wissen Aufmerksamkeit gezollt. Nicht mal beim Privatfernsehen hatte er landen können, das sich anfänglich zwar interessiert zeigte, ihn jedoch später mit dem Argument zurückwies, dass sein Thema die momentanen Interessen der Zuschauerklientel nicht berücksichtigen würde. Auch machte die Kompliziertheit des Themas einen Beitrag im Boulevardfernsehen untauglich – aber in dieses Kuriositätenkabinett wollte Bachspiel sowieso nicht.

»Was in der Akte steht, sollten Sie ignorieren«, beruhigte sich Bachspiel selbst, »mir ist es das jedenfalls.« Er hörte mit dem Kritzeln auf, riss den beschriebenen Teil aus dem Blatt und übergab das

Schriftstück dem Psychologen. Henrick nahm den Zettel mit Würde an sich, demonstrierend, dass er die Information für sehr wertvoll erachte. Schließlich bestand der vielleicht wichtigste Therapieansatz darin, dem Patienten nicht grundlegend zu widersprechen, ihn nicht veralbern oder demütigen zu wollen – worin allemal weitere Neurosen des Patienten begraben lagen.

Bachspiel, noch immer wegen der Erwähnung seines Veröffentlichungsversuchs misslaunig, erklärte Henrick das Aufgezeichnete: »Was Sie dort in der Mitte erkennen können, ist eine Formel. Eine Formel, mit der Sie in den Nostradamus-Centurien an ein paar Informationen gelangen können. Wie Sie allerdings anzuwenden ist, verrate ich nicht. Es ist ein Rätsel, das Sie automatisch lösen werden, wenn Sie die dafür benötigten Eigenschaften besitzen.«

Der Psychologe blickte auf den Zettel und brummte einsichtig. Ihn überkam das Gefühl, dass er mit dem Papier und der mitgelieferten Anweisung bereits zu stark mit Bachspiels Wahngebilde verflochten sei. Vielleicht sollte er Bachspiel besser abgeben? Ein Kollege könnte dann besser auf die Gewieftheit des Patienten vorbereitet werden und einen besseren Einstieg in den Fall finden.

Henricks Blick klebte auf dem Blatt. Bachspiel half dem Therapeuten weiter: »Links neben der mathematischen Formel haben Sie eine zu knackende Symbolreihe, mit der Sie die Formel umstellen, auflösen oder zur richtigen Einsetzung in die Nostradamus-Centurien bringen können. … Und die vielen, kleinen Striche, die ich überall auf dem Blatt verteilt habe, haben auch etwas zu bedeuten. Nur was?«

Henrick stimmte die Gestalt angenommene Form des Wahns nachdenklich – zusammenhangloses Gekritzel aus Strichen und erfundenen Symbolen. Letztere wiederholten sich und standen in einer Reihe; sahen wie eine Erklärung aus. Alles zusammen wirkte weder überzeugend noch logisch, vielmehr wie ein hilfloser Versuch, Verwirrung zu stiften und großen Eindruck machen zu wollen.

Der Patient stellte Bedingungen: »Tun Sie mir bitte einen Gefallen: Behalten Sie den Zettel für sich, ganz allein. Erzählen Sie niemandem davon! Versuchen Sie, von selbst auf die Lösung zu kommen. Folgen Sie Ihrer Eingebung. Denken Sie an etwas Persönliches, um die Formel zu knacken. Wenn es Ihnen gelingt, sehen wir weiter.«

Bachspiel gab Henrick die Schreibunterlage zurück. Dem Psychologen wollte allerdings nicht der Sinn hinter diesem Vorhaben einleuchten. Rechnete sein Patient nicht damit, dass Henrick das Rätsel vorsätzlich unerledigt lassen würde? »Wie wollen Sie mit diesem Test eigentlich herausfinden, ob ich ein Spitzel bin? Wäre ich einer, würde ich mich doch gar nicht bemühen, die Aufgabe zu lösen! Ich würde Ihnen erzählen, dass ich die Aufgabe nicht verstanden hätte.«

»Mein Anliegen ist, herauszufinden, ob Sie ein noch nicht aktivierter Spitzel sind – ein Schläfer. Sind Sie es, werden Sie sich von allein, ganz automatisch, mit der Aufgabe beschäftigen, das Rätsel lösen können. Bereits aktivierte Spitzel brauche ich nicht zu testen, sie würde ich an ihrem Verhalten sofort erkennen.«

»Nun gut«, lächelte Henrick verlegen. Er versuchte den Zettel an die Unterlage zu klemmen, während ein leuchtender Aura-Schleier erneut durch seine Augen blitzte. Wieder warf der Psychologe einen irritierten Blick zum Fenster hinaus.

Bachspiel bemerkte Henricks Mimik und wunderte sich. Warum schaute Merten ständig an ihm vorbei? Was hatte das zu bedeuten? Irgendetwas konnte nicht stimmen. Schon überkam den Schizophrenen ein Verdacht, eine unbedingte Gewissheit: Sie beobachteten ihn! Möglicherweise mittels modernster Instrumente – Sensortechnik, die in der Lage war, Gedanken zu lesen. Eine Fernsehsendung berichtete einmal über derart geheime Studien: Messapparate, die ursprünglich im militärischen Bereich Anwendung finden sollten. Eine Technik, die ohne viel Aufwand in den Wänden versteckt werden konnte. Mertens Blick könnte eventuell die Funktionalität solcher Geräte prüfen! Natürlich konnten sie damit nicht feststellen, was exakt er dachte, aber es war möglich herauszufinden, wie intensiv er sich Gedanken machte, welche Gehirnregionen gerade aktiv waren.

Das brachte Bachspiel auf seine Tochter, wie er ihr einst von dieser Sensortechnik erzählt hatte, sie aber einen Alltagseinsatz als für »zu unwahrscheinlich und unsinnig« ablehnte. Selbstverständlich war ihm bewusst, dass die Spitzel längst auch ihren Körper übernommen hatten. Sie hätte nie dazu beigetragen, ihren Vater in eine psychiatrische Anstalt zu stecken. Sie hätte ihm stattdessen geholfen, gegen die Spitzel vorzugehen – es war so offensichtlich! Manchmal fragte er sich, für wie blöd ihn seine Verfolger eigentlich hielten? Sie unterschätzten ihn erheblich. Gott sei Dank, musste man meinen, so besaß er wenigstens eine Chance, die Menschheit vor ihrem Untergang zu retten – und koste es sein Leben! Letztendlich würde man ihn für seinen Einsatz bewundern, seinen Mut und die gerissene Scharfsinnigkeit verehren. Aber Bewunderung wollte er nicht. Wenn alles überstanden war und er überlebt hatte, würde er Ehrerbietungen strikt ablehnen.

Entzückt von seinem charakterlichen Großmut, breitete sich ein Lächeln in seinem Gesicht aus.

Henrick klemmte Bachspiels Zettel mit dem Kuli an die Schreibunterlage.

»Ja, Herr Bachspiel. Das war ein interessantes Gespräch. Ich würde sagen, wir machen für heute Schluss und treffen uns in drei Tagen zu einem weiteren Gespräch. Zur selben Zeit am gleichen Ort? Freitag, den 13., wieder um 15 Uhr? Abergläubisch sind Sie nicht, oder?«

Henrick machte einen letzten Spiegelstrich auf seinem Stichpunktzettel und schrieb dahinter: »Dominal forte?«. Er wollte seine Kollegen später darauf hinweisen, einen anderen Medikamentenwirkstoff zum Einsatz zu bringen. Zur Behandlung der festgestellten Symptome war das derzeitig eingesetzte Mittel definitiv zu schwach, sodass man sich einen Probelauf mit dem sowieso erst in einigen Wochen anschlagenden Wirkstoff sparen konnte.

Der Psychologe stand auf und wartete, dass sich auch Bachspiel erhob. Der blieb, lächelnd und ganz in Gedanken versunken, sitzen. Henrick erwiderte das Lächeln und sah auf seinen Patienten herab. Starrsinnig glotzte der geradeaus, vor den Bauch seines Therapeuten.

»Herr Bachspiel? Unsere erste Stunde, unsere Zeit ist jetzt vorbei«, konkretisierte er drängend und beugte sich hinunter, um dem Patienten in dessen Blickfeld zu begegnen. Bachspiel rührte sich nicht, stur starrte er weiter.

»Herr Bachspiel?«

Da, als sei gar nichts gewesen, erwachte Bachspiel aus seiner

Trance und schaute den zu ihm hinuntergebeugten Therapeuten mit entrückter Miene an.

»Ja, richtig«, stammelte er, »Sie haben recht! Es wird Zeit, unsere Zeit ist vorbei.«

Was ging nun schon wieder in ihm vor? Henrick stimmte die Bemerkung nachdenklich. Seinem Termindruck geschuldet, entschied er sich aber, der Äußerung keinen weiteren Spiegelstrich zu widmen.

Als müsse er sich orientieren, ließ Bachspiel den Kopf im Büro umherwandern. Henrick lächelte und streckte ihm die Hand entgegen. Beflügelt stand sein Patient auf und ergriff ungewöhnlich fest die Hand des Psychologen, fester als noch zu Beginn der Sitzung. Den plötzlichen Wandel realisiert, vermutete Henrick hinter dieser Gestik einen Ansatz von Vertrauen. Nicht mal annähernd die Idee zu Ende gebracht, zerstörte sein Patient auf dem Weg zur Bürotür diese Zuversicht wieder: »Dann bis Freitag. Warten Sie aber nicht zu lange auf mich.« Zaghaft, wie er eingetreten war, schloss er die Tür hinter sich, davon überzeugt, die Klinik bis Freitag verlassen zu haben.

Ermüdet von diesem obskuren Einstiegsgespräch, schüttelte Henrick den Kopf und wandte sich seinen Schreibtischunterlagen zu. Den von Bachspiel überreichten Zettel heftete er ohne Vermerk in die Patientenakte.

Mittwoch, der 11.

Einige Minuten war Henrick schon wach. Ein Gefühl körperlicher Zermürbung signalisierte ihm, schlecht geschlafen zu haben. Zusammengekauert lag er auf der rechten Seite seines Ehebetts. In dem mit Rollläden abgedunkelten Zimmer tastete er nach Diana, konnte jedoch nur mehr die Abwesenheit seiner Frau feststellen. Sie hatte einen wichtigen Termin beim Internisten.

Nicht nur, dass Henrick schlecht geschlafen hatte, auch ein altbekannter, stechender Schmerz, der sich vom Rücken hinauf in den Nacken zog, begrüßte ihn mit gewohnter Dreistigkeit. Falls er heute nicht bereit wäre, seine Pein mit Schmerztabletten und einem Wärmepflaster zu behandeln, würde dieser Tag ein verdorbener sein.

Nach der Nachttischlampe suchend, gelangte Henrick benommen an seinen Wecker und warf zunächst einen Blick auf das beleuchtbare Ziffernblatt: 7 Uhr 30 – bis zu seinem gesetzten Tagesbeginn konnte er noch eine halbe Stunde schlafen. Wenn da nicht der Schmerz gewesen wäre, der ihm die Lust darauf nahm. Obendrein bemerkte er, dass die verspannte Nackenpartie auch einen derben Kopfschmerz zu generieren begann, der später sicherlich in einer seiner häufigen Migräneattacken münden würde. Glücklicherweise fing sein Arbeitstag heute erst um 12 an – ausreichend Zeit für Gegenmaßnahmen blieb also.

Gequält setzte er einen Fuß vor das Bett, der zweite folgte. Er richtete sich auf und wischte sich einmal mit der linken Hand durchs Gesicht, die andere legte er sich für ein paar kräftige Massagebewegungen in den Nacken. Helfen tat dies in der Regel kaum, diesmal schien es besonders nutzlos. Ohne lang zu zögern beschloss er, im Bad nach geeigneten Schmerzmitteln zu suchen.

Im großen Spiegelschrank über dem Waschbecken kramte er nach einer Aspirintablette, fand aber keine, stibitzte sich stattdessen eine fast abgelaufene Paracetamoltablette aus den Fächern seiner Frau. Die Wirkung würde eine Weile auf sich warten lassen. Bis dahin empfingen seine Schläfen – mit jeder schnelleren Bewegung – einen immer heftigeren Kopfschmerz. Seit Tagen zeigte sich seine Migräne vermehrt, in Form sogenannter »Aura-Schleier« – einer flimmernden Einschränkung seiner visuellen Wahrnehmung, die durch entzündliche sowie durchblutungsbedingte Prozesse im Gehirn ausgelöst wurde. Brechreiz und Lichtempfindlichkeit rundeten die Qual ab.

Während er mit geschlossenen Augen auf dem Rand der Badewanne vor sich hindöste, überlegte er in einer Mischung aus Verzweiflung und Galgenhumor, wie viel Kaffee und andere koffeinhaltige Getränke er sich an diesem Vormittag wohl einflößen müsse, um seine Konzentrationsfähigkeit zumindest so weit zu steigern, dass er an der heutigen, alle zwei Monate stattfindenden Psychiatrie-Gesamtkonferenz aufmerksam teilnehmen könne. Ganz zu schweigen davon, wie viel Koffein es maximal sein durfte, damit seine Migräne sich nicht wieder unnötig verstärkte.

Das Aufstehen vom Rand der Wanne peinigte ihn. Mit geschlossenen Augen griff er nach dem Frotteemantel hinter der Badezimmertür, legte ihn sich über den Unterarm und schlürfte mit Hausschlappen in die Küche des geräumigen 120-Quadratmeter-Appartements – einer ruhigen, im Herzen der Stadt gelegenen Parterrewohnung.

Er setzte Kaffee auf. Anders als sonst schaltete er diesmal auch das Radio an, warf einen Blick in den Kühlschrank und schlüpfte erst jetzt, bei offen stehender Kühlschranktür, in den Bademantel. Aus dem einzigen Lautsprecher des Empfängers tönten die letzten Akkorde des Liedes »Down under« von »Men at work«. Henrick ließ die Musik laufen, doch als nächster Titel setzte »Die Roboter« der Musikgruppe »Kraftwerk« ein. Sofort nervten ihn die ständigen Wiederholungen des Refrains und er fragte sich, was er sich eigentlich dabei gedacht hatte, das Ding einzuschalten? Nein, er brauchte einfach nur Ruhe und – selbst wenn es seine Migräne verschlimmern sollte – reichlich Kaffee. Erschöpft schaltete er das Radio aus.

Während die braune Brühe mit leisem Köcheln durch den Filter lief, beschmierte er zwei trockene, von gestern übrig gebliebene Brötchen mit Teewurst. Noch bevor der Kaffee fertig war, hatte er sie aufgegessen. Er zog die gläserne Kanne aus der Maschine, nahm sie zusammen mit einer leeren Tasse in die linke Hand, indessen er in der rechten zwei mit Milch und Zucker befüllte Kännchen trug. So ausstaffiert spazierte der schlecht in den Tag gestartete Therapeut ins Wohnzimmer, wo er es morgens genoss, gemütlich auf der breiten Ledercouch zu sitzen, Fernsehen zu schauen und seinen Milchkaffee zu trinken. Nur heute wollte aufgrund der vorhandenen Schmerzen keine richtige Stimmung aufkommen. Und im Fernsehen lief auch nur der übliche Käse, nichts mit Anspruch: Nachrichten vom Vortag, kitschige Seifenopern, Kindersendungen oder bildgewaltige US-Dokumentationen über Kriegstechniken, die nichts weiter zum Ziel hatten, als unter dem Deckmäntelchen eines Informationsbeitrags jugendlichen US-Amerikanern Bock auf den Armeedienst zu machen. Warum musste dieser Kram auch in Deutschland laufen?

Fünf Minuten lang sprang Henrick gelangweilt von Sender zu Sender und spürte schließlich eine Sendung über die Folgen des weltwirtschaftlichen Zusammenbruchs der späten 1920er Jahre auf. Schnell begann ihn der Bericht aber zu langweilen und er schaltete weiter. Kam überhaupt etwas Vernünftiges? Er suchte nach der Programmzeitung. Als er sich mit pochendem Kopfweh ungelenk nach der am anderen Ende der Couch entdeckten Fernsehzeitschrift streckte, verschüttete er einen Teil seines Kaffees auf das Sitzleder. In Eile suchte er in der Ablage des gläsernen Couchtisches nach einer Papierserviette und blieb währenddessen gezwungenermaßen längere Zeit auf einem Nachrichtenkanal hängen. »Nostradamus' Prophezeiungen zur Gegenwart« lautete der plakative Name der fahrig aufgezogenen Sendung, dessen Titel in der rechten, oberen Bildecke dauerhaft eingeblendet blieb. Trotz der albern gesponnenen Dramaturgie – von einer tiefen Männerstimme pointiert untermalt – weckte sie seine Aufmerksamkeit.

»… wurden von dem wohl berühmtesten Pestarzt seiner Zeit vorsätzlich in unklaren und verworrenen Vierzeilern hinterlegt. Waren es tatsächlich hellseherische Fähigkeiten, mit denen er unser aller Zukunft voraussah? Wollte er warnen, uns vor Gefahren schützen, indem er uns ein prophetisches Vermächtnis hinterließ? Oder war er ein Scharlatan, der geschickt wusste, Gutgläubigkeit und Beeinflussung von Menschen für sich auszunutzen? … Kannte er wirklich die Zukunft? Und wenn ja, worauf deuten dann seine Vierzeiler hin?«

Zum herumeiernden Geschwafel schwangen alptraumartige Bildeinstellungen umher, übersät von aufwendigen Animationen und Effekten, welche filmisch festgehaltene Geschichte mit fiktiven Zukunftsszenarien mischten. Obwohl belustigt von der thematisch simpel gestrickten Auseinandersetzung – die Person Nostradamus wurde in solchen Sendungen immer übertrieben mystifiziert – entschied sich Henrick, der Doku zu folgen. Was Besseres lief eh nicht.

»Waren es Kenntnisse über Astrologie und Astronomie, über die er künftige Geschehnisse herleiten konnte? Überkamen ihn Visionen?

Oder besaß er möglicherweise Informationen aus noch ganz anderen Quellen? Einige Forscher vermuten heute, dass es mitunter das Wissen geheimer Logen, antiker Überlieferungen und ein tieferer Einblick in die Bedeutung der Offenbarung des Johannes waren, durch die der tief im katholischen Glauben verwurzelte Nostradamus an Details über die Zukunft gelangte. ... Doch selbst wenn die Prophezeiungen des berühmten Sehers einen wahren Kern besitzen, bleibt offen, was sie eigentlich sind, für was sie *in Wahrheit* erstellt wurden? Sollen sie uns tatsächlich nur warnen? Oder beinhalten sie doch mehr – eine Möglichkeit, die drohende Zukunft aktiv zu verändern?«

Noch ehe sich Henrick darüber freuen konnte, eine Dokumentation gefunden zu haben, die dem Wahn seines Patienten entsprach, erstaunte ihn, in welcher Exaktheit sich der letzte Sprecherkommentar mit Bachspiels Theorie zur Beeinflussung künftiger Ereignisse deckte.

In Gedanken versunken – ohne weiter bewusst der Sendung zu lauschen – starrte er auf den Fernsehbildschirm. Angestrengt versuchte er sich den Inhalt des gestrigen Settings zurück ins Gedächtnis zu rufen, um Bachspiels Wahnideen noch einmal detailliert mit dem eigenen, umfangreichen Wissen über Nostradamus zu vergleichen.

Henrick erhob sich von seinem Sitzplatz. Mit dem Kaffee in der Hand ging er hinüber zum Esstisch, einem rechteckigen, schön anzusehenden Tisch aus dunkler Eiche. Auf einem Stuhl am Tischende stand seine Aktentasche, darin Bachspiels Unterlagen. Er kramte mit seiner freien Hand zwischen ein paar mitgenommenen Patientenakten umher, bis er den Wisch mit dem albernen Geschreibsel fand. Vielleicht, so mutmaßte er, entdecke er an der Formel etwas, durch das er Bachspiels Vertrauen gewinnen könnte.

Mit dem Zettel in der Hand ging er zurück zur Couch, setzte sich und nahm einen großen Schluck von seinem Kaffee. Die Lautstärke des Fernsehers heruntergeregelt, vertiefte er sich mühsam in die Kritzelei. Vielleicht könnte sie zumindest seinem esoterischen Fachwissen eine anregende Kniffelei anbringen.

An der Tasse nippend, begutachtete er phantasierend die mathematische Formel und die links danebenstehenden Symbole. Sollten sie wirklich etwas Tieferes bedeuten, ergänzt von all den willkürlich auf dem Zettel gesetzten Strichen? Im Grunde war das nicht nur unwahrscheinlich, sondern vollkommen absurd. Vor allem die vermeintliche Formel, hinter der sich unmöglich wahre Mathematik verbergen konnte, so vollgestopft und kompliziert war sie. Einfach lächerlich!

Fünf Minuten studierte Henrick noch die Zeichnung. Dann trank er seinen Kaffee aus und erhob sich von der Couch. Den Fernseher laufen lassend, begab er sich mit Bachspiels Papier in sein großes, chaotisches Arbeitszimmer.

Das Öffnen der Zimmertür gab die Sicht auf vier an der Wand platzierte Computer frei. Auf den Schreibtischen neben den Rechnern befanden sich Bücherstapel. Am Boden schichteten sich Berge unterschiedlicher Papiere und Blättersammlungen, Akten, Taschen und allerlei Kleinkram. Ganz der Therapeut, enthielten die Bücher-türme überwiegend psychologische Werke. Neben den Klassikern von C. G. Jung, Freud oder Bleuler fanden sich vor allem aktuelle und zeitnahe Werke darin. Auch nicht zu übersehen, dass einige Stapel mit pseudowissenschaftlichen Themenkomplexen durchmischt waren.

An der linken Wand, rechts neben dem Fenster, hing eine ein mal ein Meter große Karte, bedruckt mit vielen, winzigkleinen Lettern, deren Gesamtbild einen gewaltigen Teppich aus Buchstaben formte. Näherte man sich der Karte, konnte man innerhalb des Zeichensalats clusterartige Abtrennungen erkennen, die, bei genauerem Hinsehen, wiederum in Buchstabenreihen, -blöcke und Schriftzeilen unterteilt waren. Das Plakat selbst stellte die Centurien des Nostradamus dar, abgebildet im altfranzösischen Original, allesamt in einem einzigen, riesigen Buchstabenklotz vereint.

Henrick schaltete seinen Hauptrechner ein, jenen Computer, der als einziger auf der rechten Wandseite des Raumes stand. Auf dem dazugehörigen Schreibtisch fristete auch der größte Anteil an Blät-tern, Stiften und Papieren sein regelloses Dasein. Nachdem er ein aufwendiges Dechiffrierprogramm für Nostradamus-Centurien gestartet hatte, zog er Bachspiels Zettel heran und verglich den mathematischen Unsinn mit eigenen Formeln. Er zweifelte. Könnten seine Programme überhaupt etwas Verwertbares aus Bachspiels Phantasiegekritzel zutage fördern? Für gewöhnlich generierte seine Software aus den Centurien-Versen nur andere Wort- und Letternkombinationen, deren Sinngehalt man anschließend neu deuten konnte.

Er gab die Formel ein. Wie erwartet, blieb der Versuch erfolglos. Bachspiels Mathematik war erst gar nicht in der Lage, als passender Programmbefehl akzeptiert zu werden. Henrick überlegte. Er schrieb einen Teil der Formel um und probierte es erneut. Wieder nichts. Dann gab er nur Bruchstücke ein und überlegte zuletzt sogar, ob er die vielen Kritzelstriche zählen und deren Summe in die Platzhalter der Formel eingeben solle. Und was sollten eigentlich die Symbole bedeuten? Nein, das Ganze konnte nur bewusst inszenierte Irreführung sein, einzig dem Zweck geschuldet, das Wahngebäude aufrechtzuerhalten.

Trotzdem, von der Formel inspiriert und durch einen spielerischen Instinkt getrieben, holte sich Henrick zur Steigerung seiner Konzentration die Kaffeetasse aus dem Wohnzimmer, schenkte sich nach und begab sich zur Fortsetzung seiner Arbeit zurück an den Rechner. Schließlich sollte Bachspiel als vorgeblicher Untergangsexperte die allgemeinen Entschlüsselungs- und Dechiffrierprogramme für die Nostradamus-Centurien kennen. Ergo *musste* der Zettel etwas Verwertbares enthalten! Was es aber mit den kryptischen Symbolen und den überall verteilten Strichen auf sich haben sollte, wollte Henrick einfach nicht aufgehen. Eine Ablenkung?

Inzwischen war sein Kopfschmerz zwar schwächer geworden, doch noch immer spürbar. Weiterer Kaffee, überschlug er, könnte sich auf die Linderung seiner Schmerzen nun kontraproduktiv auswirken. Als er noch darüber nachdachte, überkam ihn bereits ein erster Anflug von Migräne, offenbart als wohlbekanntes Flimmern in seinen Augen – der »Aura«. Die Medizin entlehnte den Begriff dem spirituell-esoterischen Sprachgebrauch, der dort als Bezeichnung für das den Menschen pulsierend umgebende Energiefeld galt. Fast gleichgültig sah Henrick den sich etablierenden Schlieren innerhalb seines Gesichtsfeldes zu.

Was sagte Bachspiel noch zu ihm? »Folgen Sie Ihrer Eingebung. Nehmen Sie etwas Persönliches, um die Formel zu knacken.« Grübelnd starrte Henrick auf den rechten oberen Ausschnitt des alten Röhrenmonitors, dessen Reflektion ihm nun die hinter ihm an der Wand hängende Centurien-Karte ins Bewusstsein rückte. Plötzlich, unter Anleitung des Patientenkommentars, fügten sich für ihn zwei Puzzleteile ineinander. Von einer aberwitzigen Idee beseelt, probierte Henrick eine nahezu abwegige Befehlseingabe aus.

Ein Gespräch mit Peter

Morgens, um halb acht, einen Tag darauf.

Henrick war in Eile, schnell rannte er über den Klinikparkplatz zum Eingang der Psychiatrie. Kraftvoll und entschlossen öffnete er die Tür zu einem Treppenhaus, das ihn ins Stockwerk von Station 9 führen sollte. Sein enormes Tempo galt Peter Wahlberg, einem befreundeten Fachgenossen, dem er gestern, in einer Pause der Psychiatrie-Gesamtkonferenz, versehentlich mitgeteilt hatte, dass er durch Recherchen des von Bachspiel überreichten Zettels zu einem erstaunlichen Ergebnis gelangt war. Ein Missgeschick gegenüber seinem Kollegen, das Henrick wohl wegen seiner immer heftiger gewordenen Migräne unterlief, die seine mentale Leistungskraft erheblich herabgesenkt hatte. Zuletzt so stark, dass er die Konferenz sogar frühzeitig verlassen musste.

Heute, einen Tag später, wollte Henrick gegenüber seinem Kollegen diese etwas seltsam anmutende Bekanntgabe korrigieren, wenn nicht gar revidieren, bevor dieser es anderen Mitarbeitern erzählen konnte. Eigentlich war die Äußerung nicht weiter tragisch, nur könnte sie letzten Endes dazu führen, dass sich Henrick – wie schon einmal – der Kritik seiner Kollegen aussetzen müsste. Für die Fachkollegen sah es seinerzeit so aus, als würde sich Henricks analytisches Denken mit esoterischen Bezügen durchmischen, somit seine fachspezifische Objektivität in Gefahr bringen. Um diesen Eindruck zu zerstreuen, bekräftigte er schon damals, dass sein Interesse an Esoterik ausschließlich der psychoanalytischen Intervention und dem besseren Verständnis seiner Patienten diene. Das war plausibel und für den Erfolg seiner Arbeit auch vollkommen legitim. Allerdings entsprach es eben nicht der ganzen Wahrheit, denn privat interessierte er sich seit eh und je für Esoterik – in einer Weise, die mit einer professionellen Tätigkeit als praktizierender Psychologe nicht zu vereinbaren war. Zumindest nicht so, dass Henrick, bei eventuellem Durchsickern seiner vermeintlichen »Entdeckung« – und sei es nur als Gerücht – nicht Gefahr liefe, einen schweren Image-Kratzer davonzutragen.

Glücklicherweise erfuhr Henrick gestern noch von Peter, dass dieser wegen eines wichtigen Termins am heutigen Donnerstag bereits ab 7 Uhr in der Klinik war. Seinen Kollegen frühmorgens abzupassen und ihn auf die gestrige Äußerung indirekt anzusprechen, schien Henrick die einzige Möglichkeit, einer drohenden Rufschädigung noch aus dem Wege zu gehen.

Mit einer kleinen Mappe ausgestattet – um das Anliegen seines frühen Besuchs zu kaschieren – stieg er die Treppenstufen des C-Gebäudes empor, als ihm plötzlich eine bekannte Stimme ein gut gelauntes »Morgen!« entgegenrief. Sie gehörte Dr. Andreas Rosenthal, leitender Psychiater von Station 3, auf der auch Bachspiel einquartiert war. Für die Klinik belegte der Arzt letzte Nacht den medizinischen Bereitschaftsdienst, von dem er sich nun auf den Heimweg begab. Schon plagte Henrick der Verdacht, dass Rosenthal von Peter bereits seine absurde Geschichte erfahren haben könnte.

»Morgen Andreas«, antwortete Henrick sichtbar erschöpft. »Ist Peter schon auf Station?«

»Ja, er sitzt drin.« Rosenthal deutete mit dem Daumen rückwärts auf eine massive Glastür, die sich mittels elektrischer Hydraulik jetzt laut hinter ihm schloss, und fuhr fort: »So früh? Was gibt's denn Dringendes? Hat wieder einer Stress gemacht?« Währenddessen strich sich der hoch gewachsene Arzt die wenigen Haare über seine ausufernde Stirnglatze. Henrick wiegelte lapidar ab: »Nein, nur der übliche Schreibkram.«

»Dir noch einen angenehmen Arbeitstag. Wir sehen uns«, entgegnete Rosenthal, ehe er mit einem freundlichen Lächeln die Treppe hinunterstapfte. Mehr Smalltalk war so früh am Morgen nicht möglich.

Henrick öffnete die massive Glastür zur neunten Station. Vorwiegend behandelte man hier Patienten mit suizidalen Tendenzen, Depressionen, Borderline-Syndrom oder Essstörungen. Beim Eintreten grüßten ihn auch schon einige seiner Patienten; wie jeden Morgen fanden sie sich um diese Zeit im Speiseraum ein. Von Henricks befreundetem Kollegen war jedoch nichts zu sehen, auch anderes Personal schwirrte nirgends herum. Bevor er ziellos umhersuchen würde, nahm er Vorlieb mit einem rot gepolsterten Stuhl an der Eingangstür der Station. Von hier aus genoss er eine hervorragende Sicht auf die Frühstückenden. Jetzt erspähte er auch einige Pädagogen, die neben ihren Patienten am Frühstückstisch saßen.

Henrick blätterte gerade in einem mitgebrachten Prospekt über Reisen ins australische Outback, als irgendwo im nicht einsehbaren Bereich des Stationsganges eine hydraulische Feuerschutztür aufging. Nach einigen Sekunden versackte das elektrische Brummen und Henrick hörte, wie die schwere Tür mit einem lauten Schlag zuknallte. Am Ende des sich weit erstreckenden Ganges kam Peter um die Ecke, damit beschäftigt, Patientenzimmer und Aufenthaltsräume zu kontrollieren – ob Wasser in den Bädern lief, jemand sich vorm Frühstück gedrückt hatte oder anderweitig Unfug getrieben wurde. Die reguläre Aufgabe eines Psychologen war dies nicht. Da Peter aber vor seinem Patiententermin noch Zeit übrig hatte, musste er sich wohl gegenüber dem Frühschichtpersonal bereit erklärt haben, die anstehenden Zimmerkontrollgänge zu erledigen.

Noch hatte Peter – der bei seiner unüblichen Tätigkeit außerordentlich routiniert wirkte – seinen Kollegen nicht entdeckt. Henrick erhob sich und ging ihm entgegen. Erst da erfassten Wahlbergs Augen seinen Fachgenossen, den er sofort mit einer verdutzten Handbewegung grüßte. Henrick winkte zurück.

»Morgen Henrick! Was gibt's denn?« Das Kollegengesicht sprach Bände, Ärger witternd.

»Nichts Besonderes. Ich würde dich gern was wegen gestern fragen. Habe von der Konferenz ja kaum was mitbekommen und muss deshalb nachhaken. Weißt ja, die Migräne hat mich völlig benebelt. Würde es dir passen? Möglichst jetzt?«

Henrick gefiel seine Ausrede. Mit Umweg über die Konferenzthemen könnte er leicht auf Bachspiels Zettel zu sprechen kommen und so anschließend seine diesbezüglich getanen Äußerungen als Ursache seiner Konzentrationsschwäche widerrufen.

Ohne lang zu überlegen, schlug Peter vor: »Setzen wir uns ins Büro?«

Das Dienstzimmer lag auf der rechten Seite des Stationsganges, zusammen mit Bädern, Freizeit- und Werkräumen. Auf der gegenüberliegenden Seite befanden sich die meist doppelt belegten Patientenzimmer.

Peter setzte sich an einen breiten Büroschreibtisch, der unterhalb zweier hoch gelegener Kippfenster im hinteren Bereich des Dienstraumes stand. Die Wände des rechteckigen, circa vier mal vier Meter großen Büros waren freundlich dekoriert, mit Filmplakaten, bunt zusammengestellten Bildercollagen und viel selbst gebasteltem, aber nett anzusehendem Kitsch. Eine der Fotocollagen zeigte einen Politiker mit fratzenhaft verzogenem Gesicht und Heiligenschein, vor einer riesigen Menschenmenge eine Rede haltend.

An den Wänden verteilten sich Aktenspinde, daneben jeweils türlose Regalschränke, voll gepackt mit alten Arzneimitteln, Kaffeetassen, Sammelordnern und Formularvordrucken. Die Mitte des kompakten Ambientes verschönerte ein runder, circa 50 Zentimeter hoher Tisch; um ihn herum standen Rattansitze mit geneigter Rückenlehne. Vordergründig diente das Ensemble der Dienstübergabe, auch Gespräche mit Patienten wurden des Öfteren hier geführt.

Henrick setzte sich direkt vor eine der zum Bersten vollen Ablagen. Ein vom Nachbarstuhl herübergeholtes Kissen stützte seinen Nacken. Peter prüfte den Terminkalender und fragte: »Um was dreht sich's?«

»Also, ich wollt' dich nur bitten, mir noch mal ein paar Einzelheiten der Konferenz zu schildern. Hab' mir wenige Notizen gemacht. Und dann noch die Sachen, die ich eh verpasst habe.« Henrick klappte seine Mappe auf, in der er die wichtigsten Stichpunkte der

Konferenz vermerkt hatte. »Die Sache mit den neuen Ausgangsregelungen ist nicht ganz angekommen, schätze ich.« Henrick zückte einen Stift und zeigte Aufnahmebereitschaft. Peter richtete zur Überlegung die Augen zur Decke und versuchte, das Besprochene aus dem Gedächtnis zu rekonstruieren.

»Das war … da ging's um die Angelegenheit mit der Ausgangssituation der drei 17-jährigen Jugendlichen letzte Woche, die ihren Ausgang wiederholt zum Kauf von Alkohol genutzt hatten. Wir sind zu der Übereinkunft gekommen, Alkoholkäufe generell bis zu einem bestimmten Grad neu zu bewerten. Wie wir da vorgehen werden, haben wir nicht endgültig entschieden. Das blieb offen, weil sich da die Oberen noch mal informieren müssen. Kriegen wir aber 'ne Info drüber. Entweder wir werden für jeden Patienten wieder eine eigene Regelung einführen, oder wir werden die Altersgrenze für junge Erwachsene anheben.«

Henrick schrieb eifrig mit, die Info war tatsächlich nützlich, er besaß sie nur in Bruchstücken.

»Okay … ja, hab' ich. Hast du deine Unterlagen nicht bei dir?«

Peter verneinte und fragte: »Warum hast du mich gestern nicht angerufen? Ich hätte die Aufzeichnungen mitgebracht.«

Henrick antwortete mit logischer Beharrlichkeit: »Hab' absolut nichts mehr auf die Reihe bekommen. Selbst einfachste Gedanken fielen mir schwer. Bin früh zu Bett gegangen.« Jetzt sah er die Chance gekommen, sein eigentliches Anliegen anzusprechen. »Darüber hinaus hab' ich Bachspiels Dokument etwas zu viel Ehre zuteil werden lassen. Hab' zwar scheinbar wirklich einen Zugang zu seinem Wahn gefunden, weiß aber nicht mehr, wie ich gestern noch auf die besagte ›mögliche Zukunftsschau‹ kam … dass er den sogenannten Nostradamus-Code geknackt hätte. Völliger Blödsinn.«

In Peters Gesicht schrieb sich ein differenziertes Lächeln, welches umgehend von einer Portion Verständnis abgelöst wurde; dem Kollegen dämmerte der wahre Grund für Henricks frühmorgendlichen Besuch.

Wahlberg war kein scharfer Kritiker. Im Gegenteil, für das beruflich ambitionierte Erforschen esoterischer Themenkomplexe hegte er gegenüber seinem gleichaltrigen Kollegen sogar Bewunderung.

Ferner empfand er es weder verwerflich noch eigenartig, dass Henrick in Anbetracht der Involvierung in die oft mystisch untermalten Wahngebilde seiner Patienten nicht in jedem dieser Fälle klare therapeutische Distanz wahren konnte. Allerdings ahnte Peter auch nicht, dass Henrick der Esoterik auch sonst mit durchaus geringer psychologischer Fundiertheit begegnete.

»Hm, das heißt, du hast dich vertan mit dem, was du diesbezüglich erwähntest?«

Henrick spürte, dass Wahlberg ihn durchschaut hatte. Umgehend ergriff er die Initiative: »Peter, ich will's dir ganz ehrlich sagen: Gestern Morgen, vor der Konferenz, hab' ich noch geglaubt, mit Hilfe des Zettels etwas Besonderes gefunden zu haben. Etwas, das sich nun aber als schlichter Unsinn herausgestellt hat.« Henrick strich sich mit den Fingern vom Kinn zum Hals hinab.

»Das heißt«, stützte Wahlberg die knappe Erklärung, »du hast dich geirrt?«

Henrick nickte und bemühte sich um ein möglichst einsichtig-verärgertes Gesicht.

»Und jetzt willst du deine Überlegungen sozusagen … zurücknehmen?«

»Peter, ich hab einfach Blödsinn geredet und Blödsinn untersucht. Ich wäre dir halt nur dankbar, wenn du …«

Spontan unterbrach ihn Wahlberg: »Du denkst, ich würde es herumerzählen?« Missmutig schüttelte er den Kopf. »So was bleibt unter uns, das weißt du. Wie lange kennen wir uns?« Müde zog der Kollege die Schultern hoch, was eine ungewollt dehnbare Interpretation seiner Aussage zuließ. Passend hielt Henrick Peters aufmunterndem Bekenntnis entgegen: »Ich weiß. Ich will nur nicht, dass man mich für versponnen hält.«

»Es geht dir um deine Reputation? Deshalb machst du dir Sorgen? Für mich ist's in Ordnung … und für die paar Kollegen, die unser Gespräch mitbekamen, sicher auch.«

»Wer hat was mitbekommen? Wann?« Wie vor den Kopf gestoßen, rätselte Henrick, was Peter meinte. Sie hatten in der Pause allein am Fenster des Konferenzraumes gestanden, er hatte sich nur mit Peter unterhalten. Wie konnte jemand etwas mitbekommen haben?

»Mir war selbst schleierhaft, weshalb du ausgerechnet dort darüber reden wolltest. Ich gab dir Zeichen, unser Gespräch später fortzusetzen. Vielleicht lag's an deiner Migräne.« Wahlberg hob tröstend seine Hand. »Es waren drei oder vier Leute. Wahrscheinlich dachten die, dass du Bachspiels Fall beschreibst. Schätze, die wussten nicht, in welchem Kontext das stand. Außerdem konnte man auf der anderen Fensterseite sicherlich nicht jedes einzelne Wort verstehen, sie sprachen selbst miteinander.«

Henrick biss sich auf die Zunge und blickte nachdenklich umher, dann schüttelte er den Kopf und verlagerte seinen Oberkörper nach vorn.

»Ich weiß nicht. Wenn die das mitbekommen haben, könnte sich das jetzt wirklich nachteilig auf meinen Ruf auswirken. Hatte so'n Zeug schon mal am Hals. Ist etwas länger her …«

Wahlberg lehnte sich in seinem drehbaren Schreibtischstuhl quietschend zurück.

»Warum ist das für dich so wichtig? Glaubst du wirklich, es sei schlimm, wenn einige wissen, dass du dich mit Esoterik beschäftigst? Ist es nicht dein Forschungsfeld? Meine Güte, was hast du? Angst, nicht integer genug zu sein? Dass man dich als Esoteriker *brandmarken* könnte? Andere Psychologen haben ähnliche Interessen.«

»Nein!«, antwortete Henrick. »Genau das ist es doch, darum geht's! Wir sind keine Leute, die irgendwelche esoterischen Interessen haben können. Denn wo arbeiten wir, wer sind wir? – Therapeuten und Analytiker in einer psychiatrischen Einrichtung! Peter, du kannst dir nicht vorstellen, was passiert, wenn so ein Gerücht die Runde macht. Das von mir gestern dahergequatschte Zeug ist blanke Inkonsequenz. Das Image wegzuhaben, man setze sich undistanziert mit grenzwertigen Realitätsbezügen auseinander, nimmt einem für immer die Glaubwürdigkeit.«

Mit hochgezogenen Brauen wandte Peter ein: »Wenn du halt glaubst, es könnte dir beruflich schaden, dann verkauf' es eben als berufliches Engagement, was es ja auch ist! So gesehen, kann niemand etwas Ungünstiges über dich herleiten.«

»Vor ein paar Jahren tat ich das schon mal, da warst du noch nicht hier. Gab vor, dass es rein beruflicher Natur sei. Das hat die Wogen geglättet und ich konnte daraus in gewisser Weise …«, hilflos schaute Henrick zu den Kippfenstern des Büros hinauf, »… konnte daraus in gewisser Weise einen Bonus entwickeln.«

Peter stiftete weitere Beruhigung: »Du beschäftigst dich doch nicht in völlig abwegiger Weise mit Esoterik. Selbst wenn die Kollegen deine etwas abgedriftete Idee zu Bachspiel mitbekommen haben, solltest du dich jetzt nicht fertigmachen«, und hängte belustigt an: »Du bist doch schließlich keinem Schamanenkult beigetreten.«

Henrick lehnte sich zurück, seine Arme auf den knöchrigen Lehnen des Rattanstuhls ruhend.

»Wer war alles im Raum?«

Peter überlegte. »Es waren … es war Dr. Falter von der Ambulanz, dann noch Friedmann und Keller von der Kinderstation.«

Henrick schüttelte den Kopf und beschloss: »Auf jeden Fall will ich wissen, ob die sich irgendeinen Reim darauf gemacht haben.« Henrick zupfte an seinem für diese Jahreszeit eindeutig zu warm gewählten Pullover.

»Und was willst du tun?«

»Ich versuch' mich indirekt bei ihnen zu erkundigen. Vielleicht hebe ich meine in den nächsten Wochen anstehende Forschungsarbeit hervor. Was hältst du davon?«

Wahlberg presste seine Lippen nachdenklich aufeinander, auch er wusste zu diesem Vorschlag keine bessere Alternative. Eine Weile diskutierten sie noch herum, kamen aber schließlich zu dem Ergebnis, dass diese Strategie die beste und einzig verfügbare sei. In ratloser Stimmung verabschiedete sich Henrick von seinem Kollegen.

Nachforschungen

An seinem Büroschreibtisch Platz genommen, wartete Henrick auf weitere eingebungsvolle Lösungen. Wie sollte er bloß gegenüber seinen Kollegen auf das Thema zu sprechen kommen? Und überhaupt, wo und wie konnte er jene Kollegen eigentlich abpassen? Manchmal dauerte es Monate, bis man einander traf. Einen festen Begegnungspunkt für Mitarbeiter unterschiedlicher Bereichsstationen gab es nicht. Je nachdem, wie launisch der Zufall war, konnte man sich entweder sofort oder niemals treffen.

Henrick grämte sich. All der Ärger nur wegen Bachspiels lächerlicher Formel! Wegen ihr schlief er schlecht, hatte die konfusesten Ideen und Gedankengänge. Vergangene Nacht, gegen 4 Uhr, trieb es ihn für eine Stunde erneut an den Rechner, mit den immer gleichen Fragen: Was Bachspiel mit diesem Fetzen Papier vorhatte und wie er es geschafft hatte, diese Formel zu konstruieren? Eine Formel, die nur die Ausgeburt eines trickreichen, vielleicht gerissenen mathematischen Genies sein konnte. Mathematik, die suggerieren sollte, aus den Nostradamus-Centurien versteckte Texte extrahieren zu können.

Nach einstündigem Hin- und Herüberlegen überkam Henrick eine Idee, eine Taktik, wie er seine den Zettel betreffende Neugier stillen könne, ohne gegenüber Bachspiel all seine Karten auf den Tisch legen zu müssen. Bereit, ein Pokerspiel zu wagen, entschied der Psychologe, Station 3 einen außerplanmäßigen Besuch abzustatten. Als er sich dafür sein über die Stuhllehne gelegtes Jackett schnappte, überfiel ihn wieder ein leichter Migräneschub, diesmal aber nur Schwindel mit Ohrgeräuschen. Leicht benommen, zog er das Jackett an und machte sich auf den Weg.

Bachspiels Stationsunterbringung war zugleich auch Henricks Kernarbeitsfeld. Hier hielt er sich gern auf und verbrachte hin und wieder etwas Zeit im Alltag seiner Patienten. Als er die Abteilung betrat, riefen ihm auch schon zwei seiner derzeit schwierigsten Fälle aufgeregt etwas aus Höhe des Stationsbüros entgegen. Für das kommende Wochenende hatten die beiden 19-jährigen geplant, auf dem stationseigenen TV-Beamer das Spiel ihres Lieblingsfußballvereins zu sehen. Vor wenigen Augenblicken schienen sie dafür allerdings die Erlaubnis verloren zu haben.

»Doktor Merten! Hallo, Doktor Merten! Schauen Sie mal bitte! Hier!« Sie wedelten mit ihren Händen und deuteten zur Tür des

94

Stationsbüros, in das Henrick einen Blick werfen sollte. Beunruhigt liefen sie schließlich auf ihren Psychologen zu, um ihn wild durcheinanderquatschend zur Tür des Büros zu geleiten. Nur wenige ihrer akustisch übersteuerten Worte drangen verständlich zu Henrick durch.

Pro forma, um die Vertrauensbasis seiner beiden Patienten nicht zu erschüttern, ging Henrick auf sie ein, musste sich aber erheblich zusammenreißen, damit er nicht über die hysterische Posse des in Vereinsanzüge gekleideten Zweiergespanns zu lachen begann. Grinsend betrat er das Stationsbüro: »Hallo! Was gibt's denn?«, erkundigte er sich bei den drei anwesenden Pädagogen.

Die Kollegen berieten sich gerade, sie saßen um einen ähnlichen Tisch wie auf Station 9. Nichts lag Henrick jetzt ferner, als sich in die laufende Auseinandersetzung miteinzumischen, denn selbstverständlich war es die Angelegenheit der diensthabenden Mitarbeiter, zu entscheiden, wie sie mit den beiden Sportfans weiter verfahren wollten. Trotzdem, um den Eindruck eines Anwalts zu geben, mischte sich Henrick für einen Moment aktiv in die Diskussion ein. Indessen signalisierte er den Kollegen, dass sie ihn schnellstens seines ungebetenen Fürsprechens entbinden sollten – ohne dass er gegenüber seinen Patienten Kredit verspielen würde.

Es klappte. Seitens der Mitarbeiter genügte das Herunterbeten der Stationsregeln, um die Schlichtungsgewalt des Therapeuten zu entkräften. Konflikte, in die übriges Klinikpersonal hineingezogen wurde, liefen stets nach diesem Muster ab, die Stationsteams waren darin bestens eingespielt.

Der Psychologe ließ die beiden Störenfriede hinter sich und begann die offen stehenden Patientenzimmer zu untersuchen. Bachspiels Zimmer war das vorletzte. Auf Henricks Empfehlung hatte der beurlaubte Finanzbeamte seit dem vorgestrigen Gespräch ein Zimmer für sich allein. Anzunehmen, dass dies dem Patienten sogar gefiel.

Henrick klopfte an die geschlossene Zimmertür, hielt einige Sekunden inne und trat dann ein. Niemand anwesend. Wie erwartet war nur eines der beiden Betten belegt, in einem darüber gelegenen Regal standen Familienbilder. Einige Kleidungsstücke waren auf der ordentlich gemachten Bettdecke ausgebreitet – Hosen, Pullover und ein Hemd, korrekt, nahezu pedantisch gefaltet. Henrick wunderte sich über die Akkuratheit, hatte Bachspiel daheim nicht im Chaos gelebt?

Das handbreite Seitenfenster, das als einziges des dreifach unterteilten Fensterrahmens aufgesperrt werden konnte, stand offen. Entsprechend angenehm war die warme, saubere Luft, die von draußen in das spartanisch eingerichtete Zimmer strömte. Neben den zwei Betten bestückten zwei geräumige Schreibtische, dazugehörige Polsterstühle sowie die beiden großen Kleiderschränke das Zimmer. Auf den Schreibtischen lag nichts herum, die Stühle waren an keine anderen Stellen des Raumes gerückt. Alles wirkte unbenutzt, als sei erst vor wenigen Minuten ein Patient eingezogen.

Wieder vernahm Henrick ein deutliches Blitzen in seinen Augen, ein Schwindelgefühl folgte. Wollte seine sonst eher selten auftretende Befindlichkeitsstörung zu einem Dauerbegleiter werden? Er hielt sich die Hand über die Augen und pausierte kurz.

Zum Ende der kleinen Visite kam ihm der Gedanke, dass sich Bachspiel nur in einem der auf dieser Station gelegenen Freizeiträume aufhalten könne. Mit Bedacht verließ er das Zimmer und ging in den hinteren Teil des Stationsganges. Vorm Fernsehraum stoppte er, hinter der geschlossenen Tür lief deutlich hörbar die Glotze. Er wartete einen Moment, um dem Inhalt des lauten Fernsehprogramms zu lauschen, dann drückte er die Klinke.

Der Raum war durch schwarze Vorhänge verdunkelt, die eigentlich nur dann zugezogen wurden, wenn der vor einigen Monaten angeschaffte Video- und TV-Beamer benutzt wurde. Da den Patienten im Alltag der Zugang zu dem in einem Wandschrank eingeschlossenen Projektor verwehrt blieb, musste für normale Belange wieder der alte Röhrenfernseher herhalten, der auf einem erhöhten Regal in der rechten Zimmerecke thronte.

Mit ausgestreckten Beinen am Boden kauernd, angelehnt an einen Couchersatz aus Matratzen, schaute Bachspiel dem flimmernden TV-Programm zu. Erfreut, aber mit einem Unterton von Verwunderung, begrüßte Henrick seinen Patienten: »Herr Bachspiel, was machen Sie denn hier?« Er schloss die Tür hinter sich, kam ein wenig näher, ging dann aber zuerst auf den Fernseher zu. Bachspiel verstand das Verlangen seines Besuchers und regelte mit der neben ihm befindlichen Fernbedienung die hohe Lautstärke herunter. Misstrauisch verfolgte er den Weg des Psychologen auf ihn zu.

Als Henrick es sich neben seinem Patienten am Boden bequem gemacht hatte, rührte sich Bachspiel nicht mehr; konzentriert schaute er das laufende Fernsehprogramm weiter – die Nachrichten eines Privatsenders.

»Was gucken Sie sich an?«, erkundigte sich Henrick interessiert, so überflüssig die Frage auch war.

»Was wollen Sie?«, fragte Bachspiel genervt, ohne seinen Blick auch nur ein Stück weit vom Fernseher abzuwenden. Seine Gereiztheit ließ den Therapeuten stumm werden. Nach zwei Minuten beidseitigen Schweigens kalkulierte der Patient erbost: »Wollen Sie mir ein neues Präparat zur Verringerung meiner Wahnvorstellungen aufschwatzen?«

Henrick wankte auf seinem Fußbodenplatz und antwortete mit vorsichtigen Worten: »Herr Bachspiel, ich selber kann Ihnen gar kein neues Präparat verordnen. Ich bin zwar Doktor, aber Doktor der Psychologie und nicht der Medizin. Ein Arzt – ein Psychiater – muss das entscheiden.«

Bachspiel reagierte nicht. Im Fernsehen referierte eine Nachrichtenmoderatorin voll seriöser Inbrunst die möglichen Konsequenzen nordkoreanischer Sturheit und Verweigerungshaltung. Die Lautstärke war jedoch derart leise eingestellt, dass sich das TV-Geplänkel auf Henricks Gesprächsaufnahmeversuche nicht besonders nachteilig auswirkte.

»Herr Bachspiel, ich bin hier, weil ich Ihnen im Vorfeld unseres morgigen Gesprächs ein paar Fragen stellen möchte.« Henrick strich sich mit der Hand über die Haare seines Hinterkopfes, er wirkte konzentriert. »Ich möchte Sie schon jetzt fragen, was Sie mit dem Zettel bezwecken wollten. Die Formel stellt mehr als nur Fragen, sie ist ein sonderbares Rätsel, über dessen Intention ich gerne mehr erfahren würde.« Die vagen Andeutungen sollten möglichst wenig über Henricks Erkenntnisse verraten, zugleich aber die wahren Gründe und Ursprünge der aufgeschriebenen Formel ermitteln.

Vielleicht gab sein Patient sowieso schon bald zu, dass die Formel Teil eines gekonnt berechneten Algorithmus war, mit dem man gezielt Texte aus einem Buchstabengewirr generieren konnte. Bachspiel musste mathematisch talentiert sein, mit Hang zum Vortäuschen übersinnlichen Könnens. Viele paranoid-schizophrene Patienten nutzten derartige Begabungen für ihre Manipulationsversuche. Einige glückten, andere fielen sofort auf. Wenn Henrick allerdings Pech hatte – Bachspiel sich also bereits im höchsten Stadium der Erkrankung befand –, würde sein Patient die von ihm kreierte Manipulation gar nicht mehr als eigenes Erzeugnis betrachten, sondern all dies bereits so sehr in seinen Wahn eingebunden haben, dass er die Formel seinen Mitmenschen, wie auch sich selbst, als ein von außen erhaltenes Objekt offerieren würde – ohne den kleinsten Schimmer eines Widerspruchs.

Aber noch etwas anderes brannte Henrick auf den Nägeln. Hatte Bachspiel jemandem etwas von der Überreichung dieses Zettels an seinen Therapeuten erzählt? Etwa Mitpatienten, Personal oder Ärzten? Unauffällig setzte der Psychologe an: »Ich hoffe, Sie haben noch niemanden von dem Zettel erzählt? Das Ganze sollte ja unter uns bleiben.«

Bachspiel schaute überrascht seinen Therapeuten an, mit belegter Stimme entgegnete er: »Ich habe ihn erstellt, um zu testen, was *Sie* wollen und was *Sie* hier für eine Rolle spielen. Warum sollte ausgerechnet *ich* es jemand anderem erzählt haben?«

Da sich sein Verdacht nicht zu erhärten schien, nickte der Psychologe und blickte auf seine Beine, die er nun in einen Schneidersitz positionierte. Er fasste sich an sein rechtes Ohrläppchen und suchte nach einer sanften Formulierung für die nächste Frage: »Haben Sie besondere mathematische Kenntnisse? Denn, ehrlich gesagt, bin ich mir nicht sicher, wie ich aus dieser Formel irgendetwas Eindeutiges herauslesen kann.« Sein simuliertes Unwissen war überzeugend.

Als würde es Bachspiel nicht kümmern, fragte der in seiner üblichen, aber diesmal etwas überspitzt monotonen Sprechweise: »Sie haben sich mit ihr beschäftigt?«

»Ja, und ich stehe vor einem Rätsel. Was versuchen Sie mir da mitzuteilen?«

Bachspiel wirkte teilnahmslos. Weil Henrick keine Antwort erhielt, wiederholte er seine Frage: »Herr Bachspiel, was versuchen …«

»Wie ich schon sagte, wenn Sie herausfänden, was es damit auf sich hat, wäre das der Beweis für mich: Sie würden bald als Spitzel aktiviert werden.«

»Und was hätten Sie davon? Würden Sie mit den Spitzeln dann verhandeln wollen?«

Zum ersten Mal während dieser Unterhaltung würdigte Bachspiel seinen Therapeuten eines detaillierten Blickes – seitlich in die Augen – und antwortete: »Möglicherweise. Seltsam nur, dass Sie sich mit der Formel überhaupt auseinandersetzen. Das ist auffällig.«

Der Psychologe hob den Kopf und fingierte ein beleidigtes Gesicht, das Bachspiel eine verdachtsmildernde Ergänzung abverlangen sollte. Und tatsächlich, Bachspiel wiegelte seine subtile Unterstellung ab: »Natürlich sind Sie damit noch nicht verdächtig, nur auffällig. … Vielleicht sind Sie auch jemand, der mich beschützen soll.«

Henrick warf einen Blick in Richtung des Fernsehers. In dieser Sekunde erschien der iranische Staatspräsident auf der Mattscheibe. In einer Podiumsdiskussion richtete er mit ausgestrecktem Zeigefinger Anschuldigungen an einige Länder der Welt. Der Patient bemerkte Henricks Interesse daran und fragte sogleich in suggestivem Tonfall: »Verstehen Sie es?«

Henrick wandte seinen Kopf zu Bachspiel und fragte nachlässig: »Was?«

Der Erkrankte grinste, dann nickte er in einem ähnlichen Duktus, wie Henrick es gegenüber Patienten während einer Gesprächstherapie tat. Dem Psychologen war zuerst nicht ganz klar, ob Bachspiel den Zettel oder die unheilschwere Meldung aus dem Fernsehen meinte.

»Ach, Sie meinen den Iran? Vorgeworfene Angriffs- und Kriegsbestrebungen gegen Israel?« Henrick empfand es albern, ja geradezu abgeschmackt, dass sein Patient schwelende globale Krisenherde andeutete, um seinen angekündigten Weltuntergang zu untermauern. Wenn es eines Tages wirklich Krieg zwischen diesen Ländern geben sollte, was ohnehin nicht auszuschließen war, könne Bachspiel damit ganz locker sein angebliches Wissen über die Zukunft stützen.

Henrick entgegnete trocken: »Es ist doch abzusehen, dass es da irgendwann knallt!«

Bachspiels weismachendes Lächeln verblasste so schnell, wie es gekommen war. Das freute Henrick, hatte er also die plumpe Suggestion entkräftet, ins Schwarze getroffen. Doch das eigentliche Rätsel – die Formel auf dem Zettel – blieb für den Psychologen auch weiter im Detail unerschlossen: Wie hatte es Bachspiel bloß mit einer einzigen Algorithmusformel geschafft, aus den altfranzösischen Nostradamus-Centurien deutsche Wortfolgen zu erstellen – eine Art Zeitungsschlagzeile über den Zweiten Weltkrieg?!

Nun gut, wie er es ungefähr angestellt hatte, war offensichtlich. Zur Anfertigung seiner Formel verwendete der Erkrankte einen vorhandenen Artikel aus einer alten Zeitung oder aus einem Geschichtsbuch, passte diesen mittels Algorithmen gängiger Dechiffriermethoden an den Letternblock der Centurien an und generierte daraus eine Formel. Bachspiel plante wohl, die erstellten Formeln Esoterikern zu übereignen, die sich mit den Nostradamus-Centurien auskannten. Auf diesem Wege konnten die Ergebnisse die Öffentlichkeit erreichen. Eine clevere Idee. Doch die Ironie bestand darin, dass Bachspiel selbstverständlich nur Geschichtstexte der Vergangenheit verwenden konnte, keine aus der Zukunft. Allerdings rechnete er wohl auch damit, dass ihn der Attraktionsgehalt der extrahierten Texte in der Öffentlichkeit dann so sehr in den Vordergrund rückte, dass man über die Tatsache, dass der Artikel aus der Vergangenheit stammte, erst mal hinweggesehen hätte. Beanspruchte sein Publikum dann schließlich auch Extrahierungen über die nahe Zukunft, hätte er diese Forderung aus »Gründen der Sicherheit« oder mit einer ähnlich absurden Ausrede zurückgewiesen. Trotzdem hätte dies einigen Menschen fortan weiterhin eingeredet, dass im Lettern-Block der Nostradamus-Centurien zusätzliche »Klar-Informationen« über die Zukunft verschlüsselt enthalten wären. Fantastisch, geradezu bewundernswert – alles, um seinem Wahn außerordentliche Tragfähigkeit zu verleihen.

Ein ebenso billiger Trick war Bachspiels Hinweis, dass Henrick die Formel nur knacken könne, wenn er »etwas Persönliches« zur Anwendung in die Formel bringen würde. Es sollte Henrick auf die Idee bringen, nur ihm bekannte Zahlenwerte als Formelvariablen einzusetzen – Geheimnummern, Geburtstage, Daten wichtiger Lebensereignisse und so weiter. Doch weder Auserwähltheit noch ein Wink des Schicksals lösten die Formel dann schließlich tatsächlich auf, sondern schlicht der Umstand, dass die in den Formeln vorhandenen Platzhalter mit willkürlich einzusetzenden Zahlenwerten funktionierten. Beinahe jede Zahlenkombination löste den Algorithmus aus! Solche mathematischen Tricks kannte Henrick. Lediglich fünf seiner insgesamt 55 ausprobierten Variablenkombinationen funktionierten nicht, was schlicht daran liegen musste, dass beispielsweise nur Primzahlen, gerade oder ungerade Werte und andere mathematische Kniffe in der Formel Anwendung finden konnten.

»Wie soll man mit den Symbolen auf dem Zettel umgehen?«

»Sie werden es wissen, wenn Sie autorisiert sind, es zu wissen.« Bachspiel grinste wieder.

»Oder muss ich mich auf die Formel allein konzentrieren? … Und was ist mit dem Rest auf dem Zettel – die Striche? Wie muss man sie verstehen?«

»Die Striche sind eine Art Filter, um mit der Formel umgehen zu können. Mehr kann ich Ihnen nicht sagen. Finden Sie es selbst heraus.«

»Ich glaube, das kann ich nicht. Ich verstehe es nicht.«

»Genau darum geht es: Ob Sie es können oder nicht.« Bachspiel nahm die Fernbedienung in die Hand und erhöhte wie ein ignorantes Kind die Lautstärke des Fernsehers.

Henrick war von den Aussagen leicht verärgert, schließlich kannte er die Wahrheit hinter Bachspiels Scharade. Zur Ablenkung schaute er ein wenig mit – einen Bericht über Chinas riesiges Soldatenheer –, bis er sich schließlich erhob und zurück zur Tür des Fernsehzimmers strebte. Ihm war klar, dass er von seinem Patienten keine Erklärungen erhalten würde. Zumindest heute nicht.

Als er die Türklinke herunterdrückte, wandte sich Bachspiel noch einmal an ihn: »Ich hoffe, dass Sie niemandem den Zettel gezeigt oder davon erzählt haben? Es muss ganz unter uns bleiben. Das ist wichtig! Vergessen Sie das nicht!«

Henrick nickte kurz und erinnerte dann auch Bachspiel mit neutral gehaltener Stimme an eine Vereinbarung: »Morgen haben wir unseren Termin. Um 15 Uhr. Das dürfen Sie nicht vergessen! ... Ich wünsche Ihnen noch einen angenehmen Tag! Auf Wiedersehen.« Der Psychologe lächelte. Der morgige Termin sollte auch erst mal der letzte mit Bachspiel sein; der Stationspsychiater hatte Henricks Einwand zugestimmt, erst ein geeignetes Medikament zu finden, bevor der Patient einer umfangreichen Gesprächstherapie zugeführt werden dürfe.

Henrick trat auf den Flur und schloss die Tür hinter sich. Aus der Hosentasche kramte er eine Packung mit Kaugummis hervor, steckte sich eines davon in den Mund und machte sich auf den Weg zurück in sein Büro.

Freitag, der 13.

So früh wie Henrick gestern zur Arbeit erschienen war, so spät war er heute dran. Der späte Arbeitsbeginn spielte jedoch keine Rolle, denn er hatte das große Glück – oder auch Pech, wie man es eben sehen wollte –, seinen Stundensatz frei über die Woche verteilen zu können. Der Umgang mit seiner Klientel verlangte es oft so.

Es war kurz vor zehn. In wenigen Minuten sollte der erste Patient vor der Tür stehen, eine junge Frau mit ausgeprägter Essstörung. Henrick war müde, hatte er sich doch wieder fast die halbe Nacht um die Ohren geschlagen, um herauszufinden, wie Bachspiel die Formel konstruiert hatte. Es brachte nichts, außer die erneute Erkenntnis, dass ein Meisterdenker dahintergesteckt haben musste, anders konnte man es nicht sagen. Nie zuvor hatte Henrick erlebt, wie eine mathematische Formel solche Rechenintensität in Gang brachte. Vergeblich versuchte er in Erfahrung zu bringen, welche Zahlenart die Dechiffrierung auslöste. Handelte es sich überhaupt um einen Algorithmus? Wenn er wenigstens die dazugehörigen, fast grotesk anmutenden Symbole deuten könnte oder die verwirrenden

Striche auf dem Blatt. Doch diese Striche konnten nichts bedeuten, man sah ihnen einfach an, dass sie willkürliche Kritzelei waren! Mal waren sie kleiner, dann wieder größer, dicker, dünner, über Verteilung und Anordnung gar nicht zu sprechen.

Das fragwürdige Papier lag auf Henricks Büroschreibtisch. Über ihm sein verbohrter Grübler, der seine Mundpartie in die rechte Innenhand presste. Der dazugehörige Unterarm stützte sich schief auf den Schreibtisch. Sollte er seinem Patienten vielleicht sagen, was er über den Zettel herausgefunden hatte? Das allerdings könnte, ja, musste Bachspiels Verdacht festigen, dass Henrick ein Verfolger sei. Der Psychologe versuchte seine Überlegung noch einmal anders zu sehen: Könnte die Offenlegung, dass sein Therapeut die Formel geknackt habe, eine helfende Annäherung zwischen Bachspiel und den vermeintlichen Spitzeln einleiten? Nein, konnte es nicht. Obsessiv wie Bachspiel war, würde diese Methode seine Verschwörungstheorien nur bestätigen, Henrick durfte es nicht riskieren.

Es klopfte an die Tür, Henrick legte den Zettel in seine Tischablage. Noch ehe er hineinbitten konnte, trat der Anklopfende ein. Doch es war nicht die erwartete Patientin, sondern Andreas Rosenthal, der leitende Psychiater von Station 3, der Henrick etwas Dringendes mitzuteilen hatte.

»Morgen, Henrick!« Nachdenklich, mit beherrschtem Gesichtsausdruck, schloss Rosenthal die Tür hinter sich.

»Morgen«, gab Henrick verwundert, fast eingeschüchtert von sich. Was mochte passiert sein, dass ihm der Stationsarzt unangekündigt einen Besuch abstattete? Ohne auf Weiteres im Vorfeld einzugehen, setzte sich Rosenthal auf den Stuhl vor Henricks Schreibtisch.

»Was gibt's? Siehst ja nicht gerade aus, als ob's was Positives zu berichten gäbe.«

»Gibt's auch nicht. Ich bin hergekommen, um dich nach etwaigen Sonderbarkeiten bei unserem Patienten Thomas Bachspiel zu befragen. Ist dir irgendwas Seltsames, etwas wirklich Ungewöhnliches, an ihm aufgefallen?«

Henrick setzte sich bequemer hin und klimperte mit den Augenlidern.

»Wieso aufgefallen? Nein, wie ich dir schon sagte: Scheint ein komplizierter Fall zu werden. Nach meinem Ermessen ein eher unangenehmer Zeitgenosse. Die Maßnahmen werden sich schwierig gestalten.«

»Diese Maßnahmen scheinen sich fürs Erste wohl auch erledigt zu haben.«

Henrick glaubte nicht richtig zu hören, ihm schwante Übles.

»Er ist weg«, zuckte Rosenthal fassungslos mit den Schultern, »spurlos verschwunden. Heute Nacht, möglicherweise heute Morgen erst. Wir haben überall nachgeschaut. Wie er verschwinden konnte, ist uns bis jetzt ein absolutes Rätsel. Alle Stationstüren waren abgeschlossen, wie immer. Es gibt weder Anzeichen auf Fehler unsererseits noch Hinweise auf mutwillige Beschädigungen seitens des Patienten. Aller Wahrscheinlichkeit muss er sich im Besitz mehrerer Schlüssel befunden haben, womöglich des Generalschlüssels, sowie einer unserer Pin-Karten. Das wäre die einzige Erklärung. Doch keiner der diensthabenden Mitarbeiter vermisst irgendwelche Schlüssel. Auch nicht den Generalschlüssel, den sowieso keiner der Kollegen an seinem Schlüsselbund mit sich herumschleppt.«

Henrick überschlug, ob er mit seinem gestrigen Kurzbesuch die Fluchtambitionen Bachspiels angeheizt haben könnte. Nein, das war abwegig, schließlich hatte der Patient bereits davor, während ihrer Therapiesitzung, angekündigt, so schnell wie nur möglich der Klinik entkommen zu wollen. Aber, genau das war es, kombinierte Henrick scharf: Bachspiel musste zum Zeitpunkt ihres Gesprächs unlängst seine Flucht geplant haben! Konnte das heißen, dass sein Patient bereits vor dem Erstgespräch über die nötigen Schlüssel verfügte?

»Wir denken, dass er sich heute oder in den nächsten Tagen bei seinen Angehörigen meldet, vielleicht sogar bei ihnen auftaucht. Verwandte und Bekannte wurden informiert. Das Zimmer des Patienten haben wir allerdings noch nicht auf Anhaltspunkte untersucht.«

In einer Art Automatismus zwang sich Henrick eine weitere Idee auf: Könnte es möglich sein, dass Bachspiels Spitzelgeschichte stimmte und ihn Personen aus der Klinik entführt hatten …? Unsinn, absolut ausgeschlossen, distanzierte er sich geschwind von seinem albernen Gedanken. Niemand Dritter konnte in die Lage versetzt werden, einen Patienten aus diesem riesigen und dreifach gesicherten Trakt zu verschleppen. Ohne Alarm auszulösen war das einfach unmöglich. Nur Bachspiel selbst konnte die Flucht geplant und vollzogen haben. Irgendwie musste er an einen Generalschlüssel mitsamt Pin-Karte gelangt sein. Vielleicht sollte sein Verschwinden auch den Anschein wecken, dass seine Spitzel-Geschichte wahr sei. Wäre er wieder zurück, zöge er es als Beleg dafür heran, keinen Wahnvorstellungen zu unterliegen.

Nach diesen Gedanken fiel Henrick plötzlich auf, dass er es versäumt hatte, Bachspiels Fluchtambitionen an Dr. Rosenthal weiterzuleiten. Wie konnte er so was bloß vergessen? Am besten, so liebäugelte Henrick sofort, würde er diese Patientenäußerung auch gar nicht mehr erwähnen. Andererseits, wenn seine Kollegen den Patienten nach dessen Wiederauftauchen hinsichtlich seiner Fluchtgründe befragen würden, könnte Henricks Fehlleistung herauskommen.

»Habt ihr das Patientenzimmer schon durchsucht?«

»Nein, aber das steht jetzt an. Zwei Kollegen warten schon.«

Vom bohrenden Gefühl getrieben, dass Bachspiel in seinen spärlichen Besitztümern Hinweise hinterlassen haben könnte, die die Übergabe des Zettels an seinen Therapeuten andeuten würden oder über Umwege vielleicht sogar Henricks Esoterik-Hobby zur Sprache brächten, antwortete er: »Ich habe jetzt zwar einen Patiententermin, könnte ihn aber telefonisch um etwa eine Viertelstunde verschieben.«

Gesagt, getan. Der am anderen Leitungsende sitzende Pädagoge von Station 9 konnte jedoch nicht versichern, die Patientin noch rechtzeitig abzupassen – wahrscheinlich befand sie sich schon auf dem Weg. Henrick musste aber unbedingt bei der Durchsuchung dabei sein, also legte er auf und annoncierte gegenüber Rosenthal seinen Termin als verschoben.

Auf Station 3 gesellten sich ihnen Gestaltpädagoge Rainer Huber und – zu Henricks Verwunderung – Peter Wahlberg hinzu! Soweit es Henrick wusste, war Peter noch nie in irgendeiner Form mit dieser Station in Berührung gekommen, wenn überhaupt, dann vielleicht in Vertretung – es war nicht Peters Arbeitsfeld! Was sollte sein Erscheinen dann bedeuten?

»Peter, wie geht's? Wie kommt's, dass du hier bist?«

»Ich möchte mir die eingehaltenen Sicherheitsstandards anschauen. Reine Neugier.« Peter wirkte souverän und vermittelte nicht den Eindruck, Henrick später noch etwas dazu erklären zu müssen. Aber, reine Neugier?! Henrick machte das Verhalten seines Freundes misstrauisch.

Vor Bachspiels Zimmertür angelangt, öffnete Rosenthal die Tür. Mit Blick auf den fülligen Schlüsselbund seines Kollegen, spekulierte Henrick, wie Bachspiel wohl in den Besitz der nötigen Schlüssel gekommen sei. Hatte er die Schlüssel vielleicht kurz vom Bund getrennt und dann von einem Patienten mit Ausgangsberechtigung vervielfältigen lassen? Oder hatte er sie dauerhaft entwendet? Den meisten Kollegen fiel der Verlust eines einzigen Schlüssels vielleicht gar nicht erst auf. Die Verwendung eines Generalschlüssels kam jedenfalls nicht in Frage, dieser lag bei jedem Mitarbeiter entweder zuhause oder in versteckten Bürowinkeln der Klinik. Zudem benötigte man für einige Türen sowieso eine Pin-Karte. Oder verhalf dem Patienten ein Mitarbeiter zur Flucht?

Die vier Männer betraten das Zimmer. Die Luft war rein, da das kleine Seitenfenster seit Bachspiels Verschwinden nicht wieder verschlossen wurde; alles blieb unverändert. Während Huber die Schlösser des großen Hauptfensters prüfte, suchten die beiden Psychologen und der Psychiater die Ecken des Raumes auf Indizien ab. Neben einem ordentlich gemachten Bett und leeren Schreibtischoberflächen zeigte der sichtbare Bereich aber nur die aufgestellten Familienbilder im Regal über Bachspiels Bett. Eine Fotosammlung, deren feierliche Platzierung nachdenklich stimmte.

»Werfen wir einen Blick hinein«, forderte Rosenthal seine Kollegen auf und wies angesichts des kargen Zimmers auf Schubladen und Schranktüren. Huber, der wie Henrick den entschwundenen Patienten nur ein einziges Mal in Therapie hatte, öffnete Bachspiels Kleiderschrank, Wahlberg den anderen Schrank – vorstellbar, dass der Gesuchte einen Teil seiner Gebrauchsgegenstände in den Spind des umquartierten Mitpatienten gepackt hatte. Doch Bachspiels zugewiesenes Mobiliar enthielt bereits all seine Besitztümer: vier oder fünf Hosen, Socken, Pullover, T-Shirts, Unterwäsche und einen Kulturbeutel mit Wasch- und Rasierzeug. Zahnbürste und eine Tube Zahnpasta standen zusammen in einem grünen Plastikbecher neben dem Beutel. Alles verteilte sich auf nur zwei einzelne Schrankfächer. Sorgfältig untersuchte Huber die Hygieneartikel auf Anhaltspunkte, dann die Kleidung, doch nichts Ungewöhnliches tauchte auf.

Rosenthal öffnete nun von oben bis unten die Schubladen des regulär Bachspiel zugewiesenen Schreibtisches. Beim Öffnen des obersten Kastenfaches rollte langsam, von ganz hinten, ein alter, billiger Kugelschreiber nach vorn, der quer an der Seite des Faches zum Halten kam. Es war einer jener durchsichtigen, blauen Stifte ohne Klemme, die meist nach wenigen Tagen den Geist aufgaben. Rosenthal nahm ihn in die Hand, untersuchte die sichtbare Mine und gab ihn achselzuckend an Henrick weiter, der ihn neben sich auf den Schreibtisch legte.

Das mittlere Schubfach war komplett leer. Das unterste, in dem viele der Patienten ihren Unrat bunkerten, enthielt eine Flasche Mineralwasser mit Einwegplastikbecher, beides unbenutzt. Dem Anschein nach kam Bachspiel ohne viel Gepäck aus, kein Handy, kein Laptop, weder Bücher noch Schreibkram, nicht mal privates Kleinzeug. Nur Kleidung und Hygieneartikel – die allernötigsten Gebrauchsutensilien.

Dann aber diese kitschigen Familienbilder auf dem Regal. Ohne dies einer genaueren Analyse unterziehen zu müssen, verdeutlichte es den tiefen Widerspruch in Bachspiels Gefühlsleben. Nicht allein in Bezug auf die Wut, die Bachspiel bei Aufnahme in die Klinik gegenüber seiner Familie zum Ausdruck brachte, sondern angesichts der übertriebenen Idylle, die all jene Fotos – immer mit Bachspiel im Mittelpunkt – zeigten. Man sah ihn mit seiner früheren Frau und den beiden Kindern, auf einigen Bildern waren auch Eltern, mögliche Verwandte oder Freunde abgebildet. Offensichtlich eine Zeit, der er nachtrauerte, seitdem es mit ihm privat wie beruflich bergab ging.

Wahlberg öffnete die Schubladen des anderen Schreibtisches. Henrick stieß sich vom Tisch ab und blickte zusammen mit seinem befreundeten Kollegen in die Fächer hinein. Währenddessen untersuchte Huber Matratze, Kopfkissen und Bettdecke. Peter schüttelte den Kopf: »Nichts. Vielleicht hat er Dinge, die ihm wichtig waren, einfach mitgenommen.«

Rosenthal erwiderte mit unterdrückter Verärgerung: »Kam irgendein Mitarbeiter mal dazu, genauer durch dieses Zimmer zu gehen? Hat einer bemerkt, was Herr Bachspiel alles bei sich hatte?«

Rainer Huber wies auf die Diensthabenden bei der Einweisung: »Die Kollegen vom Montagabend müssten ansatzweise mitbekommen haben, was er bei sich gehabt hatte.«

»Ja, das denke ich auch«, schob Rosenthal entmutigt hinterher und bat Huber: »Schauen Sie doch bitte gleich mal nach, wer an jenem Abend Dienst hatte. Falls sich die Mitarbeiter zurzeit nicht in der Klinik befinden, rufen Sie sie bitte sofort zuhause an! Danke.«

Rainer verließ das Zimmer. Rosenthal sah verzweifelt aus, er stemmte die Arme in die Hüften und lief ein wenig herum. Peter untersuchte derweil die Oberseiten der Kleiderschränke, tastete mit den Fingern hinter den Schreibtischen und blickte unter die Betten.

Henrick schaute sich das Schauspiel mit wachsender Ermüdung an. Wahlberg schüttelte die Bettdecken auf, als sich Rosenthal wortlos aus dem Zimmer entfernte.

»Sag mal«, flüsterte Henrick, »was soll das eigentlich? Was mischt du dich in meine Fälle ein? Du kennst Bachspiel doch überhaupt nicht. Wie hast du überhaupt davon erfahren? Was soll der ganze Zirkus?«

»Weißt du noch letztes Jahr, der eine verschwundene Jugendliche auf meiner Station? Da hatte ich Urlaub. So eine Gelegenheit wollt' ich mir jetzt nicht wieder entgehen lassen.« Während Wahlberg das Zimmer verließ, blies Henrick angenervt die Luft aus. War ja klar, dass sich Peter aus reiner Strebsamkeit intensiv um die Sache bemühte!

Henrick ging zu Bachspiels Kleiderschrank, öffnete ihn und prüfte noch einmal selbst die Fächer – schließlich war es möglich, dass ihm der Patient etwas Exklusives hinterlassen hatte, etwas, das Henrick sofort als für sich bestimmt erkennen würde. Er strich über die Böden der unteren Fächer. Nichts, auch nicht im gegenüberliegenden Schrank.

Henrick war beruhigt. Er wollte den Raum nun absperren. Bevor er dies aber tat, entschied er sich noch, das kleine Seitenfenster zu schließen. Kniend robbte er über die Kopfseite von Bachspiels Schlafgemach. Als er den Griff des Fensters erreichte, erblickte er draußen, direkt unterhalb des schmalen Glases, ein kleines Schmierheft. Er griff danach und zerrte es mühsam nach innen. Noch auf dem Bett sitzend, blätterte er zittrig das etwa 15 mal 10 Zentimeter große Heft durch, nur die letzten vier Seiten waren beschrieben. Drei davon übersät mit mathematischen Formeln, vergleichbar mit der ominösen Mathematik des von Bachspiel überreichten Zettels. Die vierte und letzte Seite bestand hingegen aus hintereinander geschriebenen Zahlen und Buchstaben, manche davon umkreist – wohl, um ein Lösungswort oder einen Sinn hervorzuheben.

Vor dem Patientenzimmer quietschten die Schuhsohlen von Personen, Türgeräusche gesellten sich hinzu. Henrick vermutete, dass entweder Patienten herumliefen oder seine Kollegen auf dem Weg zurück in Bachspiels Zimmer waren.

Er überlegte nicht lange und beschloss, kein Wort über das Heft zu verlieren. Zunächst einmal wollte er den Fund selbst auswerten, um ausschließen zu können, dass Bachspiel dort nichts über die ihm überreichte Formel vermerkt hatte. Außerdem könnte ihm dieses Heft Antworten auf die seltsamen Ereignisse der letzten Tage liefern.

Er steckte es in die Innenseite seines Jacketts, rutschte vom Bett und strich die Decke gerade. Seine Kollegen waren es nicht, die er herumlaufen hörte, sondern Patienten, die jetzt verstohlen zur Tür hineinspähten. Henrick grüßte. Die ihm größtenteils bekannten Gesichter grüßten zurück und gingen weiter. Auch sie wussten bereits von den Ereignissen der vergangenen Nacht.

Ordnungsgemäß schob er die Stühle an die Schreibtische zurück, schloss die offen stehenden Schranktüren und machte sich die Mühe, noch einen genaueren Blick auf die aufgestellten Familienbilder zu werfen. Vielleicht war etwas unter den rückseitigen Pappabdeckungen der Bilderrahmen verborgen? Deutliche Gebrauchsspuren würden auf häufiges Öffnen hindeuten.

Und tatsächlich! Eine Abdeckung besaß solche Spuren. Schnell zog Henrick an den hinteren Klammern, die das Bild im Rahmen hielten. Mit einem lauten Knacken brach das Glas. Verdammt, das hatte er vermeiden wollen! Nun ja, wenn er schon so weit gegangen war, konnte er jetzt auch mit seiner Untersuchung fortfahren. Er zog die Rückpappe ab und ein kleiner, zu einem Viereck gefalteter Zettel fiel heraus. Unleserlich stand darauf: »Dr. Merten. Persönlich.«

Von der Erfüllung seiner Befürchtung erschreckt, öffnete er aufgeregt den Zettel, während er rätselte, welch perfides Spielchen sein Patient damit zum Abschluss bringen wollte. In krickeligen, hektisch niedergeschriebenen Buchstaben stand auf dem Stück Papier: »Glauben Sie es jetzt?«

Henricks erster Schreck wich einer beruhigenden Relativierung, denn natürlich durchschaute er die dahinter stehende Absicht: Bachspiel wollte den Eindruck erwecken, dass er verschleppt, ja, entführt worden sei! Möglicherweise versuchte er mit dem Satz sogar weiszumachen, dass er bei seiner Flucht von Klinikmitarbeitern unterstützt wurde – Mitarbeitern, die längst »Spione« waren. Ein netter Versuch seines Patienten, aber zu plump, von geradezu kindlicher Natur. Die melodramatische Latte lag einfach zu hoch.

Henrick blickte auf die Uhr: 10 Minuten nach 10. Er nahm den Zettel an sich, steckte ihn zu dem kleinen Heft in das Jackett, befestigte Foto und Rückpappe wieder im Rahmen und stellte das Bild zurück aufs Regal. Dann verließ er das Zimmer und verriegelte es. Mit leicht beklommenem Ausdruck betrat er das Stationsbüro – für die Kollegen nur der Missmut über die erfolglos verlaufene Durchsuchungsaktion. Er erkundigte sich noch nach dem weiteren Verfahren und verabschiedete sich dann eilig mit der Begründung, dass er den vorhin verschobenen Patiententermin nun wahrnehmen müsse.

Eigentlich rechnete Henrick nicht damit, seine Patientin noch anzutreffen. Nur aus Zufall passte er sie ab, als sie ihm auf dem Rückweg zu ihrer Station im Gang eines Verbindungsgebäudes entgegenkam. Er begrüßte sie freundlich, fragte, ob ihr die Wartezeit etwas ausgemacht hätte und entschuldigte sich für die eingebüßte Therapiezeit, die sie selbstverständlich nachholen würden.

Sich angeregt miteinander unterhaltend, schlenderten sie an einer langen Fensterfront des ersten Stockwerkes entlang. Flüchtig warf Henrick durch das gläserne Scheibenpanorama einen Blick auf den großen Parkplatz nach draußen, hinüber zu seinem Auto, vor dem er einen wartenden Mann entdeckte. Im Gehen musterte er den etwa 55-jährigen Herrn. Während er noch weiter mit seiner Patientin sprach, grübelte Henrick, ob er den Typen nicht von irgendeiner Begebenheit her kannte.

Völlig unerwartet, noch bevor der Psychologe mit seiner Gesprächspartnerin am Ende der Panoramascheiben angelangt war, drehte sich der Wartende in Henricks Blickrichtung. Über eine Entfernung von circa 60 Metern schauten sich die beiden Männer für einen kurzen Moment direkt in die Augen. Henrick war irritiert. So sehr, dass er mitten im Satz stockte und den roten Faden in der Unterhaltung mit seiner Patientin verlor. Schließlich nahm ihm das Betreten eines Korridors die Sicht auf den Mann. Nebenbei bemerkte der Henrick, wie sich in seinen Augen eine breite Migräneschliere zu etablieren begann.

Auf die Nachfrage seiner Gesprächspartnerin reagierte er zunächst nicht, zu sehr hatte ihn die Blickbegegnung erschrocken. Zur Begründung seines Abschweifens kam ihm nichts Besseres in den Sinn, als zu behaupten, ihm sei etwas Wichtiges eingefallen.

Im Büro begab sich die Patientin sogleich in den Gesprächsbereich, Henrick umrundete derweil seinen Schreibtisch. Neben der Rückenlehne des Drehstuhls stehen geblieben, starrte er ins Leere. Gedankenversunken fragte er sich, was dieser Kerl an seinem Auto verloren hatte? War es ein Patient oder ein Besucher der Klinik? Henrick tatstete nach dem Heft in seiner Seitentasche, als ihn plötzlich das verdächtige Gefühl befiel, die vorangegangene Szene müsse mit Bachspiels Verschwinden zu tun haben …

Verdächtigungen

Über den gesamten Nachmittag hinweg hatte Henrick in seinem Büro Patiententermine wahrzunehmen. Dennoch konnte er es nicht vermeiden, sich nebenher in Gedanken immer wieder mit Bachspiels

Notizheft, dem seltsamen Kerl an seinem Fahrzeug und der letzten Nachricht aus dem Bilderrahmen zu beschäftigen.

Was nur hatte sich Bachspiel mit dieser kleinen Farce eigentlich gedacht? Wollte er Verwirrung stiften? Versuchte er Henrick ein Bein zu stellen? Hatte er es womöglich auf ihn abgesehen, weil er in seinem Therapeuten Menschen wiedererkannte, die ihm im Leben hart zugesetzt hatten? In Anbetracht der zahlreichen und gezielten Verdächtigungen war davon auszugehen.

Eigentlich war Henrick froh, dass Bachspiel erst mal fort war. Bei Wiederauftauchen würde der Patient sowieso nicht weiter in der Klinik verbleiben. Ihn erwartete eine Einrichtung mit verschärften Verschlussbedingungen. Daher war es eigentlich irrelevant, sich mit Bachspiel und dem aufgetauchten Notizheft weiter auseinanderzusetzen, doch Henricks Neugier war so groß, dass er sich zuhause noch einmal ganz in Ruhe dem kryptischen Heft widmen wollte.

Gegen 17 Uhr 30, als er die letzte Therapiesitzung beendet hatte, erledigte er noch einen Teil seines übrig gebliebenen Schreibkrams. Zwei psychologische Gutachten später fiel ihm die Einladung zu einer Podiumsdiskussion seines ehemaligen Uni-Fachbereichs auf – Absender war ein Professor Dr. Wagner. Sollte er zusagen? Nein, diesmal nicht, er hatte momentan genug um die Ohren. Ihm schien es sowieso von Vorteil zu sein, sich an seinem Fachbereich ein wenig rarzumachen. Vielleicht steigerte dies seinen Wert. Also schrieb er an die Sekretärin des ihm unbekannten Professors eine entsprechend formulierte E-Mail.

Auf dem Weg zum Treppenhaus dachte Henrick wieder an den vor seinem Auto wartenden Herrn von heute Vormittag und fragte sich, ob dieser seinem Fahrzeug vielleicht Schmierereien oder Beschädigungen zugefügt hatte. Nicht auszuschließen, dass der Mann ein Patient im Ausgang war, vielleicht auch ein Ehemaliger, einer, der ihn kannte und sich für irgendetwas rächen wollte. Zumindest konnte man dem durchdringenden Blick des Typen diese Absicht unterstellen.

Am großen Panoramafenster vorüberspazierend, warf Henrick wieder einen flüchtigen Blick auf die parkenden Autos. Erschreckt zuckte er zusammen. Der Kerl stand schon wieder vor seinem Fahrzeug und stierte hinauf zum Fenster – als habe er dort ausgeharrt!

Warum in aller Welt stand er dort? In Henrick stieg eine beängstigende Gewissheit auf. Während er bereits Pläne schmiedete, wie er eventuelle Schäden an seinem Wagen einklagen könnte, öffnete er geschwind die schwere Verbundglastür zum Treppenhaus. Er raste die Stufen hinab, öffnete im Erdgeschoss die Tür mit seiner Pin-Karte und bewegte sich in der Empfangshalle schnellen Schrittes auf ein Fenster zu, durch das man auf den Klinikparkplatz blicken konnte. Doch am Auto stand niemand mehr. In Henricks Augen blitzten wieder Migräneschlieren – ihr Auftreten schien mit körperlicher Erregung zusammenzuhängen.

Er überlegte, was er tun könne. Der Pförtner! Er müsste etwas gesehen haben. Hektisch ging der Psychologe auf ein quadratisches, 80 mal 80 Zentimeter großes Wandfenster zu und schaute hinein, niemand da. Der Zugang zum Pförtnerzimmer lag in einem Gang rechts neben dem Glasfenster. Energisch klopfte er dort an und erkundigte sich laut nach möglichen Anwesenden. Geschepper von Geschirr, doch keine Antwort. Eine Weile verging, ehe er Schritte hörte und sich die Tür schließlich öffnete. Im Türrahmen erschien Herr Friedrich – Pförtner und zugleich Vertretungshausmeister für diesen Block der Klinik.

»Ah, Dr. Merten«, grüßte er betreten, »Was gibt's denn?« Er schien ein Nickerchen gemacht zu haben.

»Hallo Herr Friedrich. Entschuldigen Sie bitte die Störung, aber ich habe soeben vom ersten Stock aus einen Mann vor meinem Auto stehen sehen – etwa Mitte 50 –, der sich schon heute Vormittag an meinem Fahrzeug aufgehalten hat. Das stimmt mich nachdenklich, weil ich mir nicht ganz sicher bin, ob dieser Herr eben wieder erneut dort stand, rein zufällig, oder ob er sich insgesamt schon länger dort aufgehalten hat. … Haben Sie etwas beobachten können oder wissen Sie vielleicht, wer in der letzten halben Stunde seinen Ausgang genommen hat?«

»Mal sehen, ja, … also es sind in der letzten halben Stunde fünf Patienten nach draußen gegangen … so weit ich das mitbekommen habe.« Er kratzte sich seine matte Glatze, an den Seiten wuchs das übliche männliche Resthaar, grau und kurz geschoren. »Hineinge-hen sehen hab ich aber niemanden, der dieser Beschreibung …«

Henrick unterbrach: »Haben Sie vielleicht heute Vor- oder Nach-mittag jemanden auf dem Parkplatz herumlungern sehen, auf den die Beschreibung eines Herrn mittleren Alters passt?«

Friedrich wurde aufgeregter und antwortete mit ungehaltenem Umgangston: »Ja, da waren viele heute Nachmittag, aber ich mach' mir ja nicht über jeden Einzelnen Aufzeichnungen. Das kann ich nicht. Glaube aber, dass da keiner auf dem Parkplatz längere Zeit herumgestanden hat. Mir ist jedenfalls nichts aufgefallen.«

Henrick drehte verärgert den Kopf in den Nacken. Die Geste wirkte angreifend und brachte Friedrich in verteidigenden Zug-zwang: »Ja, wo kämen wir hin, wenn ich noch alles aufschreiben und beobachten sollte. Sowieso gehen die Patienten hier doch nur vorbei, wenn sie von ihrer Station längst ihren Ausgang zugebilligt bekommen haben. Wozu soll ich da noch …«

Henrick berührte Friedrich kurz an der rechten Schulter, es sollte Verständnis signalisieren. Hastig verabschiedete sich der Psychologe, wünschte ein angenehmes Wochenende und hetzte im Laufschritt auf den Parkplatz. Unter Umständen war es noch nicht zu spät, den Plagegeist irgendwo abzufangen. Am Auto angekommen, bestand Henricks erste Handlung darin zu kontrollieren, ob der Kerl etwas am Fahrzeug beschädigt hatte. Er untersuchte den Lack auf Kratzer, die Reifen auf Durchstiche und hielt Ausschau nach Indizien, die ihm die Identität des Mannes verraten könnten. Hoffentlich hatte der nicht eines der Kabel im Motorraum durchschnitten! Ein kurzer Blick hinein würde nicht schaden. Henrick öffnete die Fahrertür, legte die Aktentasche auf den Beifahrersitz, zog den Hebel für die Motorhaube und schaute in den Antriebsblock.

Nichts zu sehen, alle Kabel waren an ihrem Platz, nichts schien gelockert, angekratzt, ausgestöpselt oder beschädigt. Wenn etwas manipuliert worden war, dann wohl eher unterhalb des Motors, wo er aber in seiner Kluft nicht drunterrutschen wollte.

Na ja, er fuhr eh nur eine kurze Strecke über die Autobahn. Im Falle eines Bremsverlustes, womit allerhöchstens zu rechnen war, könnte er die Gangschaltung zum Herunterbremsen benutzen. Er zögerte eine Weile, schloss dann die Motorhaube, warf im Vorübergehen einen prüfenden Blick auf die Scheinwerfer und stieg ein. Im Rückspiegel konnte er jetzt direkt das Eingangsportal des Klinikgebäudes sehen. Ein Mann verschwand zügig darin. Sah der nicht dem gesuchten Mann ähnlich? Blitzschnell drehte sich Henrick um, die Person war aber nicht mehr zu sehen. Sollte er sich noch mal auf den Weg machen und nachsehen, ob es der Kerl war?

Ganz die analytische Schule, erkannte Henrick jetzt, dass er sich zu viele Gedanken machte; dass er in den letzten Tagen einfach unter zu viel Stress gestanden hatte. Wäre der soeben im Eingangsportal Verschwundene der Gesuchte, würde er ihm sicherlich bald sowieso im Klinikalltag begegnen. Wozu also hinterhergehen? Wahrscheinlich gab es ohnehin eine plausible Erklärung für das seltsame Herumlungern des Mannes – augenscheinlich ein Zwangsverhalten.

Die Bedenken zu seiner Zufriedenheit korrigiert, startete er den Motor und fuhr den Wagen vorwärts aus einer Reihe parkender Autos hinaus.

Untersuchungen

Zuhause bemerkte Henrick, dass Diana bereits nach Hannover aufgebrochen war. Ab morgen arbeitete sie an der dortigen Universität 14 Tage lang als Gastdozentin. Da sie in den kommenden Wochen von früh bis spät Blockseminare veranstaltete, wohnte sie für diese Zeit auch bei einer ortsansässigen Freundin.

Diana war ehrgeizig. Noch vor Beginn ihres 38. Lebensjahres wollte sie eine feste Stelle an einer psychologischen Fakultät besetzen. Derartige Veranstaltungsmarathons, die später ihre Lehrfähigkeiten bewerben sollten, waren für das Erreichen dieses Ziels unvermeidlich. Henrick missfielen die oft wochenlangen Trennungen. Ein Trost war diesmal zumindest, dass ihm nun genügend Zeit und Muße für Bachspiels Heftnotizen blieb. Schon unmittelbar nach seiner Heimkehr unterzog er einen Abschnitt des Formelwirrwarrs einem willkürlichen Dechiffrierversuch. Doch außer völlig zusammenhangloser Wortketten – und alles auf Deutsch?! – kam nichts Sinnvolles heraus. Zweifellos hing der Misserfolg damit zusammen, dass ihm keine eindeutig abgetrennten Formeln zur Verfügung standen. Alle Zeilen des Heftes schienen miteinander verbunden zu sein, gehörten zu einer langen, gedachten Reihe, unterbrochen von nie gesehenen Symbolen und Zeichen – alles noch weit aussichtsloser als bisher gegenüber der Zettelformel.

Vielleicht musste er die innerhalb der Reihe vorkommenden Symbole einfach umstellen, sodass sie eine modifizierte mathematische Formel ergaben? Ach Quatsch, Unsinn. Wie sollte das mit Phantasiezeichen schon gehen? Vielleicht waren die Symbole auch Trennzeichen? Hinweise! Oder doch nur Verwirrtaktik?

Drei Stunden verbrachte er mit den fragwürdigen Seiten vor dem Computer, als ihm kurz vor 23 Uhr die Konzentration wie auch die Lust am Rätseln verging. Darüber hinaus plagte ihn sein leerer Magen. Abgeschlagen watschelte Henrick in die Küche und prüfte den Kühlschrank auf Lebensmittel, die keine warme Zubereitung erforderten. Verdammt, stieß es ihm auf, nichts lag für den schnellen Hunger parat. Anfang der Woche hatten Diana und er zugunsten ihrer sportlichen Linie entschieden, Süßigkeiten, Sahnepuddings und Wurst aus ihren Essgewohnheiten zu streichen. Zerknirscht beschloss er, sich ein Brot mit Paprikaaufstrich zu schmieren, mehr Aufmerksamkeit und Willen brachte er nach all der unentlohnten Arbeit nicht auf.

Plötzlich klingelte im Wohnzimmer unerwartet das Telefon. Spätabends geschah dies nur, wenn von den Mitarbeitern der Klinik ein Rat im Umgang mit einem seiner Patienten benötigt wurde. Keine Rufnummer auf dem Display? War es die Klinik? Henrick meldete sich – doch es war niemand dran.

»Hallo? Wer ist da?« Noch immer keine Antwort. Vielleicht konnte sich der Anrufer nicht bemerkbar machen, weil die Verbindung fehlerhaft war. Vom Handy aus konnte das schon mal passieren, worauf Henrick, in Mutmaßung, dass es Diana wäre, laut antwortete: »Diana, bist du's? Probier's noch mal, ich kann dich nicht hören. Okay? … Bis gleich.«

Henrick legte auf, nahm das schnurlose Telefon mit in die Küche und schmierte den Paprikaaufstrich aufs Brot. Aus einem kleinen Blumenkübel vor dem Küchenfenster schnitt er frischen Schnittlauch ab und garnierte damit den Snack.

Mittlerweile fragte er sich, warum Diana es nicht erneut versuchte? Hatte sie ihn nicht verstehen können? Ihm wurde etwas mulmig zumute, ihr war doch nichts passiert? Unruhig wog er ab, ob er nicht einfach selbst zurückrufen solle, vielleicht gab es unverhofft Probleme. Andererseits würde es sie sicherlich erheblich verstimmen, stellte sie sich nicht als besagter Anrufer heraus – morgen musste sie früh aufstehen.

Hin- und herüberlegend, entschied Henrick, sich bei ihr zu melden – sie würde sein Dilemma verstehen. Er wählte ihre Handyverbindung, es läutete. Ab dem fünften Tuten wurde Henrick ungeduldig, seine Nervosität stieg. Nach dem zehnten Tuten legte er auf, spekulierend, dass sie wahrscheinlich ihr Handy auf lautlos gestellt hatte. Bedrückt verließ er mit Brotteller und Telefon die Küche. Im Wohnzimmer setzte er sich auf die schwarze Ledercouch, stellte den Telefonapparat in die Ladeschale des linken Beistelltisches und klappte seinen Couchsitz nach hinten. In bequemer Liegeposition schaltete er die Fernsehnachrichten ein, doch seine sorgenvollen Gedanken wollten nicht weichen.

Wider Erwarten klingelte das Telefon. Hastig stellte er den Teller mit dem Brot auf den Couchtisch und griff nach dem Schnurlostelefon.

»Hallo …«, er hatte vergessen, auf die Rufnummernanzeige zu blicken, also ergänzte er mit winziger Verzögerung seinen Namen, »Henrick Merten«, schließlich konnte es auch die Klinik sein.

»Ja, Schatz, ich bin's. Was gibt's denn noch?«, drang Dianas verschlafene Stimme langsam durch den Hörer. Mit um Nachsicht bemühtem Tonfall formulierte Henrick sogleich seine Antwort: »Ist bei dir alles klar? Ich dachte, du hättest vor ein paar Minuten angerufen. Bekam einen Anruf, bei dem sich keiner gemeldet hatte, und ich dachte, du wärst's gewesen. Is' was passiert?«

»Nein«, nuschelte sie, hörbar übernächtigt, nicht bereit, seinen Ausführungen weiter zuzuhören – war sie müde, hatte sie schlechte

Laune. Da er sich aber Sorgen gemacht hatte, riss sie sich am Riemen und schob ihre Müdigkeit einen Moment lang beiseite. Mit schlaftrunkener Stimme säuselte sie: »Mach' dir keine Sorgen, es ist alles in bester Ordnung. Falls was wäre, würde ich dich erreichen, irgendwie. … Also, mach' dir keine Sorgen, okay? Und Schatz, geh jetzt auch ins Bett, einverstanden? Mach's nicht wieder so wie die letzten Nächte.« Henrick stimmte zu.

»Viel Glück noch mit deinen Veranstaltungen. Ach ja, ruf mich morgen bitte bis vor halb acht auf dem Festnetz an. Ich werd' mich um 20 Uhr mit Leonard zum Billard treffen. Dann können wir vorher ungestört deine Veranstaltungen analysieren.«

Leonard war Henricks bester Freund, mit ihm hatte er schon das Gymnasium besucht, zusammen studierten sie später auch an derselben Uni. Bis heute hatten sie sich nicht aus den Augen verloren und spielten ab und an Billard oder Darts in einer Spielhalle der Innenstadt.

In gewohnter Fasson verabschiedeten sich die Eheleute voneinander. Beruhigt stellte er das Telefon zurück und griff anschließend nach dem Teller auf dem Couchtisch.

Jäh klingelte das Telefon erneut. Verdrossen verdrehte Henrick die Augäpfel – er hatte gerade zwei große Stücke aus dem Brot abgebissen, die er nun, um sprechen zu können, entweder schnell durchkauen oder in eine Ecke seines Mundes verschieben müsste.

Vielleicht die Klinik? Er beugte sich rüber und schaute auf das Display, wieder keine Nummer!? Sollte er dann überhaupt abnehmen? Um diese Uhrzeit sollte man zumindest seine Rufnummer anzeigen! Also ließ er es läuten.

Das Klingeln wollte aber partout nicht verstummen, wacker bestand der Anrufer darauf, Henrick ein Gespräch abzutrotzen. Nach einer Minute beugte sich der Entnervte vom Sitzplatz zum Telefon herüber, um auf dem Hörer die Einstellung zu finden, mit der er die gesamte Gerätschaft verstummen lassen konnte. Aber er fand nur den Lautstärkeregler. Einige Male drückte er ihn. Unversehens endete in diesem Moment auch das belästigende Tönen.

Ächzend zog Henrick sich auf seinen Platz zurück und konzentrierte sich wieder auf seine Nachrichtensendung. Unterdessen, wahrscheinlich aufgrund des aufgenötigten Stresstests, bahnte sich ein kleiner Kopfschmerz seinen Weg durch Henricks rechte Schläfe. So weit das Ganze nicht heftiger wurde, wusste er gekonnt die Pein zu ignorieren.

In den Nachrichten kamen nur noch Berichte über belangloses Society-Zeug, politische Inhalte hatte er bereits verpasst. Ehe ihn das Programm aber beginnen konnte zu langweilen, klingelte das Telefon wieder! Zwar leiser, jedoch mit unveränderter Dreistigkeit. Henrick trieb es die Zornesfalten ins Gesicht.

Gereizt schwenkte er den Brotteller zur Seite, der Rest der großen Brotschnitte rutschte auf das Sitzleder. Wutentbrannt stand er auf und nahm das Gespräch an: »Ja. Hallo?«, beinahe hätte er ein »Verdammt noch mal« hinterhergeworfen. Meldete sich jetzt niemand, zöge er die Leitung aus der Telefondose. Und wahrlich, wieder antwortete niemand. Henrick wartete kurz, dann fragte er ein weiteres Mal. Keine Reaktion. Bereits darin begriffen, den Hörer vom Ohr zu nehmen, sprach aus der Stille der Verbindung plötzlich eine leise Frauenstimme zu ihm: »Herr Merten? ... Doktor Henrick Merten?«

Ihm kam die Stimme bekannt vor, er wusste aber beim besten Willen nicht, wie er die Person einzuordnen hatte. War sie eine Patientin, von früher? Vielleicht. Irgendwie war aber das Erinnerungsgefühl anders, das die Stimme der Frau in ihm erzeugte. Nicht so, wie wenn man jemanden wirklich kannte und man in den Tiefen des Gedächtnisses nur nach einem Erinnerungsfetzen suchen musste.

»Was wollen Sie?«, fragte Henrick betreten, bestrebt, seine aufgeschäumte Wut herunterzuregeln, »Sind Sie sich im Klaren, wie viel Uhr es ist? Und, wer sind Sie?« Indessen knipste er mit der Fernbedienung die Glotze aus.

»Es spielt keine Rolle, wer ich bin. Ich möchte Ihnen lediglich einen Rat geben, ... einen lebenswichtigen Rat.« Die Frau schwieg kurz, als erbitte sie seine Einwilligung. Auffällig war, dass sie sehr sacht und entspannt sprach. Da er nichts entgegnete, fuhr sie fort: »Hören Sie damit auf und lassen Sie es gut sein ... Sie bewegen sich auf einem sehr schmalen Grat.«

Henrick verdutzte die Info: »Was meinen Sie? Womit soll ich aufhören?« Was sollte dieser schwachsinnige Scherz? Er wollte gerade nachsetzten, doch die Anruferin kam ihm zuvor: »Denken Sie darüber nach … Sie wissen, was gemeint ist.«

In solchen Momenten ärgerte es ihn, seine Nummer ins Telefonbuch gesetzt zu haben. Wenigstens hatte er dem Eintrag nicht auch seine Adressdaten beigefügt.

Eine seltsame Stille lag nun wieder zwischen den Telefonierenden. Nach ein paar Sekunden hörte Henrick knarzende Geräusche – die Anruferin schien ihr Telefon zu bewegen. Es piepte, die Verbindung war getrennt.

Erstarrt hielt Henrick den Hörer in der Hand. Wer konnte das gewesen sein? Steckte Bachspiel dahinter, wollte er ihn mit diesem Anruf verunsichern? Wusste der Patient vielleicht, dass sein Therapeut die Formeln durchstöberte? Oder wollte ihn ein anderer aufs Glatteis führen, möglicherweise ein Kollege aus der Klinik? Jemand, der es auf sein verdeckt gehaltenes Hobby absah? Moment. … Konnte die Anruferin nicht auch seine berufliche Arbeit als Psychologe gemeint haben? Ja, natürlich! Er schüttelte den Kopf und wirkte fast erleichtert. Wie konnte er bloß auf Bachspiels Unterlagen kommen oder einen Kollegen verdächtigen? Was hatte die Frau noch gesagt? Hör auf, lass es gut sein? Sie musste eine ehemalige Patientin gewesen sein, die sich aus diffusen Gefühlen, womöglich aus vorhandenen Sexualaspirationen, bei ihren behandelnden Psychiatern, Therapeuten und Psychologen zu melden versuchte. So was konnte vorkommen, allerdings bisher nie in Form eines bedrohlichen Anrufes zu so später Stunde.

Henrick, der noch immer den Hörer in der Hand hielt, aus dessen Muschel jetzt ein Besetztton drang, stellte das Telefon wieder in die Ladeschale – in seinem Gesicht ein verkrampftes Lächeln. Ein Blick auf die Uhr: 15 Minuten nach elf. Kopfschüttelnd suchte er nach der Telefondose an der Wand, tastete nach dem Stecker und zog ihn mit einem Ruck heraus. Zumindest für die restliche Nacht herrschte ab jetzt Ruhe.

Trotz seiner Müdigkeit beschlich Henrick nun der Eifer, weiter an dem dubiosen Formelheft zu arbeiten, selbst wenn er darin auf keine zweckdienlichen Tipps bezüglich Bachspiels Verschwinden oder dessen Geisteszustand stoßen sollte.

»Verdammt! Ah!«, ein kurzer, aber heftiger Kopfschmerz unterbrach schlagartig seine Gedanken. Was war das denn? Migräne?! In solcher Intensität hatte er sie nie zuvor erlebt. Henrick graute vor einer Verschlimmerung seines Leidens. Er schloss die Augen und rieb sich einige Sekunden Stirn und Gesicht. Einigermaßen wieder berappelt, schaute er sich benommen im Wohnzimmer um. Hoffentlich ging das nicht so weiter.

Er ging zurück ins Arbeitszimmer und reaktivierte seinen im Schlafmodus befindlichen PC. Verzweifelt blickte er auf Bachspiels aufgeschlagene Schriftnotizen. Dieses auf den letzten Seiten bekritzelte Heft brachte einfach nichts Verwertbares hervor! Wie schon eingehend von ihm festgestellt, ergaben nur die mit Phantasiesymbolen getrennten Formeln einen Sinn. Sie konnte er weiterhin in sein Computerprogramm versuchen einzubinden. Bloß, wie tat er es richtig?

Selbstredend war ihm klar, dass sein Patient ihn mit diesem Formelzeug nur in seine unredliche Wahnwelt zu integrieren versuchte. Das ging einfach, schließlich war Bachspiels Universum so intelligent ausgearbeitet und durchdacht, dass alles möglich sein konnte – ergo nichts hundertprozentig stimmen musste.

Diese Schlussfolgerung rief Henrick einmal mehr seine eigene Zerrissenheit zwischen Esoterik und Wissenschaft ins Bewusstsein. Zwingend begann er an all die Skepsis und Ungewissheit zu denken, mit der er sich in Bezug auf übernatürliche Themen schon immer herumgeschlagen hatte. Wie man es zum Beispiel mit dem Wahrheitsgehalt prophetischer Werke halten solle und ob generell prophetische Vorhersagen möglich seien? Im Grunde entstanden alle Prophezeiungen doch nur, weil Sehnsüchte, Wünsche und Ängste bedient werden wollten. Wobei der Streit, was Wahrheit und was Dichtung war, auf ewig fortbestand. Auf der einen Seite die analytischen Erklärmuster von Psychologen und Zweiflern, die Nostradamus entmystifizierten, indem sie aufzeigten, durch welche zigfach deutbaren Muster der Seher die Leichtgläubigkeit von Menschen ausnutzte, und auf der anderen Seite die Verfechter, die all das, was Nostradamus in Verse gebunden hatte, als prophetische Eingebung erachteten – durch astrologische Berechnung ergründet und durch persönliches Talent sowie mit alten Geheimtechniken in bildhaften Visionen »gesehen«. Doch keiner, egal ob wissenschaftlich anerkannt oder pseudo-grenzwissenschaftlich kundig, konnte eindeutige, endgültig klärende und überzeugende Antworten zu Nostradamus' Überlieferungen anbieten. Und genau auf diese Streitbarkeit hatte Henrick lange Zeit gehofft. Für ihn konnte es nur bedeuten, dass Nostradamus dieser Uneindeutigkeit allein die Aufgabe zufallen ließ, Zweifel gegenüber seinen Versen zu stiften. Auch die von Nostradamus schwammig beschriebenen »Sehertechniken« – durch die ihn angeblich Zukunftsvisionen ereilten – dienten einzig dem Zweck, Menschen späterer Jahrhunderte zweifeln zu lassen. Es sollte schlichtweg verhindern zu erkennen, dass exaktes Zukunftswissen im Zentrum seiner Weissagungen stand. Denn wüssten die Menschen, dass es wirklich die Zukunft war, die sie in seinen Versen lasen, würden Geschehnisse verhindert werden, nicht stattfinden … ganz so, wie es auch Bachspiel während der Therapiesitzung gegenüber Henrick proklamiert hatte.

Doch heute Abend, aufgrund der immer unsinniger anmutenden Untersuchungen des Heftes, keimte in Henrick mehr und mehr Argwohn, und er war geneigt, allmählich komplett auf Seiten derjenigen umzuschwenken, die dem Seher ausschließlich billige Verwirrungs- und Suggestionstricks vorwarfen. Vielleicht lebte Nostradamus ähnlich wie Bachspiel in einer verqueren Wahnwelt, in der er sein eigenes Vorstellungsgebilde erzeugte, um für sich und seine Umwelt jene Person zu sein, die er gern sein wollte: ein geheimnisvoller, weissagender Mann, der in symbolhafter Sprache die Zukunft voraussagte. Kurz gesagt, Nostradamus und Bachspiel waren einfach nur Spinner.

Henrick wollte gerade das Heft zuschlagen, als ihm im unteren Faltbereich der Seiten eine winzig geschriebene Formelreihe ins Auge fiel. Genauer angeschaut, beschlich ihn das Gefühl, sie zu kennen. Wie viele andere Formeln notierte er sie auf ein Blatt Papier und probierte, sie umzustellen. Nach einiger Prüfzeit traf ihn die Erkenntnis wie ein Blitz. Das, was da in der Heftmitte stand, war die Formel von Bachspiels überreichtem Zettel! Nur mit vertauschten Zähler- und Nennerwerten!

War etwa alles so geschrieben, als einfachste Form der Geheimhaltung? Er suchte sich aus dem Heft einen Formelabschnitt heraus und vertauschte die Reihen ober- und unterhalb des Bruchstriches. Mit nervös-flatterigen Fingern gab er die neue Folge über die Tastatur in das Programm ein und versah die Platzhalter mit denselben persönlichen Zahlenwerten, die er am Mittwoch schon willkürlich in Bachspiels Zettelformel eingesetzt hatte.

Würde etwas herauskommen? Das Programm lief, kein Abbruch, es funktionierte!

Während der PC rechnete, ging er noch einmal alle Zeichen der Formel durch. Da stoppte plötzlich die Software. War ein Fehler aufgetreten? Hatte er die Formel falsch eingegeben oder beim Vertauschen verkehrt notiert? Nein, es war alles korrekt, der Computer war fertig. Henrick scrollte an den unteren Rand des Programms und ließ sich den entstandenen Text anzeigen. Wie zu erwarten, in Deutsch. Diesmal aber keine Nachrichtenmeldung der Vergangenheit, sondern ein unbekannter Nostradamus-Vierzeiler. Bachspiel schrieb also schon seine eigenen Verse! Meine Güte, wunderte sich Henrick, wollte sein Patient etwa jetzt selbst Nostradamus spielen?

»Wenn Bär und Indien misstrauen,
das Einhorn gemeuchelt wird sein,
wird fallen November, rasch sich mit Blut füllt
das schreckliche Feuer, Zeit der Asche.«

Gewohnheitsgemäß erstellte Nostradamus so geartete Verse nur, wenn er die Entwicklung eines Krieges sowie die daraus sich ergebenden Folgen beschreiben wollte. Bachspiel schien diese Ausdrucksweise zu imitieren, um bei künftigen Entdeckern seines erfundenen Vierzeilers Unsicherheit zu schüren – denn welches Desaster zwischen »Bär« und »Indien« konnte damit schon gemeint sein?

Die Sinnbilder standen für die Beschreibung der nuklearen Supermächte im 20. Jahrhundert. Während der »Bär« Russland beziehungsweise die Sowjetunion meinte, repräsentierte »Indien« die USA, weil man zu Nostradamus' Zeiten noch annahm, Kolumbus habe Indien entdeckt.

Und das Einhorn? Nostradamus verwendete im Ost-West-Konflikt das Bild des Einhorns als Beschreibung für Gorbatschow – wegen dem auf seiner Stirn befindlichen Feuermal. Gorbatschow sei demnach ermordet worden. Der November in jenem Vierzeiler müsste somit für jenen revolutionären Mauerfall-November stehen, der dann, nach Bachspiels Suggestion, ein blutiger Monat wurde und infolgedessen den mit Nuklearwaffen geführten Dritten Weltkrieg hervorbrachte.

Nicht schlecht, freute es Henricks analytischen Verstand. Einfach ausgefuchst, was Bachspiel mit diesem Vers unterschwellig anzudeuten versuchte: Die Katastrophe sei verhindert worden und der Geschichtsverlauf schlug schließlich einen anderen Weg ein. Eine geschickte Idee. In esoterischen Kreisen würde sie für Diskussionsfreude sorgen. Redete der erfundene Vierzeiler doch ein, dass der Menschheit allein durch Vorwarnungen und Prophezeiungen negative historische Entwicklungen erspart geblieben waren. Eben genau das, was Bachspiel für sich einforderte – die Menschheit nur retten zu können, wenn er seine Arbeit an der Aufdeckung prophetischer Geheimnisse fortsetzen könne.

Doch die Logik des erfundenen Vierzeilers besaß erhebliche Fehlkonstruktionen: Denn wenn der Vers tatsächlich zur Vermeidung einer Katastrophe gedient hatte, warum stand er dann nicht im sichtbaren Text der Centurien? Warum im Verborgenen, warum auf Deutsch und nur auffindbar durch eine solche Formel? – Bachspiels Formel! Etwa, weil man die Prophezeiung nicht benötigte, da sie letzten Endes nicht eintrat? Wozu existierte sie dann aber im Verborgenen? Nun ja, es war offensichtlich: Bachspiel wollte schockieren, mit einem scheinbar versteckten Vers, der einen anderen geschichtlichen Entwicklungsverlauf beschrieb.

Henrick war froh, einen wichtigen Schritt bei der Untersuchung des Heftes vorangekommen zu sein. Er war überzeugt, seinen Patienten bald vollends seiner Tricks überführt zu haben. Morgen würde er weiterdechiffrieren. Hundemüde schaltete er den Rechner ab, stand auf und bemerkte beim Verlassen des Arbeitszimmers seine schwarzen Halbschuhe an den Füßen. Wann hatte er die denn angezogen?

Er musste wirklich völlig erledigt sein, wenn er sich nicht mal mehr an das Anziehen erinnerte.

Erstaunt fiel ihm in der Küche die Uhrzeit auf: kurz vor zwei?! Meine Güte, wo war der Abend geblieben? Spätestens halb eins hätte er vermutet. Die Müdigkeit hatte ihm jegliches Gefühl für Zeit genommen. Jetzt aber ins Bett!

Kapitel 3

Samstagvormittag

Am Wochenende hielt sich Henrick gewohnheitsgemäß an keine Aufstehzeiten. Angesichts der Geschehnisse vom Vortag plagten ihn aber in den Morgenstunden unruhige Halbschlafträume – darunter ein sexuell gefärbter Traum mit einer jungen Frau. Gegen kurz vor 10 war damit jedoch Schluss. Er schaltete die Nachttischlampe ein und starrte an die Wand vor ihm, an der ein Poster von van Goghs »Sternennacht über der Rhone« hing. Eine Viertelstunde kreisten seine Gedanken schläfrig im Anblick des Plakates umher, bis ihn plötzlich die Lust packte, an Bachspiels Formelheft weiterzuarbeiten. Er fuhr hoch und bemühte sich benommen, Dianas herübergerutschte Wolldecken zur Seite zu drücken. Auf ihrer Bettseite lagen davon immer sehr viele, die sich dann nachts auf Henricks Seite schoben und ihn unnötig warm zudeckten.

Er zog sich an, sein zerknautschtes Gesicht sprach Bände. Ohne wie sonst zuerst in der Küche einen Kaffee zu trinken, begab er sich direkt ins Arbeitszimmer. Neugierig schaltete er seinen Hauptrechner ein und suchte sich aus all dem Wirrwarr des Heftes Formeln heraus. In abgeänderter Schreibweise gab er sie ein und wartete die Auswertung ab. 30 Minuten vergingen, in denen das Programm neben korrekt ausgegebenen Texten seltsamerweise auch Buchstabenketten ohne klaren Sinn ausspuckte. Innerhalb dieser Buchstaben versuchte Henrick, Wörter herauszulesen, doch er fand keine.

Nach etwa 20-minütiger Prüfung wahllos herausgegriffener Formeln kapitulierte Henrick vorerst, stand auf und überlegte auf dem Weg zur Küche, ob er in der Mikrowelle ein Fertiggericht zubereiten solle.

Im Hausflur hörte er den Postboten an den Briefkästen herumscheppern. Der war samstags immer spät dran, weil die Route an diesem Wochentag für gewöhnlich mehr Straßenzüge umfasste.

126

Aber 10 Uhr 50? So spät war es bisher nie gewesen. Da fiel ihm ein, dass es auch der Austräger seiner psychologischen Zeitschriftenabonnements sein könnte, was hieße, dass die reguläre Post längst im Kasten lag. Briefe und etwaige Magazine wollte Henrick aber erst mal stecken lassen – auf die monatlich herauskommenden Fachartikel hatte er eh selten Bock.

Angestrengt inspizierte er das Eisfach überm Kühlschrank nach einer geeigneten Mahlzeit. Er wühlte herum und versuchte, das gefrorene Eis wegzukratzen. Moment, was war das? Er wandte den Kopf nach links und warf einen Blick durch das breite Küchenfenster in Richtung eines Baumes im Hinterhofgarten. Stand da nicht gerade jemand und hatte ihn beobachtet? Erstarrt betrachtete er den kleinen, auf gleicher Höhe zur Wohnung liegenden Gemüsegarten. Zaghaft nahm er den Arm aus dem Eisfach, ließ es offen stehen, um am Küchenfenster nach dem Phantom Ausschau zu halten. In dem kleinen Garten sprang normalerweise so gut wie nie jemand umher. Allein die alte Hausvermieterin aus der obersten Etage jätete dort ab und an das Unkraut. Allerdings bewegte sie sich längst nicht so flink.

Seltsam, niemand zu sehen. Resigniert blieb er am Fenster stehen. Hatte ihm seine Wahrnehmung einen Streich gespielt? Fühlte er sich aus Stress und Überanstrengung verfolgt, so wie gestern auf dem Klinikparkplatz? Nicht zu leugnen, die Ereignisse der letzten Tage hatten ihn verspannt, aber war es nicht vielmehr seine unbewusste Angst vor Bachspiel, die ihn verunsicherte?

Henrick überlegte, ob sein Patient vielleicht seine Adresse herausgefunden haben könnte? Das Telefonbuch schied aus, dort stand nur eine schlichte Telefonnummer. Übers Internet gab's auch keine Möglichkeit, ihn ausfindig zu machen. Da fiel es ihm wie Schuppen von den Augen: das Einwohnermeldeamt! Wie konnte er das nur vergessen? Jeder konnte dort die Wohndaten anderer Bürger in Erfahrung bringen. Warum hatte er seine Adresse im Melderegister nicht sperren lassen oder zumindest angewiesen, sie nur gegen Angabe von Personalien auszugeben? So hätte er immerhin die Identität der Person erfahren, die sich seiner Daten bemächtigte. Allerdings … konnte das eben im Garten wirklich Bachspiel gewesen sein? Zeit genug hätte er seit gestern sicherlich gehabt; als beurlaubter Finanzamtbeamter wüsste er sowieso, dass er übers Meldeamt leicht an Henricks Daten gelangen konnte.

Da, wieder! Im linken, hinteren Teil des unübersichtlichen Hinterhofgeländes musste sich etwas befinden! Jetzt verbarg es sich in Deckung eines Busches, an dessen Geäst sich das Laub verdächtig bewegte. Könnte auch der Wind gewesen sein, aber Henrick überzeugte die Idee, dass, wenn etwas tatsächlich vor ein paar Sekunden durch den Garten gehuscht war, es sich nur hinter diesem Busch verstecken könnte.

Wiederholt eine Bewegung der Blätter. Da musste jemand sein! Henrick lehnte sich ausladender nach vorn, bis er schon fast mit der Nase an der Küchenfensterscheibe klebte, und sah … einen Kopf! Sein Herzschlag erhöhte sich, doch nicht lange, denn schon im nächsten Moment identifizierte er eine vertraute Person: Frau Jakobsen, seine Vermieterin aus dem obersten Stockwerk. Hinter dem Busch schnitt sie die Äste eines Apfelbaums.

Selbstkritisch verzog Henrick die Augenbrauen, atmete tief durch und stellte mit spröder Konsequenz fest, dass seine Ängste Formen von Paranoia anzunehmen drohten. Beherrscht wandte er sich wieder dem offen stehenden Eisfach zu und zog einen Tupperbehälter heraus, in dem seine Frau Gemüse mit Schweinefleisch eingefroren hatte. Knackend öffnete sich die Dose. Er tat den Inhalt auf einen Teller und zerkleinerte mit einer Gabel vorsichtig die hart gefrorenen Stücke. Dann steckte er das Ganze zum Auftauen in die Mikrowelle.

Während des Aufwärmprozesses wollte er nun doch die zugestellten Fachmagazine und Briefe aus dem Postkasten befreien. Den Briefkastenschlüssel von der Vitrine geschnappt, öffnete er die Wohnungstür, ging einige Stufen zu den in der Treppenflurwand versenkten Briefkästen hinab und schloss sein Fach auf. Verwundert schaute er in den geöffneten Kasten, doch außer einem mittig geknickten DIN-A4-Blatt lag nichts darin. Keine Post. Die Falten zwischen seinen Brauen vertieften sich. Hatte ihm jemand die Briefe entwendet? Instinktiv blickte Henrick die Treppe zu den obersten Stockwerken hinauf. War es vielleicht einer der Nachbarn? Er schloss den Briefkasten wieder und untersuchte das Blatt auf Geschriebenes – vier, mit dünnen Kulistrichen gemalte Kreuze befanden sich darauf.

Henrick knüllte den Wisch zusammen und warf ihn unterhalb der Briefkästen in einen Pappkarton. Gerade als er die wenigen Treppenstufen zurück zur Wohnung erklimmen wollte, öffnete sich hinter ihm die Haustür. In Erwartung, ein Nachbar trete ein, legte Henrick los: »Es sieht ganz so aus, als ob jemand unsere Briefe ...?«, doch es war der Postbote. Für Mietshäuser, deren Briefkästen in abgeschlossenen Hausfluren lagen, besaßen die Austräger in der Regel einen gesonderten Eingangsschlüssel.

»Tag«, grüßte Henrick den überraschten Boten.

»Ah, Tag«, entgegnete der Mann von der deutschen Post, »Heut' ist's leider etwas später als sonst.«

»Waren Sie schon mal hier, vor ein paar Minuten? Ich dachte nämlich, jemand hätte schon die Briefkästen befüllt.«

»Nein, es gab Verzögerungen, weil wir unsere Route umstellen mussten.« Geschwind, mit geübten Griffen, verstaute der Bote die Sendungen.

Henrick begann zu grübeln. Wenn die Kästen bis jetzt leer geblieben waren, was sollte dann vor wenigen Minuten das laute Geschepper an den Briefschlitzen? War es jemand, der ihm nur diesen Zettel ins Fach stecken wollte?

Er nahm zwei Briefe entgegen und begab sich wieder in die Wohnung. Machte er sich vielleicht einfach nur zu viele Gedanken? Ja, natürlich. Er brauchte einfach etwas Entspannung, emotionalen Ausgleich. Etwas musste her, womit er sich an diesem Wochenende weitestgehend ablenken konnte. Die Sonne, die die Wohnung in diesem Augenblick mit ihren Strahlen durchflutete, schuf einen Einfall: ein Besuch im Schwimmbad! Verführerisch schönes Wetter, 28 Grad, keine zu hohe oder zu niedrige Luftfeuchtigkeit – perfekt.

Henrick stand wieder in der Küche. Er gab das in der Mikrowelle angetaute Gemüse in einen Kochtopf und bereitete es auf der Herdplatte weiter zu. Zehn Minuten später servierte er die warme Mahlzeit auf einem Teller. In Gedanken bereits im Schwimmbad, setzte er sich gut gelaunt an den Wohnzimmeresstisch und begann zu essen. Henrick knipste den Fernseher an – eine Berichterstattung über Panik: Wie in einem überfüllten und mit nur wenigen Ausgängen ausgestatteten Areal die instinktive Fluchtreaktion weniger Individuen die Menschenmasse in den Tod treibt. Mit hektischem Gebaren – ein sehr heißes Blumenkohlröschen im Mund – schaltete Henrick weg, um direkt wieder bei einer anderen Sendung über Chaos zu landen: irgendein Bericht über zivile Infrastruktur; Plünderungen, Zerstörung, Hunger, kriegsähnliche Zustände, Krankheiten, Mord und Selbstjustiz.

Seine Finger lagen bereits wieder auf der Fernbedienung, als ihm einfiel, dass er noch Leonard anrufen musste. Kurz vor ihrem Treffen bestätigten sie sich stets ihre Verabredung. Henrick hatte beschlossen, sich später als vereinbart mit seinem Kumpel zu treffen – 21 statt 20 Uhr, um einen langen, entspannenden Tag im Schwimmbad verbringen zu können. Er schnappte sich den Telefonhörer, stellte den Fernseher auf lautlos und wählte kauenden Mundes die Nummer seines Freundes.

Freibadbesuch

Weit hinten, unter einem dichten Laubbaum im Kasseler Auedamm-Freibad, hatte Henrick es sich seit Viertel vor drei gemütlich gemacht. Jetzt, fast drei Stunden später, hielt er ein Nickerchen. Seine mitgenommene Lektüre – ein wissenschaftliches Sachbuch, das die neuesten Erkenntnisse über Epigenetik diskutierte – ruhte aufgeschlagen auf seinem Gesicht. Angesichts der Sommerhitze begann ihn das hochbrisante Thema des Buches zuerst anzustrengen und dann zu langweilen.

Als Henrick aus seinem ausgedehnten Nachmittagsschläfchen erwachte, entschied er sich, eine Runde schwimmen zu gehen – wenn er schon mal im Schwimmbad war, wollte er das kühle Nass auch genießen. Er kramte die auf seiner Picknickdecke ausgebreiteten Sachen zusammen und steckte sie in einen alten, aus Studientagen stammenden Rucksack, den er heute noch als einfachen Mitnahmebeutel benutzte. Wertsachen und Kleidung hatte er in einem Schließfach verstaut.

Mit einem Badetuch im Nacken, ging Henrick zum Schwimmerbecken. Während er noch eine kalte Dusche nahm, realisierte er, dass ihn erneut eine Migräneattacke heimzusuchen begann – mit geschlossenen Augen, sein Gesicht der Brause entgegenhaltend, sah er deutlich ihr Aura-Flimmern. Der schnelle Wechsel von warm zu kalt musste ihr Entstehen begünstigt haben.

Am gegenüberliegenden Beckenrand fiel ihm plötzlich ein älterer Mann auf, der ihn mit forschem Blick zu mustern schien – als wüsste dieser, dass den Kaltduscher Gesundheitliches belastete. Henrick empfand das Starren befremdlich, war sich jedoch nicht sicher, ob nicht vielmehr seine Sichteinschränkung und die blendende Sonne diesen Eindruck hervorriefen.

Das Ganze auf seine beengte visuelle Wahrnehmung geschoben, stieg Henrick über eine metallene Stegleiter in das große Schwimmerbecken hinab und suchte sich einen Abschnitt, auf dem er entspannt einige Runden schwimmen konnte. Doch schon nach wenigen Zügen fiel ihm der Typ am Beckenrand erneut auf – er verfolgte seine Bahn im Wasser und hatte den Kopf nun herausfordernd zur Seite geneigt. Der Psychologe reagierte nicht; gekonnt ließ er die widersinnige Verfolgung außer Acht.

Zwölf geschwommene Runden später stieg Henrick die Leiter wieder hinauf. Von seiner Migräne halb erblindet, führten ihn seine Schritte zu einer Liege am Beckenrand, auf die er zuvor sein Badetuch gelegt hatte. Während er sich noch abtrocknete, erinnerte ihn seine lästige, visuelle Einschränkung daran, nochmals Ausschau nach dem bizarren Typen am gegenüberliegenden Beckenrand zu halten. Stand er noch immer dort? Henrick warf einen Blick auf die andere Seite – ausschließlich indirektes Sehen, indem er an dem eigentlichen Zielobjekt vorbeischaute, ließ ihn nun Details erkennen.

Weiterhin sah er eine Gestalt dort drüben stehen. Möglich, dass ihn der Kerl noch immer beobachtete, ebenso gut konnte es jemand anderer sein. Henrick entschied, das Subjekt wie bisher zu ignorieren, warum sollte er sich auch auf ein so albernes Spiel einlassen? Er nahm auf der Liege Platz und setzte das Abtrocknen im Sitzen fort. Nur einen Augenblick später ging ein nickender, älterer Herr dicht an ihm vorüber. Dessen mit der Hand vorgenommene Gebärde konnte Henrick als Gruß erfassen – ohne allerdings die sich von ihm entfernende Männersilhouette identifiziert zu haben. Da bemerkte er, dass auf der gegenüberliegenden Seite niemand mehr stand. Hatte ihn etwa sein Beobachter gerade gegrüßt?

Da endlich leuchtete Henrick der Grund seiner Observierung ein: Der ihn beäugende Herr war ein ehemaliger Patient! Ein Patient, an den er sich nicht mehr erinnern konnte. Zwar hinterließ ein Psychologe bleibende Erinnerungen bei seinen Ehemaligen, umgekehrt aber – der Flut an Fällen und Menschen geschuldet – schaffte ein Therapeut es nicht in gleichem Maße, seine über die Jahre kennen gelernten Patienten im Gedächtnis zu behalten. Normalerweise, wenn ihm eine unbekannte Person in der Öffentlichkeit Referenz erwies, grüßte Henrick sofort zurück, egal ob er sich an sie erinnerte oder nicht. Er wollte niemanden kränken. Doch jetzt, zum versehentlich ersten Mal, hatte er diese Regel verletzt.

Der kurze Grußmoment hatte Henrick lediglich erlaubt, das schüttere Haar des Mannes zu erfassen. Die Körpergröße entsprach dem Durchschnitt, jedoch musste das Gewicht unter dem Mittel gelegen haben; der Schatten seiner Figur wirkte äußerst schlank, ohne jegliche Fettansätze.

Mit kritischer Miene stand Henrick vom Rand der Liege auf, legte sich das Handtuch um den Nacken und ging zurück zum Liegeplatz. Auf der Picknickdecke schnappte er sich sein Buch über Epigenetik und vertiefte sich erneut in es. Nach einigen Seiten spürte er, dass er sich nicht mehr vernünftig auf das Thema zu konzentrieren vermochte. Keines der gelesenen Wörter sickerte ordentlich verarbeitet in seinen Geist ein. Seine Gedanken kreisten nur mehr um das merkwürdige Gehabe des vermeintlich bekannten Herrn. Schon wünschte er sich, erst gar nicht nach Leuten Ausschau gehalten zu haben, die ihn eventuell beobachteten. Abermals begannen ihn nun die zurückliegenden Ereignisse in der Klinik zu beschäftigen: das Verschwinden Bachspiels, das Formelheft, der Typ auf dem Klinikparkplatz. Henrick war klar, dass ihn all dies geradewegs prädestinierte, sich verfolgt und beobachtet zu fühlen.

Dreißig Minuten frustrierter Grübelei vergingen, bis er beschloss, das Sachbuch aus den Händen zu legen. Ein neben seiner Picknickdecke gefundenes Stück Papier nutzte er als Lesezeichen. Aufrecht hingesetzt, blickte er konzentriert in Richtung der Schwimmbecken, die hinter hübsch gepflanzten Büschen in den Urschlamm des vor Jahrhunderten entwässerten Auebodens gesetzt waren. Um sich von seinen Grübeleien abzulenken, fing er an, motiviert darüber nachzudenken, wie man die einst an dieser Stelle befindliche Sumpflandschaft trockengelegt hatte. Minutenlang schaffte er es, sich mit solch trivialen Überlegungen künstlich von den ihn eigentlich quälenden Sorgen abzulenken. Doch irgendwann, während er anderen Schwimmbadbesuchern beim Quatschen, Sonnen und Spielen zusah, erinnerte ihn die idyllische Szenerie einer Familie fast ohnmächtig an Bachspiels aufgestellte Familienfotos.

Einsichtig konstatierte er, dass es nichts half, krampfhaft seine wahren Gedankengänge verdrängen zu wollen. Es machte ihn mürbe. Seine gegenüber den Formeln unterdrückte Neugier sowie die aus Bachspiels mysteriösem Verschwinden entstandene Unsicherheit zeigten sich bereits in Form diffuser Verfolgungsängste. Diese Konfusion würde er nur überwinden können, wenn er bereit war, sich daheim mit Bachspiels Psychose und Formelwerk endgültig klärend auseinanderzusetzen.

Pragmatisch wie er war, packte Henrick unverzüglich seinen Kram in den Rucksack, rollte die Picknickdecke auf, schnürte sie mit Riemen zusammen und trottete in Richtung Hallenbadgebäude. Drinnen holte er seine Wertsachen aus dem Schließfach und trat am Ausgang des Schwimmbades vom Dunkeln ins grelle Sonnenlicht. Dramatisch verstärkte dieser Wechsel seine fast verschwundene Migräne, erneut sah er Blitze. Akademisch stellte er fest, dass auch visuelle Einflüsse jene migränebedingten Prozesse im Hirngewebe auslösen mussten.

Aus der Seitentasche seines Rucksacks zog er eine Sonnenbrille hervor und setzte sie sich auf. Den Wagen zuhause gelassen, bewegte er sich auf das Bushäuschen der gegenüberliegenden Straßenseite zu.

Angestrengt checkte er durch seine Brillengläser die Busfahrpläne auf Abfahrtszeiten – eine der Linien sollte in fünf Minuten auftauchen. Ermattet ließ er sich auf einen Drahtstuhl des Wartehäuschens fallen und wunderte sich sogleich, dass in der sommerlich überhitzten Gegend keine einzige Menschenseele zu sehen war. Nicht mal Vögel oder anderes Getier. Nur die Grillen hinter dem Häuschen zirpten ihr altbekanntes Lied.

Unzufrieden und von Langeweile eingeholt, zog Henrick sein mitgenommenes Sachbuch aus dem Rucksack. Keine so rechte Lust auf den Wälzer, las er nur den Rückseitentext. Als er die Inhaltsangabe durch hatte, fiel sein Blick ziellos über den oberen Rand des Druckerzeugnisses hinaus. Und er glaubte, seinen Augen nicht zu trauen: Direkt vor ihm, am Einlassportal des Bades, stand der Herr von vorhin und gaffte Henrick erneut an. Beharrlich, mit geradezu rotzig-unverhüllter Selbstverständlichkeit, hielt der Ergraute die Hände in den Hosentaschen.

Henrick ärgerte sich. Musste ihn der Kerl ausgerechnet hier wieder beglotzen? – Weil sonst niemand in dieser Einöde zu sehen war? Gott sei Dank saß die Sonnenbrille auf seiner Nase, so konnte er dem lästigen Kerl wenigstens glaubhaft vorspielen, ihn nicht bemerkt zu haben.

Ein bis zwei Minuten vergingen. Henrick gab sich arglos und blätterte in dem Buch herum. Der Kerl – gekleidet in eine kurze, ockerfarbene Sommerhose und ein weißes Polohemd – stierte weiter, was Henrick fast an den Rand eines Wutausbruchs brachte. Bevor sich seine Emotionen aber den Weg nach außen bahnen konnten, wandte sich der Gaffer ab und verschwand mit langsamen Schritten im Eingangsbereich des Freizeitbades.

Henrick versuchte seine Lektüre im Rucksack zu verstauen. Angesichts der dunklen Sonnengläser und der erneut zunehmenden Migräne fand er für die Schwarte im vollgestopften Rucksack aber nur mühsam Platz. Während er herumkramte, starrte er beiläufig auf das am oberen Buchrand herausragende Lesezeichen, das er neben seiner Picknickdecke auf der Wiese des Schwimmbades gefunden hatte. Etwas stand darauf. Etwas, das wie seine Handschrift aussah. Henrick unterbrach sein Gewühl und prüfte das Papier.

Nein, die Schrift sah seiner nur sehr ähnlich. Spontan rätselte er, was wohl die Worte zu bedeuten hatten: »Murielent: der Provokation entgegenzuwirken« … Die Notiz konnte der Vermerk eines Studierenden gewesen sein, vielleicht aus einer abgegebenen Haus- oder Studienarbeit, für die sich derjenige eine Fußnote zu einem politischen Thema aufgeschrieben hatte.

Irgendwo in weiter Ferne zischte es – die Geräusche eines Busses. Nur der Stille wegen konnte er diese Laute vernehmen. Eine Weile später erschien das große Kraftfahrzeug an einer Kreuzung, bog in Henricks Straße ein und stoppte schließlich vor dem Bushäuschen. Die Türen sprangen auf und drei Dutzend herumtollende Kinder strömten hinaus.

Auf der fast viertelstündigen Fahrt zurück ins Stadtzentrum sann Henrick weiter über die Aufschrift des Lesezeichens nach. »Murielent« – war das vielleicht ein Verlag oder Autor? Die versatzhaft sich anschließende Äußerung könnte demnach nur ein Ausschnitt aus einem zitierten Text sein. Ähnlich hatte auch er sich früher wichtige Absätze aus der Literatur notiert.

Zuhause angekommen – es war bereits kurz vor 19 Uhr – setzte er sich sofort an den PC. Die Verabredung mit Leonard um neun rückte näher. Zudem wartete das Telefongespräch mit Diana. Ihm blieb also nicht mehr viel Zeit, um noch einige von Bachspiels Mathematikhieroglyphen durchzuackern. Da kam ihm der Einfall, die Formeln doch einfach in einer programmierten Abfolge abarbeiten zu lassen. So wäre er imstande, Zeit zu sparen, und könne, wenn er vom Billardcafé zurück war, sofort mit der Auswertung brauchbarer Ergebnisse beginnen.

Nach kniffeliger Beschäftigung mit der Anleitung des Dechiffrierprogramms – einer wenig umfangreich gestalteten Gebrauchsanweisung auf Englisch – verstand er das Vorgehen, mit dem er mehrere Rechenfolgen auf einmal in Auftrag geben konnte. Sogleich fütterte er den Computer mit willkürlich herausgegriffenen Formeln, derweil er sich erneut fragte, wie Bachspiel es fertiggebracht hatte, mit jeweils nur einer einzigen Formel umfangreiche Texte entstehen zu lassen? Mathematische Zauberei! Und was genau steckte hinter dem Dechiffrierprogramm? Wieso konnte dieses Programm überhaupt

Algorithmen – oder was auch immer die Formeln waren – verarbeiten? Dafür war es doch gar nicht konzipiert. Könnte er vielleicht im Internet Genaueres über die Arbeitsweise dieser Software erfahren?

Aus gewecktem Interesse unterbrach Henrick einen Moment die Zusammenstellung der Formelsammlung und versuchte, im Netz mehr über den Entwickler und Programmierer des Programms herauszubekommen. Leider quittierte eine Suchmaschine nach der anderen den Dienst oder listete unter dem Namen »Inghilteros Acabamiento« fast ausschließlich Links zu einzelnen Bestandteilen des Namens auf. Brauchbare Verweise nannten lediglich einen argentinischstämmigen Geologie-Professor aus den USA oder gaben unwichtige Informationen zu einer vorhandenen Buchpublikation des gesuchten Softwareentwicklers preis.

Also versuchte er es noch einmal mit Sucheingaben in Nostradamus-Foren. Seiner Erinnerung nach hatte er dort etwas über diesen Programmierer gelesen. Aber Henrick musste sich sputen, jede Minute konnte Diana anrufen. Und wegen der anstehenden Verabredung mit Leonard blieb ihm danach nur noch wenig Zeit, um alle nötigen Programmeinstellungen korrekt vorzunehmen. Henrick komplettierte seine Formelsammlung, fügte die bereits bei Bachspiels Zettelformel angewandten Variablen ein, startete das Programm und ließ seinen Hauptrechner mit der Bearbeitung von insgesamt 32 Formeln allein. Schätzungsweise 250 weitere standen für die kommenden Tage noch aus. Wie bestellt, klingelte auch schon das Telefon. Henrick eilte ins Wohnzimmer und begrüßte seine Frau am Apparat.

Billard

Für den Abend wählte Henrick ein luftig-leichtes Jackett. Auf dem Weg zur Spielhalle würde er es nicht anziehen, dazu war es noch immer zu warm. Auf dem Rückweg vielleicht; um Mitternacht konnte es frischer werden. Der eigentliche Grund, ein Jackett mitzunehmen, bestand für Henrick sowieso allein darin, nicht schlicht mit einem T-Shirt bekleidet herumzulaufen. Oft traf er abends noch Arbeitskollegen und andere Personen aus seinem beruflichen Umfeld. Diesbezüglich war es besser, nicht allzu leger auszusehen.

Sein Freund Leonard war Elektro-Ingenieur und seit fünf Jahren leitender Angestellter einer kleinen Solarfirma im Kasseler Norden. Obwohl er mit dieser bestens gefestigten Stellung problemlos in der Lage gewesen wäre, eine Familie zu gründen, hielt er kaum länger als wenige Monate an einer Partnerin fest. Er mochte es, frei zu sein, bevorzugte jüngere Frauen und war nicht im Geringsten gewillt, sich auf eine Beziehung dauerhaft einzulassen. Ehe er sich versähe, so Henricks Einwand, ginge aufgrund seines freien Verständnisses von Liebe und Beziehung die Möglichkeit verloren, eine Familie zu gründen. Leonard kratzte das nicht. Er reklamierte sodann, dass biologische Regeln für Männer ohnehin weniger Geltung besäßen.

Henrick betrat die Spielhalle. Träge leierten die bunten Spielautomaten ihr immer gleiches Gewinn- und Verlustgedudel herunter. Bevor er hinauf zu den Billardtischen des ersten Stockes ging, kaufte er an der Bar des recht ordentlich erscheinenden Schuppens zwei Flaschen Bier. Heute war Henrick für die Getränke zuständig, Leonard bezahlte die Spiele.

Sein Jackett über den rechten Unterarm gelegt, die Biere verkrampft in den Händen haltend, balancierte er die kurzen Stufen einer viel zu steilen Treppe hinauf. Links, am Ende des Aufgangs, gleich hinter der Eingangstür eines großen Billardraums, saß sein Kumpel Leonard auf einem Stuhl und zog an einer Zigarette. Der mit acht Billardtischen bestückte Raum stank und war schlecht belüftet, was Henrick missfiel. Sein Jackett und seine übrige Kleidung würden noch viele Tage darauf nach Qualm riechen.

»Wie läuft's? Schon 'ne Partie allein gespielt?«, begrüßte Henrick seinen Freund und überreichte ihm das Bier.

»Hallo«, grinste Leonard, tippte die Asche seines Glimmstängels in einen Plastikbecher ab und nahm einen Schluck aus der Pulle.

Auf einer runden, neben ihm befindlichen Tischplatte stand ein Holzkasten mit Billardkugeln.

»Sag mal«, fragte der Raucher, »kommst du von der Arbeit?«, und deutete auf das edle Jackett über Henricks Unterarm.

»Nein«, antwortete der knapp, während er sich auf einen zweiten Stuhl neben seinen Kumpel setzte, »ist nur der Dekoration halber«, und legte das Sakko über seine Stuhllehne. »Was gibt's Neues? Wie geht's Katja?«

Leonard antwortete nicht. Er stand auf, um zu signalisieren, dass sie sich lieber einen anderen Tisch suchen sollten. Hier, direkt am Eingang, schien ihm der Durchmarsch der Leute nicht zu passen. Henrick nahm die Schachtel mit den Billardkugeln.

Den Billardtisch in der hintersten, linken Raumecke belegend, reagierte Leonard auf Henricks vorangegangene Frage: »Keine Ahnung, wie's Katja geht. Weißt du's?«

Hatte Leonard etwa schon wieder seine erst vor wenigen Monaten kennengelernte Flamme verprellt? Wie lange waren sie zusammen – sieben Monate? Bemüht, nicht zynisch zu klingen, fragte Henrick: »Woran hat's gelegen?«

»Hat einfach nicht gepasst«, wiegelte der qualmende Freund ungerührt ab.

Diana und Henrick hatten Katja nur zweimal zu Gesicht bekommen, was nichts Außergewöhnliches für Leonards Romanzen war. Es gab Zeiten, da hatte der kantig-gutaussehende Charmeur jeden Monat eine Neue. Nähere Bekanntschaft mit seinen Liebschaften zu machen, blieb generell eine Ausnahme. Diesmal jedoch schien es Henrick, im Ausdruck seines Freundes eine geknickte Haltung wahrnehmen zu können.

Spöttisch-halbherzig resümierte Leonard seine Lage: »Vielleicht war es der Erfolg. Einige Frauen soll ja Erfolg magisch abstoßen.« Wer Leonard nicht kannte, hätte vermutet, dass der chauvinistisch anmutende Spruch ernst gemeint gewesen sei. Tatsächlich aber war Leonards Ausführung selbstironischer Natur, dazu dienend, seine Trauer zu vertuschen.

Henrick reagierte nicht, er wusste, was dahintersteckte, und sah ein, dass sein Freund mit dem Ärger, der unter seinen Sorgenfalten verborgen blieb, allein bleiben wollte. Demonstrativ gleichgültig erwiderte Henrick: »Wer baut?«

Leonard machte deutlich, die Kugeln zu formieren. Er behielt seine glimmende Zigarette im Mund, holte das Dreieck hervor und hob die Schachtel mit den Kugeln auf den Billardtisch, als ihm einfiel: »Tobias kommt vielleicht noch.«

Abwesend entgegnete Henrick: »Allein?«, während er zu einer Schar junger Leute blickte, die sich am gegenüberliegenden Ende des Raumes aufhielt – sieben Personen, alle etwa Mitte zwanzig. Eine der jungen Frauen glaubte er zu kennen. Zusammen mit zwei Freundinnen genoss sie es, sich von den jungen Männern der Gruppe necken zu lassen. Nur einer von ihnen tat dies anstößig, er musste ihr Freund sein.

Henrick nahm einen Schluck aus seiner Flasche, stellte das Bier auf den kleinen Rundtisch und erhob sich. Einen Billardstock aus der Wandhalterung genommen, rieb er die Spitze mit blauer Kreide ein. In Richtung der jungen Leute hing ein Fernseher, befestigt im Stahlrahmen einer Deckenmontage. Ohne Vorwarnung sprang das Gerät an und sendete störend laut Wirtschaftsnachrichten eines Privatsenders.

»Konnten die das Teil vorher nicht leise einstellen?«, beschwerte sich Leonard. Henrick kritisierte das stickige Ambiente: »Scheinbar gibt's hier nicht mal 'ne richtige Lüftung.« Ihn kratzte der Rauch im Hals, worauf Leonard verlautbarte: »Ich geh' in ein paar Minuten mal runter und klär' das mit dem Fernseher. Muss eh pinkeln.«

Henrick hörte nicht mehr richtig hin, wieder hatte er einen Blick auf die ihm bekannt vorkommende junge Frau geworfen, die jetzt lauthals auflachte, den Billardstock schwang und ihre nackenlangen, blonden Locken zurechtstrich. Henrick behagte ihr Anblick. Nicht zuletzt deshalb, weil sich ihr unbekümmertes, feminines Lachen mit einer verlegenen, ja fast unsicheren Gestik mischte.

Die enge Jeans betonte ihren wohlgeformten Po – ein astreines Taille-Hüft-Verhältnis. Passend zur warmen Sommerzeit zierte ein rosa T-Shirt ihren Oberkörper, dessen Stoff ein winziges Stück Bauch freiließ. Dies allein war es aber nicht, was Henricks Aufmerksamkeit hervorrief. Einzig ihr Gesicht – etwas Vertrautes darin – schien es ihm angetan zu haben: Sie hatte ausdrucksvolle und selbstbewusste Züge, leicht markant, die von einer hübsch gewölbten Stirn anmutig untermalt wurden. Neben ihrem prominenten, schmal zulaufenden Kinn, das den Ausdruck ihrer vollen Lippen und der zierlichen Nase intensivierte, wirkten ihre Augen groß, dunkel an den Wimpern umrandet. Der dadurch entstehende Tiefeneindruck prononcierte ihre feinen Wangenknochen. Zauberhaft rundete die füllige, blonde Lockenmähne ihr sanft-weibliches Gesamtbild ab.

Leonard bemerkte Henricks Beobachtung und kommentierte sarkastisch: »Na, die Liebe deines Lebens endlich gefunden?«, nicht zuletzt deshalb eingeworfen, weil es genau dies war, was ihm sein Freund oft mahnend abverlangte. Leonard stieß die Partie an, keine der Kugeln verschwand. Henrick wählte eine der Vollen aus und lochte sie ein, die nächste blieb oben. Anschließend stieß Leonard eine Halbvolle in die Versenkung.

Henrick suchte nach etwas, womit er sich die Finger säubern konnte – über seine gesamte linke Hand verteilte sich blaue Kreide. Auf der Tischablage lag eine benutzte, violette Serviette, er griff nach ihr. Als er den Papierstoff nach unbenutzten Stellen erkundete, fiel sein Blick auf die Marke des Tuchs: »Murielent«?! Augenblick mal, Henrick stutzte kurz. Stand das nicht auf dem Zettel vom Schwimmbad? Automatisch replizierten sich die nachfolgenden Worte des Schriftstücks in seinem Gedächtnis. Eine Meldung des Nachrichtenfernsehens tönte währenddessen laut durch den Raum: »Aus diesen Gründen begrüßte der US-Präsident gegenüber dem israelischen Regierungschef, der Provokation entgegenzuwirken, damit dem Nahen Osten auf lange Sicht nicht jede Chance auf Frieden genommen werde.«

»Der Provokation entgegenzuwirken« – das waren doch die Worte auf dem Zettel! Henrick war paralysiert, wie erstarrt blickte er noch immer auf das Tuch mit der Aufschrift »Murielent«. Das konnte doch kein Zufall sein … oder war er drauf und dran, den Verstand zu verlieren?

Er schaute von der Serviette auf, hinüber zu Leonard. Dieser hatte gerade seinen Stoß vollzogen, schon die Dritte seiner Kugeln ging rein und er suchte sich einen neuen, passenden Spielzug aus.

Henricks Blick wanderte erneut zum herumalbernden Tross junger Leute.

Die hübsche Frau stand mit abgewandtem Gesicht zu Henrick, einige Sekunden starrte er sie in dieser Position an. Schon einen Augenblick später, als habe er Einfluss auf ihre Reaktion, drehte sie sich zaghaft, wie von Geisterhand, nach ihm um. Mit selbstverständlicher Bestimmtheit trafen sich ihre Blicke. Henrick fiel auf, dass er dies nicht sexuell assoziierte, auch fühlte er sich nicht irritiert oder unbehaglich, vielmehr empfand er Vertrauen.

Die Zarte wandte sich wieder ab, ihre vorangegangene Fröhlichkeit wich einem nachdenklichen Gesichtsausdruck, fast apathisch, als bearbeite sie ein zerstreutes Gefühl. Sprachen ihre Freunde sie jetzt an, lächelte sie nur noch flüchtig – sie schien ihre Unbehaglichkeit verbergen zu wollen.

Henrick betrachtete die Zarte noch immer. Die Situation hier drinnen wirkte auf ihn surreal. Insbesondere die unmittelbar vorausgegangene Nachrichtenmitteilung bereitete ihm Kopfzerbrechen. Wie hatte er dies zu verstehen? Gab es daran überhaupt etwas zu deuten? Er begann zu zweifeln. Etwas musste mit ihm geschehen sein.

»Hey, was is'? Such dir endlich 'ne Kugel aus!«, forderte Leonard mit ungeduldigem Erstaunen seinen auf den Spieltisch starrenden Freund auf. Henrick schüttelte den Kopf und entschuldigte sich mit wirrer Regung für seinen Stillstand. Gedankenverloren lochte er eine seiner Kugeln ein.

Unterdessen sah sich die blond gelockte Frau unbemerkt nach Henrick um. Sie wirkte konfus, verunsichert. Den Billardstock zwischen ihre Beine geklemmt, saß sie auf einem der Stühle neben ihrem Ablagetisch. Henrick widerfuhr derweil das Glück, nacheinander vier seiner Billardkugeln vom Spieltisch verschwinden zu lassen. Die fünfte Kugel blieb kurz vor ihrem Ziel stehen. Zufrieden setzte er sich zurück auf seinen Stuhl, jetzt warf auch er wieder einen kurzen Blick hinüber zu den jungen Leuten, die im Begriff waren, ihre Gerätschaften zusammenzuräumen und die Spielhalle zu verlassen. Noch einmal fixierte er beiläufig die junge Frau. Diesmal trafen sich ihre Blicke nicht, sie hatte ihre Augen auf ihre Freunde gerichtet und verharrte ohne erkennbare Gefühlsregung auf ihrem Platz.

Was war mit ihm los? Warum empfand er eine Art Vertrauen zu diesem jungen Ding? Er musste sich etwas einbilden! Sicherlich fühlte sich die Blonde von jener Blickbegegnung belästigt und schaute deshalb so deutlich weg. Vielleicht projizierte sie auf ihn sogar eine unbequeme, neurotische Erfahrung, vielleicht erinnerte er sie an eine unangenehme Person. Was auch immer es war, sie musste es als Störung aufgefasst haben. Im Gegenschluss musste seine Empfindung einzig auf sexuellem Interesse an dieser Frau gefußt haben – sein Unbewusstes wünschte sich, dass sie ihm Aufmerksamkeit zollte.

Säuerlich ergänzten seine schlüssigen Überlegungen, dass somit auch die Relevanz, die er der Serviette und der Nachrichtenszene zusprach, als paranoid-schizophrene Episode zu gelten habe. Ganz klar, mit ihm konnte etwas nicht stimmen, er stellte immer häufiger Zusammenhänge her, die unbestreitbar Unsinn waren. Bachspiel hatte ihm mit den Spitzeln vielleicht einen Floh ins Ohr gesetzt, was ihn nun, aufgrund seiner Gratwanderung zwischen wissenschaftlicher Psychologie und Esoterik, Unsinniges miteinander verzahnen ließ.

Aber, war er wirklich schon so weit? Selbsterkenntnis besaß er – noch immer bemerkte er, wenn Gedankengänge paranoide Züge aufwiesen. Das belegte, dass Ordnung in seinem Geist herrschte, auch wenn er sich eingestehen musste, immer öfter haarscharf an klassischen Wahnvorstellungen vorbeizuschlittern.

Doch er musste etwas tun. Nachdenklich kratzte er sich am Hinterkopf und bemerkte, dass dieser Vorgang schief vonstatten ging. Er blickte auf seine linke Hand und sah, dass der Nagel seines Ringfingers ungeschnitten war. Er wunderte sich. Hatte er vorhin auf der Schwimmbadwiese nicht darauf geachtet, alle Nägel zu schneiden? So was war ihm noch nie passiert.

Henrick schien das Spiel zu gewinnen. Es freute ihn, es so schnell zu seinen Gunsten zu entscheiden. Leonard trank wieder aus seiner Bierflasche. Plötzlich war Henrick danach, den Verlierenden nach seiner gescheiterten Beziehung zu fragen, selbst wenn dies die erforderliche Sensibilität gegenüber seinem Kumpel vernachlässigte.

»War Katja nicht verlobt gewesen, als du sie kennen gelernt hast?«

»Sie wollte in ein paar Monaten heiraten. Wieso?«

»Und ... hat sie wieder zu ihm zurückgefunden?«

»Wahrscheinlich.« Leonard beugte sich über den Tisch, die Frage veränderte die Spannung seines Körpers. »Sie schien in Gedanken manchmal irgendwo anders zu sein ... wohl bei ihm. Schätze, sie liebte ihn auch während unserer gemeinsamen Zeit heiß und innig. Sie wollte halt mal Abwechselung, wenigstens über kurz. In ihrer Situation verständlich, und es hat ja auch Spaß gemacht.« Mit Karacho feuerte Leonard die weiße Kugel auf eine seiner halben Spielbälle ab und stieß beim Ausrollen unverhofft eine von Henricks Vollen ins Loch. Machtlos sah er zur Decke und fügte seinem Bericht müde hinzu: »Eigentlich war sie mein Typ, es stimmte alles. Bis sie von ihrem Alten wieder was hörte ...« Leonards verdrossener Ausdruck verharrte in seinem Gesicht. »Ich versteh' nur nicht, wie sie an jemandem hängen kann, mit dem sie sieben endlos langweilige Jahre zusammen war. Sie erzählte ständig, wie ätzend, öde und sinnlos es mit ihm gewesen sei ... nur, um sich dann wieder anders zu entscheiden?! Zwiespältig, vollkommen abwegig ... weißt du, wie man so was nennt?«

Henrick suchte seinen nächsten Stoß aus und beantwortete prägnant die Frage: »Liebe?«

Selbstgefällig und etwas lauter konterte Leonard lakonisch: »Nein, krank. Krank ist das! Zuerst verlässt sie ihn und dann bemerkt sie ...«, keck erhöhte der Geschmähte seine Stimmlage, um eine verwöhnte Frau zu imitieren, »ach, mein Alter hatte doch so seine Qualitäten. Na ja, jetzt hatte ich ja meinen Spaß, dann entscheide ich mich mal lieber wieder für ihn. Husch, husch, zurück ins Körbchen!«

Leonard setzte die Rückseite seines Stocks auf den Boden. Er wirkte zerknirscht. Mit einem stumpfen Fazit beendete er seinen Vortrag: »Weißt du, egal was du mit deinem ewigen Psychogelaber auch meinst: Weiber sind alle gleich – berechnend. Wie sie es eben gerade schön oder passend für sich finden.«

»Wieso sollte ich das anders sehen? Aber, ... glaubst du, dass du besser als Katja bist?«

»Inwiefern?«

»Dass du nicht auch das Optimum herausholen willst? Den maximalen Spaß, den Vorteil, den Kick des Neuen. Mal ehrlich, du hast doch sowieso kein Interesse an längeren Beziehungen. Du magst die Abwechselung und liebst die Freiheit. Du flüchtest vor Bindungen, weil du Angst vor Verantwortung und Vertrauen hast. Obendrein sollen dir deine Beziehungen die nötige Bestätigung geben, was dir jetzt, durch Katjas unerwarteten Abgang, in zweifacher Hinsicht genommen wurde: Dir fehlt was zum Vorzeigen und du hast eine deutliche Ablehnung erfahren, was derzeit erheblich dein Selbstwertgefühl kränkt.«

Leonard vermied es, dem Gesagten etwas entgegenzuhalten, er schwieg. Er nahm Kritik oft anstandslos an, meist benötigte er sie auch. Nicht, dass er sie beherzigte, doch katapultierte sie ihm zumindest einige seiner Charaktereigenschaften wieder deutlicher ins Bewusstsein zurück.

Unverhofft kündigte Leonard an hinunterzugehen, um den Besitzer des Ladens zu bitten, den Fernseher des Billardraums abzuschalten. Die geleerte Bierflasche in der Hand, verschwand er die Treppe abwärts.

Es war Henricks Spielzug. Ein kurz aufflammendes Migräneblitzen ignorierte er und setzte in Abwesenheit seines Kumpels zum Stoß an. Diesmal versenkte er keine Kugel, bekanntlich brauchte man für die letzten mehr Spielzeit. Erneut blitzte es in seinen Augen, er zwinkerte – und wieder ein heftiger, aber kurzer Stich in seiner Schläfe. Verwundert stellte er fest, dass der Fernseher nicht mehr lief – er hatte gar nicht mitbekommen, wie das Gerät ausgegangen war. Angenehm leise rieselte nun von irgendwoher eine kaum hörbare Melodie auf ihn hinab.

»Wolltest du eigentlich auch noch 'n Bier?« Erstaunlich rasch war Leonard aus der unteren Etage zurückgekehrt und hielt ein neues Bier in seiner Hand.

»Nein, hab' noch«, entgegnete Henrick, »Wieso kaufst du Bier? Ich dachte, *ich* zahl' heute das Zeug?«

»Hab' ich vergessen. Bin übrigens gerade Tobias und seiner Freundin übern Weg gelaufen. Sie hatten aber noch was vor, sind weitergezogen.«

Um halb zwölf, nach vier langwierigen Partien Billard und drei Dartsspielen – flankiert von nostalgisch-sehnsüchtigem Gerede über Jugend- und Studienzeit – entschlossen sich die antriebslos gewordenen Freunde zu gehen. Leonard, etwas angeheitert, wankte die steile Treppe des Billardcafés hinunter. Henrick gab die Billardkugeln am Schalter bei den Automatenspielen ab und zahlte die restliche Benutzungsgebühr.

Während ihres Treffens hatte es heftig zu regnen begonnen; vorm Ausgang der Spielhalle fielen Tropfen – lang wie Bindfäden – hinab. Im Widerhall der dicht stehenden Häuser erzeugte der Starkregen ein beachtliches Rauschen. Leonard störte der Guss nicht. Nach kurzem Handschlag machte er sich ohne zu zögern durch den immer heftiger werdenden Regen zu seinem Auto auf, das er einige Straßenzüge weiter geparkt hatte. Henrick geduldete sich noch, bei seinem Kumpel mitzufahren hätte sich nicht gelohnt, ihn nur unnötig durchnässt, er wohnte sowieso nur sieben Gehminuten vom Billardcafé entfernt. Er würde einfach abwarten, bis der Schauer so weit abgeflaut wäre, dass er sich unter den Vordächern der zahlreichen Ladenpassagen relativ trocken vorwärtsbewegen könnte. Außerdem tröstete ihn die Tatsache, dass ihm sein Standort eine eindrucksvolle Sicht auf das menschenleere Stadtzentrum bot: auf Boulevards und Wege, in denen glitzernde Wasserkaskaden den Asphalt hinabflossen und Straßenlichter die Umgebung sanft erleuchteten.

Entgegen seiner Erwartung hielt die Heftigkeit des Regens aber weiter an. Zehn Minuten vergingen, bis Henrick Lust und Laune verlor, länger untätig herumstehen zu wollen. Verärgert zog er sein Jackett an. Mit dem Rückenstoff überm Kopf sauste er hinüber zum Vordach eines circa 20 Meter entfernten Ladens. Betrübt stellte er dort fest, dass bereits dieser kleine Lauf die Außenhaut seines Sakkos vollständig durchnässt hatte. Für einen weiteren Sprung unter das nächste Vordach sollte es aber noch reichen.

Er schnellte rechts hinüber, zu einer zweiten, wenige Schritte entfernten Unterstellmöglichkeit. Weit würde er so nicht kommen, so viel stand fest, schon gar nicht bis nach Hause. Vielleicht ließ er sich einfach ein Taxi kommen? Er tastete am Jackett nach seinem Handy. Gott sei Dank – er hatte es mitgenommen! Geschwind steckte er es in seine trockene Hosentasche, damit durch die Feuchtigkeit kein Geräteschaden entstehen konnte. Anrufen wollte er erst, wenn der Regen partout nicht aufhören wollte.

Er sah den Gehweg entlang, zum nächsten, etwa 25 Meter entferntem Vordach, ab dem durchgängig, bis zum Ende der Straße, ein schmaler Häusersims die aufeinanderfolgenden Gebäude spickte. Könnte klappen, schätzte er – so käme er voran, ohne sein Jackett weiter ruinieren zu müssen. Bevor er loseilte, sah er noch einmal auf die andere Straßenseite. Drüben, im trockenen Eingangsbereich einer mit breiten Säulen gestützten Kaufhaushalle, verweilten drei schirmlose Passanten in einem viel Platz bietenden Foyer. Bei genauerem Hinsehen erkannte er, dass sich hinter den Säulen weitere Passanten befanden, die schweigsam auf das Ende des Wolkenbruchs warteten.

Ein Mann stand allein neben der linken, äußeren Säule. Im Gegensatz zu den anderen Personen besaß er einen Schirm, der zugespannt an seinem Handgelenk hing. Jetzt blickte er zu Henrick herüber – zumindest schien es in diesem diffusen Licht so. Über die große Entfernung vermochte Henrick nicht genau einzuschätzen, ob der Kerl ihn tatsächlich anschaute oder er sich dies gerade nur wieder einbildete. Etwas wahrzunehmen, das nicht den Tatsachen entsprach, war ja für heute nichts Neues.

Unerwartet hob der Mann seinen Arm, Henrick erschrak. Die Handinnenseite zeigte nach außen, ein Gruß?

Henrick fixierte sein Jackett. Damit er das rutschige Kopfsteinpflaster der neben ihm liegenden Querstraße heil passieren konnte, lief er mit vorsichtigem Laufschritt an. Bloß nicht falsch aufsetzen, betete er inständig, vom ominösen Gefühl verfolgt, trotz aller Achtsamkeit gleich hinzufliegen.

Mit tapsigen Schritten erreichte er den anvisierten Häusersims und wandte sich sogleich noch mal nach dem Mann am Kaufhauseingang um. Henrick suchte die Säulen ab. Der Typ war weg. Na super, ärgerte er sich über sein Verhalten – auf diese Weise warf er seiner Paranoia nur weiteres Futter hin.

Oha! Da ging er! Der Kerl hatte seinen Regenschirm aufgespannt – ein riesiges, gelbes Teil – und bewegte sich auf der anderen

Straßenseite in dieselbe Richtung wie er. Ohne Zeit zu verlieren, nahm Henrick die Beine in die Hand und begann die Strecke nahe der überdachten Fassade in gesteigertem Gehtempo zu bewältigen. Schon wusste er nicht mehr, ob seine Beeilung noch dem Regen oder bereits der Flucht vor dem Mann geschuldet war. Gewiss, ein Schrecken saß ihm wegen des Grußes in den Gliedern, dennoch war anzunehmen, dass die Geste jemand anderem gegolten hatte – jemanden, den Henrick nicht sah.

Zwei gehetzte Minuten später erreichte er Gedanken wälzend das Ende der sonst spätabends so belebten Flaniermeile; auch endete hier sein Überdach. Von diesem Punkt aus – an einer Kreuzung mitten in der Stadt – waren es noch gut fünf Minuten bis zur Wohnung. Leider vergegenwärtigte er sich nur schwer, ob die Strecke genügend Unterstellmöglichkeiten besaß.

Nanu?! Ein erneuter Schauder fuhr Henrick durch die Glieder. Bis zum Bürgersteig der gegenüberliegenden Straßenseite war ihm der Kerl mit seinem absonderlich gelben Schirm gefolgt! Jetzt blieb er genau an der Abzweigung vor Henricks Heimweg stehen, am Vorsprung eines Kreuzungswinkels.

Der Regen prasselte auf den schlanken Herrn hinab, seelenruhig starrte er Henrick an. Er trug ein dunkelblaues Sakko und eine schwarze Stoffhose. Bis auf den knallgelben Schirm war er keine besonders auffällige Erscheinung.

Henricks Mund wurde trocken, er vermutete wegen des Laufens, nicht durch seine Angst. Seine Augen suchten den Umkreis des Mannes ab. Wartete er vielleicht auf Grün? Quatsch, die Fußgängerampeln waren allesamt ausgeschaltet!

Zur eigenen Beruhigung wiegelte Henrick ab: Es müsste eine Erklärung für die ihm zugewandte Ausrichtung geben, einen einfachen, ausschlaggebenden Grund, den er angesichts seiner Unruhe nicht gleich entdeckt hatte. Konnte dieser Mann überhaupt dieselbe Person sein, die er zuvor unter dem Foyer des Kaufhauses wahrgenommen hatte? Bei solch einer trüben Sicht waren Sinnestäuschungen nicht auszuschließen …

Doch egal, ob Verfolgungswahn, Trugbild oder was auch immer, der Kerl stand regungslos an der Spitze der gegenüberliegenden

Kreuzungsecke, in einem Unwetter, in das sich niemand aus Spaß oder Freude längere Zeit hineinbegeben würde.

Im Anblick seines mutmaßlichen Verfolgers zurrte Henrick wieder sein Jackett überm Kopf zusammen und beschloss, einen Umweg zu nehmen – selbst wenn er deshalb völlig durchnässt zuhause ankäme. In diesem Augenblick, gerade, als er sich aufmachen wollte, das Weite zu suchen, sah er, dass der Fremde direkt über den kurzfristig vom Verkehr befreiten Boulevard auf ihn zusteuerte.

Henrick lief los. Aus Richtung seines zurückgelegten Laufweges bog er die Kreuzung rechts ab und peilte mit undeutlichem Blick eine in hundert Metern Entfernung stehende Fahrzeugampel an. Schon vorher flitzte er über die Straße. Seine manifestierende Panik vermischte sich nun mit einem zusätzlichen, der Situation eher unangebrachten Gefühl – einem verspielten, geradezu spaßigen Nervenkitzel.

Er änderte seinen Kurs, hinein in eine Straße, deren Richtung ihn in eine belebte Gegend führen würde, voller Diskotheken, Bars, Cafés und Unterhaltungsetablissements. Die Umgebung könnte ihm von Nutzen sein, falls der Kerl weiter hinter ihm her wäre. Vorsichtshalber, zur weiteren Verwirrung seines Hetzers, flüchtete Henrick blindlings in eine enge, nur schummerig beleuchtete Gasse. Nach halber Durchquerung erschien rechts ein gerader, finsterer Treppenaufgang, an dessen oberem Ende er ein schützendes Überdach erspähte. Er prüfte, ob sich der Kerl bereits hinter ihm befand, wartete noch einige Sekunden und bestieg dann den abgeschiedenen Aufgang.

Oben angelangt, hielt der Psychologe die Luft an. Rauschender Regen … sein Herz schlug heftig. Bedrängt horchte er, ob sich ihm auf der leicht abschüssigen Gasse jemand näherte oder ob unten ein Schatten auftauchte. Ein kurzer Blick rückwärtig über die Schulter offenbarte, dass er sich direkt vorm Eingang eines kleinen Friseurgeschäftes befand.

Sein Jackett war klatschnass. Wenigstens hatte ihn der durchgeweichte Stoff bis hierhin relativ trocken gehalten. Er betrachtete die Tür des Friseursalons, dann das Schaufenster, welches direkt neben dem Treppengeländer die Gebäudewand des ersten Stocks einnahm – frei in der Luft, ohne Vorbau. Ein gewöhnliches Gebäudefenster war zu einem Schaufenster umfunktioniert worden. Tatsächlich war das ganze Gebäude ein Mietshaus, an dem mittels separater Treppe eine Wohnung der ersten Etage zu einem Friseursalon umgebaut worden war. Unten am Gebäude befand sich der reguläre Eingang für die Wohnungsmieter.

Abwesend betrachtete er die Bilder der aufwendig gestylten Frisurenmodels. Bizarre Formen, grell und intensiv gefärbt, eckig geschnitten, seltsam gekämmt, so, wie eigentlich keine Frau im Alltag ihre Haare trug.

Seine Aufmerksamkeit fiel auf eine kleinere Aufnahme. Eine blond gelockte Schönheit, mit perfektem Make-up und makellosem Gesicht. Spontan erinnerte er sich an die junge Frau aus dem Billardraum, die eine ähnlich gestaltete Lockenpracht besaß. Anhand dieses Vergleichs entlarvte Henrick nun eindeutig, dass seiner vorhin gehegten Aufmerksamkeit ein rein sexuell motiviertes Begehren innegewohnt haben musste – kein Vertrauensgefühl, sondern eine ordinäre, erotische Sehnsucht, nichts weiter.

Sich von den Bildern abwendend, übermannte ihn plötzlich ein heftiger Stich in seiner rechten Schläfe – seine Migräne war zurückgekehrt. In schneller Gegenreaktion, mit zugekniffenen Augen, hielt er sich die Hand an die betreffende Kopfseite. Der Schmerz dauerte auffällig kurz, nach zwei Sekunden war er auf gespenstische Weise wieder vollkommen verschwunden.

Ein Blick die Treppe hinunter ließ ihn feststellen, dass sich der Regen bereits abgeschwächt hatte. Es regnete zwar noch, aber längst nicht mehr wie aus Eimern. Er wartete noch bis der Niederschlag in ein Tröpfeln übergegangen war, dann traute er sich die schmale Treppe hinab. Mit einem Blick nach links überprüfte er seinen gelaufenen Weg und schritt anschließend den Rest der diesigen Gasse hinauf.

Unwillkürlich schoss Henrick nun eine Bemerkung Bachspiels durch den Kopf: »sich bei Bedrängnis durch Spitzel wehren zu wollen«. Schnell manövrierte er seine Gedanken um, er war nicht bereit, den Wahnvorstellungen seines Patienten stattzugeben, geschweige sie auf seine Situation anzuwenden. Da fiel ihm auf, dass er schwachen, kaum noch sichtbaren Schuhabdrücken folgte; sie glänzten auf dem regennassen Asphaltboden. War hier eben jemand entlanggelaufen? Er hatte niemanden gesehen.

Am oberen Ende der verlassenen Gasse angekommen, stieß Henrick auf eine hell erleuchtete Allee, belebt von Bars, Lokalen, Clubs und Restaurants, typisch für diesen Stadtteil. Er schaute auf seine Armbanduhr: schon kurz nach Mitternacht?!

Obwohl es noch nieselte, begannen die Bürgersteige sich wieder mit Leben zu füllen. Passanten kamen aus den Etablissements, einige setzten zum Heimweg an. Henrick steckte die Verfolgung noch in den Eingeweiden. Also überlegte er, ob er einem der Lokale einen kleinen Besuch abstatten solle. Auf diese Weise könne er relaxen sowie sich seinem Jäger vollständig entziehen. Außerdem käme er dazu, sich mal wieder die Bars anzuschauen, in denen er während seiner Studienzeiten so gern verkehrt hatte. Hier lernte er auch Diana kennen.

Noch immer am oberen Ausgang der trüben Gasse stehend, entschied Henrick, der Allee nach rechts zu folgen, um sich nicht allzu weit von seiner Wohnung entfernen zu müssen. Autos rasten auf der vom Regen durchtränkten Fahrbahn vorbei, mit ihren Scheinwerfern blendeten sie seine Augen. Er glaubte, ihre Lichtkegel seien zu hoch eingestellt, doch die Reflexionen der nassen Fahrbahn verstärkten nur das Strahlen.

Schließlich blieb Henrick am Fenster einer beliebigen Bar stehen und warf einen Blick hinein. Der relativ leere Laden sah recht angenehm aus. Sich kurz umschauend – vergewissernd, sich etwaiger Verfolger entledigt zu haben – betrat er die Kneipe. In der Mitte des circa 25 mal 30 Meter großen Raumes ließ er sich an einem der vielen runden Keramiktische nieder. Die in Plastik eingeschweißte Tischkarte – lediglich aus Vorder- und Rückseite bestehend – stand in einem silbermetallenen Holzfuß. Eine zweite, gesonderte Spirituosenkarte lag auf einer etwas zerfledderten, fast unscheinbaren Eiskarte. Wie zu erwarten, waren die Getränkepreise überteuert, das Coca-Cola-Markenzeichen war mit dickem Schwarzstift durchgestrichen – ausverkauft?

Er orientierte sich im Laden. Die Theke war unbesetzt. Seine Aufmerksamkeit konzentrierte sich auf die wenigen besetzten Tische, an denen die Gäste in Gespräche vertieft waren, lachten oder bei einem Getränk allein etwas lasen. Weit und breit kein Angestellter zu sehen, vielleicht hinter den zur Ausschmückung eingebauten Zwischenwänden? Er beugte sich ein wenig vor, um an den verschnörkelten Raumteilern und dem Dekorationsnippes vorbeisehen zu können.

Der Fremde

»Guten Abend, Herr Merten!«, sagte eine ruhige Stimme zu Henrick. Das riss den Angesprochenen beinahe von seinem klapprigen Stuhl. Erschrocken drehte er sich um. An einem der Tische hinter ihm saß ein Mann und studierte die Getränkekarte. Die Gestalt des Kerls überfliegend, realisierte Henrick, seinem Häscher ins Antlitz zu blicken.

»Sie verfolgen mich«, einen einschlägigeren Kommentar – gleich einem klischeehaften Krimi – brachte er in diesem Moment nicht über die Lippen.

Der Fremde, der mit übereinandergeschlagenen Beinen vollkommen gelassen an seinem Tisch saß, sah Henrick mit selbstverständlicher, ja geradezu vertraut wirkender Mimik an. Henrick blinzelte, war es wirklich der Typ, der ihn verfolgte? Er zweifelte einen Moment. Aus den undeutlichen Fragmenten seiner Erinnerung versuchte er ein Bild des Jägers zu rekonstruieren.

Da, der gelbe Schirm! Zugespannt lag er am Boden!

»Ich verfolge Sie nicht. Genau genommen bemühe ich mich, Sie aufzusuchen.«

Henrick schüttelte verständnislos den Kopf und konterte mit hochgezogenen Mundwinkeln: »Sie wollten mich ... aufsuchen? Entschuldigen Sie, aber das sieht nicht gerade nach einer Suche aus.«, und wurde lauter, »Sie verfolgen mich! Sie stellen mir nach! Sie sind ...«, er lachte entrüstet, »Sie scheinen nicht ganz beieinander zu sein.«

Währenddessen fielen Henrick die grauen Haare an den Schläfen des Herrn auf sowie die schlanke Figur und das Alter – sein Gegenüber war jener Kerl aus dem Schwimmbad! Gegebenenfalls auch der Mann vom gestrigen Freitag, der sich auf dem Klinikparkplatz an seinem Fahrzeug zu schaffen gemacht hatte. In seiner Bedrängnis wagte Henrick all dies zu unterstellen: »Sie waren heute im Schwimmbad. Und Sie standen auch gestern vor meinem Auto auf dem Klinikparkplatz. Haben Sie versucht …?«

»Warum setzen Sie sich nicht einfach hier zu mir an den Tisch?« Der Unbekannte schob den rechten Stuhl neben sich beiseite und nickte einmal kurz. Er zeigte wenig Regung, blieb auffällig still und gelassen.

Wie ein Verrückter sah er eigentlich nicht aus, dachte sich Henrick, verdrängte den Gedanken aber geschwind, da dies wohl kaum den Tatsachen entsprechen konnte. Couragiert sicherte er sich gegenüber dem seltsamen Zeitgenossen ab: »Sie wissen, dass Sie nicht gerade mein Vertrauen genießen?«

»Das kann ich mir denken«, lächelte der Herr und senkte bedächtig seine Augen.

Kompromissbereit unterbereitete Henrick ein Angebot: »Gut, sagen wir, ich bleibe hier sitzen und Sie sagen mir von Ihrem Sitzplatz aus, was Sie mir so dringend mitzuteilen haben.« Henricks Stirn legte sich in Falten. »Oder darf es niemand hier hören?«

»Exakt! Das wäre von Nachteil«, argumentierte der Fremde bündig.

»Nun, aber es sind nur wenige Leute hier.« Henrick zählte demonstrativ durch: »Vier, fünf, acht Personen, mit Bedienpersonal vielleicht zehn.« Die Angestellten hinter der Theke fehlten noch immer. »Also, … was haben Sie mir zu erzählen?«

»Setzen Sie sich besser zu mir. Ganz aus Ihrem Interesse heraus gesprochen … und dem aller Menschen.«

Aggressiv entgegnete Henrick: »Aller Menschen? Mann, was reden Sie da für einen Scheiß?« Er würgte ein gequältes Lachen hervor, das ihm sogleich im Halse stecken blieb.

»Sie sind für unheilvolle Dinge verantwortlich.« Von der irrsinnigen Aussage stockte Henrick der Atem. Nun erfasste er die Gestalt des Fremden einmal ganzheitlich, von oben bis unten. Mit immer noch ruhiger, geradezu entspannter Gelassenheit schaute ihn der etwa 55-Jährige an, darauf wartend, dass Henrick sich zu ihm setzen und zuhören würde.

Stattdessen sah sich Henrick ein weiteres Mal um. Wo blieb die Bedienung? Den Kopf wieder zum Unbekannten gewandt, checkte er mit Scharfblick die sichtbaren Utensilien, die der Mann bei sich führte: am Boden der Schirm, ein Jackett hinter ihm auf der Lehne …

»Wie heißen Sie? Und was wollen Sie?«

»Ich möchte zunächst einmal, dass Sie sich zu mir setzen. Keine Sorge, ich werde Ihnen kein Messer in den Bauch rammen oder dergleichen mit Ihnen anstellen. Ich benötige nur ein Gespräch.«

»Und deswegen haben Sie mich die ganze Zeit über verfolgt? Lauerten mir vor der Klinik auf, im Schwimmbad und haben mich schließlich durch die halbe Stadt gejagt?«

Achselzuckend rechtfertigte sich der Mann: »Sie blieben ja nicht stehen.« Sein albernes Argument unterstrich er mit einem anmaßend süßlichen Schmunzeln – um die Augen bildeten sich kleine Fältchen. Nachäffend kommentierte Henrick die haltlose Begründung: »Er wollte nur ein Gespräch …«, und verdrehte protestierend den Kopf, »das ist doch nicht zu fassen.«

»Nun kommen Sie, Herr Merten. Wir sind keine Agenten auf Verfolgungsjagd. Kommen Sie, ich spendiere Ihnen ein Getränk und dann erkläre ich es Ihnen.«

Um die Einladung gestisch zu unterstreichen, schob der Fremde wiederholt den Stuhl neben sich an. Henrick sah auf die Oberfläche seines Bartisches, schüttelte den Kopf und atmete einmal tief durch. Ein weiteres Mal sah er sich um, dann erhob er sich und ging langsam zum Tisch des älteren Mannes hinüber. Er zog die metallene, klapprige Sitzgelegenheit ein paar Zentimeter zurück und nahm Platz. Seine nasse Jacke ließ er vorerst am Körper.

»Nun, wer sind Sie? Wie ist Ihr Name?«

»Ich heiße Wagner. Raphael Wagner. Nennen Sie mich Wagner. Was wollen Sie trinken?«

»Na, also das ist ja absolut grotesk: ›Nennen sie mich Wagner‹ und was ich trinken will. Nicht wie bei Agenten auf einer Verfolgungsjagd, was?! Oh Mann …« Henrick verschränkte die Arme vor seiner Brust und verlachte betont die absurde Situation.

»Ja, da gebe ich Ihnen Recht, es wirkt ein bisschen albern. Trotzdem hat all dies nicht im Entferntesten mit einer Posse zu tun.«

»Hm, na dann.« Henrick nickte gespielt einsichtig, öffnete seine verschränkten Arme wieder und schlug die Beine übereinander. Er wollte seinem Verfolger möglichst spiegelbildlich gegenübertreten, das erzeugte Sympathie, die er bei diesem seltsamen Kauz wohl noch brauchen würde – je nachdem, wann der durchdrehen und ihm eine Pistole an den Kopf halten würde.

»Sie trauen mir nicht. Das nehme ich Ihnen nicht übel«, Wagner grinste nachsichtig, »ich möchte mich mit Ihnen lediglich über etwas unterhalten.«

Henrick wehrte den fein gehaltenen Wunsch ab: »Ich weiß, ich bin für ein paar unheilvolle Dinge verantwortlich. Danke, vom Wesentlichen Ihres Anliegens bin ich bereits bestens informiert.« Wagner schwieg einen Moment. Mit bedächtiger, aber verständnisvoller Miene akzeptierte er Henricks Ärger. Sacht bat er ihn erneut: »Herr Merten, würden Sie mir einen Gefallen tun?«

»Was?«, fragte Henrick gereizt.

»Weder Ironie noch Sarkasmus Ihrerseits, einverstanden? Nehmen Sie bitte mit nötigem Respekt und Ernsthaftigkeit an, was ich Ihnen zu sagen habe. Ginge das für Sie in Ordnung?«

Henrick machte Wagners anständig vorgetragenes Gesuch fast verlegen; kaum nach außen ersichtlich, zogen sich Henricks Lippen zusammen. Begleitet von einem Zögern, nickte der Gebetene schließlich einverständlich.

»Und tun Sie mir noch einen Gefallen? Einen unbedingten Gefallen.«

Henrick nickte wieder.

»Sie hören sich all meine Ausführungen, alles, was ich Ihnen zu sagen habe, bis zu Ende an.« Wagner griff in die linke Brusttasche seines dunkelblauen, edel erscheinenden Sakkos und holte eine Zigarettenschachtel aus silbernem Metall hervor.

Henrick antwortete auf die letzte Forderung nicht. Er fand sie ziemlich provokant. Allein sein Schweigen sollte Zustimmung signalisieren. Trotzdem hakte Wagner, während er seine dem Metalletui entnommene Zigarette mit einem Zündholz aus einem Briefchen Streichhölzer ansteckte, noch einmal nach: »Sind Sie einverstanden? Sie hören sich alles bis zuletzt an?«

»Ja, ich werde hier sitzen bleiben und ich höre mir alles an. Allein schon deshalb, weil Sie mir ja sonst wieder hinterherlaufen …«

»Gut …«, einige Male zog Wagner ausgiebig an der entzündeten Kippe – als habe er die Absicht, Würde und Autorität darstellen zu wollen; wohl um seine Geheimnistuerei aufzubauschen. Einfach töricht, dachte sich Henrick verspannt, es intensivierte nur seinen Widerwillen. Aggressiv forderte er ihn auf: »Nun fangen Sie schon an«, nebst dem Ziel, auf den Kerl ebenso unberechenbar zu wirken wie der auf ihn. Unter den gegebenen Umständen wirkte Henricks Reaktion jedoch eher inadäquat.

»Es gibt keinen Anlass, laut zu werden«, erwiderte Wagner kühl. Henrick biss die Zähne zusammen, seine Hände lagen gefaltet auf seinen übereinandergeschlagenen Beinen. Erneut zog der Fremde an seiner Zigarette.

»Möchten Sie eine?«

Henrick lehnte wortlos ab.

»Nun, Herr Merten, am besten fange ich mit dem an, was Sie noch am ehesten nachvollziehen können, … womit Sie sich seit langer Zeit beschäftigen.«

»Ich bitte darum.« Henrick lehnte sich in flapsig-lässiger Haltung zurück und ließ seinen Kopf ein Stück nach rechts kippen.

»Nicht erst seit Ihrem Studium der Psychologie haben Sie eine Schwäche für – ich will es mal nennen – die Untersuchung esoterischer Geheimlehren. Was allein kein Grund wäre, Ihnen diesbezüglich nachzustellen.« Wagners locker vorgetragenes Detailwissen schockte Henrick. Eine Art Lähmung setzte ein, die der Psychologe ironischerweise zugleich dafür benötigte, um seinen einsetzenden Fluchtdrang unter Kontrolle zu bringen.

»Obwohl mein Anliegen mit Ihrem Hobby zu tun hat, ist der Anlass, weshalb ich Sie aufsuche, im Grunde ein völlig anderer. Damit meine ich, dass Sie selbst nach Vortragen meines Gesuchs absolut nicht erahnen können, was genau dahinter steckt – und welche Bedeutsamkeit.« Wagner grinste Henrick wieder in seligem Vertrauen an. Scheinbar gleichgültig kommentierte Henrick die sich anbahnende Darlegung seines Privatlebens: »Wirklich interessant, was Sie so über mich herausgefunden haben. Beeindruckend! Hat wohl viel Mühe gemacht. Und um was soll es gehen? Um etwas, was mit meinem Hobby zu tun hat, aber dann doch wieder nicht? Und, … wenn Sie ihr Anliegen erklärt haben, werde ich trotzdem nicht verstehen, um was es geht? Hört sich alles weder logisch noch verständlich an.«

»Nun, Herr Merten, das ist es auch nicht. Ganz davon abgesehen, dass es nicht in ein paar Sätzen abgehandelt werden kann. Deshalb bat ich Sie, mir bis zuletzt zuzuhören.«

Die Bedienung näherte sich dem Tisch. Henrick bestellte einen grünen Tee, Wagner einen Kaffee mit Milch und Zucker.

»Seit etlichen Jahren arbeiten Sie intensiv an der Entschlüsselung der Nostradamus-Prophezeiungen und haben bereits Erstaunliches herausgefunden. Neben den klassischen Interpretationen und Vernebelungen des Sehers, die man auf jede nur erdenkliche Art deuten kann, haben Sie vor einigen Tagen eine ganz neue Methode entdeckt, mit deren Hilfe Sie erstaunliche Ergebnisse zutage fördern können. Präziser als alles, was Sie jemals mittels der sichtbaren Centurien-Texte hätten herausbekommen können. Sie besitzen den Meta-Schlüssel – einen Schlüssel, der haargenaue Informationen über die nächsten 1800 Jahre der Menschheitsgeschichte erschließt.«

Henrick beschlich die Idee, dass es sich bei Wagner um einen Journalisten handeln könnte, der von einem unliebsamen Klinikkollegen Hinweise erhalten hatte.

»Ja, ich habe eine Entschlüsselungsfunktion entdeckt«, sagte Henrick selbstbewusst, ohne sich seine Nervosität anmerken zu lassen, »sie aber noch nicht vollständig anwenden können. Sie ist nur per Computer anwendbar. Sehr kompliziert. Zudem brauchen Sie viel Erfahrung im Umgang mit Alt-Französisch, sonst verstehen Sie gar nichts.« Die Aussage, man bräuchte Alt-Französisch, um die ausgegebenen Texte zu verstehen, sollte testen, wie viel Wagner tatsächlich über Bachspiels Formeln wusste. Schließlich waren alle bisher ausgegebenen Texte auf Deutsch.

Wieder schmunzelte der Herr süßlich: »Alt-Französisch beherrschen Sie recht gut …? So gut wie ihre deutsche Muttersprache?«, und paffte an seiner Zigarette.

Wagner wusste also, dass nichts in Alt-Französisch ausgegeben wurde – was sonst schon sollte diese eisige Diagnose andeuten? Doch was wusste der Kerl wirklich, vor allem über ihn? Henrick fasste sich ein Herz, bereit, alles auf eine Karte zu setzen. Mit Offenheit könnte er verlässlicher herausfinden, was der Fremde wirklich von ihm wollte und beginnen, darüber zu verhandeln.

»Ich bin im Besitz von Formeln, von denen ich bis jetzt erst wenige erfolgreich entschlüsseln konnte. Ihr Geheimnis ist, dass sie nur auf Grundlage der Nostradamus-Centurien funktionieren. Hinter den Formeln verbergen sich Klartexte, eindeutige Aussagen, unmissverständlich wie eine Nachrichtenmeldung oder ein Absatz aus einem Geschichtsbuch. Die erste Formel habe ich erst vor drei Tagen geknackt und …« Plötzlich ging Henrick ein Licht auf. Wagner trat doch kurz nach Bachspiels Verschwinden zum ersten Mal in Erscheinung?! Das musste kausal miteinander zusammenhängen.

»Sagen Sie, wie lange verfolgen Sie mich eigentlich schon?«

Wagner lächelte freundlich und antwortete gelassen: »Ich beobachte Sie seit etwa vier Wochen.«

»Was?«, das passte gar nicht zu Henricks angestellter Vermutung, »Sie …«, er rümpfte die Nase, »verfolgen mich schon länger, als ich überhaupt die Methode besitze?«

Wagner zog an seiner Zigarette und blies den Qualm aus: »Herr Merten, es ist schwierig. Jedoch, wahrlich verfolgen – Ihnen also nachgehen – das mache ich erst seit Freitag.«

»Aus welchem Grund sind Sie dann hinter mir her? Schickt Sie jemand?«

»Keine Sorge. Es handelt sich weder um Observation noch um Infiltration durch Freunde, Bekannte oder Arbeitskollegen.«

»Um was dann? Nun packen Sie endlich aus! Spielen Sie mir nicht länger irgendeinen Mist vor. Was bringt das schon? Sprechen Sie klare Worte!«

Der Fremde grinste, dann entgegnete er ernst: »Wir wissen alles über die Prophezeiungen.«

Wen meinte er mit »wir«?

»Schön. Und das heißt schlussendlich? … Wollen Sie von mir wissen, wie die Formeln anzuwenden sind?«

Wagner zog wieder an seiner Zigarette und schüttelte unbeeindruckt den Kopf. Die bestellten Getränke erreichten den Tisch, da dämmerte es Henrick. Bachspiel erzählte doch, daran gehindert zu werden, sein Wissen zu veröffentlichen?! Schon schoss ihm ein weiterer Gedanke durch den Kopf. Natürlich! Er befand sich in einem abgekarteten Spiel zwischen Bachspiel und diesem Kerl hier! Sie mussten irgendwie miteinander zu tun haben, besaßen denselben Wahn oder bekriegten sich gegenseitig mit ihrem vorgegebenen »Wissen«. Erheitert von seiner unwiderlegbaren Kombination, konfrontierte er Wagner unverblümt mit dessen mutmaßlicher Forderung: »Sie wollen, dass die Formeln unter Verschluss bleiben. Die Ergebnisse nicht veröffentlicht werden, richtig?«

Der Fremde schaute Henrick an, sanftmütig lächelte er, seine Hand griff nach dem Kaffee.

»Herr Merten, sind Sie sich im Klaren darüber, was eine Veröffentlichung solcher Informationen für künftige Ereignisse bedeuten würde?« Mit verärgertem Unterton erwiderte Henrick folgerichtig: »Die Veränderung der Geschichte.« Er sah wieder Aura-Schlieren.

»Richtig! Doch nicht nur das.« Wagner wurde ernster. »Es bedeutet auch, dass Sie den Ihnen auferlegten Bedingungen gemäß gehandelt haben.«

Bedächtig nahm Henrick einen Schluck aus seinem Teeglas.

»Versteh' nicht. Wie hab' ich, … wie soll ich gehandelt haben?«

»Es war geplant, dass Sie den Meta-Code entdecken und ihn beginnen zu entschlüsseln. Die Relevanz Ihrer Person war jedoch als eine Art Alternative geplant und trägt nun für Sie keinerlei Bedeutung mehr. Sie sind nicht mehr für den Code bestimmt.«

Henrick hörte auf zu trinken und setzte die Tasse ab. Hatte er das gerade richtig verstanden? Er sollte das alles finden, dann aber wieder doch nicht? Ihm bürdete sich die Idee auf, dass sein Gegenüber jemand von einem Esoterikbund oder Ähnlichem sei. Irgend so ein schräger Kerl, der sich gemeinsam mit Gleichgesinnten Okkultem oder Übersinnlichem hingab, orientiert an selbstdefinierten Funktionsweisen. Unberechenbar.

»Gehören Sie etwa so einer geheimwissenschaftlichen Vereinigung an? Sie wissen schon, irrwitzigen Pseudowissenschaftlern? Oder Freimaurern?« Henrick nahm einen weiteren Schluck aus seinem Teeglas. Selbstverständlich war auszuschließen, dass Wagner einer solchen Vereinigung angehörte, er wollte ihm nur ein wenig schmeicheln.

»Nein«, schüttelte der unbekümmert den Kopf. »Nichts dergleichen. Ich möchte Sie nur inständig darum bitten, die entschlüsselten Daten Ihres Meta-Codes und die in Ihrem Besitz befindlichen Formeln zu vernichten. Sowie alle Informationen unbrauchbar zu machen, die dazu geführt haben, dies zu erschließen, beziehungsweise was dabei helfen könnte, Formeln und Daten zu rekonstruieren und erneut verwenden zu können.« Wagner kratzte sich im Mundwinkel und fügte zögerlich hinzu: »Und Sie selbst sollten es vergessen.«

Henrick empfand diese Aufforderung unverschämt. Auch stieß ihm Wagners verpflichtende sowie knapp gehaltene Erklärung sauer auf. Es klang schlicht fadenscheinig. Kurz überlegte der Psychologe, ob nicht auch jemand anderer dahinter stecken könnte, vielleicht ein Kollege?

»Und warum soll ich dem Folge leisten? Nennen Sie mir einen wirklich triftigen Grund dafür, das Material zu vernichten. Außerdem würde ich die Ergebnisse ja sowieso nur für mich benutzen.«

»Das werden Sie nicht. Sie werden die Resultate nicht für sich allein verwenden. Im Anblick einiger sich ereignender Geschehnisse werden Sie geneigt sein, etwas preiszugeben.«

»Woher wollen Sie das wissen?«

Wagner wartete ab, ehe er ruhig, für Henrick aber bedeutungslos, darlegte: »Weil es menschlich ist.«

Skeptisch, mit einem Hauch verzagter Unbeugsamkeit, sah Henrick seinen Gesprächspartner an. Zutraulich begann der Fremde, ihm Gründe zu unterbreiten: »Nostradamus war kein Wahrsager, Magier, Mystiker oder Prophet. Nichts davon. Seine Gabe hatte nicht im Geringsten mit etwas zu tun, das man Übersinnlichem zuordnen könnte. Er ist eine Art Projekt, eines von vielen Projekten. ... So wie Sie.«

Wagner rückte seinen Stuhl zurecht, kratzte sich am Handrücken seiner linken Hand und drückte schließlich seine unvollständig aufgerauchte Zigarette in dem restlos überfüllten Tischaschenbecher aus. Schon im nächsten Augenblick entnahm er eine weitere Kippe seinem Zigarettenetui. Mit einer kleinen Verrenkung holte er sich vom Nachbartisch einen leeren Ascher herüber und öffnete anschließend wieder das Briefchen mit den Zündhölzern.

»Michel de Notredame – wie Sie ja wissen, Nostradamus eigentlicher Name – war ein ganz normaler Arzt, der so seine Hobbys hatte. Ähnlich wie Sie.« Wagner deutete mit dem Streichholz auf Henrick, lächelte und setzte seine Ausführungen mit suggestiven Anspielungen fort: »War er nicht auffällig gut geeignet als Seher? Angeblich vertrauliches Wissen aus Geheimbünden und geheimen Wissenschaften, anscheinend genetische Bevorteilung durch Großmutter und Großvater? Eine Ägyptenreise, bei der er auf große Entdeckungen stieß? Sie kennen seine Geschichte. Das, was man über ihn zu sagen pflegt: Zweifel und Geheimnisse. Finden Sie die um ihn sich rankenden Sagen nicht klassisch, geradezu typisch für derart zugeschriebene Fähigkeiten eines Wahrsagers?!«

Wagner zündete sich die Zigarette an und schüttelte die Streichholzflamme aus. Henrick zuckte mit den Schultern. Was sollte das jetzt mit der ihm unterstellten Veröffentlichung künftiger Geschehnisse zu tun haben? Müde strich er sich über Gesicht und Augen.

»Nun, ich will Sie nicht weiter auf die Folter spannen.« Wagner räusperte sich. »Nostradamus hat all seine Prophezeiungen zwar selbst erstellt, er erhielt jedoch alle Informationen über die Zukunft *aus* der Zukunft, von Dritten. Er hat nie geweissagt. Bildlich gesprochen hat er lediglich in eine Art von Geschichtsbuch geschaut und sich darüber Gedanken gemacht, wie er aus diesem Inhalt zum einen seine prophetischen Verse erstellen könne, und zum anderen, wie er es überzeugend hinbekäme, der Nachwelt seine Person und sein angeblich wahrsagerisches Talent möglichst zweifelhaft, aber dennoch geheimnisvoll zu hinterlassen. ... Mutmaßten Sie nicht schon mal etwas Ähnliches über den Seher?«

»Interessant! Aber was ist mit den Formeln? Wie hat Nostrada-mus den Meta-Code in die Centurien reinbekommen? Hat er etwa einen Computer benutzt?« Jetzt hatte er Wagner, schließlich wusste Henrick genau, dass Bachspiel die Formeln erstellt hatte.

»Den Meta-Code generierte man erst nach der Erstellung der Centurien – aus dem bestehenden Centurien-Textkörper. Mittels dieser Buchstabengrundlage sowie eines spezifischen Algorithmus', erstellte man aus Nachrichten künftiger Ereignisse Formeln. … Aber das haben Sie ja bereits selbst herausgefunden.«

War ja klar, dachte sich Henrick, tatsächlich eine Kreation von Bachspiel und diesem Heini hier. Wagner fuhr fort: »Nostradamus kam die Aufgabe zu, seine lesbaren Verse mit verwirrender Spra-che bis ins Unkenntliche zu verzerren. Dennoch offenbaren selbst diese vernebelten Beschreibungen ein klares Abbild der Geschichte. Nicht scharf, eher undurchsichtig, manchmal zweideutig oder gar bewusst falsch. Würde man Menschen die ganze Wahrheit über ihre Zukunft verraten, würde alles außer Kontrolle geraten, wes-halb für Nostradamus die Verpflichtung galt, die sichtbaren Verse so zu schreiben, dass sie als zweifelhafter Unsinn geächtet werden können – als Aberglaube, Mystizismus, Wahn, interpretative Ausle-gung, stets psychologisch erklärbar. … Eine lupenreine, unverdäch-tige Tarnung, weil nichts eindeutig beweisbar ist.«

Überraschend zog Wagner einen mittig gefalteten Zettel aus seiner Sakkotasche und legte ihn vor Henrick auf den Tisch – vom gesti-schen Hinweis begleitet, diesen noch nicht zu öffnen.

»Jeder nimmt deshalb an – der Normalbürger, die wissenschaft-liche Psychologie, ja selbst Parapsychologen und Esoteriker –, dass es sich bei den Nostradamus-Vierzeilern letztlich nur um simple Auslegungstricks handelt. Dies ist wichtig, geradezu essenziell, um den Nutzen des Projekts zu wahren.«

Henrick unterbrach Wagner in seinen Erläuterungen: »Wollen Sie andeuten, dass es sich um Zeitbeeinflussung handelt?! Jemand hat Nostradamus ein Geschichtsbuch gegeben, aus dem er die Centu-rien entwickelt hat?« Henricks Schultern zuckten. »Aber wem nutzen dann die Voraussagen, für was sind sie gut?«

Wagner rührte in seinem Kaffee herum und trank. Dann erklärte er: »Ja, spitzfindig gesehen, könnte man es Zeitbeeinflussung nennen. Denn die Verse bedeuten, dass die Zukunft durch Nostradamus beeinflusst wurde, ob gewollt oder nicht. Er sah eine Zukunft, die er durch die Popularität seiner Verse selbst indirekt mit beeinflusste. Ein Kreislauf also, der sich selbst erzeugt und erfüllt – ähnlich einer mathematischen Gleichung.«

Unaufhaltsam verstärkte sich Henricks Müdigkeit. Wagner saugte wieder an seiner Zigarette und fragte: »Und jetzt auf Sie bezogen: Was meinen Sie, inwiefern Nostradamus selbst wusste, welches Rädchen er in diesem Uhrwerk spielte? Wusste er, um was es geht? … Wissen Sie, um was es sich hier dreht?«

Henrick hatte verstanden – Wagner ordnete ihm bereits eine tiefergehende Rolle innerhalb seines Wahns zu. Scharf schaute der Psychologe den Fremden an und mutmaßte, dass es sich bei dem Mann nur um einen ehemaligen psychiatrischen Fall handeln könnte. Naheliegend, dass er einst Patient in seiner Klinik war.

»Was soll der Zettel?«, lenkte Henrick ab.

»Behalten Sie ihn. Öffnen Sie ihn, wenn Ihnen danach ist. Es macht einiges begreiflicher.«

Unbeeindruckt griff Henrick den Zettel und steckte ihn neben sein Portemonnaie in die Hosentasche. Insgeheim grübelte er, wie er sich problemlos dieser unheimlichen Begegnung entziehen könne.

»Der Zettel soll mir einiges begreiflicher machen? Was macht er begreiflich?« Henrick nippte wieder am Tee.

»Mehr Infos wären an diesem Punkt verfrüht. Es würde Sie erschrecken.«

An diesem Punkt? Hatte Wagner vor, ihn wiederzutreffen?

»Gut«, verlautbarte Henrick müde, »wären Sie einverstanden, wenn ich mal kurz auf die Toilette gehe?« Henrick zog die Augenbrauen hoch und fügte betont humoristisch hinzu: »Keine Sorge, ich komme wieder. Ich muss Sie ja in vernünftiger Weise loswerden, sonst kleben Sie mir ja später erneut am Hintern.«

Wagner lächelte umsichtig, als brächte er Empathie für den Wunsch seines Gesprächspartners auf – wohin auch immer dessen Wege ihn nun führen würden. Henrick erhob sich, schlängelte sich durch den Hindernisparcours aus Keramiktischen hindurch und folgte einer Beschilderung mit der Aufschrift »Men«. Im hinteren Bereich des Kneipenraumes bog er in einen schmalen Gang ein, der sich die Treppe abwärts fortsetzte. Auf der untersten Treppenstufe der Stiege angelangt, erstreckte sich ein spärlich beleuchteter, beinahe Platzangst auslösender Untergeschosskorridor. Unwillkürlich ließ ihn ein abrupt auftretendes Angstgefühl erzittern, jetzt begriff er seine Lage. Den engen Tunnel entlangschreitend, berieselt von kratzig leiser Musik aus alten Minilautsprechern, öffnete Henrick am Ende der düsteren Sackgasse die rechte Tür zur Männertoilette. Die Klinke klebte. Er betrat den Raum und lehnte von innen gegen den Eingang. Zappelig holte er sein Mobiltelefon aus der Hosentasche.

Kein Netzempfang!

»Verdammt«, sagte er flüsternd. Nicht zu fassen, dass etwas so sagenhaft Dämliches nicht allein in Thrillern oder Krimis geschehen konnte.

Es roch nasswarm, ein wenig nach Urin. Missmutig schaute sich Henrick im Vorraum des heruntergekommenen Männerklos um. Ein altes Waschbecken mit Drehwasserhahn zierte die Wand – ohne Seife, Papiertücher, Spiegel oder Heißlufttrockner. An der gegenüberliegenden Wand hing ein albernes Poster mit einem Globus, auf dem ein riesiger Mund die obere Hälfte der Erde abbiss – irgendeine Werbung für Joghurt.

Eine tief brummende Neonröhre, angebracht zwischen Handwaschbereich und Toilettensektion, beleuchtete allein die unbehaglichen Räumlichkeiten. Vorbei an einer kleinen Trennwand schaute Henrick zu den Toiletten: drei Wandpissoirs und eine verschließbare Kabinentoilette. Mit einem spitzen Fingerstoß gegen die halboffen stehende Toilettentür, legte Henrick die Sicht auf eine bekotete Klosettschüssel frei. Darüber befand sich ein großes, leicht zu öffnendes Fenster. Gott sei Dank befand er sich im Untergeschoss, also gab es einen Ausweg!

Angewidert, aber mit festem Entschluss zu entkommen, nahm er einen kurzen Atemzug, klappte mit dem Schuh krachend die noch sauber erscheinende Klobrille herunter, stieg auf sie hinauf und betätigte den Griff des großen Fensters. Das sprang mit einem hohlen »Flupp« auf und knallte gegen Henricks Mund. Leicht ins Taumeln geraten, konnte er sich mit seinen schwarzen Slippern auf der Klobrille halten. Vom Gedanken beeinträchtigt, wie dreckig dieser Fensteröffner sein müsste, hielt sich Henrick widerwillig mit seiner rechten Hand am Rahmen fest, stemmte seinen linken Arm auf den gefliesten Fenstervorsprung, hebelte sich mit aller Kraft hinauf und blieb schließlich in Hockstellung im Rahmen sitzen. Wie erwartet, erblickte er etwa zweieinhalb Meter unter sich den nassen Boden eines dunklen Innenhofes. Er hatte doch oben auf dem Tisch nicht irgendetwas liegen gelassen? Nein, und sein nasses Jackett trug er am Körper. Er wartete noch ein paar Sekunden, dann sprang er.

Entkommen suchte er eine Minute nach einem Ausgang aus der düsteren Umgebung. Verdammt! Gab es etwa kein Tor, keine Ausgangspforte? Nicht mal eine verschlossene? Mist! Daran hatte er in seinem Fluchteifer nicht gedacht – dann säße er in der Falle, denn im Hof befanden sich keine größeren, stapelbaren Gegenstände, die ihm eine Rückkehr durch das mehr als mannshoch gelegene Toilettenfenster ermöglichen konnten.

Da erspähte Henrick eine angelehnte Eisentür, dahinter die Geräusche vorbeifahrender Autos. Er zog die rostig knarrende Tür auf und trat hinaus auf einen Bürgersteig. Ohne sich lang orientieren zu müssen, erkannte er den Ort. Würde er dem steilen Weg jetzt aufwärts folgen, dann rechts um die Ecke biegen, stünde er wieder vor der Bar.

Obwohl es ihn aus purer Neugier gereizt hätte, Wagner dort sitzen zu sehen – verwundert wartend, wo er denn bleibe –, gab Henrick seinem Verlangen nicht nach. Er wollte seinen Vorsprung aufrechterhalten. Ein Blick auf die Uhr verriet, dass seit seinem Verschwinden etwa drei Minuten vergangen waren. Verdachtsgefühle dürfte er bei Wagner also noch nicht heraufbeschworen haben.

Den lauten Trubel der Vergnügungsallee im Nacken, begleitet von einem flauen Magengefühl, verließ Henrick die unheimliche Begegnungsstätte – exakt in Richtung jener Gassen, die ihn vor etwa 20 Minuten in diese Gegend geführt hatten. Trotz Erleichterung begannen ihn unweigerliche Fragen zu plagen: Würde er dieser zwielichtigen Person erneut begegnen und spiele sich ein weiteres Aufeinandertreffen dann ebenso gewaltlos ab? Hoffentlich besaß

Wagner nicht seine Adresse. Was aber viel wesentlicher war: Zu welchem Zweck hatte sich dieser Pseudo-Geheimwissenschaftler überhaupt diese Geschichte ausgedacht? Wie kam er auf all das? Es musste mit Bachspiel zusammenhängen.

Relativierung

Zuhause angelangt, fügte sich seinen Bedenken wieder die Gewissheit hinzu, dass es sich bei Wagner nur um einen ehemaligen Patienten seiner Klinik handeln könnte. Morgen, in der Psychiatrie, würde er der Geschichte des Mannes auf den Grund gehen. Es ließ ihm allerdings keine Ruhe, sich noch heute Nacht einmal telefonisch beim diensthabenden Arzt nach ehemaligen Patienten zu erkundigen. Vielleicht wüsste der Kollege ja etwas.

Nachdem Henrick sich die Haare geföhnt und sich etwas Trockenes angezogen hatte, durchsuchte er an der Flurgarderobe sein Jackett nach durchnässten Dingen. Anschließend ging er ins Wohnzimmer, entnahm den Taschen seiner Hose Handy, Wohnungsschlüssel und Portemonnaie und legte alles zusammen auf das kleine, neben der Couch befindliche Telefontischchen. Dabei rutschte auch Wagners kleiner Zettel heraus und landete, ohne dass Henrick es bemerkte, auf dem Parkett der Stube. Er setzte sich auf die Couch, griff nach dem Hörer des schnurlosen Telefons und wählte die Nummer der Klinik.

»Schönen Guten Abend, Oliver«, begann er seine auf Entschuldigung getrimmte Ansprache, »tut mir leid, dass ich dich so spät noch anrufe«, da fiel sein Augenmerk auf den am Boden liegenden Zettel, »aber ich hab' einige wirklich dringliche Fragen.« Henrick hob das Papier auf. »Es geht um einen Ehemaligen der Klinik.« Teilnahmslos öffnete er den Wisch. »Weißt ja, es kann immer …«, Henrick stutzte.

Auf dem Zettel stand 0 Uhr 55. Automatisch wanderte sein Blick zur Wanduhr – sie zeigte haargenau die auf dem Zettel befindliche Zeit an. Noch ehe er die Zusammenhänge richtig einzuordnen wusste, verstand er intuitiv, was der Hinweis meinte. Zerstreut starrte er auf den Couchtisch.

»Henrick, was ist? Bist du noch dran? Ist alles in Ordnung?«, tönte es aus dem Hörer. Der Stationsarzt versuchte es noch einige Male, bis sich Henrick endlich wieder fing: »Ja, Oliver«, und setzte seine Bitte fort, »entschuldige, dass ich dich so spät noch anrufe. Ich hab' heut' Abend eine sehr seltsame Begegnung gehabt und weiß nicht so recht, wie ich sie einstufen soll. Ein Mann im mittleren Alter – nannte sich Raphael Wagner – verfolgte mich in eine Bar. Dort angekommen, kamen wir ins Gespräch, bei dem er dann äußerst befremdliches Zeug erwähnte.«

Oliver kam Henrick entgegen: »Du willst etwas über ihn in Erfahrung bringen? Um diese Uhrzeit?«

»Also, ich wollt' einfach nur fragen, ob wir in den letzten Jahren einen männlichen Patienten mit Namen Wagner hatten. Ob du dich eventuell an so einen erinnern kannst? Zwischen 50 und 60 Jahren. Mit schätzungsweise paranoid-schizophrenem Erkrankungsbild.«

»Aus dem Stehgreif schwer zu sagen. Müsstest du den Patienten dann nicht sowieso gekannt haben? Ich kann mich jedenfalls nicht an so jemanden erinnern. Is' auch ein zu großer Zeitraum, mit zu vielen Patienten. Obwohl, ich glaub', vor zwei Jahren hatten wir mal einen hebephrenen Patienten namens Wagner. Ach nee, Quatsch, … der war wegen Depressionen da. Aber nicht auszuschließen, dass da 'ne Komorbidität vorlag. Bin mir nicht sicher. Können wir demnächst ja mal in Ruhe auskundschaften.«

»Kannst du mal nachschauen – *jetzt*?«

»Ich soll jetzt nach unten gehen und die ganzen alten Aktenbestände durchkämmen?! Ich weiß ja nicht mal, wonach ich im Einzelnen suchen soll.«

»Nicht die alten Akten, nur die aktuelleren Fälle – was in der Datenbank gespeichert ist.«

»Ja, aber sieh mal, wir haben heute 'ne harte Nacht vor uns. Am Abend ist 'ne Neuaufnahme reingekommen, bei der wir bis eben noch Seelsorger spielen mussten. Ich kann mich jetzt nicht noch mit was anderem beschäftigen. Ich kann einfach nicht mehr, wollte mich gerade ein bisschen hinlegen. *Du* hast ja nie Nachtdienst.«

Zerknirscht sah Henrick ein, dass es von wenig Wert und Substanz zeugte, Oliver weiter zu bedrängen. Doch da schoss dem Psychologen schon die einfachste Lösung in den Sinn: »Ich kann auch vorbeikommen und schaue selbst mal durch.«

Mit lethargischen Worten stimmte der Arzt dem Vorschlag zu. Henrick teilte ihm mit, wann er ungefähr eintreffen würde, damit Oliver ihm noch die Schlüssel für die abgeschlossenen Aktenbestandsräume des Kellergeschosses übergeben konnte.

Henrick legte auf, nahm sein Handy vom Telefontischchen und suchte an der Garderobe ein neues, trockenes Jackett aus.

Auf dem Weg zur Klinik

Wie tagsüber nahm Henrick auch in dieser Nacht den Weg über die Autobahn. Erst beim Befahren der Auffahrt drang ihm ins Bewusstsein, dass er um diese Uhrzeit auch die vom Verkehr befreite Innenstadt hätte nutzen können. Von seiner Gewohnheit verstimmt, blinkte er links und scherte auf die rechte Spur der leergefegten Autobahn.

Nach drei Minuten bemerkte er im Rückspiegel, dass sich ihm ein Wagen mit überhöhter Geschwindigkeit näherte – unbändig mit der Lichthupe auf- und abblendend. Um der Gefahr des herankommenden Fahrzeugs zu entgehen, lenkte Henrick seinen Toyota vorsichtshalber ein Stück weit auf den Standstreifen – nicht auszuschließen, dass der Insasse des Wagens betrunken war.

Mit mindestens 240 Stundenkilometern rauschte die Karre an ihm vorüber. Unbekümmert setzte der Raser seine Spritztour auf dem Mittelstreifen der zweispurigen Autobahn fort, nach wie vor blendete er hastig mit den Scheinwerfern auf. Henrick schüttelte den Kopf und murmelte erbost vor sich hin, schließlich gefährdete der übergeschnappte Fahrstil dieses Idioten leichtsinnig das Leben anderer Menschen!

Da tauchte auch schon die Abfahrt zur Klinik auf. Geruhsam steuerte er seinen Wagen um einen engen Bogen, dessen Fahrbahn sich nach einigen hundert Metern mit der Abfahrtsstrecke der Gegenrichtung vereinte. Er wechselte auf die linke Spur und bog anschließend in eine Straße ein, die ihn direkt bis zur Psychiatrie führte.

Als er das unbesetzte Schrankenhäuschen am Eingang des Klinikgeländes passierte, fing es erneut zu nieseln an. Noch ehe er sich mit seinem Wagen auf einem Parkabschnitt einfinden konnte, war aus dem Tröpfeln ein moderater Schauer geworden. Unpassenderweise hatte Henrick sein neues Wildlederjackett mitgenommen.

Parkend zwischen zwei Kleinwagen, suchte er im Handschuhfach nach einem Regenschirm. »Irgendwo muss das Ding doch«, brummte er genervt, bis ein zerstreuter Blick hinter den Beifahrersitz seine Suche beendete. Mühselig zog er einen kleinen, faltbaren Schirm hervor und wickelte sich dessen Griffschlaufe ums Handgelenk. Er fühlte noch einmal, ob er sein Handy verstaut hatte, dann öffnete er die Fahrertür.

Achtsam betrat der Psychologe den Regen getränkten Asphalt. Schon etwas nass geworden, spannte er ungelenk den Faltschirm auf und verriegelte die Tür seines schicken Wagens per Funksignal. Ein unbedarfter Blick auf einen anderen, rechts neben seinem Toyota stehenden Wagen ließ ihm an der Motorhaube seines Fahrzeugs eine Delle ins Auge rücken. Verwundert ging Henrick um sein KFZ herum; näher gekommen, erschrak er. Breit verteilte sich über den gesamten rechten Vorderkotflügel ein flacher Blechschaden! Schockiert wie beunruhigt inspizierte er mit der Hand die Vertiefung, indessen ihm einleuchtete, dass nur Bachspiel oder Wagner damit zu tun haben könnten. Vom vergangenen Freitag jedoch, als Wagner neben seinem Fahrzeug herumgelungert hatte, konnte die Beschädigung nicht stammen – es musste später geschehen sein, während das Auto vorm Wohnhaus stand! Mit erheblicher Verunsicherung trennte sich Henrick vom Anblick seines demolierten Toyotas, denn eines machte der Schaden unmissverständlich klar: Die beiden Männer wussten unlängst, wo er wohnte.

Urlaubswoche

Entgegen allen Erwartungen waren Henricks Recherchen im Akten-bestandslager jener Nacht erfolglos geblieben. Umgekehrt hingegen, zur selben Zeit daheim, hatte sein Computerprogramm damit be-gonnen, aus den Heftformeln »Zukunftsschauen« zu erstellen, die später weiter seinen Verdacht erhärteten, dass all die ihm widerfahre-nen Begebenheiten zu einem von Bachspiel und Wagner inszenierten Spielchen gehörten – nicht auszumachen, ob sie es mit- oder doch gegeneinander führten.

Noch am Abend des ausgehenden Sonntags legte er deshalb eine Woche außerplanmäßigen Urlaub ein: Die verschwommen-bedroh-lichen Vorkommnisse hätten einen routinierten Arbeitsalltag einfach unmöglich gemacht. Allein schon das schlau eingefädelte Arrange-ment mit Wagner ließ zu viele Fragen unbeantwortet.

Henrick hatte aber nicht vor, blauzumachen. In erster Linie wollte er die eingelegte Urlaubswoche dafür nutzen, um weiteren Hinwei-sen der beiden Männer auf den Grund zu gehen. Extrahierungen ihrer Prophezeiungen würden Einzelheiten ihrer Charaktere sowie Anhaltspunkte über Pläne und Beweggründe preisgeben. Dafür zog er sogar den mit einem Halbsatz bekritzelten Zettel aus dem Schwimmbad heran – schließlich konnte es kaum ein Zufall gewe-sen sein, das Papier neben seiner Decke gefunden zu haben, während sich Wagner in unmittelbarer Nähe aufgehalten hatte. Möglicher-weise eine Botschaft dieses Mannes, der, wie Bachspiel, verdächtig gern mit Zetteln herumzuhantieren pflegte.

Henricks Untersuchungen an diesem Schriftstück brachten ihn schließlich auf die Idee, das Wort »Murilent« in Form von Variablen in Bachspiels Formeln einzusetzen. Zuerst fügte er unterschiedliche Kombinationsvarianten der Buchstaben in die Formeln ein – ver-geblich. Dann versuchte er es mittels alphabetisch-numerischer Entsprechung der Buchstaben, und, es klappte!? Doch nur gegen-über Bachspiels alter Zettelformel, bei den Heftformeln rührte sich nichts.

Das Ergebnis förderte jedoch keine neuen Hinweise auf Identität oder Intention der beiden Männer. Wieder handelte es sich nur um eine platte Erwähnung vergangener Historie: »Attentat auf Reagan: US-Präsident erleidet Revolverschuss in linken Lungenflügel«. Zumindest bestätigte die Kompatibilität zwischen Wagners und Bachspiels Schriftstücken, dass die beiden Männer in einem Team spielten. Anzunehmen, dass Wagner demnach auch Bachspiels Verschwinden aus der Klinik mit begünstigt hatte.

Als aus den übrigen Worten des Zettelhalbsatzes nichts mehr herauszukriegen war, machte sich Henrick erneut daran, die Heftformeln des Patienten zu entschlüsseln. Zäh arbeitete sein Rechner an dieser Aufgabe. Stundenlang dauerten die Dechiffrierungen. Heraus kamen – wie bereits nach Rückkehr vom Aktenbestandslager – amüsante Offenbarungen einer mutmaßlichen Zukunft: Nachrichten und Ereignisse des 24. Jahrhunderts. Geschickt siedelte Bachspiel dabei seine Verlautbarungen in der fernen Zukunft an, damit sie gegenüber offensichtlichen Betrugsvorwürfen einigermaßen resistent bleiben konnten. Ohnehin dokumentierten jene »Nachrichten« nur banale Zukunftsideen – Fortschritte, die an die jetzigen sozialen und technischen Zustände anknüpften. Ein billiger Trick, damit Leser, die bilanzierend die Fakten und Entwicklungen der Gegenwart überschlugen, einhellig seinen plumpen Verlautbarungen Glauben schenken würden. Die Kolonisierung des Planeten Mars, die Vermischung aller menschlichen Ethnien oder die Überwindung des Alterungsprozesses. Und dann, innerhalb dieser »Nachrichtenmeldungen«, stets dünne, rückblickende Querverweise auf die Kataklysmen eines weit zurückliegenden, dritten Weltkrieges sowie grauenhafter, globaler Naturkatastrophen. Henrick las und lachte. Welch Schnippchen Bachspiels, respektive Wagners! Einmal mehr ahnte der Psychologe, dass für die beiden Männer der größte Kick darin bestehen musste, zu sehen, wie sich andere mit diesen absurden Horrorszenarien auseinandersetzten.

Analytisch war ihm nun einiges klarer geworden. Doch von den Beweggründen der beiden Männer abgesehen, bereitete Henrick weiterhin die fragwürdige Identität Wagners Kopfzerbrechen, um nicht zu sagen, Unbehagen. Fortlaufend grübelte er, welch skurriler

Persönlichkeit er bloß letztes Wochenende dort draußen begegnet war und ob er ihr wieder begegnen würde, wenn er sich für längere Zeit hinauswagte?

Während seiner einwöchigen Auszeit fühlte sich Henrick nur in der von Menschenmassen bevölkerten Innenstadt sicher, und auch sonst verkehrte er möglichst innerhalb seiner vier Wände. Gleichermaßen gierte es ihn nach exakter Klärung der zurückliegenden Ereignisse, es juckte ihn regelrecht in den Fingern, mehr über das vergangene Wochenende und die sonderliche Begegnung zu erfahren. Er wollte, er musste noch mal mit dem Mann sprechen, klärende Worte finden, auch wenn Nachforschungen alles andere als vorteilhaft verlaufen konnten.

Also befand Henrick am späten Freitagabend seiner außerplanmäßigen Urlaubswoche, dass es zehn Minuten vor Mitternacht wohl die beste Uhrzeit sei, seinen Stalker in der besagten Bar wiederzutreffen. Wahrscheinlich lauerte Wagner sowieso schon irgendwo draußen auf ihn – in der Nähe seines Toyotas.

Da es eine trocken-warme Nacht war, nahm Henrick diesmal kein Jackett mit, laxes Outfit hin oder her. Er trug ein dunkles T-Shirt, schwarze Jeans und Turnschuhe. Bevor er zum gegenüberliegenden Anwohnerparkplatz des langen Straßenzuges hastete, kontrollierte er auf der Absatzstufe seiner Haustür stehend, links und rechts die Bürgersteige. Zu dieser Stunde war es hier wie ausgestorben, menschenleer, kaum jemand zu sehen.

Von der Angst getrieben, in dieser Abgeschiedenheit von Wagner abgefangen werden zu können, sauste er auf die andere Straßenseite, öffnete in kribbeliger Eile sein Auto, stieg ein und verriegelte die Türen. Rasch startete er den Motor und düste los. Zur Ablenkung hing er während der Fahrt einem zuvor gesehenen Fernsehwerbespot nach, über dessen albernen Slogan er sich stets aufregte. Lang half die Zerstreuung aber nicht. Schon tauchte in ihm lebhaft die Vision auf, wie er hinterrücks von Wagner mit einem Messer bedroht werden könnte.

Fünf Minuten ruheloser Fahrt später parkte Henrick direkt vor jener Bar, in der er einige Nächte zuvor auf seinen Verfolger gestoßen war. Falls Wagner sich wider Erwarten nicht zu ihm gesellen würde, beabsichtigte er, zumindest nachzuforschen, ob Personal oder Stammgästen jener Herr bekannt, beziehungsweise ihnen etwas Sonderbares von diesem Abend im Gedächtnis geblieben war. Selbstverständlich gestalteten sich die Chancen gering, über einen Hinweis oder gar eine heiße Spur aus jener zurückliegenden Nacht zu stolpern. Wichtiger schien aber, dass ihm die Konfrontation mit diesem Ort dabei helfen könnte, sein unbestimmtes Angstgefühl zu zerstreuen.

Er stieg aus seinem Fahrzeug und checkte den Bürgersteig nach Personen, die Wagner glichen. Er schloss den Wagen ab und betrat das Etablissement, das, wie vor sechs Nächten, relativ unbesetzt war; kaum Leute saßen an den kleinen Tischen. Möglicherweise, weil der Laden im Gegensatz zu den Discotheken und Kneipen dieser Gegend ein eher beschaulich-gemächliches Ambiente bot, ohne laute Musik oder billiges Vergnügungsprogramm.

Henrick durchquerte den Kneipenraum, linste an den Raumteilern vorbei, ging dann wieder einige Schritte zurück und begutachtete mit kritischem Blick die klapprigen Tische. Spontan entschied er sich schließlich für den Bartresen. Er nahm auf einem der gepolsterten Retro-Lederhocker Platz, während sich seine Aufmerksamkeit unfreiwillig auf ein rechts neben der Theke hängendes Bild mit eingebauter Lichtanimation richtete. Der Leuchteffekt zeigte einen Wasserfall, der eine tropisch bewaldete Insellandschaft hinabstürzte; am linken Rand des Bildes ein Strand mit blauem Meer. Einfach kitschig, urteilte Henrick über die Illustration. Für ihn war sie von geradezu proletarischem Geschmacksempfinden geknebelt, nur in einer Bar konnte man eine solche Traumkarikatur heute noch finden.

So bieder die Darstellung auf Henrick auch wirkte, begann sie ihn doch unmerklich in ihren Bann zu ziehen. Tranceartig beobachtete er die sich scheinbar bewegenden Wellen der eingebauten Wasserillusion, indessen der Lautsprecher über dem Tresen ein kaum vernehmbares Lied daherdudelte – genau konnte er es nicht identifizieren, aber er kannte es. Umgehend setzte seine Migräne zu einer weiteren Attacke an. Vielleicht von dem grellen Wellenlicht heraufbeschworen? Henricks Kopfstechen verstärkte sich jedenfalls auffällig schubartig.

Obwohl er wusste, dass es nichts half, mit Massage und ähnlichen Maßnahmen gegen seine Befindlichkeitsstörung anzugehen, fasste er sich an den Kopf und drückte alle Finger fest an seine rechte Schläfe. In den nächsten Minuten, die er mit schmerzverzogenem Gesicht auf die Bedienung wartete, begannen auftretende Sichtschlieren ihm erneut seine gesamte visuelle Orientierung zu nehmen. Seltsamerweise fiel es Henrick unter diesen Umständen ungleich leichter, das im Hintergrund spielende Lied zu identifizieren: »Up where we belong«, ein Duett mit Joe Cocker und Jennifer Warnes.

Wo bloß blieb die Bedienung? Allmählich erboste ihn die Warterei. Zur Besserung seiner rapiden Sichteinschränkung kniff er die Augen zusammen und klopfte mit der Hand laut auf den Bartresen: »Hallo. Jemand hier?«

»Moment!«, schallte eine überrascht klingende Frauenstimme durch die offen stehende Tür hinter dem Tresen, »bin gleich da.« Henrick hörte, wie die Frau mit flachen Schuhen geschwind auf dem Boden herumrutschte und Tassen oder gläserne Gegenstände in einer Spülmaschine verstaute. Dann tauchte sie auch schon im Türrahmen auf und putzte sich die Hände an ihrer Bedienschürze ab. Ob es sich um eine Schürze oder ein Tuch handelte, wusste Henrick nicht genau, lediglich Schemen war er noch imstande wahrzunehmen. Zu seiner Aura gesellte sich nun auch noch Schwindel hinzu; ein heller, fiepsiger Ton erklang im linken Ohr. Henrick wusste, dass man ihm seinen miesen Zustand von außen nicht ansehen konnte, also deutete er der Bardame seine Lage mit kurz gehaltenen Gesten an.

»Geht's Ihnen gut?«, fragte sie besorgt. Die Betonung ihrer Worte offenbarte ihm ihre Jugendlichkeit. Entgegen seiner vorangegangenen Beobachtung stellte er korrigierend fest, dass sie einen Kassiergürtel und keine Schürze um die Hüften trug, mit einer Art Handtuch darunter, das sie jetzt auf die Theke legte.

»Es geht, es geht. Nur eine … eine ziemlich starke Migräneattacke. Seh' kaum was.« Er spürte, wie er langsam auch die Fähigkeit zum Bau klarer Sätze einbüßte.

»Ja, Migräne, is' grässlich.«, zeigte die junge Frau ihre Anteil-nahme, »Hatte ich früher auch – in der Pubertät.« Henrick fixierte sie, erkannte aber nur so viel von ihr, um einschätzen zu können, dass sie zustimmend mit dem Kopf nickte. Nebenbei trocknete sie ein paar Gläser ab.

»Ich glaub'«, stammelte Henrick, »das grelle Bild hat die Attacke ausgelöst – das Licht.«

»Das Bild? Grell?«, zweifelnd wandte sie ihren Kopf zurück und begutachtete das transparent ausgeleuchtete Gemälde. Nachsichtig ließ sie sich auf Henricks Meinung ein: »Stimmt, es ist, na ja, ein wenig farbig?« Sie suchte hinter dem Rahmen nach etwas und fragte: »Soll ich's ausschalten? Es hat für heute eh seinen Dienst getan.«

»Seinen Dienst?«

Sie klickte einen Schalter aus. »Ja, es läuft schon den ganzen Tag.«

»Warum besorgen Sie sich nicht etwas Passenderes? Scheint ja wie aus den 80ern.«

»Ja, war mein Chef. Mir gefällt's auch nicht. Ist überzogen. Für Menschen mit paradiesischen Sehnsüchten.«

Henrick kratzte sich am Kinn, überlegte kurz und setzte nach: »Stimmt, man könnte meinen, das Bild sei von den Zeugen Jehovas in Auftrag gegeben worden. Deren Bildbroschüren sind auch mit solchen Impressionen geschmückt, und alle lächeln sich himmlisch-glücklich an.«

Die Frau grinste amüsiert, dann spitze sie die Lippen.

»Was wollen Sie trinken?«

Henrick antwortete zermürbt: »Haben Sie vielleicht ein Getränk, in dem Aspirin vorkommt?«

»Also, was ich Ihnen anbieten kann – was auch im erweiterten medizinischen Sinne wirken könnte – wäre ein grüner Tee.«

»Okay, dann ein grüner Tee.«

In diesem Moment betrat ein junger Mann die Bar und begab sich hinter den Tresen – ein Arbeitskollege. Es zeigte sich, dass die Bardame die ersten beiden Stunden seiner Schicht übernommen hatte. Beiläufig unterhielten sie sich miteinander.

Henrick erkannte darin eine günstige Gelegenheit, seine Fragen nun effektiv an das Personal zu richten. Prompt eröffnete er sein Anliegen: »Eigentlich sitz' ich hier, um einem dubiosen Ereignis der letzten Woche nachzugehen, es aufzuklären. Vor sechs Nächten – Samstagabend – befand ich mich schon einmal hier in dieser Bar. Eher unfreiwillig hab' ich dabei einen Mann kennen gelernt. Dort hinten am Tisch.« Orientierungslos zeigte Henrick in die Mitte des Raumes. »Dieser Herr bat mich, oder besser gesagt, er riet mir, dass ich mich zu ihm setzen solle. Er hatte schüttere Haare, freundliche Gesichtszüge, ein paar Falten, schlank, etwa Mitte 50. Sein Auftreten war nett und unauffällig. Gab vor, sein Name sei Raphael Wagner. ... Ist Ihnen eventuell ein Herr mit dieser Beschreibung geläufig?«

Die beiden Angestellten schauten sich überrascht an, die männliche Bedienung hinterfragte: »Und was soll mit dem gewesen sein?«

»Kennen Sie ihn? Ist er öfter hier? Haben Sie den Namen schon mal gehört?«

Die junge Frau hielt einen Wasserkocher unter den Hahn des Spültresens und schüttelte den Kopf. Nachdenklich antwortete sie: »Keine Ahnung. Hab' noch nie von dem Namen gehört. Ist kein Stammgast, oder?« Sie schaute zu ihrem Kollegen, der aber entgegnete: »Kann ich nicht sagen. Die Beschreibung könnte auf viele Leute zutreffen. Wann genau, sagten Sie, waren Sie mit ihm hier?«

»Letzten Samstagabend – am 14., kurz nach Mitternacht, also eigentlich schon der 15. Es war die Nacht auf Sonntag. Wir saßen bis ungefähr halb eins hier, schätz' ich.«

»Tut mir leid, aber da hatte ich keine Schicht. Maria, wie war deine?«

»Ich hatte das gesamte Wochenende frei.«

Halb erblindet, hörte Henrick zu, wobei er seinen Blick auf den Tresen richtete, um nicht auf etwaige Gesten der beiden reagieren zu müssen. Zur eigenen Ablenkung spielte er mit einem vor ihm liegenden Bierdeckel.

»Schätze mal, dass wir Ihnen nicht weiterhelfen können, weil wir nicht wissen, wie letzte Woche die Arbeitsschichten waren. Unsere Zeiten wechseln ständig und der Schichtplan aller Mitarbeiter liegt unten im Büro. Für den Raum haben wir keinen Schlüssel. Rufen

Sie morgen einfach im Büro an, dann ist unser Chef da.« Aus einem Dekorationsglas der Theke nahm der junge Mann eine Streichholzschachtel und überreichte sie Henrick. Telefonnummer und Adresse standen auf der Rückseite. »Falls er gerade nicht da sein sollte, ertönt auf dem AB 'ne Ansage mit seiner Handynummer, über die Sie ihn zur Not erreichen können.«

Der Mitarbeiter verschwand im Raum hinter dem Tresen, seine Kollegin folgte ihm. Im Schutze der dortigen Abgeschiedenheit nahm er sie beiseite und formte mit seinen Lippen das Wort »Polizei«, signalisierend, dass Henrick ein Polizist in Zivil sei. Sie grinste. Mit einem Klaps auf den Arm ihres Kollegen beruhigte sie ihn, nahm ein Tablett mit nassen, gespülten Gläsern und begab sich damit wieder nach vorn zur Theke.

Zögerlich begann sich derweil Henricks Aura-Schleier in den oberen Teil seines Gesichtsfeldes zu verlagern, dorthin, wo er nicht unbedingt etwas sehen musste. Im unteren Bereich nahm er wieder genaue Konturen wahr.

Ihrem Gast zugewandt, trocknete die Bardame die Gläser ab und wartete auf das Kochen des aufgesetzten Teewassers. Henricks visuelle Kraft regenerierte sich weiter, sukzessiv verschwand nun auch der Schleier in der Mitte seiner Sicht; einige Gegenstände konnte er wieder exakt identifizieren. Umso erstaunlicher war es denn auch, als er plötzlich mit überraschter Ernüchterung feststellen musste, dass die Umrisse der Bedienung zu jener jungen Frau gehörten, die ihm letzten Samstagabend im Billardcafé so eindringlich ins Auge gefallen war: die blond gelockte Schönheit.

Nach Überwindung seiner kurzen Sprachlosigkeit ging er dazu über, sich der glücklichen Zufälligkeit dieses Aufeinandertreffens zu erfreuen. Welch außergewöhnliche Fügung, das anmutige Ding ausgerechnet hier wiederzusehen! Er beobachtete sie eine Weile, ohne zu erwähnen, dass sich seine Sehkraft bereits wiederhergestellt hatte. Während sie mit nettem Lächeln die gespülten Gläser des Tabletts abtrocknete, setzte sie an, sich noch einmal nach dem Anlass seines Besuches zu erkundigen: »Sie suchen also einen Mann. Was ist zwischen Ihnen beiden passiert? ... Gab es Schwierigkeiten? Was für ein Problem hatten Sie mit ihm?«

Obwohl sich Henrick zuvor streng vornahm, keine Einzelheiten über das Gespräch mit Wagner verlieren zu wollen, stieg er auf ihre Nachfrage ein – weil sie ihm gefiel. Ihr Aussehen – erwachsen und zugleich püppchenhaft liebreizend – übte auf ihn eine unerklärliche Anziehung aus. Das wunderte ihn, denn eigentlich hatte er für solche Frauen nie viel übrig gehabt. Doch da war etwas anderes: Wie schon in der Billardhalle holte ihn erneut das Gefühl ein, sie zu kennen.

Auch diesmal hatte sie die Lider ihrer Augen dezent geschminkt, um deren Größe hervorzuheben. Ihr Gesicht war möglicherweise mit Puder bedeckt, genau konnte er dies nicht beurteilen. Unter einem engen, pastellfarbenen Oberteil zeichneten sich ihre weichen, schlanken Rundungen ab. Vor allem faszinierte ihn das Volumen ihrer goldblond gesträhnten Locken, deren Spitzen in unterschiedlicher Länge rings um den Kopf bis knapp auf ihre Schultern ragten.

Vollständig von ihrer Attraktivität vereinnahmt, kam Henrick auf einmal seine Frau in den Sinn. Schuldbewusst hielt er inne, wehrte jedoch seine Emotion sofort wieder ab, schließlich empfand er Derartiges nicht zum ersten Mal. War es doch ohnehin natürlich, sich sexuell zu anderen Menschen hingezogen zu fühlen, Diana erging es zwangsläufig ebenso. Aber, sich solche Gefühle einander einzugestehen, das taten sie nicht. Gewiss, sie redeten über das Thema, das gehörte zu einer guten Ehe einfach dazu: ehrlich miteinander umzugehen und sich nicht in kindlicher Eifersucht zu boykottieren. Doch so einfach wie es allgemeine Eheregeln immer beschrieben, war es im Alltag nie.

Abrupt wurden seine rechtfertigenden Gedanken von der Hübschen unterbrochen: »Darjeeling oder Sencha? Wir haben nur die beiden Sorten?« Sie hielt zwei Teebeutel hoch.

»Den Darjeeling bitte, hat mehr Geschmack«, kommentierte Henrick etwas verloren seine Wahl.

»Schmeckt mir auch besser. Nicht so seicht wie der Sencha«, und prüfte arglos die Herkunft der Teesorte: »aus Indien.« Ihn entzückte ihre naive Ergänzung.

»Die Schwierigkeiten mit dem Herrn basierten auf einer nicht allzu klar fassbaren Ebene«, lenkte Henrick auf ihre etwas zurückliegende Frage ein. Sie lächelte, goss das heiße Wasser in eine große Tasse, legte den Beutel auf den dazugehörigen Untersetzer und stellte das Ganze vor ihn auf den Tresen.

Sie wirkte interessiert: »Sie hatten Streit oder eine Auseinandersetzung?«

»Könnte man so sagen, ja«, entgegnete Henrick – drauf und dran, mit ihr zu flirten.

»Dann hatten Sie einen Konflikt über Ansichten?«

Henrick nickte schmunzelnd, sie schien findig zu sein – so was mochte er. Vielleicht empfand er ein Gespräch mit einer jungen Frau auch nur entschärfter, weil es weniger emotional übereifert war, ohne die Last ausgewachsener Neurosen.

»Ging es um Geheimnisse?«, forschte sie weiter, ihr Charme glich ihre dreiste Neugier aus.

»Ja, darum ging es.« Henrick war schon nicht mehr mit seinem eigentlichen Anliegen beschäftigt, stattdessen beobachtete er ihre Bewegungen, ihre langsamen Augenaufschläge und ihre liebevolle Art zu lächeln. Mit ihrem Geschirrtuch rieb sie die Spültheke des Tresens trocken und riet weiter: »Ging es vielleicht um Zeit? Haben Sie sich mit ihm über zeitliche Abläufe unterhalten?« Ein weiteres Glas putzend, wartete sie mit bedächtigem Blick ab. Henrick überraschte die scharfsinnige Präzision, irgendwie musste sie herausgefunden haben, was ihn für Sorgen plagten. Derartige Analysemethoden gab es auch in der Psychologie. Fasziniert von ihren Ratekünsten, ließ er sie ihr Knobeln fortsetzen: »Sie sprachen mit diesem Herrn über Zeit … Prophezeiungen, richtig? Und über die Menschheitsgeschichte.« Sie nahm das letzte Glas vom Tablett, trocknete es ab und wartete mit förmlicher Miene auf Resonanz. Henrick überrumpelte die Frage, keine Idee, was er damit anzufangen habe, geschweige, was er entgegnen solle.

»Wie? Woher wissen Sie …? Kennen Sie den Mann doch?«

Sie schwieg, putzte das Glas trocken und stellte es zu den anderen Gefäßen neben die Spüle. Ohne Henrick auch nur eines Blickes zu würdigen, verschwand sie mit dem leeren Tablett im Raum hinter der Theke. Ihr Kollege zog sich dort noch immer um.

Was sollte dieser Auftritt? War er denn nur noch von herumlaufenden Irren umgeben? Oder hatte er etwas übersehen, seine eigene Mitteilung vergessen?

Anders als er letztes Wochenende stets auf solche bizarren Ereignisse reagiert hatte, wollte Henrick diesmal besser keine Verdächtigungen aussprechen. Schon gar nicht gegenüber dieser bezaubernden jungen Frau. Während der Migräneattacke musste er versehentlich etwas über die Sache ausgeplaudert haben. Vielleicht landete sie auch einen Zufallstreffer.

Er hängte den Teebeutel in die Tasse, nahm sich aus einer gläsernen Schale des Tresens einen kleinen Löffel und rührte das heiße Wasser um. Nach zwei Minuten kam die junge Dame aus dem Hinterzimmer zurück. Von ihren Arbeitsutensilien befreit, trug sie nun auf dem Rücken einen kleinen Damenrucksack, dessen Trageriemen sie mit ihren schmalen Händen streng umfasste. Sie ging um den Tresen, stellte sich mit ihrer blonden Mähne vor den Psychologen und fragte ihn konzentriert: »Wollen Sie wissen, warum ich davon weiß?«

Henrick erstarrte. Was meinte sie, was wollte sie? Hatte er doch keinen Aussetzer gehabt? Sie war eingeweiht?

»Ja«, stimmte er ihrem Angebot verwirrt zu, »das will ich wissen.«

Entschlossen begab sich die junge Frau zu einem der Tische im hinteren Bereich der Bar. Unsicher griff Henrick seine Tasse mitsamt Untersetzer und folgte ihr. Sie setzte sich an einen der Keramiktische und stellte ihren kleinen Rucksack neben ihre Sitzgelegenheit. Mit dem rechten Fuß, an dem sich jetzt ein nicht allzu hoher Absatzschuh befand, rückte sie einen Stuhl für Henrick beiseite, damit der sich ungehindert mit seinem heißen Getränk setzen konnte.

Die junge Frau

Ohne auch nur den Funken eines Zweifels daran zu lassen, etwas anderes gemeint zu haben, als Henrick im ersten Moment vermutet hatte, ergänzte sie ernst: »Sie wollen also wissen, warum sich in den letzten Tagen allerhand Unerklärliches in Ihrem Umfeld ereignet hat?«

Er empfand platte Konfusion: »Ja, das möchte ich wissen!«, bemüht, seine Wirrung so gut es ging, verborgen zu halten. Er konnte es nicht fassen, dass selbst dieses Mädel in seine Beschattung verwickelt sein sollte. Von ähnlich bizarren Situationen erzählten sonst nur die verschwörerischen Gespinste seiner Patienten.

In ihm keimte bereits der Verdacht, dass es sich um einen bösen Scherz seiner Kollegen handeln könnte, die ihm einen Denkzettel für einen Spaß verpassen wollten, den er sich ihnen gegenüber in der Vergangenheit erlaubt hatte. Während seiner Studienzeit war es durchaus üblich, Kommilitonen mit Hilfe unbemerkt eingeflösster Drogen ein wenig mürbe zu machen. Eine späte Revanche schien plausibel. Beinahe war Henrick froh darüber – endlich könnte er die Beendigung des Ganzen einfordern und Erleichterung verspüren. Keine weiteren Irritationen mehr am Arbeitsplatz, keine zwiespältigen Begegnungen und Nachstellungen im Alltag. Aber, der Schaden am Auto – konnten das seine Kollegen gewesen sein? Nun, wenn ja, waren sie hierbei eindeutig zu weit gegangen!

Seine weibliche Gesellschaft schien es spannend machen zu wollen. Sie lehnte sich zurück und blickte auf Henricks ziehenden Tee. Tief Atem holend, setzte sie zum Sprechen an, stieß ihre Puste jedoch gleich wieder aus. Sie blinzelte und fuhr sich durch ihre voluminösen Haare. Wusste sie nicht, womit sie anfangen sollte? Henrick wurde etwas ungeduldig, wollte sie aber dennoch mit Nachfragen nicht unnötig unter Druck setzen, selbst wenn ihr Zögern die Situation bedrückend zementierte. Vielleicht stellte sich für sie die Verwicklung in diese Angelegenheit als nachteilig heraus.

Mit Bedacht fragte sie ihn schließlich: »Wieso interessieren Sie sich für Prophezeiungen?«

Henrick musste sich zusammenreißen, um nicht sofort aus der Haut zu fahren. Gelassen konnte er die aufkommende Emotion allerdings beiseite schieben, indem er – wie in einem Patientengespräch – im Habitus beruflicher Professionalität darauf antwortete: »Wieso wollen Sie das wissen? Was haben Sie jetzt noch davon? Ist es nach alldem nicht langsam genug? … Sagen Sie mir einfach, was hinter dieser albernen Farce steckt. Viel Spaß wird es Ihnen und den darin Verwickelten nun ja nicht mehr bereiten.«

»Herr Merten, eigentlich weiß ich nur nicht recht, wie ich es Ihnen *behutsam* beibringen kann.«

»Sagen Sie es einfach. Klären Sie mich auf. Überraschen Sie mich. Wer verbirgt sich hinter dieser Klamotte?«

Der Psychologe zeigte sich fröhlich, auch um der jungen Frau etwaige Ängste zu nehmen. Er erwartete ein vielleicht reuiges, sogar um Vergebung bittendes Geständnis. Zumindest Einsicht, in Stellvertretung der Bande von Kollegen, welche ein armes, junges Ding vorschickten, auf dass sie die Drecksarbeit in diesem Schmierentheater erledige. Fast tat sie ihm leid.

»Ich meine, ich weiß nicht, wo ich anfangen soll, damit Sie mich nicht falsch verstehen.«

Henrick nickte freundlich, Stirnfalten und Augenbrauen hochgezogen; bemüht um einen besänftigenden Ausdruck, der ankündigte, ein nicht allzu harsches Urteil zu sprechen.

Sie konkretisierte: »Damit Sie nicht erneut Reißaus nehmen.«

Was sollte das heißen?

»Versprechen Sie mir, nicht wieder abzuhauen.« Verdächtig wog seine Gesprächspartnerin sein Handlungsecho ab. Ihn irritierte ihre Bitte, er setzte sich etwas bequemer hin.

»Versprechen Sie es mir?«

»Ja, natürlich.« Henricks Schultern zuckten, befangen sah er zur Seite. Äußerlich wollte er seine Spannung nicht zeigen, suchte jedes Anzeichen seiner Verunsicherung zu vermeiden. Er faltete die Hände und legte sie auf seinen Bauch. Nur seine Augen, die sich auf den Mund der Frau konzentrierten, ließen Missmut durchblicken. Unauffällig schluckte er und untermauerte noch einmal: »Ja, … ich verspreche es.«

Überlegt, mit langsamen Worten, leitete sie ein: »Gut. Mein Name ist Maria Parthel. Ich weiß eine ganze Menge über Sie. Allerdings nicht aus Gründen, die Sie *bislang* vermuteten, und die sie wohl auch in diesem Moment noch immer annehmen. Vergessen Sie Ihre Überlegungen der vergangenen Tage. Alles, was Sie sich dazu ausgemalt haben ist grundsätzlich falsch oder geht in die verkehrte Richtung.«

Beinahe hätte Henrick höhnisch eingewandt, ob und wie sie denn überhaupt wissen könne, was er sich ausgemalt habe. Im letzten Augenblick biss er sich aber auf die Zunge, um den zynischen Gedanken unausgesprochen zu lassen.

»Wichtig für die nun folgenden Erklärungen ist, dass Sie mir unbedingten Glauben schenken. Außerdem muss ich Sie bitten, dass ich Sie nach meinen Erläuterungen nach Hause begleiten darf. Es wird dabei keine Gefahr für Sie bestehen.«

Dass er sich durch diese freche Forderung nicht bedroht oder genötigt fühlte, lag einzig daran, dass er einer charmant aussehenden Frau gegenübersaß. Müde zog Henrick sein Kinn nach vorn und zuckte erneut mit den Schultern: »Wieso?«

»Das werde ich Ihnen jetzt erklären.«

Henrick zeigte sich einverständlich, ahnte aber voraus, welche Art von Erklärung nun folgen sollte. Sie lächelte, ihre Augen glitzerten erleichtert und sie fügte hinzu: »Sie können mir vertrauen.« Henrick fielen derweil ihre aufwendig lackierten Fingernägel auf.

»Also, ich fange noch mal neu an, aber mit derselben Frage: Warum beschäftigen Sie sich mit Prophezeiungen? Hat es mit wissenschaftlicher Forschung zu tun? Oder ist es reine Neugier? Was interessiert Sie wirklich daran?«

Henrick lockerte seine Arme und entschied, die Fragen anständig zu beantworten. Von Weitem sah es so aus, als bestritten die beiden einen schwer in die Gänge kommenden Flirt.

»Ich denke, es ist ein wenig von beidem, Neugier und Wissenschaft … selbst Goethe hat bereits in prophetischen Schriften gelesen und versucht, etwas darin zu ergründen. … Ja, es ist Forscherneugier, mit dem nicht abstreitbaren Hang, etwas vielleicht Einzigartiges oder nicht Alltägliches zu finden, selbst wenn man als abgebrühter Wissenschaftler nichts Unerklärliches mehr erwartet.« Seinem halbherzigen Bekenntnis fiel zugleich die Aufgabe zu, gegenüber mutmaßlich hinter dem Streich sich verbergenden Kollegen zu verdeutlichen, dass er nicht ohne Selbstreflektion in den Esoterikbereich abgedriftet sei.

»Und nun haben Sie etwas gefunden – etwas Unerklärliches.«

Henrick stutzte. Auf diese plumpe Feststellung fiel er nicht herein.

Sie zielte einzig darauf ab, zu gestehen, dass er in die erhaltenen Formeln Tieferes hineinphantasiert hatte.

»Nein, eigentlich nicht«, entgegnete er kalkuliert. »Ich glaubte zunächst, dass ich mit diesen Formeln neue Vierzeiler erstellen könnte – durch Neuanordnung der vorhandenen Zeilen in den Nostradamus-Centurien. Um Deutungsmöglichkeiten zu finden, die …«

Schnippisch unterbrach ihn die junge Dame: »… Deutungsmöglichkeiten, die gänzlich neue Informationen hervorbringen … und schließlich hervorgebracht haben!?«

Genötigt ließ er Einsicht walten: »Ja«, die junge Dame schien zu wissen, was er gefunden hatte, »Die Buchstaben der Centurien werden als eine Art Grundlage, als eine Art Rasterteppich für die zu erstellenden Texte herangezogen. … Sie wissen es doch! Wozu also noch ein Frage-Antwort-Spiel?«

Ein Lächeln breitete sich in ihrem Gesicht aus. Henrick drehte sich indessen um und warf einen kurzen Blick zum Bartresen, sein Stuhl knarrte. Dann forderte er die Informierte heraus: »Woher wissen Sie so viel über mich? Und viel wichtiger, worauf soll's jetzt hinauslaufen? Was wollen Sie? Wo ist der Witz? Ich fühl' mich nicht gerade wohl. Wollten Sie das hören? Also, machen wir doch einfach Schluss mit dem Blödsinn, einverstanden? Es macht doch eh keinen Spaß mehr.«

»Wie Sie bin ich mit ebensolchem Unbehagen erfüllt.«

»Was?«, empörte sich Henrick über das zu seiner Verwirrung dahergeplapperte Geschwätz. Stur ergänzte die junge Frau: »Sie werden bald verstehen, warum.«

Henrick ahnte, was sie meinte: »Sagen Sie, wollen Sie mir jetzt etwa genauso wie Wagner erzählen, dass Sie irgendwas verhindern müssten? Glauben Sie diesen Firlefanz auch? Etwas über die Zukunft zu wissen, sie beeinflussen zu können …? Wenn ja, Kleines, dann sind Sie echt schief gewickelt.«

»Wieso wäre ich das?«

Zähneknirschend entgegnete er: »Nehmen wir mal an, Nostradamus konnte wirklich in die Zukunft sehen, dann hätte er doch auch gesehen, dass jemand in der Zukunft seine Verschlüsselungen knacken und die Ergebnisse veröffentlicht würde. Nostradamus hätte dies durch entsprechende Vorsichtsmaßnahmen an seinen Centurien zu verhindern gewusst, weil es sonst den gesamten Zeitverlauf beeinflusst hätte.«

»Exakt«, konterte die junge Frau gelassen und fuhr fort: »Also, was denken Sie, was ich von Ihnen will? Können Sie sich das ansatzweise denken? Und gehen Sie dabei mal nicht von Ihren ursprünglichen Spekulationen aus.«

Henrick schüttelte den Kopf, antwortete aber trotz seiner Geste bestimmt: »Sie wollen von mir die Formeln der Meta-Lesweise zurückhaben. Ich soll sie vernichten.«

»Wir wollen von Ihnen, dass Sie die Finger von den Heftformeln lassen, richtig.«

Ganz anders als Henrick üblicherweise an solcher Stelle reagiert hätte, schwieg er. Seine völlig belanglose Reaktion, ein schlichtes Achselzucken, konnte er sich selbst nicht erklären, möglicherweise war es intuitiv. Nervös strich er sich über den Nacken und glitt mit den Fingern über die dortigen Haarspitzen.

»Ich möchte Sie genauer aufklären. Das muss ich, sonst ergibt sich erneut die Schwierigkeit, dass Sie sich weigern zu akzeptieren und zu kooperieren. … Gewöhnen Sie sich einfach daran, Dinge zu glauben, die für Sie im ersten Moment völlig abwegig erscheinen. Halten Sie sich zur Unterstützung immer vor Augen, dass all dies nur ein Ende finden kann, wenn Sie meine Erklärungen nicht beiseite schieben.«

»Woher wollen Sie wissen, ob ich mich weigere?«

Dem attraktiven Frauengesicht entsprang ein vorwurfvoller Ausdruck, trotzdem wiederholte Henrick seine Frage beharrlich: »Ja, wirklich, woher wollen Sie das wissen?«

Sie antwortete darauf nicht. Marias Kollege kam an den Tisch und fragte nach einer Bestellung. Sie nahm einen Kaffee, Henricks Tasse war noch randvoll.

»Sie wollen mir jetzt also dasselbe erzählen, was mir Wagner vor ein paar Tagen versucht hat zu verklickern?«

»Im Grunde ja, allerdings mit einer wesentlichen Ergänzung.«

»Und die wäre?«

184

»Ich verlange von Ihnen sofortige Handlungskonsequenzen. Sie vernichten die Formeln, deren Entsorgung ich überwache, oder Sie finden sich damit ab, dass wir auch künftig an Ihnen dranbleiben werden ... und Ihnen weitaus sorgenvollere Dinge widerfahren.«

Henrick wunderte sich. Konnten das noch seine Kollegen sein? Er grübelte noch einmal über die Fakten nach. Vielleicht eine finale Schlusspointe? Aber so eine morbid anmutende Drohung? Das war nicht mehr witzig! Oder waren es doch irgendwelche Irre von einer geheimen Vereinigung?

»Also gut. Ich spiele mit. Mir ist nicht entgangen, dass Sie mir nachstellen. Mir bleibt ja scheinbar sowieso keine Wahl ...«

»Eigentlich nicht, nein. Wir würden Sie immer finden, egal wo, wie und wann. Für Sie ist es weniger eine Wahl denn eine Pflicht. Aber Sie brauchen sich dadurch nicht in die Enge getrieben zu fühlen. Legen Sie Ihr analytisches Denken einfach ab, möglicherweise verstehen Sie dann einiges besser.«

»Und wenn ich mich weigern würde, was geschähe dann? Wenn ich Sie jetzt einfach ignorieren würde und wegginge?«

Henricks Herz schlug schneller, Maria beschloss zu beschwichtigen, da sie ihn nicht zu einer unbedachten Reaktion ermuntern wollte.

»Ich glaube, Sie verstehen es falsch. Es geht nicht darum, Ihnen etwas anzutun oder Sie zu belästigen, sondern Sie lediglich von etwas abzuhalten. Mehr nicht.«

Einige Sekunden druckste er mit unbeholfenen Blicken herum. Ihm fehlte eine klare Aussage, alles wirkte so unausgegoren, ohne den Hauch eines logischen Zusammenhangs.

Marias Arbeitskollege kam mit dem Kaffee; solange er sich in Hörweite befand, schwieg die Blonde. Nachdenklich rührte sie in ihrem Kaffee herum und erklärte weiter: »Sie haben ein außergewöhnliches Talent vererbt bekommen, mit dem Sie in der Lage sind, Dinge zu entdecken, die andere Menschen nicht mal im Ansatz fähig wären, aufzuspüren. Sie haben nicht aus Zufall diese Fähigkeiten. Sie sind eine Art Mittel zum Zweck.«

Sie griff nach dem Kaffee und setzte zaghaft zum Trinken an. Das Getränk dampfte.

»Sie meinen, ich habe außergewöhnliche Fähigkeiten, höhere Fähigkeiten?«

Henrick fand es amüsant, doch seine Skepsis blieb. Frech entgegnete sie auf seinen spürbaren Zweifel: »Ja, haben Sie«, ihre Stimme hob sich, »Aber gewöhnen Sie sich's ab, alles ins Lächerliche zu ziehen. Damit kommen Sie nicht weit.«

Henrick ärgerten diese Sprüche, aber ihm gefiel ihre Zickigkeit.

»Wie Wagner schon andeutete, werden Sie in einiger Zeit etwas veröffentlichen, was nicht für die Öffentlichkeit bestimmt ist. Es handelt sich um die Aufschlüsselung von Meta-Informationen der Nostradamus-Centurien. Sie werden dabei mit diesen Informationen so umgehen, als habe die Öffentlichkeit das Recht, Einzelheiten über die Zukunft zu erfahren. Noch lange nach der Veröffentlichung werden Sie davon überzeugt sein, der Welt damit etwas Gutes getan zu haben, etwas, das entschieden zur Verbesserung der Umstände beigetragen hätte. Aber das ist falsch, oder trefflicher gesagt, es war falsch, wie auch immer sie es sehen möchten. Aufgrund der stückweisen Publikation dieser Informationen wird ein anderer Gang der Menschheitsgeschichte generiert, ein negativer.«

Henrick wurde hämisch: »Ah, ... demnach kommen Sie dann wohl auch aus der Zukunft, richtig?«

»Nein, falsch. Ich bin wie jeder andere, bis auf einen kleinen Unterschied, wie Sie. ... Aber es geht hier nur um Sie: Sie sind in einigen Dingen auf besondere Weise begünstigt. So, wie es in der Geschichte schon immer Menschen mit unauffälligen, aber außergewöhnlichen Fähigkeiten gegeben hat. Ihre Begabung liegt in genau dem, was Sie gerade tun: das Auskundschaften von Texten, Rätseln, Mathematik und Metaphysik. Genau genommen sind Sie dafür prädestiniert, die Centurien zu knacken.«

»Prädestiniert? Ich bin ...?«

»Ja, Sie sind in der Tat dafür geschaffen. Für nichts anderes, nur das ist Ihr Leben. Ihr ganzes restliches Leben, als Psychologe an einer Klinik, ist nur Nebensache, auch wenn Sie es genau andersherum sehen. Ihr Job hilft Ihnen sogar dabei, nicht allzu sehr an all das zu glauben, was Sie hobbymäßig betreiben. ... Der Beruf hilf Ihnen, Ihr Selbstbild zu tarnen.«

Henricks gerunzelte Stirnfalten zeugten von unüberwindbarem Zweifel.

»Während Sie damit beschäftigt sind, anderen Menschen Wahnbilder auszutreiben, wissen Sie sich jede Unwägbarkeit ihres eigenen Lebens stets auf psychologische Weise zu erklären. Ihre Biographie und ihr eingeschlagener Lebensweg sind nützlich und unentbehrlich, um nicht tiefer in die eigene Identität vorzudringen. Auch, um später alles Geschehene als Unsinn abtun zu können – damit Sie letzten Endes so weiterleben können wie bisher.«

Henricks Gesicht zeigte Nachdenklichkeit, Maria registrierte jedoch seinen anhaltenden Skrupel. Sie packte den ihrem Kaffee beigelegten Würfelzucker aus, ließ die Stücke in das Getränk fallen und kreiste mit dem Löffel in der Tasse herum.

»Sie würden mit Ihren Veröffentlichungen einen anderen Verlauf der Geschehnisse provozieren. Aber genau jene Zukunft, die Sie versuchen werden zu verhindern, ist der vorherbestimmte Weg für die Menschheit – trotz aller Katastrophen.«

Henrick reagierte überlegt: »Warum gibt es dann aber diese Meta-Daten? Wozu wurden sie erstellt? Und wenn ich es eh nicht verhindern sollte, was für eine Rolle spiele ich dann überhaupt noch?«

»Herr Merten«, setzte sie ihm mit nahezu geschäftlichem Tonfall entgegen, »Sie, als Person, sind oder waren dazu da, um im Fall der Fälle einzugreifen. Dafür haben Menschen Ihrer Art Aufträge und Bestimmungen. Sie werden aktiviert, um gewisse Angelegenheiten aufzuhalten oder zu stoppen. Deaktiviert, wenn sie nicht mehr benötigt werden. Sie, wie auch Bachspiel, repräsentierten einen alternativen Zeitverlauf. Dass Sie die kommenden Menschheitskatastrophen verhindern wollten, war Ihr Auftrag. Aber Ihr Bestreben ist nun zu einem Problem des kommenden Geschichtsverlaufs geworden. Das Kommende muss nämlich geschehen.«

»In was sollen wir denn geraten?«

»Letztendlich in etwas Grausames. Was genau, darf ich Ihnen nicht sagen. Dennoch erzeugen all diese Schrecken letztendlich den großen Wandel, den die Menschheit benötigt. Der aber verhindert wird, wenn Sie diesen Katastrophenverlauf in einer Buchveröffentlichung exakt verlautbaren. Zuerst glaubt man Ihnen nicht, dann mehren sich Ihre präzisen Vorhersagen und man beachtet Ihre prophetischen Mitteilungen. Selbst unvermeidliche Katastrophen helfen Sie so aus dem Weg zu räumen.«

Er bemerkte, dass sich ihre Hinweise mit Bachspiels Erklärungen deckten. Brav schlussfolgerte er: »Sie meinen Naturkatastrophen – wenn die Zeit und der Ort eines solchen Ereignisses exakt bekannt wären.« Maria nickte. Die Übereinstimmung dieser Aussage bestätigte Henrick jedoch, dass etwas faul war. Nur ein handfester Beweis könnte ihn vom Gegenteil überzeugen. Ohne einen solchen war er nicht bereit, die Dechiffrierung aufzugeben. Denn wer wusste schon, ob hinter diesen Erklärungen nicht bloß der dreiste Versuch steckte, ihm etwas abjagen zu wollen.

»Ich will ehrlich sein. Sie beeindrucken mich! Aber ich bin mir nicht sicher, ob ich Ihnen wirklich glauben kann. Das alles hört sich so fantastisch an, dass wirklich nur ein eindeutiger Beweis meinen Glauben gewinnen kann. Also beweisen Sie es mir: Gibt es ein zeitnahes katastrophales Ereignis, an dem ich Ihre Behauptungen prüfen kann?«

»Sie haben schon einen Beweis.«

»Welchen?«

»Der Zettel, den Wagner Ihnen letztes Wochenende in dieser Bar überreicht hat.« Sie hob die Tasse wieder von ihrem Untersetzer, nippte an dem Kaffee und blickte Henrick verstohlen an. »Wissen Sie noch, was auf dem Zettel stand?«

»Eine Uhrzeit.«

»Und was für eine?«

»Es war … die zu diesem Zeitpunkt aktuelle Uhrzeit.«

Maria setzte ihre Tasse ab und fragte lakonisch: »Und was kann das bedeuten?«

»Dass Sie zufälligerweise ins Schwarze getroffen haben?!« Henrick lachte über seine Schlussfolgerung, formte die Lippen aber sogleich zu einer ernst gemeinten Überlegung: »Es bedeutet … es könnte bedeuten, dass Sie wussten, wann ich auf den Zettel blicke.«

»Ja, genau. Und weiter … was denken Sie, versucht Ihnen das mitzuteilen oder zu beweisen?«

Henrick musste aufgrund der kindischen Fragerei wieder lachen: »Dass Sie die Zeit … dass sie die Zukunft bereits kennen?«

Maria nickte zufrieden, da sie an seinem Lachen zu erkennen glaubte, dass er sich mit diesem gedanklichen Schubser endlich einsichtiger zeigen würde.

»Sie wollen also sagen, Sie wussten, wann ich draufblicken würde? Nehmen wir an, Sie wussten dies tatsächlich, wie konnten Sie dann herausfinden, ... oder besser noch, wie konnten Sie mich in *dieser Zukunft* bei dieser Tätigkeit beobachten? Haben Sie oder Ihre Leute durchs Fenster geschaut und gesehen, wann ich auf die Uhr blickte, um dann diese Info dem Wagner der Vergangenheit zu übereignen?«

Sie grinste gespielt und schüttelte den Kopf. »Nein, dafür müssen wir nicht durchs Fenster schauen. ... Was glauben Sie, wie oft wir hier schon potenziell zusammensaßen und ich versucht habe, Ihnen etwas zu erklären?« Schmunzelnd starrte Maria ihn an, geradeso als wolle sie damit andeuten, wie genau sie ihn kannte.

»Wie meinen Sie das? Was meinen Sie mit ›potenziell‹?«

»Es sind viele Zeitabläufe, die wir durchforsten. Wir selektieren nur den passenden oder den für uns brauchbarsten Verlauf. Im Fall des Ihnen von Wagner überreichten Zettels setzten wir jenen Ablauf fort, bei dem die auf dem Zettel notierte Uhrzeit mit Ihrem prüfenden Blick zur Wanduhr übereinstimmte. Verstehen Sie ...? ›Try and error‹ – das Aussortieren der Fehlversuche. Obendrein können wir Sie damit immer und zu jeder Zeit finden. Wir sind überall und nirgends.«

»Das heißt ...«, reimte sich Henrick schwergängig zusammen, »es gab Abläufe, bei denen eine ganz andere Uhrzeit auf dem Zettel stand? ... Diese Verläufe wurden aber ausgelöscht?«

»Ja, die gab es. Potenziell. Genau genommen aber wiederum nicht.«

Er versuchte seine aufkommende Verunsicherung verborgen zu halten. Wie hatten sie diesen Trick hingekriegt?

»Also ... Herrscher über die Zeit?!«

»Sozusagen. Die Zeit ist dabei aber längst nicht alles.«

Beeindruckt griff Henrick nach seinem Tee und trank. Er war bereits bitter, der Beutel hatte zu lange gezogen. Neben Maria sah er plötzlich wieder Blitze in seinen Augen, sie beeinträchtigten sein

Fokussieren. Mit Schließen der Augen versuchte er das Wiederauf-flammen der Migräne auszublenden, in der Hoffnung, dass sich der entzündliche Prozess in seinem Gehirn beruhigen würde – anzu-nehmen, dass Nervosität und Anspannung den Anfall auslösten.

Vorsichtig stellte er die Teetasse wieder ab, drückte seine Finger schmerzlindernd ins Auge und bat: »Nicht schon wieder.«

»Was? Was ist?«, fragte Maria, ohne speziell besorgt zu wirken.

»Die Blitze und Schlieren in meinem Auge sind wieder da – meine Migräne.«

»Migräne wird überbewertet, keine Aufregung.« Sie lächelte und ... hatte sie ihm etwa gerade zugezwinkert? Wollte sie ihm jetzt auch noch seine Befindlichkeitsstörung als übernatürlichen Fingerzeig einreden? Er vermied es, diesbezüglich nachzuhaken. Maria nahm einen weiteren Schluck von ihrem Kaffee.

Unterdessen stellte Henrick fest, dass sein linker Arm eine Art Lähmungserscheinung aufzuzeigen begann, wie bei einem mit Blut unterversorgten Körperteil. Er strich sich über die taube Hand: »Das gibt's doch nicht ... kein Gefühl mehr.« Als impliziere dies ein ernst-haftes Problem, verfinsterte sich Marias Miene: »Sie spüren ihre Hand nicht? Wie stark ist es?«

»Es geht, aber etwas ungewöhnlich. Als Begleiterscheinung meiner Migräne hatte ich das bisher nie.«

Sie schien wieder beruhigt. Jetzt packte sie ihren kleinen Damen-rucksack auf den Tisch und nahm ein Puder heraus. Mit ein paar schnellen Bewegungen betupfte sie sich die Nase. Henrick beobachte ihr kühles Gehabe. Auf einmal spürte er, dass auch seine Mund-höhle gefühllos wurde, überall am Körper begann es zu kribbeln. Da ereilte ihn ein unguter Verdacht: Vielleicht war er mit Drogen behandelt worden und anschließend Suggestionen ausgesetzt gewe-sen, einer Art Hypnose, die ihn programmierte, so zu handeln, wie er heute Abend und die ganzen Tage über gehandelt hatte!?

Der Tee! War dem Wasser etwas beigemischt? Gerade hatte er die halbe Tasse ausgetrunken!

»Müssen Sie sich jetzt pudern? Ich meine, ausgerechnet jetzt?« Was Besseres fiel ihm zu seiner Befürchtung nicht ein. »Ich glaub', mir wird übel.«

190

»Keine Sorge, das geht vorbei. Bei mir fängt es etwas anders an, nicht mit Migräne.« Sie steckte die Puderdose ein und winkte einmal nach ihrem Kollegen. Der übersah ihre Geste. Schwindelig insistierte Henrick: »Es fängt bei Ihnen anders an? Was denn?« Seine Worte waren wieder schwerer zu artikulieren.

»Wie ich schon sagte: Ich bin zwar wie jeder andere, es gibt aber einen kleinen Unterschied. Entgegen dem äußeren Anschein bin ich mir in diesem Moment meines eigentlichen Selbst nicht bewusst. Ich bin zwar diese Person, aber nicht vollständig. Sie ist mehr eine Art Zweitpersönlichkeit. Aber das verstehen Sie nicht … brauchen Sie auch nicht.«

Also tatsächlich eine Suggestion! Hypnose unter Drogen! Jetzt wurde Henrick auch klar, warum sie sich vergangenen Samstagabend im Billardcafé so seltsam angiert hatten. Er heuchelte Unverständnis: »Begreif' ich nicht. Wäre es zu viel verlangt, wenn Sie mir den gesamten dahinter befindlichen Vorgang verdeutlichen?«

Die Zarte grinste unerwartet selbstgefällig, diese Mimik bestätigte ihm seine Vermutungen.

»Darf ich Ihnen nicht weiter erklären, es würde alles zunichtemachen und für Sie unschöne Bedingungen erzeugen.«

Hitzköpfig setzte er alles auf eine Karte: »Dann kann ich auch nicht auf Sie eingehen. Ich dechiffriere weiter. Oder denken Sie, nach all ihren schauderhaften Erzählungen werde ich mich nun ruhig zurücksetzen und Ihnen ohne Weiteres alles überlassen?«

Angespannt setzte sich Maria auf und strich sich mit ihrem Handrücken über die Stirn, kleine Zornesfalten bildeten sich zwischen den Brauen. Sie wedelte nochmals nach ihrem Kollegen, der endlich ihr Zeichen bemerkte und zum Tisch kam.

»Die Rechnung, bitte«, äußerte sie sich veralbernd, als sei sie ein Gast. Schelmisch ergeben griff der junge Mann nach ihrer Kaffeetasse und entgegnete elegant: »Gerne.« Mit dem Geschirr verschwand er hinter dem Tresen.

»Was wollen Sie jetzt tun?«, fragte Henrick benommen.

»Ich weiß nicht.« Ihre Schneidezähne bissen auf ihre Unterlippe, während sie ihren Kopf für einen Blick aus dem Barfenster nach rechts wandte. »Es wird sich etwas ergeben, damit Sie erwartungsgemäß reagieren.« Sie blickte in Henricks Augen und beruhigte ihn: »Sie brauchen keine Angst zu haben.«

»… brauchen keine Angst zu haben«, wiederholte Henrick penibel ihre Worte. Unpassend wie es nur sein konnte, stellte er sich vor, wie es mit ihr wohl im Bett wäre. Vielleicht reizte ihn das Unberechenbare. Vorrangig musste es aber ihre äußerliche Attraktivität gewesen sein, die ihn zu dieser Vorstellung animierte.

»Was hat es mit uns beiden auf sich – mit Menschen, die indirekt für ›etwas‹ arbeiten, es aber nicht ›bewusst‹ wissen?«

Maria atmete tief durch: »Ich kann Ihnen, so gerne ich das auch tun würde, nicht mehr als das sagen, was ich Ihnen bereits gesagt habe. Mehr benötigen Sie auch nicht. Wenn ich aus dieser Rolle raus bin, weiß ich selbst nicht mehr, was meine eigentliche Aufgabe ist. Es ist nur wichtig, dass Sie …«

»Genau das meine ich ja«, fiel er ihr barsch ins Wort, »was hat es mit dieser Beeinflussung von Menschen auf sich? Hört sich nach mentaler Sklavenhaltung an.«

»Mir ist bewusst, dass sich das Ganze seltsam anhört. Aber ich kann Ihnen versichern, dass Ihre Bedenken unnötig sind. Haben Sie keine Sorge, Sie und ich sind keine Sklaven. Es geht lediglich um die Vernichtung Ihrer Dechiffrierarbeit. Im Gegensatz zu mir erleben Sie stattdessen all dies relativ bewusst … ohne stärkere Mentalmanipulationen.«

»Dann manipulieren Sie mich doch einfach, um mir den Befehl zur Zerstörung der Prophezeiungstexte zu geben!«

»Nein, das sagte ich doch gerade – darin besteht das Dilemma! Sie agieren anders als ich. Damit Sie bei der Ausführung Ihres Auftrages nicht versagen, sind Sie nur eingeschränkt beeinflussbar. Daher müssen wir Sie jetzt auch in ihrem autonomen Alltagsbewusstsein vom Ablassen ihres Handelns überzeugen.«

»Was würde geschehen, wenn ich mich diesem Wunsch widersetze?«

Sie haderte kurz, als warte sie auf eine Eingebung: »Wenn ein Auftrag zurückgezogen wurde und die Zielperson wider Erwarten nicht mitspielen möchte, müssen wir unser Anliegen zwangsdurchsetzen.«

»Das bedeutet?«

»Wir töten die Person.« Sie ließ ihre Worte einen Moment sacken, dann blinzelte sie ihn liebevoll an: »Menschen wie Sie werden über Unfälle liquidiert, manchmal auch durch körperliches Versagen und Krankheiten. … Wir agieren im Hintergrund.«

Unweigerlich wuchs Henrick ein schmerzender Kloß im Hals. Sie meinte es also ernst. Selbst schwärzester Humor würde nicht so weit gehen.

»Erinnern Sie sich noch an den Vorfall mit dem aggressiven Patienten vor einem halben Jahr? Bei dem sie so mutig einschritten? So ein ähnlicher Vorfall könnte als Ihr Tod initiiert werden. Aber wir hoffen noch immer auf Ihre Einsicht, sodass wir Sie nicht rausnehmen müssen – aus dem Leben. Wenn Sie aber die Unterlagen ihrer Arbeit restlos vernichten, bleiben Sie am Leben und vergessen früher oder später alles, was passiert ist; ordnen es als Irrsinn von Verrückten ein.« Mit unpassender Herzlichkeit strahlte sie ihn an.

Henricks Kopf wurde wärmer, Angst verkrampfte seine Brust. Vom Mund weg kroch nun ein immer stärker werdendes Taubheitsgefühl seine Kehle hinab. Er versuchte sich abzulenken und setzte seine Fragerei fort: »Sie beeinflussen also Leute, um den Verlauf der Welt zu Ihren Gunsten zu verändern? Den Verlauf der Geschichte?«

Maria zögerte einen Moment und versuchte seiner Frage auszuweichen: »Sie würden sich wundern, wenn ich Ihnen erklärte …«

»Diktatoren, Hitler zum Beispiel?«

»Nein, diesbezüglich kann ich Sie beruhigen, solche Menschen sind das Produkt der Zivilisation. Wir haben, oder trefflicher gesagt, wir müssen diese Entwicklungen zulassen. Wir dürfen nur unter bestimmten Umständen eingreifen und reagieren. … Diktatoren und Machthaber – also überaus schädlich wirkende Persönlichkeiten der Geschichte – stammen nicht von uns. Unsere Personen operieren fast ausschließlich im Hintergrund, äußerst selten in der medialen Öffentlichkeit. Diese könnten Sie aber, wenn Sie mit wachsamem Auge hinschauen, sofort erkennen. … Aber wieder zu Ihnen, Herr Merten. Sie verstehen, was ich gesagt habe? Wollen Sie sterben, nur weil Sie das alberne Dechiffrieren nicht aufgeben wollen?«

»Woher weiß ich, dass ich nicht irgendwann doch von euch oder wem auch immer geholt werde? Wie kann ich da sicher sein?«

»Herr Merten«, Maria war eine gewisse Unruhe anzumerken, vielleicht war es auch Ungeduld. »Bitte schenken Sie meiner Ehrlichkeit ein wenig Entgegenkommen. Mir ist klar, dass das, was ich Ihnen hier auftrage, schwer zu verstehen ist, und vielleicht noch schwerer zu glauben ist. Ich versichere Ihnen aber, dass es zu Ihrem Besten ist. Es gibt weder eine Verschwörung noch eine Geheimorganisation, auch bestehen keine negativen Konsequenzen für Sie oder Angehörige. Ich bedauere zutiefst, dass ich Ihnen nicht mehr zu den Vorgängen sagen kann. Wenn ich das tun würde, gäbe es schon jetzt kein Zurück mehr für Sie. Und ich bezweifle, dass Sie das riskieren wollen, da …«

In einer Kurzschlussreaktion schrie Henrick plötzlich auf: »Das ist mir egal!«, Gäste sahen sich verdutzt um, »sagen Sie endlich, dass alles nur ein ausgeklügelter Scherz ist. Oder das war's. Wer steckt dahinter?«

»Das dachte ich mir«, ergänzte Maria genervt.

»Was? Was dachten Sie?«, forderte Henrick energisch die Blonde heraus, sein Stuhl kippelte.

»Dass es wieder schwieriger mit Ihnen wird, dass sie austicken. Mit niemand anderem war es je so schwierig.«

»Da haben Sie Recht, denn ich gehe jetzt. Übernehmen Sie die Rechnung!«

Henrick stand auf, stellte den Stuhl an den Tisch und machte sich auf den Weg zum Ausgang. Blitzartig gesellte sich eine allgemeine Schwere zu seinen Taubheitsgefühlen. Der Arm, in dem es zuvor noch gekribbelt hatte, ging nun in einen Zustand der vollständigen Lähmung über. Maria sah seine überraschte Reaktion.

»Auf diese Weise machen wir es«, rief sie ihm hinterher. An den Tischen tuschelten die Leute bereits über das auffällige Verhalten des vermeintlichen Paares. Henrick drehte sich zu der Wahnsinnigen zurück, die im Inbegriff war, auf dem Tisch Geld zu hinterlegen. Eilig, in ihren halbhohen Schuhen, ging sie Henrick hinterher und holte ihn ein, noch bevor er außerhalb der Bartür zum Stehen kam. Torkelnd hielt er sich an ihr fest, derweil sich sein Migräneflimmern in Schwärze wandelte.

»Ich … ich seh' nichts mehr. Helfen Sie …«

Er drohte, langsam zu Boden zu sinken, Maria versuchte mühevoll seinen Oberkörper zu halten. Schließlich sackte der etwa 10 Zentimeter größere Mann vollständig durch ihren Haltegriff hindurch, bis er mit ausgestreckten Beinen auf dem Boden des Bürgersteiges saß. Er bekam kein Wort mehr heraus.

Sie zerrte an ihm herum und versuchte, ihn zum Aufstehen anzuspornen: »Haben Sie ein Auto? Kommen Sie! Ich fahre Sie nach Hause.« Mit einem Blick in seine Augen fügte sie hinzu: »Hey, schauen Sie mich an! Solche Anfälle dauern nicht lange. Versuchen Sie einfach wach zu bleiben, okay?«

»Wie lange dauern sie für gewöhnlich?« Geschwächt schaute er blind zu Maria hinauf. Umhergehende Passanten wurden auf die beiden aufmerksam, beäugten aber nur ihn: Ein Alkoholisierter, der dem Anschein nach einen melancholischen Zusammenbruch erlitten hatte.

»Wo steht Ihr Auto?« Unkoordiniert zeigte Henrick in irgendeine Richtung, er druckste: »Da, hier, der Parkplatz«, und fiel in sich zusammen. Erst mal brauchte er eine Auszeit.

Ergebnisprüfung

Nachdem sich Henricks Blutdruck wieder normalisiert hatte, stiegen die beiden in seinen Wagen. Maria auf der Fahrerseite. Unter seiner Anweisung lotste er sie durch die Innenstadt, einige Minuten später trafen sie auf dem gegenüberliegenden Parkplatz seines Wohngebäudes ein. Sie zog die Handbremse an, mit deutlichem Abstand hatte sie zum voraussstehenden Fahrzeug geparkt. Henrick starrte regungslos durch die Windschutzscheibe, seine Fahrerin tat dasselbe. Obwohl ihm bange war und er der jungen Frau grundsätzlich misstraute, ließ er sich weiter auf sie ein – warum? Lag es an den ihm eingeflößten Drogen, die so offenkundig seine Lähmungen hervorriefen? Oder war seine Nachgiebigkeit vielmehr instinktiv, eine Art prophylaktische Vorsicht, weil er insgeheim spürte, für das ihm verabreichte Zeug noch ein Gegenmittel zu brauchen?

Schließlich vereinbarten die beiden im Licht einer spärlich in den Wagen hineinscheinenden Straßenlaterne, dass er ihr seine Ergebnisse zunächst nur zur Prüfung präsentieren werde.

»Ist Ihre Frau zuhause?«

Mit gekünstelter Freundlichkeit antwortete Henrick: »Müssten Sie das nicht wissen?«

»Nein, ich bin nicht hellsichtig. Wie die kommende Entwicklung aussehen mag, weiß ich nicht. Der Zeitverlauf könnte sich geändert haben und diesmal wäre Ihre Frau früher aus Hannover zurückgekehrt.«

»Ah«, Henrick verdrehte die Augen, »genau darüber würde ich gerne mehr wissen: Was steckt hinter Ihrem detaillierten Wissen … und meiner etwaigen Beeinflussung?«, und ergänzte nachsichtig, »Sie können ruhig zugeben, dass Sie mich und meine Frau vorher observiert haben.«

Flugs wandte Maria ihm den Kopf zu und setzte an, denselben Salat, den sie eben schon in der Bar erzählt hatte, zu wiederholen. Die Absicht bemerkt, stoppte Henrick vorzeitig ihre Worte: »Also, was ich damit meine, ist, … Sie *könnten* es zugeben. Und trotzdem würde ich auf Ihren Wunsch eingehen und alle Daten, Formeln und Kopien vernichten. Noch heute und vor Ihren Augen. Ich sage Ihnen sogar, wo sie sich befinden. Ich würde nichts zurückbehalten. Nur, … sagen Sie mir endlich, um was es sich hierbei wirklich dreht!«

»Glauben Sie mir, wir würden merken, wenn Sie etwas zurückgehalten hätten.«

Mit energielosem Gesichtsausdruck ließ Henrick locker, für weiteren Schwachsinn fehlten ihm einfach die Nerven. Maria übergab ihm den Zündschlüssel, löste den Gurt und forderte ihn auf: »Dann gehen wir!« Sie öffnete die Fahrertür und stieg aus. Missmutig öffnete auch Henrick seine Tür, erstaunt, dass er wieder problemlos laufen konnte. Die restliche Lähmung war vollends verflogen! Verwundert geleitete er Maria zur Haustür.

Vor der Garderobe im langen Appartementflur stehend, wies Henrick seinem Besuch einen Platz im Wohnzimmer an. Etwas schüchtern, aber nicht ängstlich, betrat die Gelockte das geräumige Zimmer – indessen schaltete er das Licht einer Stehlampe ein. Sie setzte sich auf die große Couch und betrachtete die Bilder an den Wänden.

Henrick rief ihr aus der Küche zu: »Möchten Sie etwas trinken? Wasser, Orangensaft, vielleicht einen Tomatensaft? Was kann ich Ihnen bringen?«

»Wasser. Das würde genügen«, schallte es zurück.

Bedächtig hinterfragte er ihre Getränkewahl: Vielleicht wollte sie ausschließen, von ihm genauso unter Drogen gesetzt zu werden – bei klarem Wasser waren Wirkstoffe eher zu schmecken.

»Mit Kohlensäure«, ergänzte sie.

Ihren Wunsch mit einem Seitwärtsnicken quittiert, fiel sein Blick zum Messerholzblock am Küchenfenster. Versunken in die Vorstellung, wie er sich mit diesen Schneidwerkzeugen verteidigen könne, füllte er ein Glas mit Mineralwasser; für sich ein Glas Orangensaft.

Im Wohnzimmer übergab er ihr das Wasser und setzte sich auf den ihr gegenüberstehenden Couchsessel. Beide nippten an ihren Gläsern, schauten sich an und schwiegen einen Moment.

»Eine schöne Wohnung.«

»Danke. Wir haben lange nach einer geeigneten Wohnung in der Innenstadt gesucht.«

Auch wenn Henrick es sofort bereute, platzte eine unbeholfene Bemerkung aus ihm heraus: »Fürchten Sie nicht, dass ich Ihnen etwas in Ihr Wasser getan habe?«

Maria grinste, entgegnete aber nichts, selbstbewusst neigte sie ihren Kopf nach vorn. Was wollte sie damit andeuten? Henrick schaute zum Wohnzimmerschrank, rutschte auf seinem Platz ein Stück weit abwärts, nippte nochmals am Glas und überlegte, ob sie ihm Schwäche andichtete.

»Frau Parthel. Also, … Maria? Darf ich Sie so nennen? Das macht es vielleicht ein wenig einfacher.« Maria stellte ihr Glas auf den Couchtisch, Henrick fixierte sie und bemühte sich, Klartext zu sprechen: »Wieso sind Sie so entspannt? Warum haben Sie augenscheinlich keine Angst?«

»Fragen Sie das, weil Sie glauben, dass wir Sie mit Drogen und Suggestionen unter Kontrolle gebracht hätten? … Denken Sie lieber an Ihre Migräne, da liegt das Geheimnis.«

Woher wusste sie, dass er glaubte, unter dem Einfluss von Drogen zu stehen? Hatte er diesen Verdacht schon geäußert? Vielleicht während seiner Bewegungsparalyse am Ausgang der Bar? Umso mehr glaubte er nun, dass sie ihn mit ihrer Andeutung von dieser Tatsache abzubringen versuchte. Entspannt erklärte Henrick: »Meine Güte. Ich kenne ja wohl den Unterschied zwischen Drogen und Migräne. Seit meinem zwölften Lebensjahr leide ich an Migräne mit Aura-Schleiern … kurzfristige, reversible Mini-Entzündungen des Gehirns – ein partieller Ausfall des Sehkortex, der sich in Form von Sichtschlieren bemerkbar macht. Nie und nimmer wäre allein das in der Lage, derartige mentale wie körperliche Leistungsausfälle zu provozieren. Nicht in dieser Größenordnung!«

Ohne weitere Einwände hörte sich die junge Dame seine überzeugte Lehrmeinung an, um nach kurzer Pause kess zu reflektieren: »Dann haben wir Ihnen wohl doch etwas verabreicht.« Ungeniert sah sie sich erneut im Wohnzimmer um.

Cleveres Mädchen, dachte sich Henrick, einfach emotionslos nachgeben, damit sie ihn weiter verunsichern könne. So schnell ließ er sich diese Vermutung aber nicht ausreden. Er hielt seinen Orangensaft in ihre Richtung, während er seinen Zeigefinger vom Glas abspreizte: »Sie müssen doch einsehen, dass ich Ihnen, angesichts Ihrer überaus fragwürdigen Geschichte, nichts wirklich glauben kann.«

»Wieso nicht?« Sie ließ seine Überzeugung nicht gelten. »Was gefällt Ihnen nicht? Denken Sie noch immer an eine Geheimorganisation? Wie sollte denn eine Geheimorganisation Herr über die Zeit sein? Sie tappen völlig im Dunkeln, drehen sich im Kreis. … Hören Sie einfach mal auf, sich alles mit herkömmlichen Modellen erklären zu wollen.«

»Dann sagen Sie mir gefälligst, worum es geht.«

Maria schaute ernster drein. Sie blickte auf ihren Schoß, faltete die Hände und bot einen Kompromiss an: »Okay … wir werden sehen, wie weit ich gehen kann. Zunächst möchte ich aber, wie vereinbart, einen Blick auf Ihre Unterlagen werfen.«

Henrick war skeptisch. Trotzdem, wenn es sich wirklich nur um die Formeln und extrahierten Texte drehen sollte, wäre deren Herausgabe nicht weiter problematisch. Nach einer gespielten Überlegung stimmte er zu und erhob sich vom Sessel: »Ich zeige sie Ihnen und übergebe Sie Ihnen auch. Die Ergebnisse wären sowieso nie von mir veröffentlicht worden.«

»Innerhalb dieses Zeitbogens sicherlich nicht mehr, nein.«, frotzelte Maria.

Henrick ignorierte den suspekten Kommentar seines Gastes und verließ den Raum. Zaghaft folgte ihm die Gelockte zum Arbeitszimmer. Im Schein des Flurlichts schaltete Henrick die übrigen PCs ein, indessen Maria das Deckenlicht des Büros anknipste. Überrascht registrierte er, dass sein Hauptrechner wieder eine der langwierigen Dechiffrierprozeduren abgearbeitet hatte.

Die Papiere und Bücherberge des voll gestopften Zimmers brachten die junge Frau zum Staunen. Stumm orientierte sie sich nach einer Sitzgelegenheit und nahm schließlich neben dem Türrahmen auf einem blauen Drehstuhl Platz. Henrick checkte die Dechiffrierergebnisse.

Marias Augenmerk fiel auf einen an der Wand hängenden Jahreskalender, vollständig mit Terminen bekritzelt. Vorwurfsvoll wandte sich Henrick zu ihr um: »Was ist? Was haben Sie sich vorgestellt? Ein feines Stübchen? Deshalb heißt es Arbeits- und nicht Ordnungszimmer. Wenn Sie sich beschweren wollen, erzählen Sie's meiner Frau.« Er richtete seine Konzentration zurück auf den Bildschirm und ergänzte: »Die hat dafür ein offenes Ohr.«

Maria schmunzelte, wiegelte seinen Vorwurf gestisch ab und kratzte sich an der Nase. Aus seinem Blickwinkel bemerkte er ihre Übersprungshandlung und analysierte: »Es ist Ihnen wirklich nicht zu unordentlich?« Er schaute sie erneut an. »Und trotzdem juckt Ihnen die Nase? – Wussten Sie, dass, wenn sich ein Gesprächspartner in heiklen Situationen an der Nase kratzt, dies auf einen inneren Konflikt hinweist, auf eine Lüge? … Macht Ihnen also das Durcheinander doch etwas aus?«

»Mein Konflikt bezieht sich einzig auf die Formeln und die dechiffrierten Texte.«

Er kombinierte: »Dann befürchten Sie, dass ich Ihnen das Material letzten Endes doch nicht übereignen will?«

»Nein, eigentlich nicht. Vielmehr kümmert mich, welche der dechiffrierten Abschnitte Sie bereits eingesehen haben. Dass Sie mir die Daten übergeben, ist so gut wie sicher. Ich säße nicht hier, wenn dieser Verlauf nicht unserem Ziel entspräche.«

»Wie meinen Sie das?«, herausfordernd blickte er sie an und hielt inne. Entgegen all seiner Überzeugung begann Henrick auf einmal zu zweifeln. Erstmals dachte er ernsthaft über ihre bizarren Behauptungen nach. Was wäre, wenn sie Recht hatte?

Bildete *er* sich vielleicht etwas ein? Hatte *er* etwas übersehen, etwas vergessen? Relativ sicher war nur, dass er bei der seinen Kollegen vorgeworfenen Täuschung falsch gelegen haben musste, so weit wären sie nie gegangen, de facto ein Hirngespinst. Aber konnte das im Umkehrschluss heißen, dass Wagner und die hier sitzende Dame Recht hatten? Könnte ihre Geschichte – wahr wie simpel – tatsächlich stimmen? Im Grunde zweifelte Henrick noch immer daran, doch ihre unübersehbare Gelassenheit verunsicherte ihn mehr und mehr.

»Meine erste Entschlüsselung hab' ich vor etwa eineinhalb Wochen vorgenommen. Sie betrifft die Vergangenheit. Wollen Sie's hören?« Aufmerksam blickte er auf den Bildschirm, seine Hand drehte das Scrollrad der Maus.

»Gern. Legen Sie los.«

»Okay, es ist eine Art Nachrichtenmeldung über den Beginn des Zweiten Weltkrieges. Ach nein, es ist keine direkte Information über den Ausbruch, sondern vielmehr ein Bericht über einen Nebenschauplatz des Krieges. Ich hab' das alles nicht immer vollständig chronologisch sortiert. ... Also, es sind jeweils nur kurz gehaltene Erwähnungen: ›4. November 1939: USA lockern Neutralitätspolitik. Roosevelt unterzeichnet neues Neutralitätsgesetz‹. Und weiter: ›Kriegführende Parteien können Waffen und Munition weiterhin in den USA kaufen, ohne Verwicklung der Vereinigten Staaten in den europäischen Krieg‹. Das war's schon.«

Maria kommentierte die vorgelesene Meldung: »1939? Da wurde der Zweite Weltkrieg noch als europäischer Krieg bezeichnet? Sind alle Texte derart kurz gehalten?«

»Ja, größtenteils. Im Telegrammstil. Aber nicht alle«, antwortete Henrick und rätselte, ob ihr Kommentar zur Kürze der Nachrichten Feststellung oder Frage war. Als hätte Maria seine Überlegung gespürt, begann sie erneut, ihn zur Einsicht zu bewegen: »Was denken Sie, wer dies verfasst hat?« Henrick verstand nicht, sie präzisierte: »Was glauben Sie, wer diesen Code dort eingesetzt hat, um darin Nachrichten über die Zukunft zu verstecken?«

Selbstbewusst schob Henrick seinen rollbaren Schreibtischstuhl zurück, streckte die Beine aus und verschränkte seine Arme. Maria stand auf, ging auf ihn zu und begutachtete neben ihm den vorgelesenen Text. »Würden Sie mir bitte weitere Ergebnisse zeigen.«

Er vermutete noch immer, dass sie den Meta-Code sowie die Anwendung der Formeln gezeigt bekommen wollte, um später aus dem Text selbst Informationen extrahieren zu können. Herausfordernd fragte Henrick: »Wollen Sie das Material für eigene Zwecke nutzen?«

Maria richtete sich aus ihrer gebeugten Lesehaltung wieder auf. Um den Grad der Albernheit seines Gedankens herauszukehren, strafte sie seine Hypothese mit einem giftigen Blick. An der Wand hinter ihm entdeckte sie jetzt das breite, quadratische Centurien-Plakat, auf dem sich in winziger Schrift Nostradamus' Vers-Blöcke verteilten. Mit langsamen Schritten ging sie auf den Papierbogen zu, Henrick folgte ihrer Richtung.

»Das sind die Centurien, richtig?«

»Warum fragen Sie? Kennen Sie sie nicht?«

»Habe ich nicht bereits erklärt, dass ich zwar eine Menge weiß, aber in einigen Details so eingeschränkt bin wie jeder andere auch?«

»Ah, ja! Natürlich! Verstehe«, spottete Henrick belustigt, »oder haben Sie gerade nur keine passende Ausrede parat? … Sagen Sie, was und wie viel dürfen, oder besser gesagt, *können* Sie mir denn überhaupt über all die mysteriösen Umstände erzählen?« Provozierend kratzte er sich mit intellektuellem Gebaren am Kinn. Maria kehrte zu ihrem Drehstuhl zurück und setzte sich. »Ich habe Ihnen bislang alles gesagt, was ich Ihnen sagen darf. Wie ich Ihnen versprochen habe, werden wir sehen, was ich Ihnen *noch* zumuten darf. Würde ich Ihnen Wesentlicheres erzählen, würde dies zur Folge haben, dass Sie von hier verschwinden müssten.«

»Verschwinden müssten«, hustete Henrick brüskiert, »Wenn Sie schon blumig andeuten wollen, mich dann umbringen zu wollen, können Sie sich ruhig einer etwas weniger nebligen Sprache bedienen«, und wandte sich zurück zum Monitor.

»Wie viele Textpassagen über die nahe Zukunft haben Sie bisher extrahiert?«

Henrick klickte das Dechiffrierprogramm durch.

»Über die ferne Zukunft …«, abrupt platzte ein Lachen aus ihm heraus, einmal mehr wurde ihm bewusst, über was für einen Unsinn er hier eigentlich sprach, »… ich habe sieben Passagen über die ferne Zukunft extrahiert. Von der nahen Zukunft noch nichts, glaub' ich«, und begann die dechiffrierte Textpassage zu lesen, die am heutigen Abend, während seiner Abwesenheit, erstellt wurde.

Nebenher, seiner Bitte um Aufschluss folgend, rückte Maria mit neuen, verdrehten Einzelheiten heraus: »Wir dürfen auf Sie nur einwirken, wenn Sie den Schutz Ihrer Privatsphäre verlassen. Da Sie die letzten Tage aber nie ganz allein in der Stadt herumliefen, war die heutige Begegnung die bisher einzig mögliche. Glücklicherweise scheint es, dass Sie noch rechtzeitig vor die Tür getreten sind – bevor Sie den heiklen Teil dechiffrieren und lesen konnten.«

Henrick hörte nicht richtig hin, er war mit der neuesten Textpassage beschäftigt. Während er las und Maria ihm seitlich von ihrem Sitzplatz aus zuredete, wurde ihm wieder schwindeliger. Ein erneuter Migräneschub, diesmal angekündigt durch ein pfeifendes Geräusch im linken Ohr. Er erwähnte dies nicht, überhaupt, er sagte nichts mehr – der frisch extrahierte Text gab ihm zu denken.

Schlieren und Blitze beeinträchtigten jetzt wieder seine Sehfähigkeit. Unwillkürlich fasste er sich an die Stirn. Sie bemerkte seine körperliche Veränderung: »Was ist, geht es Ihnen wieder schlechter?«

»Ja, es ist ziemlich heftig.« Seine Wahrnehmung schränkte sich ein, trotzdem versuchte er, noch ein wenig weiterzulesen.

»Sehen Sie Blitze?«

Sein Kopf wankte, er drehte sich vom Bildschirm weg. »Ich kann nichts mehr erkennen.«

Maria rang mit der Situation, unheilschwanger faselte sie: »Irgendwas läuft schief, sonst würde keine Beeinflussung stattfinden, … derzeit befinden wir uns in einem kontrollierten Abschnitt.«

»Potenzieller Zeitverlauf.«, stellte Henrick mit bissig veralberndem Ton fest.

»Einer von vielen potenziellen Verläufen, ja. Sie nehmen das als körperliche Belastung wahr, in Form einer Art Zivilisationskrankheit, die Ihre Sinne benebelt. Warum aber jetzt noch ein Eingriffspunkt gesetzt wird, verstehe ich nicht.« Sie ging auf ihn zu und fühlte seinen Puls.

»Hatten Sie etwas geplant? Wollten Sie anstatt der Aushändigung der Unterlagen irgendetwas anderes tun? … Hatten Sie vielleicht irgendwo Kopien?«

Henrick stützte sich auf die Lehnen seines Schreibtischstuhls.

»Nein, nichts davon. Mir ist übel«, jammerte er, »Ich glaub', ich muss mich übergeben.«

»Was genau hatten Sie vor, als Ihr Anfall begann?«

»Ich wollte nur das Ergebnis von der Formel vorlesen, die ich heute Abend durchrechnen ließ. Der Text wurde vorhin fertiggestellt.« Er zeigte auf die Schublade eines Schreibtisches. »Wären Sie so nett und würden Sie mir bitte aus dem unteren Fach eine Packung Migränetabletten geben.«

Maria öffnete die Schublade, kramte darin herum, zog die gesuchte Packung heraus und übergab sie ihm. »Tabletten werden Ihnen nicht helfen.« Wenn er unter Drogen stand, hatte sie womöglich Recht. Er knackte eine Pille aus dem Blister und schluckte sie trocken hinunter.

Sie ging zu einem der anderen PC-Schreibtische, verschränkte dort ihre Arme und erklärte: »Ihr Anfall deutet darauf hin, dass hier ein Schnitt gemacht wurde, warum auch immer.« Mit dem Po am Computerschreibtisch lehnend, strich sie mit ihrer Hand über einige fein sortierte Papierstapel, die ordentlich um einen Monitor platziert waren. Da fiel ihr etwas ein: »Zeigen Sie mir mal das Ergebnis, das Sie durchgelesen haben«, und näherte sich dem Angeschlagenen.

Mühselig klickte er auf ein Programmsymbol, eine Liste untereinander aufgeführter Textpassagen öffnete sich.

»Hier, Sie können sich alles anschauen.« Henrick stemmte die Hände auf die Lehnen und hievte sich empor. Maria nahm vorm Rechner Platz.

Gerade so erlaubte ihm sein Schwindel, sich bis zum Stuhl am Türeingang zu schleppen. Gehandicapt sackte er dort zusammen und stöhnte kränklich: »Tun Sie mir einen Gefallen, ich hätte gern lieber noch eine weitere Tablette aus der Packung. Würden Sie mir bitte die Schachtel geben?« Er zeigte auf die Packung, die neben der Tastatur am Arbeitsplatz lag. Er fühlte sich einfach elend.

»Einen Moment noch!«, antwortete sie. Eifrig überflog sie seine extrahierten Textpassagen.

»Mir ist fast wieder schwarz vor Augen, wären Sie so freundlich?« Maria reagierte nicht.

Gestresst stieß er den Atem aus und bemühte sich mit äußerster Vorsicht, selbst aufzustehen. Doch er sackte zurück.

Unerwartet mitfühlend entgegnete sie: »Henrick, du brauchst keine Tabletten mehr.« Sie wandte ihren Kopf vom Bildschirm ab, ihre verhaltene Aussage bemerkte er gar nicht. Sie löste sich vom Stuhl und ging auf ihn zu. Über ihm, an der Wand, fiel ihr ein Foto ins Auge. Besonnen musterte sie die weibliche Person neben Henrick auf dem Bild: »Ist das deine Frau?«

Warum duzte sie ihn plötzlich?

Ein durchbohrender Kopfschmerz unterbrach Henricks Gedanken – mehr und mehr verlor er die Kraft, sein Haupt im Gleichgewicht zu halten. Doch er beantwortete die Frage: »Meine Frau, ja«, murmelte er, »Im Urlaub … in Südamerika.«

»Paraguay«, komplettierte sie.

Den selbstverständlichen Ausdruck ihrer Kenntnis überhört, ergänzte er: »Wir haben überlegt, dort ein Haus zu kaufen … später, irgendwann mal.«

Maria lächelte und begutachtete das Felsmassiv der Fotoaufnahme.

Zaghaft vor ihm niederkniend, drang sie in seine verbliebene Perspektive ein. »Wie soll ich's dir bloß erklären?« Ihre Sprache begleitete eine Art zuversichtlicher Schwermut.

»Was?«

»Ich hab' deine Textsammlung überprüft und festgestellt, dass du bereits vor einigen Tagen Texte über das 24. Jahrhundert extrahiert hast und diese auch gelesen haben musst. In welchen rückblickend und durch Kombination ersichtlich, Geschehnisse der nahen Zukunft offenbart werden, der kommenden Katastrophen.« Sie stockte einen Moment. »... Es tut mir leid, ich wusste selbst nicht, wie viel du schon wusstest – es sind zu viele Einzelheiten.«

»Was ... was meinen Sie?«

»Wir dürfen es nicht zulassen.«

Henrick wurde panisch: »Wie ... Was soll das heißen?« Er schaffte es jedoch nicht, in gleicher Weise mit seinem Körper gegen sie aufzubegehren. »Was spielt das für eine Rolle? Es sind Erfindungen eines Patienten«, und wurde lauter. »Bachspiel ... Bachspiel hat sie erfunden!«

Mit Fürsorge und Sanftmut begann sie, seine Hände zu streicheln – zärtlich, als sei sie seine Liebste. Hilf- wie aussichtslos suchte der Psychologe in seiner desolat erstarrten Lähmung nach Gegenständen, die er als Stichwerkzeuge benutzen könnte.

»Hab' keine Furcht«, säuselte sie, »Dir schwindet die Kraft, weil ich dich auf eine Reise mitnehmen werde ...« Sie machte eine Pause, um nochmals einen Blick über ihn hinweg auf das Foto seiner Frau zu werfen.

»Was haben Sie mir gegeben?«, wimmerte er.

»Gegeben? Nichts.« Weiter streichelte sie sanft seine auf seinen Oberschenkeln liegenden Hände, dann seine Wangen. Die Koordination seiner wackeligen Restbewegungen wurde unkontrollierbar. Henrick sah Sternchen, die Farben seiner Umgebung veränderten sich.

Maria saß dicht vor ihm. Warum umgarnte sie ihn so innig?

Jetzt begann sich auch die Klarheit seiner Gedanken einzuschränken, Konturen verschwammen, nichts besaß für ihn noch eine feste Linie oder war eindeutig identifizierbar. Schließlich verlor er überhaupt die Fähigkeit, einen klaren Gedanken zu fassen – gleich einem Fiebertraum. Die Augen erstarrten, in Zeitlupentempo klappte sein Mund auf.

Maria schien für ihn von einem grellen Licht umgeben, in dem sie langsam, mit sanftmütigem Lächeln, entschwand. Doch die Helligkeit senkte sich wieder und ging in Schwarz über. Dann ward es völlig dunkel ... und still.

Heimkehr

Henrick konnte fühlen. Er fühlte sich ... er träumte?! Ja, was er wahrnahm, stammte von ihm ... sein Ich spiegelte sich in unbeherrschten Facetten seiner Persönlichkeit. Multipel, zerstreut, scheinbar zusammenhanglos, ohne willentliche Unterbrechung oder Lenkung.

Zunehmend begann er, seinen vermeintlichen Traum, der vielleicht nur einer von vielen bisher geträumten war, als solchen zu realisieren – in reflektierten Bezügen seines bewussten Egos. Sein Geist wurde klarer. Allmählich glitt er vom Träumen in einen anderen Zustand hinüber. Einen Zustand, in dem er zwischen träumender und wahrhaftiger Welt nicht eindeutig unterscheiden konnte. Wo Traum und Realität so ineinander übergingen, dass sie kaum voneinander zu trennen waren.

Er erwachte. Im Bett eines vollständig abgedunkelten Schlafzimmers. Wie lange dachte er, geschlafen zu haben? Er wusste es nicht. Kurz? Vielleicht ein paar Minuten? Genauso konnte es eine ganze Nacht, ein ganzer Tag, gar Wochen gewesen sein.

Es war ruhig, alles fühlte sich erquickend und unverfälscht neu an – sorgenfrei, makellos, in reiner Atmosphäre.

Er dachte nicht darüber nach, wie er hierhergekommen war, keine Erinnerung daran, von irgendwo weggeholt oder irgendwo hingebracht worden zu sein. Der einzige Gedanke galt seinem körperlich belebenden Gefühl und dem vergangenen Traum, der ein so angenehmes Empfinden in ihm hinterlassen hatte – obwohl er sich schon jetzt an keine aus dem Traum stammende Einzelheit mehr erinnern konnte.

Er beschloss, das Licht anzuschalten – wo war der Lichtschalter? Wie war seine Position im Bett? Lag er etwa verkehrt herum, am Fußende? Oder quer? Seine Hände tasteten in der Dunkelheit. Er bekam etwas zu fassen. Eine weitere Decke, womöglich die seiner Frau. Zwangsläufig drängten sich Gedanken auf: Wann war er zu Bett gegangen, wie viel Uhr war es und was war eigentlich vor seinem Zubettgehen passiert? Er hatte nicht mal eine Vorstellung davon, was für ein Tag eigentlich war.

Moment! In welchem Job arbeitete er? Sein Alter, sein Name – ihm waren keine Inhalte seines Lebens bekannt! Je angestrengter er überlegte, umso schwerer wollte es sich ihm eingeben. In der Dunkelheit brach er in Panik aus – unbändig nach einer Möglichkeit suchend, das Licht einzuschalten.

Nachdem er eine Zeitlang wie wild im Bett herumgefuhrwerkt hatte, beruhigte er sich und begann, sich auf seinen Atem zu konzentrieren. Vielleicht wäre es zunächst besser, einfach die Nerven zu behalten. Er schaltete seine Gedanken ab, senkte den Kopf und konzentrierte sich auf sein schlagendes Herz. Eine Weile verging, ehe er sich wieder daran machte, seine Lage auszukundschaften, ignorierend, dass ihm noch immer nicht einfallen wollte, wer er eigentlich war. Da bekam er eine Schnur neben dem Bett zu fassen, auf der linken Seite. Ein Elektrokabel mit Schalter! Ohne Zweifel eine Lampe. Er knipste die Funzel an.

Unnatürlich grell überschwemmte weißes Licht den Raum. So grell und weiß, dass es sich nicht um eine Nachttischlampe handeln konnte. Henrick war geblendet und hielt sich den Arm vor die zugekniffenen Augen. Doch sah er seinen Arm nicht! Auch Gegenstände, die er vermeintlich bis eben noch zu spüren glaubte, waren nicht vorhanden! Geschockt riss er die Augen auf. Alles weiß! Ohne Boden, Wand oder Decke … keinerlei gegenständliche Kennzeichen.

Dennoch erschrak ihn am meisten die Abwesenheit seines Armes. Er spürte ihn, ja, aber er war nicht da! Ebenso fehlten ihm die schemenhaften Umrisse seines Gesichtes: die Spitze der Nase, Ansätze von Wangenknochen und Augenhöhlen! Er konnte sie nicht erkennen! Nicht mal seinen Atem hörte er!

Es sah aus, als schwebte er in diesem Raum – ohne Körper und ohne Selbstbild. Doch trotzdem, ob dieser Wirklichkeit, empfand Henrick kein Angstgefühl, zumindest nicht im klassischen Sinne. Lediglich ein Schrecken umgab ihn, sowie Verwunderung und Staunen über das grelle Licht, das ringsherum gleichmäßig wie unendlich strahlte.

Er schaute nach links, nach rechts, dann nach oben und unten. Ehrlich gesagt, wusste er gar nicht, ob er in diesem Weiß nach oben oder unten blickte, nur seine noch immer körperlichen Empfindungen vermittelten ihm diesen Eindruck. Vorsichtig bewegte er Arme und Beine aufeinander zu – aber er langte durch sie hindurch, als wären sie nicht vorhanden! Nichts schien zu existieren!

Zutiefst irritiert, überlegte er, was er hier zu suchen habe, und viel wichtiger, käme er je wieder hier heraus? Ein Traum konnte es sicherlich nicht sein.

»Henrick.«

Eine Stimme hinter ihm! Er kannte sie nicht. Entgegen aller Logik war sie ihm trotzdem vertraut. Ungemein vertraut! Und sie half ihm, seinen Namen zu erkennen! Henrick drehte sich um … und sah doch nichts anderes außer weißes, grelles Licht.

Und weitere Worte: »Habe Geduld.«

Da bemerkte er, dass er nicht mal fähig war einzuschätzen, ob es sich um eine weibliche oder männliche Stimme handelte. Als könne er zwar sehen, wäre aber farbenblind. Trotzdem schien ihm, dass die Stimmlaute eine eindeutig geschlechtliche Zuordnung besaßen.

»Wo bin ich hier?«, fragte er – wo aber war seine Stimme? Sie enthielt keinen Laut, keine Resonanz. Scheinbar wusste nur sein Geist, dass er etwas gesagt hatte.

»Du wirst vorbereitet.«

»Auf was?«

»Damit du verstehen kannst. … Um zurückkehren zu können.«

»Warum kann ich an mir nichts fühlen? Warum kenne ich mich nicht? … Wer bist du?« Das Gleißen des Lichtes nahm zu, es schien ihm die Sinne schwinden zu lassen.

Erneut hörte er die Stimme: »Die Antworten folgen.«

Henrick fühlte, dass er sich löste, mehr noch, als löse er sich auf …

sein restliches Selbstbild begann zu schwinden. Wusste er eben noch, was er gerade gedacht hatte, war er diesen Überlegungen im nächsten Augenblick vollkommen entrückt. Verunsichert spürte er, dass seine automatische Atmung aussetzte, er sich selbst zur Atmung animieren musste. Atmete er überhaupt noch? Musste er überhaupt atmen, hatte er eine Lunge? Wie lange müsste er hier verbleiben? Und ... was war es eigentlich, über das er gerade noch nachgedacht hatte?

Bemüht, seinen Gedankenlauf zu ordnen, verlor er die Fähigkeit, Überlegungen zu reflektieren. Ohne dass es ihm auffiel, schwanden seine Eingebungen. Emotionen und Gefühle leerten sich, Wille und Bestrebungen gaben auf. Dann stellten sich auch seine Bewegungen ein, sein Körper, oder vielmehr das, was er von diesem noch wahrnahm, verblasste, wurde regungs- und reaktionslos. Nur ein Starren blieb – hinein in das endlos grelle Weiß, um mit diesem vollkommenen Licht schließlich gänzlich zu verschmelzen.

Kapitel 4

Empfang

Schlag die Augen auf.«

Henrick erwachte. Hatte er sich aufgelöst? Alles Vorangegangene war noch gegenwärtig. Wie konnte das zusammenpassen? Ein Traum? War er wach? Verwundert realisierte er ein dicht über seine Augen gebeugtes Gesicht, welches er weder fähig war zu berühren noch zu identifizieren.

Er ruhte auf einer Art Bett und ... er wusste, wer er war!

»Du fragst dich, was mit dir passiert ist. Warum du hier bist.«

Die Stimme gehörte dem Gesicht, einer irrealen, unwirklichen Frau. So dicht vor ihm, wirkte sie fast abstrakt, wie eine gezeichnete Figur. Henrick wollte auf sie reagieren, fand aber keine Worte. Er konnte zwar denken, aber nichts artikulieren, als hätte man ihn seiner Sprache beraubt.

Trotzdem wurde er nicht hektisch, er kannte diese Frau oder was auch immer er da erblickte. Neigte er ein wenig den Kopf, schien er sie jeweils verändert wahrzunehmen. Besaß sie in einem Moment noch das Aussehen einer Schönheit, weckte sie im nächsten Moment bereits wieder äußerst unangenehme Gefühle in ihm – als zeigten sich in ihr mehrere Individuen auf einmal, alle in einem Wesen vereint.

Begleitet von einem Lächeln, vergrößerte die Frau den Abstand zu Henricks Gesicht. Erneut änderte sich sein Betrachtungswinkel. Nun schien ihr Wesen nicht mehr abstrakt – in unpräzis fassbaren Charakternuancen –, sondern festigte sich zur Körperlichkeit einer Person, die Henrick aus vager Erinnerung kannte, zu der ihn inniges Vertrauen umgab.

»Deine Illusionen und die daraus hervorgehenden Wirrungen sind normal. Wundere dich nicht. Du erzeugst sie selbst, weil du etwas in mir erkennst.«

Er hörte sie nicht sprechen. Stattdessen schien er ihre Gedanken lesen und ihre Gefühle in sich aufnehmen zu können. Henrick spürte, dass auch sie sein Innerstes ergründete, gerade so, als sei er durchsichtig.

Noch immer ruhte sein Körper auf dem Bett. Etwas oder jemand regte ihn nun an, sich doch einmal umzuschauen. Ohne aufstehen oder den Kopf drehen zu müssen, begutachtete er die Räumlichkeit. Dass dies physisch unmöglich war, bemerkte er zuerst nicht.

Es schien ein Schlafzimmer zu sein, zumindest bildete sich dies vor seinem inneren Auge ab. Schwierig einzuschätzen, ob es tatsächlich eines war oder ob es sich ihm nur so zeigte, weil er erwartete, einen solchen Raum zu sehen.

Auf einmal fiel ihm sein verdrehter Körper auf. Von der Unmöglichkeit seiner Dehnung erstaunt, schaute er sich im Zimmer nach helfenden Orientierungspunkten um. Doch die anvisierten Objekte verwirrten ihn nur zusätzlich – sie veränderten sich, nahmen spontan andere Formen an; Dinge, die ihm aus seinem persönlichen Umfeld bekannt waren.

Wieso passierte das, wieso veränderten sie sich? Tat er das?

Von der bizarren Situation inspiriert, kam ihm eine Idee. Prüfend imaginierte er, ob er den Raum ändern, ob er auf der Couch seines Wohnzimmers liegen könne. Konzentriert blickte er sich nach jenem Wunschbild um und sah sich nun von oben entspannt auf dem Ledersofa liegen. Bevor er jedoch fähig war, nähere Einzelheiten der häuslichen Umgebung zu erkunden, forderte ihn die Frau auf: »Komm!«, und streckte ihm sanft die Hand entgegen, »ich zeige dir alles.« Das Wohnzimmer und die Couch verschwanden.

Ungeachtet der Tatsache, sich zum Aufstehen erst aus der horizontalen Lage erheben zu müssen, bewegte sich Henrick von dem Bett weg, von einer Kraft getrieben, als entscheide nicht allein er selbst über diese Bewegung, sondern noch etwas anderes an oder in ihm – eine Art Fremdsteuerung. Doch je länger er sich so bewegte, umso mehr schien jene Beeinflussung zum eigenen Willen zu werden – als kehre etwas Altbekanntes zu ihm zurück.

Stehend verweilte er nun neben der Frau. Noch immer konnte

er nicht sprechen. Brennend interessierte ihn, warum sich alles so surreal darstellte, wie in einem Traum, unter den unmöglichsten physischen wie psychischen Umständen.

»Du kehrst in deinen ureigenen Zustand zurück, den du noch nicht vollkommen beherrschen kannst. Gleich dem Erwachen aus einem Koma – noch ohne den vollständigen Besitz aller Vitalfunktionen, körperlicher wie geistiger Fähigkeiten.«

Henrick überlegte, ob er sich die Stimme vielleicht nur einbildete. War es Telepathie? Eine Bewegung ihrer Lippen konnte er jedenfalls nicht erkennen.

»Funktionales Sprechen, Telepathie oder Imagination finden hier allesamt auf der gleichen Ebene statt. Du kannst es noch nicht richtig steuern. Was dich dabei verstört, ist deine in einfachen Kategorien denkende Struktur ... wie ein Mensch. Weil du dich und deine Umgebung als Materie wahrnimmst und glaubst, du bestündest auch jetzt noch aus ihr.«

Obwohl diese Erklärung erneut Verwirrung stiftete, konnte Henrick die Antwort akzeptieren. Nicht weil er sie logisch mit seinem Verstand anerkannte, sondern weil jener neue und zugleich vertraute Teil in ihm dieser Tatsache beipflichtete. Jener Teil, der auch Henricks surreale Fähigkeiten hervorzurufen schien.

Auf einmal erkannte er sie, es war Maria! Jedenfalls wirkte sie so auf ihn, denn schon im nächsten Augenblick verschwamm dieser Eindruck und die Blonde begann uneinheitlich einer früheren Bekannten zu gleichen. Ein kurzes Blinzeln später erkannte er erneut nur Marias Antlitz in ihr. Ihr Aussehen gestaltete sich zerstreut, stets abhängig von Henricks jeweiligem Betrachtungswinkel und seinen begleitenden Gedanken.

Nun positionierte sie sich direkt vor ihm, dicht vor seinem Gesicht. Mit sinnlichem Ausdruck nahm sie seine Hände und blickte ihm tief in die Augen: »Herkunft und Ursprung.«

Ein warmer Strom begann seinen Körper zu durchfluten. Viel unwirklicher als Henrick bisher Marias seltsame Erscheinungen erfuhr, wurde er in ihre Gedanken- und Gefühlswelt gesogen, konfrontiert mit Erfahrungen und Eigenschaften verschiedenster Individuen – ihrer Individuen.

Die Zeit schien gedehnt, als blättere er in einem Buch, in dem er nach Belieben bei jeder einzelnen ihrer Persönlichkeiten stoppen konnte, um jeden Charakter in Ruhe betrachten und nachvollziehen zu können. Kaskaden ungemeinen Glücks durchflossen sein Empfinden, dann unsagbare Qual – intensiv, erleuchtend. Berauscht von Marias mannigfaltigen Erinnerungen, begann Henrick schmerzerfüllt zu lachen: »Es ist wundervoll.«

Die Vision endete sacht. Er besann sich und schaute Maria erschöpft an. Ihm war klar, was ihm diese körperlichen Erscheinungen verdeutlichen sollten: Jede einzelne dieser Vertretungen war Maria selbst, jede besaß ihre Seele!

Und er wusste noch etwas: »Ich bin kein Mensch …«

Von tiefer Verbundenheit umhüllt, erfreute Maria sich seiner Erkenntnis, sie lächelte: »Es wird noch dauern, bis du bereit sein wirst, in deinen Urzustand zurückzukehren. Für den Übergang ist es daher notwendig, deinem noch immer menschlichen Verstand die geschehenen Dinge in vertrauter irdischer Denkweise zu erklären. Es dient dem reibungslosen Wechsel … dem Finden.«

Wohlwollend blickte sie ihn an, bevor die beiden und der Inhalt des Raumes zu schwinden begannen. Einige Augenblicke später hing er in der Luft, in Schwärze getaucht, ähnlich dem Umstand, als er körperlos in die weiß gleißende Leere starrte.

Wieder nahm er nichts Gegenständliches an sich oder seiner Umgebung wahr. Achtsam hegte er die Intention, seine surrealen Fähigkeiten in diesem Nichts zu ergründen, testen zu wollen. Und plötzlich, unter ihm … oder war es über ihm? … Sterne. Komplett um ihn herum leuchteten die Lichter des Universums in überwältigender Schönheit!

Hatte er das getan? Handelte es sich um eine Illusion, eine Simulation? Nie zuvor hatte er die Gestirne in solcher Dimensionalität gesehen. Als könne er sie greifen. Einfach unglaublich!

Da fühlte er Maria bei sich: »Es ist der Weltraum … keine Simulation.«

Wo war sie? Sie berührte seine Gedanken – ungewöhnlich, völlig anders! Näher und intensiver, als es physischer Kontakt je hätte möglich machen können – verschmolzen.

»Von hier kommen wir. Das alles sind wir.«

Henrick durchfuhren Vorstellungen, denen er sich nicht erwehren konnte. Bilder, Situationen und Personen, obskure Lebewesen und Existenzzustände, die ihm bekannt schienen, ihn aber aufgrund ihrer Andersartigkeit abzustoßen drohten. Vor allem war er noch immer vom Anblick des gigantischen Alls überwältigt. Sein Weltraumsparziergang löste einen Freudentaumel aus, eingehüllt von fulminanter Glückseligkeit, nicht wissend, jemals zuvor eine solche Freude erlebt zu haben.

Erst Augenblicke später begann sich sein Gemüt wieder stärker auf die ihm gezeigten Lebensformen zu konzentrieren. Er empfand tiefergehende Gefühle für sie, mehr als bloße Bekanntschaft – er kannte diese verdrehten, seltsamen Gestalten genau! Trotzdem bedurfte ihre meist nicht mal humanoid anmutende Form erheblicher Gewöhnung. Jetzt bemerkte er auch wenige Menschen unter ihnen.

»Du weißt, wer sie sind«, ergänzte Maria seine Empfindungen.

Sie waren ihm so nah, so vertraut, als könne er ihre Lebensgeschichte, ihre Gedanken, Reaktionen und Gefühle simulieren, für sich nachahmen.

»Sie alle warst du oder bist du noch immer. An zahlreichen Orten des Universums, auf anderen Planeten … und auf Erden.« Marias Verlautbarung verstörte ihn kaum. Die Eindrücke wirkten selbstverständlich vertraut. Gerade so, als wenn Eltern ihrem Kind Filmaufnahmen präsentierten, die es zu einem früheren Zeitpunkt seines Lebens zeigten. Schleichend jedoch, angesichts seines deutlicheren Verständnisses, gewann ein altbekanntes Gefühl in ihm Oberhand – Furcht, menschliche Furcht. Sie und seine anhaltende Betrachtung führten zu konsequenter Selbsterkenntnis, manifestiert in einem ausgewachsenen Schrecken, der sich zunächst in Widerstand und dann als Verleugnung formierte.

Noch ehe ihn aber seine Gefühle restlos überwältigen konnten, fand er sich entspannt am Ausgangspunkt seines kleinen Weltraumspaziergangs wieder – in der Mitte des gemütlichen Schlafzimmers. Beiläufig stellte er fest, dass es gar kein richtiges Schlafzimmer war, sondern ein Raum mit einigen hübschen Möbeln, dem aktuellen Wohnstil nachempfunden.

Seltsam, stellte Henrick fest, sein Anflug emotionalen Aufruhrs war verschwunden, hatte sich einfach verflüchtigt!?

Maria stand neben ihm. Gemeinsam richteten sich ihre Blicke durch ein breites, aber gewöhnlich anmutendes Hausfenster – hinaus auf die Erde. Die blaue Kugel leuchtete mit ihren satten Farben die Hälfte der Fensterscheibe aus, neben dem Erdball die absolute Schwärze des Weltraums. Einmal mehr fiel Henrick auf, wie majestätisch dunkel das All doch war!

Im Anblick dieser Schönheit wies Maria ihn erneut auf seine Identität hin: »Deine jetzige körperliche Erscheinung ist nur eine von vielen auf Erden. Wir beide agieren dort zusammen, jeweils in Form vieler Individuen gleichzeitig, … um auf die Menschheit einzuwirken.«

Verträumt sann er über ihre Mitteilung nach, wusste aber nicht, ob er sie richtig verstanden hatte.

Ein blau strahlender Himmel breitete sich plötzlich um die beiden aus, unter ihnen weiße Wolken, durch die sie stehend hindurchtauchten. Die Landmasse Afrikas sowie Teile Süd- und Mitteleuropas erschienen. Ihre Abfahrt verlangsamte sich, bis sie plötzlich mitten in der Luft anhielten, als ständen sie auf einer durchsichtigen, begehbaren Scheibe.

Henrick zierte sich ein wenig über diesen Anblick – direkt unter ihnen die Erde! Auf diese Weise hatte er den Planeten noch nie gesehen. Er lachte und suchte nach seinem Wohnort. Doch unverhofft, als sei ihm ein fremdes Gefühl aufgezwungen worden, realisierte er, dass der Planet nicht seine Heimat war. Sein Lachen verflüchtigte sich. Wo kam er dann in Wirklichkeit her? Was war er? Sollte er etwa all die bizarren Wesen sein, die er zuvor gesehen hatte? Seine Empfindungen wurden schwer. Was war überhaupt passiert? Müsse er jetzt hier, wo immer er auch sei, weiterexistieren?

»Deine Heimkehr vollzieht sich nur langsam. Es braucht seine individuelle Zeit, um zu verstehen. … Mach dir über Zeit aber keine Gedanken. Zeit hat für uns keine Bedeutung. Während dieses Übergangs vergeht keine einzige Sekunde.«

Ein warmes Gefühl drang durch seine Brust, er spürte sein Herz.

Zumindest nahm er an, dass er es spürte, so, wie er auch meinte, noch immer mit seinen Augen zu sehen.

»Es vergeht keine Zeit?«

»Es vergeht nie Zeit, wenn wir es nicht wollen.«

Maria lächelte, ihr Anblick wirkte vereinnahmend, unbeschreibbar liebevoll, dass Henrick keinen Vergleich zu einer irdischen Person dafür heranzuziehen wusste.

»Ich habe so viele Fragen.«

Sie schloss und öffnete ihre Augen: »Du kannst sie stellen. Stell' sie alle.«

Offenbarung

Er wusste nicht, wo er anfangen sollte.

Ohne einen Wechsel bemerkt zu haben, saßen sie plötzlich nebeneinander an einem Fluss, die Beine einen Holzsteg hinunterbaumelnd, ihre Blicke auf die Wasseroberfläche gerichtet.

Unwirklich mildes Wetter umgab die hügelige, mit grünen Wiesen bekleidete Landschaft. Daneben Bäume, deren Kronenlaub sich sanft im satten Blau des Himmels wog. Die traumhafte Natur brachte leise Tiergeräusche hervor, ihre Gattungen undefinierbar.

Die Erde konnte es schon mal nicht sein, das Licht sah anders aus, es besaß ein wärmeres Farbspektrum – alles wirkte eine Nuance dunkler. Henricks Augen blickten hinauf zu weißen, sanften Wolken, an deren Formen er sich wie ein Kind ergötzte.

»Wer sind wir? Und was machen wir mit den Menschen?«

»Wir beide entstammen jeweils zweier der ältesten Spezies des Universums. Wir existieren aber schon lange nicht mehr als das, wie wir einst entstanden: als intelligente Lebewesen, vor Milliarden von Jahren, auf weit entfernten Planeten. Jede Körperlichkeit ist seit Langem Vergangenheit und hat keinerlei Bedeutung mehr für uns.«

Henrick lächelte verlegen und blickte erwartungsvoll aufs Flusswasser.

»Seit Anbeginn allen Daseins wird jeder intelligenten Lebensform des Universums Beistand geleistet. Ohne Hilfestellung hätten sich viele dieser vernunftbegabten Wesen zerstört, grauenhaft behandelt oder zurückentwickelt. Ab dem Moment ihrer Entstehung, sogar noch weit davor, wird auf jede einzelne dieser intelligenten Spezies eingewirkt. Dies geschieht so lange, bis sie eines Tages, körperlich wie spirituell, so weit ist, ein Teil unserer Existenz zu werden.«

Sie wandte ihm ihren Kopf zu und blickte ihn an. Henrick sah nicht überrascht, sondern konzentriert aus. Seine Aufmerksamkeit haftete noch immer auf der glasklaren Wasseroberfläche des Stroms.

»Intelligenten Spezies des Weltraums wird geholfen? … Wie lange wird die Menschheit schon überwacht?«

»Länger, als sie existiert. Jede Entstehung intelligenten Lebens auf Erden sollte gefördert und bewahrt werden. Jede höhere Intelligenz, die sich auf diesem Planeten entwickeln sollte. Mit unserer schützenden Hilfe begannen schließlich primatenartige Lebewesen eine bewusste geistige Entwicklung.«

»Und wer genau bin ich? Woher kommen wir?«

»*Du und ich* haben jeweils eigene Ursprungslebensformen. Auch entstanden diese Spezies in jeweils unterschiedlichen Zeitperioden des jetzigen Universums. All das hat hier für uns aber keine Bedeutung mehr. Seit unserem vor langer Zeit stattgefundenen Übertritt sind wir einander gleich, können alles sein, sind überall und existieren ewig. Zeit und der eigene körperliche Ursprung spielen in dieser Dimensionalität keine Rolle.«

Henrick schwieg, gleichsam schockiert wie überrascht. Maria erklärte weiter: »Wie schon oft in ihrer Entwicklungsgeschichte, steht die menschliche Spezies vor einem gewaltigen Evolutionsschritt. Weit einschneidender noch als einst in ihrer Frühzeit, als erste Hominiden mit selbst erstellten Werkzeugen eine Co-Evolution mit dem Dinglichen eingingen – wodurch sie sich langfristig zu intelligenten Menschen weiterentwickelten. Damals brachte die Verbindung von Mensch und Gegenständlichem immer präzisere Werkzeuge, spezialisiertere Methoden und Fertigkeiten hervor. Sehr viel später dann auch komplizierte Maschinen, Systeme und Computer sowie die noch ausstehende künstliche Intelligenz. Vor allem aber förderte diese Co-Evolution stets die soziale und geistige Entwicklung des Menschen, indem er sich an die ihn unterstützenden Hilfsmittel körperlich anpasste, seinen Geist verfeinerte sowie sein Sozialleben komplexer gestalten musste. Wie für die meisten intelligenten Spezies des Weltraums ist Co-Evolution – das Zusammenspiel mit Werkzeugen und Hilfsmitteln – ein wichtiger Faktor bei der Entwicklung hin zum bewussten geistigen Wesen.«

»Wir halfen Frühmenschen, sich zum bewussten Lebewesen zu entwickeln?«

Sie nickte und folgte Henricks Blick aufs Wasser: »Jetzt ist die Zeit gekommen, den nächsten evolutionären Schritt der Menschheit einzuläuten. Es wird der Aufbruch zu einer neuen Stufe des Denkens und Existierens sein, zum Aufstieg in unsere Dimension. Wir bereiten vor, begleiten und regen sie zu dieser Entwicklung an.«

»Aber worin soll diese Entwicklung – dieser Aufbruch – bestehen? Was werden sie? Wie sollen sie in diese Dimension gelangen? Und wieso nicht gleich? Wieso holen wir sie nicht sofort hierher?«

»Momentan kannst auch du dir nicht vorstellen, was es bedeutet, über den Dimensionen zu stehen. Du bist und denkst noch immer menschlich.« Maria berührte seine Hand, mit der er sich auf den Rand des Holzsteges stützte. Henrick beobachtete sie von der Seite.

»Den Aufbruch und das Erreichen unserer Dimension setzt spirituelle Reife voraus – eine bewusste geistige Einstellung. Man darf dies aber nicht in herkömmlicher Weise verstehen – weder ausschließlich religiös noch rein wissenschaftlich. Zum Beispiel wäre es Stückwerk, diese Dimensionalität allein verstandesgemäß ergründen zu wollen, anhand klassischer Denk- und Vorgehensweisen innerhalb der bekannten Physik – mit bereits definierten Regeln und Vorstellungen, akademisch-wissenschaftlich. Ebenso unvollständig wäre es zu denken, diese Dimensionalität ausschließlich über Spiritualität oder dogmatische Religionslehren erreichen zu können.«

Maria prüfte kurz seinen Gesichtsausdruck und fügte ein Beispiel an: »Anschaulich zeigt es dir vielleicht ein Vergleich zu antiken Elementarlehren, die behaupteten, dass alle existierenden Gegenstände zu unterschiedlichen Anteilen aus den Elementen Feuer, Wasser, Luft und Erde beständen. Diese altertümliche Fehlleistung beschreibt in etwa den Maßstab, wie weit der Mensch momentan noch von dem entfernt ist, was er zu entdecken hat. Besonders was seine spirituell-wissenschaftliche Entwicklung angeht: Geist, Seele und Glaube mit Wissenschaft, Technik und Körperlichkeit zu vereinen. Eine unbeschreiblich große und anspruchsvolle Aufgabe, gerade weil der Mensch nicht annimmt, dass dies zusammengehöre, miteinander vereinbar sei und er überhaupt nach einer Vereinigung dieser Segmente zu suchen habe. Doch genau darin bestehen Weg und Ziel.«

Von Marias Aufklärung desillusioniert, blickte Henrick zurück aufs Wasser. Angesichts seines noch immer menschlichen Empfindens dachte er etwas wehmütig daran, wie er sich auf Erden einst die künftige Entwicklung der Menschheit vorgestellt hatte, archaischer und körperlicher: Fortschritt in der Medizin, verbesserte Nahrungsmittelherstellung oder die Eroberung des Weltraums mit Raumschiffen, um das Universum zu kolonialisieren. Früher oder später brächen dann auf besiedelten Planeten ansatzweise dieselben Konflikte aus, wie sie jetzt auf Erden herrschten, auf ewig fort. Und das sollte jetzt alles ganz anders sein, anders verlaufen? In einer Existenz, die über dem Physischen stand? Eigentlich faszinierend, weil hoffnungsvoller …

Maria ging auf seine Gedanken ein: »Alle technisch hoch entwickelten Spezies stellen sich ihre Zukunft auf materiellen und körperlichen Grundlagen vor. Es gründet auf der Erfahrung, dass in etwas abgewandelter Form immer das kommen mag, was bereits bekannt ist. Für kurze Zeit, manchmal für einige hundert Jahre, stimmen die Zukunftsprognosen einer sich im Entwicklungsprozess befindlichen Intelligenz annähernd mit der eingetretenen Realität überein. … Deine Vorstellungen über die Zukunft sind nicht abwegig, denn tatsächlich wird die Menschheit ihren Lebensstandard verbessern. Eine Zeitlang wird sie sogar den Weltraum ähnlich wie in klassischen Science-Fiction-Märchen bereisen.«

Liebevoll, als wolle sie ihn trösten, legte Maria ihren linken Arm um die Schulter ihres nachdenklichen Freundes: »Mach dir darüber keine Gedanken mehr. Die von uns nun eingeleitete Entwicklung wird etwas sein, wonach alle Menschen immer gesucht haben.«

Henrick rekelte sich unbeholfen. Befangen kratzte er sich eine Weile am Kinn und fragte schließlich: »Dann … dann ist das hier der Himmel?«

»Das ist er«, grinste Maria, über seine Erkenntnis erfreut, »und er ist weder Ersatz noch zufällige Erfüllung der irdischen Hoffnung auf ein Himmelreich. Er ist genau das, was jeder Erdspiritualität und traditionellen Religion obliegt. Mythos sowie der Glaube an einen Himmel entspringen und basieren allein hierauf, auf der Existenz dieses Daseins.«

»Und wir? Was sind wir?«

»Nach menschlich religiösen Vorstellungen und den Dingen, die wir tun, sind wir die in allen Glaubenslehren besagten Engel. Aber das können wir im positiven Sinne nicht immer sein. Besonders im Hinblick darauf, dass wir die Menschheit so nicht weiterexistieren lassen dürfen und ihre Umgestaltung mit einleiten müssen – die Welt wird zerstört werden.«

Henrick überraschte ihre Bestimmtheit. Erstaunt wandte er seinen Blick wieder aufs Wasser.

Maria setzte ihre Erklärungen fort: »Du warst auf Erden jemand, der als Rückhalt installiert war, sozusagen als verhindernde Alternative des bevorstehenden Untergangsszenarios. Dein Abruf war allerdings nicht mehr vonnöten. Um Personen wie dich von ihrer Aufgabe zu entbinden und sie ihr Leben weiterführen zu lassen, korrigieren wir mit diffusen Ereignissen und Eingriffen deren Aufträge. Will die Zielperson trotzdem nicht davon lassen, müssen wir sie aus dem Leben nehmen. Derart irdische Interventionen gestalten sich zusätzlich kompliziert, weil wir stets darum bemüht sind, niemanden aus seinem Dasein zu reißen, schließlich denken und fühlen wir auf Erden wie Menschen – auf Erden sind wir Menschen!«

Interessiert drehte Henrick der Hübschen wieder seinen Kopf zu, Maria lächelte und fügte an: »Weiß jemand zu viel oder will seinen angestammten Auftrag trotzdem erfüllen, bleibt uns keine andere Wahl«, sie blickte ihm in die Augen, »Um einen der Unsrigen zu holen, nutzen wir tödliche Krankheiten, … Krebs, Asthma, auch

Unfälle oder, um akut intervenieren zu können, ein klassisches Herz-Kreislauf-Versagen – wie bei dir. Auch zur Aktivierung eines Auftrages verwenden wir derartige irdische Irritationen. Wir greifen stets unsichtbar und fast immer indirekt ein, um den selbstständigen Entwicklungsprozess einer intelligenten Spezies nicht allzu sehr zu beeinträchtigen.«

Henrick nickte, jedoch stand ihm betretener Missmut im Gesicht. Nicht, weil man ihn hierhergeholt hatte, ihn beschäftigte etwas anderes: »Wenn wir so allmächtig sind und helfen wollen, warum lassen wir die Menschen so sehr leiden? Wozu?«

Maria schwieg, sie schaute aufs Wasser, als suche sie nach passenden Worten, um Henrick ganz ohne Zweifel dies einsehen zu lassen: »Leid gehört zum materiellen Leben und zur individuellen Entwicklung dazu. Darum geht es auf Erden. Wir können und dürfen das nicht ändern oder gar aufheben. Eben weil diese Erfahrungen wichtig sind, um in unserer Dimension – in der diese Qualen nicht bestehen – als spirituell entwickeltes Wesen existieren zu können. … Nur diejenigen, die ihre Triebe selbstständig überwinden konnten, kommen her. Nur diejenigen, die versteckte Selbstsüchte, Bosheit sowie niedere Handlungs- und Denkweisen eingestehen können; die für ihre Taten aufrichtig um Entschuldigung baten und ihren Mitmenschen wiederum deren Taten verzeihen konnten. Sie dürfen kommen, weil sie über ihrem tierischen, instinktiven Vermächtnis stehen – dies bewiesen und verinnerlicht haben. Sie sind etwas anderes geworden und somit fähig, ihren Weg hier weiterzugehen.«

Henrick schwieg verdrossen, er schien an ihrer Offenlegung zu verzagen. Maria spürte Bitternis in ihm aufkommen.

»Aber was wird aus den Menschen, die Unrechtes taten, Schreckliches einander zufügten, sich ihren Trieben hingaben und starben, ohne dies überwunden zu haben? Sie werden dies hier nie erleben können. Sie sind aussortiert und für immer vergangen – in der Hölle!?«

Wie eine tröstende Mutter umarmte Maria ihn fester und rutschte eng an ihn heran. Ihren Kopf lehnte sie ihm seitlich entgegen.

»Keiner vergeht. Niemand. Genau darum geht es. Keiner leidet umsonst und kein sündiger Mensch wird je aussortiert oder auf ewig verbannt. … Dafür sind wir da, denn wir lassen sie wieder-kehren.«

Mit hoffendem Ausdruck wartete er auf die Auflösung ihrer Einleitung.

»Der Großteil aller Menschen schafft es nicht, die bestehenden Auflagen auf Erden zu bewältigen. Die meisten Verstorbenen befinden sich daher in einer Art Warteschleife, da sie nicht in den Himmel, sondern zurück zur Erde geschickt werden. Sie müssen auf Erden ihre spirituelle Entwicklung und Prüfung wiederholen.«

Er war verblüfft. Hieß das etwa, dass es so etwas wie ein Gericht gab? Fiel man durch, gab es eine Wiedergeburt?

»Ja, so könnte man es nennen«, antwortete sie auf seine Gedanken. »Doch nicht nur, dass wir jeder Menschenseele immer wieder eine neue Chance geben, vor allem geben wir ihr auf Erden die nötigen Impulse und herausfordernden Lebensaufgaben.«

Henrick bemerkte den klassischen Inhalt ihrer Ausführungen – die Gleichförmigkeit zu spirituellen Lehren und Weisheiten. Er schüttelte sein Haupt, all dies stammte von hier!? Doch schon haderte er wieder mit dem ihm Unterbreiteten. Er zweifelte an der Grundlage der auf Erden vorhandenen Religionen. Verwirrten diese Lehren nicht vielmehr die Menschen, als dass sie ihnen halfen? Oft quälten und unterdrückten sie sie doch.

Maria erklärte: »In spirituellen Lehren wurden zur Orientierung zahlreiche Werte verankert, die unterstützen und anleiten. Leider werden sie oft fehlinterpretiert, missbraucht, gar für Schlechtes benutzt oder verändert wiedergegeben. Schädlich wirken jedoch nur die menschlichen Ergänzungen zu diesen Lehren. Und genau das gehört für jeden zur Prüfung dazu: das von Menschenhand hinzugefügte Beiwerk zu erkennen und abzusondern.«

»Aber wie können Menschen daraus schlau werden? Was soll das für eine Aufgabe sein, was für eine Lehre? Es macht sie eher verrückter und sie tun sich sogar angesichts dieser Lehren einander etwas an. Wie soll so die geistige Entwicklung der Menschen überhaupt beginnen? … Und wie sollen es diejenigen Menschen verstehen lernen, die immer wieder neu geboren werden und dieselben Fehler erneut begehen? … Was sollen Menschen überhaupt tun, was genau erreichen? Wie sollen sie sich verhalten? Das ist Irrsinn!«

Maria beschwichtigte ihn sanft: »Nun, das Wichtigste, was ein jeder Mensch ohne Grenzen lernen, verstehen und ausüben muss, ist die Liebe. Und damit ist in keinster Weise Sexualität oder Partnerschaft gemeint – jene biologisch-instinktive Anziehung, die sich auf rein körperlichen, intellektuellen und individuellen Vorzügen gründet, manchmal sogar nur aus sächlich-eigennützigen Ursachen eingegangen wird. Liebe beinhaltet auch nicht die anerzogenen Eigenschaften, nett, hilfsbereit oder gerecht zueinander zu sein. Wahre Liebe ist die Fähigkeit, gegenüber jedem und allem von seinen Instinkten und Prägungen ablassen zu können, angefangen dabei, seinen Mitmenschen willentlich zu verzeihen, sowie aus wahrem Herzen gleichsam den Mut aufzubringen, sie um Vergebung zu bitten. Liebe bedeutet, Selbstzwecke, Schwächen und Unwägbarkeiten des eigenen Charakters zu erkennen, dies umzulenken und nicht mehr zu bedienen, sich für alle Menschen gleichsam einzusetzen – auch für die scheinbar wertlosen oder die schlechten – sie zu akzeptieren und auf sie einzugehen. Wer das nicht schafft, wird an der puren körperlichen Existenz nichts je überwinden können und nicht nach unseren Maßstäben fähig sein zu existieren. Liebe ist der wichtigste und einzig mögliche Schritt auf der Leiter zu uns. Einen anderen Weg gibt es nicht.«

Henricks Entrüstung war einem verlegenen Ausdruck gewichen. Maria strich ihm sanft über die Hand und fuhr fort: »Aus diesem Grunde schicken wir Seelen, die noch nicht reif sind, auf die Erde zurück. Manche brauchen für Erkenntnis und Änderung ihres Verhaltens bis zuletzt – sie entdecken uns erst, wenn ihre Zivilisation selbst beginnt, ansatzweise in unsere Dimensionalität vorzudringen. Daher, um die spirituelle Entwicklung der Menschheit voranzutreiben, werden wir diese Welt nun zu einem erheblichen Teil zerstören. Wir reinigen sie grundlegend von schlechten Einflüssen, von menschlichen, geistigen und dinglichen, die den Weg zu uns verhindern; auch vernichten wir die verborgenen Mächte der Welt, die alle krank gemacht haben. Wir tun dies einerseits, damit Menschen gegenüber sich und ihrer Umgebung für die Ausübung von Liebe empfänglicher werden und andererseits, damit auch die schwermütigsten Seelen anhand der neuen physikalischen Forschungsgebiete in den kommenden Jahrhunderten erkennen können, dass es um den Übergang von einer materiellen in eine spirituelle Existenz geht: Verstand und Seele, Glaube und Liebe.«

Henrick konnte es nicht fassen. In all der schändlichen Welt mit ihren garstigen, gierigen und betrügenden Verhaltensweisen, der Selbstgerechten und Egoisten, war das Einzige, worauf es letztendlich ankommen sollte, ohne Bedingung Liebe auszuüben? Von ganzem Herzen einander zu verzeihen und um Vergebung zu bitten? Nur darum ging es letztendlich?

Maria nickte.

Während Henrick ihre Erklärung einerseits regelrecht überwältigte, ja fast lähmte, fasste ein anderer Teil seines Bewusstseins das Gesagte beinahe entspannt auf. Vielleicht, weil es so eindeutig, so einleuchtend war, als erhielte er die Lösung eines verwirrenden Rätsels, nach dessen Antwort er zwar nie spezifisch gefragt, aber immer gesucht hatte.

»Es ist nicht wichtig, wer man war, wie hübsch, angesehen oder wie viel Geld man hatte. Es gelten lediglich die Umstände, wie man sich selbst überwand, selbstsüchtige oder selbstbemitleidende Instinkte und Prägungen verbannte, ihnen nicht gehorchte, um daraus echte, uneigennützige Liebe gegenüber anderen zu formen. Gier, Eigensüchte und Selbstherrlichkeit haben nichts mit Liebe zu tun. Schuld einzugestehen und jemandem wahrhaftig und für immer zu verzeihen, ist Liebe. Traurigerweise realisieren die meisten Menschen ihre eigene Verantwortlichkeit dabei nicht. Nicht mal, wenn man sie direkt anspricht. Sie stimmen zwar artig zu und erheben den Zeigefinger, bösartige Verhaltensweisen schieben sie jedoch von sich weg, verdrängen sie, unterstellen sie weiter nur anderen, was erneut lediglich instinktiver Selbstsucht entspricht. Ihnen fehlen Konsequenz und Verständnis der eigenen Persönlichkeit, vor allem aber Glaube, Wille und Liebe für die Entwicklung ihrer Seele.«

Ihre Worte ließen eine vertraute Vision in Henrick entstehen, den Eindruck, zu einem alten Gefühl zurückzukehren – seinen Ursprung, seine Heimat. Obwohl er sich mit seinem Verstand nicht mal an eine winzige Einzelheit aus dieser Welt erinnern konnte, entstand doch ein kurzes verbindendes Gefühl zu dieser Herkunft. Maria bemerkte seine Emotionen und gesellte sich seinen Gedanken hinzu. Zusammen fühlten sie ihre jeweiligen Zivilisationen, auf deren Bühnen sie einst selbst ihre individuellen Prüfungen über sich ergehen ließen.

Nach einer Weile fuhr Maria ergänzend zu diesen Impressionen fort: »Leider ist den Menschen fast nie bewusst, dass sie geprüft werden und dass sie gute, aufrichtige Entscheidungen treffen sollen. Doch eben diese schwierigen Umstände, die zunächst wie eine Ausweglosigkeit erscheinen, haben eine essenzielle Funktion: Nur so beweist uns ein Mensch, dass er sich aus freiem Willen gegen das entscheidet, was ihm seine primitiven Instinkte, Lebensumstände und neurotischen, anerzogenen Gefühle bequemerweise raten. Dies ist die Prüfung, die Menschen Zeit ihres Lebens bestehen müssen. Nur wenn sie diesen widrigen Umständen trotzen, zeigt es ihren Willen, ihren Glauben und die Fähigkeit zur Überwindung. ... Wir helfen an einigen Stellen indirekt nach. ... Erkenntnis und Entschluss müssen jedoch von jedem allein kommen.«

Etwas an oder in ihm schien diese Erläuterung bereits zu kennen. Doch noch immer zögerte sein menschlicher Verstand, diesem inständigen Wissen nachzugeben. Denn warum hatten es einige Menschen auf Erden so viel schwerer als andere? Warum gab es so unterschiedliche Ausgangssituationen für jeden Einzelnen bei dieser Prüfung?

Zur besseren Erläuterung setzte sich Maria aufrechter neben ihn hin. Noch immer war ihr Arm um seine Schultern gelegt.

»Vom Blickpunkt, dass einzelne Menschen jeweils viel Unrecht und Leid durchstehen müssen, ist es verständlich, dass du die Unterschiedlichkeit der Menschen mit Argwohn betrachtest. Doch die Welt ist nicht schrecklich, weil *wir* sie ihnen schrecklich gestalten, sondern weil Menschen diesen Zustand selbst hervorrufen. Kein Mensch wird von uns darin bevor- oder benachteiligt, auch weil angesichts des eigentlichen Ziels – einer individuell-spirituellen Entwicklung – soziale wie materielle Belange nur von äußerst relativer und widersprüchlicher Bedeutung sind. Beispielsweise hat es ein verwöhntes Kind der reichen Welt schwerer, klare Erkenntnisse bezüglich Liebe und Verzeihen auszuformen, als ein Kind eines armen Landes. Für wiederkehrende Seelen werden die irdischen Rahmenbedingungen genutzt, da jeder Mensch auf Erden erneut individuell tangiert und geprüft werden muss: Schöne und Begehrte, Egoisten, Bequeme und gut Situierte, … Rachsüchtige, Mörder, Heuchler und Betrüger. Aber auch die Ängstlichen, die Armen, die Selbstbemitleidenden, die Schwachen und Unterdrückten, Begabte und ihre Neider. … Am Ende zählt für jeden nur die Fähigkeit zur Liebe sowie die Überwindung, aus freiem Willen und von ganzem Herzen einander verzeihen und um Verzeihung bitten zu können. Für diese Bürde braucht es enorme Kraft, selbst wenn man weiß, was zu tun ist.«

Maria hielt inne und sah mit entspanntem Ausdruck in die Ferne. Henrick erregte ihre Darlegung, doch ihm kamen erneut Zweifel und Irritationen. Was passierte zum Beispiel mit Menschen, die sprichwörtlich höllische Taten auf Erden begingen?

Maria kommentierte umgehend seinen Gedanken: »Jeder Mensch wird mit all seinen Taten und seinem Charakter begutachtet. Alles, von jedem Einzelnen, ist aufgezeichnet und wird analysiert, bis die letzten Abgründe von Geist und Seele. Keine Empfindung, kein Gedanke entgeht uns, alles wird berücksichtigt und gerecht beurteilt. Niemand braucht Angst vor ewiger Bestrafung zu haben, da kein Mensch grundsätzlich für die menschlichen Instinkte, spezifischen genetischen Eigenschaften und Lebensumstände, die sein tierisches Handeln, Denken und Verhalten bedingen, verantwortlich ist. Trotzdem setzen wir jeden Menschen bei seiner Wiederkunft auf Erden spezifischen Umständen und Konstellationen aus, manchmal verschärften Aufgaben, die seinen vorangegangenen Taten entsprechen. … Doch nicht die Schuld der Taten an sich, sondern nur das Ausbleiben von Erkenntnis und Verhaltensänderung hat ein jeder für sich selbst zu verantworten.«

In diesem Moment wurde Henrick etwas ganz anderes klar. Fast erschrocken sah er zu Maria herüber, gebärdete sich unsicher, als wisse er nicht, wie er es richtig formulieren solle.

»Gott existiert …?!«

Maria drückte ihn. »Selbstverständlich. … Die Menschen müssen

Gott suchen. Sie werden ihn nur finden und erkennen, wenn sie sich zur Suche entschließen und überzeugt sind, dass es ihn gibt. Gott kann sich nur zeigen, wenn Menschen nicht allein nur glauben wollen, sondern bereit sind zu wissen, dass er existiert.«

Henrick folgerte nüchtern: »Erst wenn man von Gottes Existenz überzeugt ist, sieht man ihn?! Erst wenn man danach sucht, kann man ihn sehen? ... Hört sich wie das Heisenberg'sche Unschärfegesetz an – als sei es den Gesetzmäßigkeiten der Quantenphysik entnommen.«

»Ja«, schmunzelte Maria entzückt, »die Richtung stimmt! ... Einzig durch Gott können wir existieren. Gott durchdringt, bedingt und ist alles: zeitlos, dimensionslos, ohne jegliche Beschränkung – unvorstellbar, unbeschreiblich. Niemand ist in der Lage, diese Allmacht vollständig zu erfassen.«

Zerstreut schaute Henrick in die Ferne des romantischen Flusslaufs. In einiger Entfernung sah er eine Art Vogel gemütlich auf dem Wasser schwimmen, unbeeindruckt von kleinen Wellen durchgeschaukelt. Das Geschöpf sah so fremd aus.

Maria fügte ihren Worten an: »Wer Instinkte, Neurosen und Selbstsüchte vernachlässigt – unentgeltliche Liebe ausübt – wird Gott sehen. Für diese Menschen entsteht die Verbindung.«

Henrick war wie trunken. »Was ist dann die Erde?«

Sie schwieg. Mit eindeutigem Blick munterte sie ihn zu einer eigenen Schlussfolgerung auf.

»Es ist ... ist es etwa die Hölle?« Nickend bejahte sie seine Feststellung und vervollkommnete das Fazit: »Gleichermaßen wie die Erde die Hölle ist, kommt auf Erden alles Teuflische vom Menschen selbst. Teuflisch und dämonisch sind Metaphern für das Tierische im Menschen. Das Teuflische ist nichts Fremdes, das als etwas Drittes auf das Individuum Einfluss nimmt, sondern liegt im Menschen selbst – in seinen Trieben und Instinkten.« Sie machte eine kurze Pause, damit Henrick die Mitteilung verarbeiten konnte, dann forderte sie ihn auf: »Du hast noch mehr Fragen, stelle sie.«

Kurz überlegte er, ob es nicht trivial wäre, menschliche Fragen zu stellen, denn offensichtlich war er ja kein Mensch. Trotzdem tat er es weiter.

»Wie funktioniert das alles hier? Ich meine, wenn wir alles tun können, … wie sehen die Facetten dieser Existenz aus? Was kann man machen, was ist man? Dafür muss es doch Parameter, Inhalte und Lebensweisen geben. Wo sind die Grenzen, die moralischen Hürden?«

»Ganz recht«, lachte sie, »aber die würdest du nicht ganz begreifen können, als ein Wesen mit einem menschlichen Verstand.« Sie drückte seine Hand. »Das heißt natürlich nicht, dass du dazu nicht mal ansatzweise in der Lage wärst. Doch klänge es für dich vollkommen widersprüchlich und missverständlich. Als wolle man dir sagen, dass Schuld keine wahre Schuld sei. Dass Wertigkeiten jeder Art nur eine untergeordnete Rolle spielen. Du könntest es nicht nachvollziehen, nicht verstehen, weil du automatisch weltliche Situationen und Grundsätze annähmst – dass man hier verbrecherisch sein oder die herrschende Freiheit ausnützen könne. Somit würdest du schließlich meinen, dass es sich um Selbstbetrug handele, eine Art Qual oder Verzicht. Weil man sich auch hier zur Rechtschaffenheit, Moral und Ordnung erziehen müsse.«

Henrick nickte, entgegnete aber: »Das verstehe ich nicht.«

»Wenn ich dir beispielsweise sage, dass wir hier niemals sterben und all das sind, was wir sein wollen, erfährst du mit deinem menschlichen Verstand eine Art Blockierung, weil der Gedanke an eine ewige, unbeschränkte Existenz, in der man nie mehr vergeht, instinktive Ängste heraufbeschwört – Ängste, die aus den Grundsätzen deiner Welt stammen. Du nähmst an, dass man sich hier langweilen könne. Dass man etwas sein könne, das Negatives oder Verrücktes anstellt – destruktive, verstörende Dinge. Du würdest aus der Erfahrung deines materiellen Lebens auch vermuten, dass man Glück hier nur in einem vorgegaukelten Zustand erleben würde – wie bei einer berauschenden Droge.« Maria schmiegte sich an Henrick und blickte einmal kurz, als wolle sie die Frische der Luft genießen, nach oben. »Materiellen Wesen gegenüber ist es zu kompliziert und beinahe unmöglich, dies annähernd verständlich zu erklären. Hier gelten Regeln nicht in jener Weise, wie man sie von einer Welt kennt, die auf physischen Bedingungen und Bedürfnissen fußt und so die Instinkte ihrer Lebewesen formt. Geschlechtliche Rollen, biologisch-instinktive Werte und jegliche Talente, die sowohl das Überleben sichern als auch kulturellen Lebenssinn spenden, sind hier höchstens eine Art Akzent, etwas, das man zwar erleben kann, aber innerhalb dieser Dimension unvollständig und absolut belanglos bleibt. Der menschliche Verstand kann dies nur mühselig erfassen, beziehungsweise er kann Beschreibungen darüber nur falsch zuordnen. Man muss es selbst erleben, nur so erklärt es sich.«

Henrick schüttelte fasziniert den Kopf.

»Aber was ist, wenn sich zwei Individuen aus freien Stücken dazu entscheiden, sich einander auszulöschen, hier etwas Verrücktes, etwas Bizarres miteinander zu tun oder zu veranstalten. Wer überwacht das? Wäre das nicht ein Problem, ein moralisches?«

»Ein Problem ist es zunächst einmal in deinem Kopf.« Maria tippte mit ihrem langen Zeigefinger an seine Stirn und lächelte bezaubernd. »Die Nervenkitzel und oftmals seltsamen Dinge, die sich Menschen auf Erden antun, sind hier bedeutungslos, ohne das, was man als ›Kick‹ bezeichnen könnte. Um das zu verstehen, darfst du nicht in Empfindungskategorien von Lebewesen denken, die aus ihrer weltlichen Lebensweise Leidenschaften oder neurotische Eigen- und Abartigkeiten entwickelt haben. Vor unserem Existenzhintergrund macht es wenig Sinn und es übt keinen Reiz aus. Nicht, weil wir es nicht könnten, dafür taub sind oder verbieten würden, sondern weil uns diese Optionen nicht kümmern. Wie gesagt, Vergleiche oder Beispiele würden mehr Verwirrung als Erleuchtung stiften.«

Henrick überlegte. Gab es denn keine Individuen, die gerade aufgrund ihrer Freiheit mal wieder ihre Instinkte erleben wollten? Noch ehe er diesen Gedanken in Worte fassen konnte, antwortete Maria: »Verboten, dies auszuleben, ist es nicht. Nur gibt es, wie schon gesagt, weit mehr. Vielleicht hilft dir der Vergleich – auch wenn er im direkten Bezug absolut hinkt – dass es in etwa so wäre, als könne eine Babyrassel einen Erwachsenen so sehr faszinieren, wie sie ein Neugeborenes in ihrem Bann hält. Als könne sich ein Mensch für etwas interessieren, das ihn emotional völlig kalt lässt. ... Das bedeutet, dass, selbst wenn uns das Leben mit seinen Qualen bestimmte Leidenschaften abgerungen hat, diese hier völlig irrelevant und trivial werden.«

»Aber manche Menschen mögen das Leiden und das Quälen.«

»Ja, als Menschen, mit ihren aufgeprägten Denk- und Gefühlsmustern. Deshalb prüfen wir sie. Seelen, die hier aufgenommen wurden, haben vorher auf Erden bestimmte Dinge verstanden und willentlich verinnerlicht. Sie bestehen nicht mehr allein aus dem, was sie als biologische Lebewesen antrieb, weshalb sie hier beginnen können, etwas anderes zu werden.«

Willentlich verinnerlicht? Maria sprach ständig vom freien Willen?! Wie meinte sie das? Henrick begann über die Theorien zum »freien Willen« nachzudenken, er grübelte. Sollte also der Mensch auf Erden fähig werden, seinen freien Willen zu benutzen, obwohl doch schon die moderne Psychiatrieforschung den freien Willen mittels Kernspinaufnahmen eindeutig widerlegt hatte? Wie sollte es dann für einen Menschen überhaupt möglich sein, sich »aus freiem Willen« für Nächstenliebe und Uneigennützigkeit zu entscheiden?

»Haben Menschen wirklich einen freien Willen? Ich meine, … Wissenschaftler fanden doch heraus, dass, noch bevor ein Mensch aktiv reagiert, sich sein Gehirn bereits für eine Handlung entschieden hat. Und noch viel wesentlicher – dass alle Entscheidungen und Verhaltensweisen bereits angelegt sind. Nur in einem winzigen Rahmen könne ein Mensch deshalb handeln und denken, wobei Prägungen und genetische Anlagen den überwiegenden Teil seines Verhaltens und seiner Entscheidungen bestimmen. … Kann es vor diesem Hintergrund dann überhaupt eine freie Wahl geben? Alles ist vorherbestimmtes Schicksal, nichts auf Erden kann nach freiem Willen beeinflusst werden. Es gibt keine Wahlmöglichkeit, keinen Zufall für einen Menschen.«

»Henrick«, sie erwartete diese Schlussfolgerung, »Schicksal und Zufall gehören zusammen, sie sind dasselbe, so, wie Glaube und freier Wille dasselbe sind. Schicksal und Zufall sind vielmehr das Gegenteil von Glauben und freiem Willen.« Henrick dachte eine Weile darüber nach, verstand aber nicht. Er wollte gerade nachhaken, als Marias Verlautbarung weiterer Aufschluss folgte: »Das Schicksal ist im Leben all das, was dich automatisch beeinflusst. Deine Schwächen, deine Stärken. Sie entstehen aus deinen Instinkten, deinen angeborenen Talenten, deinen Selbstsüchten, aus deinen familiären und mitmenschlichen Prägungen, weshalb du einen bestimmten Weg im Leben einschlagen wirst. Der Zufall hilft dabei, dass sich dein Schicksal erfüllt. Und es wird sich erfüllen, auf die ein oder andere Weise, früher oder später. ... Der freie Wille kann hingegen deine Instinkte aufhalten – Ängste, Sehnsüchte, Hass, automatische Denk- und Verhaltensweisen, die sich anbahnen, umgesetzt zu werden. Handelst du also aus Angst, Habsucht, Selbstmitleid oder Niedertracht, muss dein freier Wille stark genug sein, die Reaktionen dieser Antriebe zu unterbinden. Dann besitzt du den freien Willen. Freier Wille bedeutet, sich noch umentscheiden zu können, nachdem Instinkte und Prägungen bereits entschieden haben – noch bevor dein Gehirn die eigentliche Reaktion ausführen kann. ... Hast du schließlich den freien Willen, unterstützt du mit Glauben dessen Umwandlung in wahre Liebe. Nur so gelingt es. All dies verhindert dein bloßes Schicksal und formt es um. Fortan bestimmst *du* und nicht mehr dein tierischer Anteil.«

Henrick blinzelte mit den Augen, er versuchte, das von ihr Gesagte einzuordnen.

»Aber warum sollen nur der freie Wille und der Glaube Positives produzieren? Manchmal ist es doch vielleicht auch umgekehrt!?«

Maria lächelte und fuhr fort: »Das stimmt. Da das Schicksal sehr oft positives Aussehen besitzt, wie gleichfalls die Ausübung uneigennütziger Liebe unbequem sein kann, kommt es im Leben aufgrund nackter Zweckmäßigkeit häufig zu Wirrungen und Unstetigkeiten, was schließlich zur Auflösung selbstloser Liebe führt«, sie blickte Henrick an, »letzten Endes verursachen selbstsüchtige Instinkte und anerzogene Handlungsweisen aber immer destruktive Prozesse – Hass, Missgunst und Niedertracht. Nur uneigennützige Liebe, entstanden aus freiem Willen und Glauben, verhindert die Befolgung stumpfer Instinkte und Prägungen.«

»Aber man kann sich doch auch aus freiem Willen für Selbstsucht entscheiden!?«

»Nein. Denn für Selbstsucht brauchst du keinen Willen. Selbstsucht ist in erster Linie das Nachgeben gegenüber deinen Instinkten. Zum Beispiel beim Begehren eines attraktiven Partners oder bei der Suche nach sexueller Abwechselung – all dies sind Instinkte zur vorteilhafteren Arterhaltung. Sie bleiben rein tierisch. Lebensprägungen verstärken diese Instinkte, formen sie schließlich zu Leidenschaften, Sehnsüchten, Verhaltensneurosen oder Komplexen um. Manche glauben, dahinter befände sich Liebe. ... Uneigennützige Liebe entsteht jedoch nur aus willentlicher Entscheidung für sie. Umgekehrt könntest du auch sagen, dass man nur im Besitz des freien Willens ist, wenn man unvergeltliche Nächstenliebe ausübt.«

»Ja, aber ... eine Mutter, die ihr Kind stillt und sich um es kümmert, tut es doch ansatzweise auch aus Instinkt – aus instinktiver Mutterliebe, die doch wiederum positiv ist.«

»Sie tut es in erster Linie aus instinktiver Liebe, ja. Und genau darum geht es: Liebe nicht aus Instinkt heraus zu leben, sondern aus freiem Willen und den Glauben daran. Auch wenn das biologische Verhalten einer stillenden Mutter positiv zu bewerten ist, bleibt es doch instinktiv – ein biologischer Arterhaltungstrieb, der keine uneigennützige Liebe darstellt. Was aber nicht heißt, dass eine jede Mutter-Kind-Beziehung nur von einem biologischen Nutzen dominiert wäre. Umgekehrt wäre es nämlich eine wahrhaft liebevolle Handlung, wenn sich eine ungewollt schwanger gewordene Frau trotz herrschender Selbstsüchte, Bequemlichkeiten und Eigenbedürfnisse für das Austragen ihres Kindes entscheidet. Trotz aller Hindernisse, in willentlicher Überwindung.«

»Aber, wie soll man Instinkte und eigene Bedürfnisse nicht mehr bedienen. Wie soll das gehen?«

Maria streichelte mit ihrer Hand seine Schulter und relativierte: »Bevor man anfängt, uneigennützige Liebe auszuüben, ist es wichtig, sich einander die aus Instinkten und Prägungen erfolgten Vergehen zu verzeihen, sowie seine Mitmenschen für die eigenen Fehler um Entschuldigung zu bitten – aus vollem Herzen, aus willentlicher Entscheidung. Es beweist, dass man sich trotz Hass, Missgunst, Scheu, Arroganz oder Sturheit gegen einen bloßen Automatismus entschieden hat.«

Henricks Gefühle schwankten. War denn die Umsetzung der geforderten Selbstlosigkeit nicht praktisch unmöglich, vom Menschen einfach zu viel verlangt?

»Ja, es ist schwierig, Abscheu, Ängste und Zorn zu überwinden, eingespielte Reaktionsmuster und Lebensprägungen zu erkennen, sie abzuändern und Selbstzwecke nicht mehr zu bedienen. Es ist schwer, weil es dein Wesen verändert, deine Seele und die dich umgebende Welt.«

Noch einmal drückte sie ihn verständnisvoll. »Du wirst es bald verstehen, habe Vertrauen.«

Zuversichtlich, dass sich seine Zweifel bei vollständiger Rückkehr wie versprochen auflösen würden, beschloss Henrick, nun einige Fragen zur Beeinflussung der Menschen auf Erden zu stellen. Unbedingt noch als Mensch wollte er wissen, wie diese Einwirkungen funktionierten. Wie griffen sie zum Beispiel mit Religionen auf das Erdgeschehen ein? Und warum taten sie es ausgerechnet auf diese verwirrende Weise?

»Die in den Religionen vorhandenen Ratschläge zur Liebe, zur Wiedergeburt sowie die Hinweise zu gutem und schlechtem Verhalten stammen ausschließlich von uns. Destruktive und selbstgerechte Dinge, oder die Überzeugung, auf der wahren Seite des Glaubens zu stehen, wurden nur von Menschen den Religionen hinzugefügt. Wir ließen dies bestehen, damit Menschen beweisen, dass sie die zersetzenden Beimischungen selbständig erkennen und von der Liebe separieren können.«

Natürlich musste es so sein! Betreten schüttelte Henrick den Kopf und lachte. Plötzlich schwebte er, wieder erblickte er unter sich die Erde, seine unbewussten Sehnsüchte ließen diesen Anblick entstehen. Er ahnte, welche Freiheiten und Möglichkeiten ihn hier erwarteten, wenngleich ihn doch seine banalen, instinktiven Gedanken etwas beschämten – sich so menschlich, so selbstorientiert auf all dies zu freuen!

»Was kann ich alles tun?«

»Solange du noch ein Mensch bist, erlangst du deine Fähigkeiten nur langsam und in eng begrenztem Maße zurück. Es dient deinem Schutz, damit du nicht überfordert oder überwältigt wirst.«

Henrick schaute auf die Erde und konzentrierte sich darauf, eine Person dort unten zu erspähen. Sein Blick schärfte sich, er empfand die Fähigkeiten eines Adlers. Und tatsächlich, er sah Menschen an dem von ihm fixierten Punkt! Plötzlich, rechts und links an seinen

Armen – Flügel … er besaß Flügel! Die Schwingen eines Adlers! Was war geschehen? Hatte sich die Empfindung, wie ein Adler sein zu wollen, real vergegenwärtigt? Oder war es Einbildung, eine Vision?

Maria antwortete in seinen Gedanken: »Im Grunde ist es immer das, was du willst: Realität oder Vision. Auch eine Kombination aus beidem. Dein in Kategorien typisiertes Denken ist diesbezüglich ungenau.«

Mit flatternden Bewegungen breitete er seine Flügel über der leuchtenden Erde aus und bemerkte, dass es keine Gedanken brauchte, um Adlerschwingen zu haben. Als bräuchte er weder Körper noch Intellekt, lediglich Liebe … seine Seele! – Das Einzige, um verstehen und existieren zu können. Einmal mehr verstand er jetzt, warum das Abstreifen der Instinkte so wichtig war.

Beeindruckt von dieser Erfahrung, glitt er zurück in menschlich-analytisches Denken. Verstört fragte er sich sogleich, ob er denn in diesem jenseitigen Zustand überhaupt noch Entscheidungsgewalt über Vorstellungen und Wünsche besäße?

Sofort aber wurde dieses Bangen von einer anderen, ungestümeren Eingebung abgelöst: einer Frage zu einer sehr alten Idee – einer irdischen Verschwörungstheorie. Er schüttelte verschmitzt den Kopf, er wusste nicht, wie es richtig formulieren sollte.

»Was ist mit all diesem UFO-Zeug … du weißt schon, diese Sichtungen. Sind wir das?«

Maria lächelte und entgegnete: »Obwohl die Menschheit ironischerweise tatsächlich von außen beobachtet wird, sind wir nie als grüne Männchen auf Erden gelandet. Angesichts unserer Allmächtigkeit wäre ein solches Vorgehen auch vollkommen unsinnig. UFO-Verschwörungstheoretiker wie auch Esoteriker kratzen mit ihren Vorstellungen nur an der Oberfläche. Das ist aber durchaus zweckrelevant, dienen deren Verdächtigungen und Lehren doch als Katalysator, indem sie Menschen dazu anregen, sich mit dem nicht Wahrnehmbaren auseinanderzusetzen – was über Umwege letzten Endes zu uns führt.«

Henrick wollte weiter herausfinden, was hier alles möglich sei. Ohne nennenswert auffälligen Übergang fand er sich im Haus seiner

Kindheit wieder. Doch im Gegensatz zu seiner freudigen Erwartung sah alles verschwommen aus, als könne sich seine irdische Heimat nicht einwandfrei für ihn materialisieren.

»Du zweifelst an deinen Fähigkeiten. Lass ab von deiner Überzeugung, dass nur die Erinnerung etwas zurückholen kann. Versuche es ohne intellektuellen Rückruf.«

Er dachte an die Flügel des Adlers.

Gegenstände wurden plötzlich klarer, unkompliziert. Gewürzdosen standen in einem Regal vor ihm, während er sich durch einen Küchenraum zu bewegen begann. Über die Glastür einer Veranda trat er hinaus in einen großen Garten. Henricks Augen glänzten, ihn faszinierte es, nach Belieben alles Mögliche der Vergangenheit wiederholen zu können, als habe er die Befähigung, durch die Zeit zu reisen.

»Wir stehen über der Zeit, wir herrschen über sie«, bestätigte Maria sein Gefühl.

Henrick hegte den Wunsch, seine Frau noch einmal wiederzusehen, sie erleben und empfinden zu können. Vielleicht so, wie er sie einst vor vielen Jahren kennen und lieben gelernt hatte.

»Es steht dir offen.«

Sein Wunsch und seine Erwartung veränderten unverzüglich den Hausgarten seiner Kindheit. Aus Emotionen und Gedanken formte sich ein Ort der Vergangenheit, ein Waldstück, wo er mit Diana oft und gern die Zeit verbracht hatte. Konnte er dies wirklich in allen Einzelheiten wiedererleben?

Maria saß neben ihm auf einer Holzbank vor einem idyllischen Laubwald. Traumhaft war die Umgebung. Die Sonne stand hoch, ein paar Pferde grasten auf einer Wiese. Sogar die Gefühle von damals empfand er. Irritierend nur, dass seine Frau trotzdem fehlte.

Maria wirkte indessen verschwommen, undeutlich. Wie Wellen im Wasser bewegte sich ihr Antlitz, ehe es sich in scharfen Konturen als Gesicht seiner Frau festigte.

Was sollte das bedeuten? Konnte sich Diana nicht an seine Seite begeben? Musste Maria seine Frau ersetzen, als profane Täuschung? Es gab also doch Grenzen!

»Es gibt keine«, flüsterte Maria in Gestalt seiner Frau. Ihr Verhalten und ihr Gebären änderten sich vor seinen Augen, bis alles an ihr, bis ins kleinste Detail, Diana glich. Sie schaute ihm länger in die Augen und ergänzte: »Deswegen haben wir uns gefunden.«

Henrick hatte nicht richtig hingehört, ihm wurde schwindelig, als ob sich wieder seine Migräne einstellen wollte. Diesmal nur mit dem Unterschied, dass sein Schwindel Einbildung zu sein schien, als erzeuge er ihn selbst.

»Lass es zu. Du weißt es«, regte Diana sein Grübeln an. Henrick spürte Eindringliches. Endlich, als habe man ihm einen Stoß gegeben, verstand er: Diana war Maria, und umgekehrt! Beide Frauen waren vollkommen identisch, dieselbe Seele!

»Viele der dir im Leben begegneten Menschen waren unsere eigenen Vertretungen. Kamerad, Freund, Beziehungspartner, um die mitgegebenen Talente des jeweils Anderen zu wecken. Selbst als Feinde traten wir auf.«

Henrick schüttelte erstaunt den Kopf.

»Durch gemeinsame Interaktionen können wir auf Erden wesentlich natürlicher und zielgerichteter intervenieren. Wir duplizieren unseren Geistes- und Seelenzustand, den wir dann mit spezifisch ausgestatteten Eigenschaften zur Erde hinabschicken. Dort werden wir als gewöhnliche Menschen geboren. Unsere irdischen Vertretungen helfen sich dabei gegenseitig, ihre Aufgabe zu finden und sie zu erfüllen. Der alleinige Umgang mit echten Menschen würde unsere Bestimmung abschwächen oder vollkommen zunichtemachen. Daher stehen wir während unseres irdisch-menschlichen Lebens überwiegend in Kontakt und Interaktion zu Anderen unserer gesandten Repräsentanten. ... Deine sind stets männlich, meine immer weiblich. Und nur wir beide sind für die Menschen zuständig, nur wir beide kommen in unterschiedlichen Formen auf die Erde herab.«

Perplex ging ihm dazu eine einfache Frage durch den Kopf: War sie etwa jede seiner Liebesbeziehungen?

»Ja, für die meisten deiner irdischen Persönlichkeiten bin ich es. Wie du auch für mich. Das ist wichtig, denn unser gesamtes Eingreifen auf Erden verhält sich wie ein gewaltiges Schachspiel, bei dem wir die Möglichkeit haben, jeden Zug zurückzunehmen und das Ganze vollständig anders ablaufen zu lassen – bis wir das erforderliche Ergebnis erhalten. Allerdings müssen wir längst nicht überall mit duplizierten Vertretungen unseres Selbst eingreifen. Vieles erübrigt sich. … Wir können sehen, ob nicht auch ein natürlicher Mensch allein oder mit nur einer unserer Persönlichkeiten interagieren kann. Indirekt beeinflussen wir diese natürliche Person dann selbstverständlich auch – meist ein Mensch, für den es nützlich sein kann, in seiner spirituellen Situation beeinflusst zu werden.«

»Das würde bedeuten, dass alles überwacht wird? Dass alles auf Erden so kommt, wie wir es hier wollen?«

»Nicht ganz, wir beeinflussen nur wesentliche Bereiche. Dinge, die für die weitere Entwicklung der Menschheit essenziell vonnöten sind, sprich, wo wir unbrauchbare Katastrophen oder Destruktionen aufhalten und geistige Entfaltung fördern können. … Manchmal lassen wir Katastrophen auch einfach geschehen – wenn aus ihnen ein vorteilhafter Wandel hervorgeht. Oder wir initiieren die Vernichtung vollständig selbst, so wie jetzt, bei der von uns eingeleiteten Zerstörung der Welt.«

Die Zerstörung der Welt – genau das interessierte ihn: »Du sagtest, ich sei eine Alternative gewesen, um die Vernichtung der Welt aufzuhalten. Warum sollte ich die Zerstörung aber nun nicht mehr verhindern? Was genau war mein Auftrag? Warum entschied man sich anders?«

»Deine Arbeit an den prophetischen Texten hätte einen anderen Zeitverlauf hervorgerufen. Genau genommen war deine Aufgabe, uns aufzuzeigen, was geschehen wäre, wenn wir die Menschheit mit den von dir veröffentlichten Prophezeiungen auf die kommenden Katastrophen aufmerksam gemacht hätten. Deine korrekt vorhergesagten Ereignisse beeinflussten die Menschen schließlich so sehr, dass Naturkatastrophen und der dritte Weltkrieg verhindert wurden. Die Bevölkerung konnte sich vor Naturkatastrophen schützen und aktiv gegen den dritten Weltkrieg vorgehen. Trotzdem zog all dies keine wesentliche Veränderung menschlicher Lebens- und Verhaltensweisen nach sich – der eigentliche Auftrag der Prophezeiungen schlug fehl: eine Veränderung des menschlichen Denkens und Handelns hervorzurufen. Nicht sehr lange fragte man sich, was hinter den Prophezeiungen steckte, woher sie stammten, wie es sein konnte, dass sie die Zukunft vorhersagten. Keiner glaubte, dass es von Gott kam. Den Menschen fehlte dazu die passende konsequente Eingebung. … Also entschied Gott, das von dir eingeleitete Alternativszenario aufzuheben und stattdessen die Zerstörung der Welt geschehen zu lassen. All dies findet sich nun in der Bibel unter dem Oberbegriff eines Endkampfes, einer gewaltigen Zerstörung – als ›Harmagedon‹.«

»Warum habt ihr dann aber so lange gebraucht, um mich aufzuhalten? Warum habt ihr mich zuerst gebeten aufzuhören und mich dann schließlich doch so hart aus dem Leben genommen?«

»Auf diese Weise halten wir unsere Charaktere immer auf. Wir versuchen es zunächst durch oberflächliche Beeinflussung, anhand zwielichtiger Ereignisse, die den Repräsentanten zur Umkehr zwingen sollen. Bei den meisten wirkt es. Für dich blieb uns letztes Endes aber kein anderer Ausweg.«

Henrick blinzelte mit den Augen: »Und was war mit Bachspiel? Seine Veröffentlichung?«

»Bachspiel war unter anderem dazu auserkoren, deine finale Entdeckungsgabe in Gang zu setzen. Zugleich beinhaltete sein Veröffentlichungsversuch selber einen weiteren, von uns installierten Alternativverlauf. Durch deine und Bachspiels Existenz, wie auch durch viele andere installierte Charaktere, die den kommenden Weltuntergang anhand exakter Details in der Öffentlichkeit verlautbart hätten, erhielten wir viele unterschiedliche Verlaufsszenarien der Menschheitsgeschichte. Alle zeigten jedoch nichts Positives auf, weshalb wir unsere Repräsentanten entweder aus dem Leben nahmen oder sie von ihrem Auftrag abhielten.«

Als wüsste Henrick es schon immer, fügte er prägnant hinzu: »Bachspiel war ich, eine andere Vertretung meines Selbst?« Diana nickte.

In Anbetracht dieser Erkenntnis veränderte sich Henricks Gemüt, was Dianas Aussehen unvermittelt schwinden und Marias Antlitz zurückkehren ließ. Sie saßen nun nicht mehr auf der Bank am Waldesrand, sondern vor einem Gebäude, dessen Umgebung Henricks ehemalige Universität zeigte.

»Warum habt ihr mich dann überhaupt dort hinuntergeschickt?

Wenn ich doch eh nichts aufhalten sollte. Warum habt ihr es nicht gleich sein lassen? Konntet ihr meine Existenz nicht im Nachhinein aufheben? Dass ich erst gar nicht als Henrick existiert hätte? Damit wäre eine Menge Arbeit und Leid erspart geblieben.«

»Du musstest in dieser materiell-zeitlichen Realität als Planfigur vorhanden sein, damit wir alle Eventualitäten des Ereignisablaufs abschätzen und den bestmöglichen ermitteln konnten.«

»Aber, … konntet ihr mit der euch gegebenen Allmacht nicht einfach den ganzen Zeitablauf von vornherein abschätzen? Ohne Planfiguren?«

»Nein. Zu unseren Grundsätzen gehört, die Regeln der materiellen Welt einzuhalten, was heißt, ausschließlich unter Beachtung bestimmter Auflagen auf das Weltgeschehen einwirken zu dürfen – nach Zeit, Materie und Raum. Diese uns auferlegten Gesetze gewährleisten, dass wir uns nicht allzu vorteilig in den individuellen Entwicklungsprozess einer intelligenten Lebensform einmischen, damit eine möglichst natürliche Entfaltung garantiert werden kann. Es dient dem Selbstverständnis und der Autarkie einer Spezies.«

Henrick verzog die Mundwinkel und fragte: »Und wie sehen diese Auflagen aus?«

»Beispielsweise gliedern wir alle unsere entsandten Persönlichkeiten immer im Vorhinein vollständig in die Menschheitsgeschichte ein. Es steht schon fest, wann ein Repräsentant als Mensch geboren wird und in Erscheinung tritt. Niemand wird nach Bedarf auf Erden eingeschleust. Gewöhnlich werden aber längst nicht alle entsandten Individuen genutzt, manche werden nie aktiviert. Sie dienen als Joker für unser Schachspiel, meist aber verleben sie ihr Dasein völlig banal.«

Henrick fiel auf, dass Maria die Kleidung seiner Frau trug. Er wartete einen Moment und fragte dann: »Wie wird die Zerstörung auf Erden eingeleitet werden?«

»Für die Erfüllung unseres Plans zögerten unsere Repräsentanten auf Erden unzählige Male Kriege hinaus und ließen sie anders ablaufen. Schließlich wogen wir alles miteinander ab und brachten das vom Menschen gemachte Geschehen mit den geplanten Naturereignissen in eine Reihenfolge, dessen Ergebnis eine allumfassende, grauenhafte Zerstörung war. *Dies* änderte die Einstellung der Menschheit und ließ sie einen konstruktiven Weg einschlagen.«

»Wieso *war*, wieso *einschlagen ließ*? Ist es schon passiert? Liegt es bereits hinter uns?«

»Im Grunde genommen ja. Wir betrachten den gesamten Zeitverlauf immer auf einmal, mit allen Eingriffen, Wechselwirkungen und Konsequenzen unserer auf die Menschheit angesetzten Charaktere. Alle Ereignisse der Weltgeschichte liegen gleichzeitig, wie ein Plan, vor uns. Für uns geschieht alles in nur einem Moment.«

Henrick versank plötzlich in Gedanken, starrte vor sich hin. Mit bedauerndem Unterton, dessen Sarkasmus schwer zu überhören war, entgegnete er bilanzierend: »Das war also der Grund meines Lebens. Na ja, wenigstens gab es einen.« Maria umarmte ihn verständnisvoll, nicht daran gelegen, ihn erinnern zu wollen, dass seine menschlichen Gefühle eigentlich irrelevant waren. Denn das waren sie nicht – solange er ein Mensch war.

Sie fuhr mit ihren Erklärungen fort: »Wie ich schon erwähnte, zählt es zu unseren obersten Bedingungen, nie zu tief in die natürliche Entwicklung einer Spezies einzugreifen. Jede Spezies ist ein Unikat und so behandeln wir sie. Wir wollen jeder biologischen Form ihre Chance auf persönliche Entfaltung geben. Doch es gibt Ausnahmen.«

Henrick schwebte wieder im Weltraum und schaute auf das blaue Licht der schimmernden Erde hinab. So, wie er sie vorhin noch sah, wollte die Kugel aber nun nicht mehr dem vertrauten Anblick gleichen. Ihre Landmassen sahen verändert aus, sie waren viel grüner. War es überhaupt die Erde? Da tauchte Marias Stimme flüsternd in seinem Kopf auf: »Der Untergang der Riesenechsen.«

Im nächsten Moment beanspruchte eine lichtgewaltige, blendende Explosion Henricks volle Aufmerksamkeit. Er wollte die Augen verdecken, hielt reflexartig seine Hände vor sein Gesicht, nur um erneut feststellen zu müssen, dass sie fehlten – sich als reaktives Überbleibsel seiner menschlichen Biologie herausstellten.

Was war dieses Licht auf der Planetenoberfläche gewesen? Was sagte Maria? »Untergang der Riesenechsen«? Und tatsächlich: Er war Zeuge des Einschlages geworden, der das Leben auf Erden so dramatisch verändert hatte – die Auslöschung der Dinosaurier. Maria kommentierte das Geschehen: »Bei nahezu jeder Spezies, egal ob intelligent oder nicht, wenden wir derart vernichtende Ereignisse ab.« Henrick wunderte sich. Wieso sah man dann bei den Dinosauriern tatenlos zu? Was wollte sie ihm damit sagen?

»Wir haben uns den Existenzverlauf der Riesenechsen ohne den sie vernichtenden Asteroideneinschlag genau angeschaut. Im Laufe ihres Daseins kristallisierte sich aber keine Veränderung ihrer Lebensart heraus, sie blieben wie sie waren, ohne höheren intelligenten Funken. Gleiches galt auch für die neben ihnen bestehenden Lebewesen. … Das Stattfinden der Asteroidenkatastrophe setzte allerdings eine ganz andere Entwicklung in Gang, die über lange Sicht eine intelligente Lebensform gebar. Also verhinderten wir das natürliche Unheil der Echsen nicht.«

Henrick war verwundert. An dem Schauspiel interessierte ihn aber noch etwas ganz anderes: »Wieso sind wir in der Lage, uns das anzuschauen?« Prüfend blickte er auf die Erde, auf der sich vom Einschlagsort mittlerweile ein gewaltiger Feuerball seinen Weg über die Erdkruste bahnte. »Sind wir zurück in die Zeit gereist?«

»Genau genommen gibt es für uns keine Zeit. Um dies hier zu sehen, mussten wir nicht ›zurückkreisen‹. Es geschieht jetzt, dies ist der Moment des Einschlags. Die Einstufung von Zeit in physikalische Raster, worin dann mit dem definierten Begriff theoretisch gearbeitet wird, ist ein typisch maschinelles Denken industrieller Gemüter. Diese Vorstellungen von Zeit passen gegenüber Raum, Materie und Energie, auch gegenüber der Relativität von Zeit, sie stoßen aber bei nahezu allen erweiterten Formen der Physik an ihre Grenzen. Besonders gegenüber dem, was sich noch hinter den geläufigen physikalischen Lehren verborgen hält.«

»Wie funktioniert all das? Das ganze System, das wir zur Beeinflussung der Menschen benutzen. Ich möchte es gern kennen lernen und verstehen.«

Maria erschien neben ihm. Vor ihnen tat sich plötzlich ein mit grellem Licht durchfluteter Raum auf: eine weiß strahlende Aula mit einigen podestartigen Treppenstufen. Nichts stand in diesem Saal herum – keine Apparaturen, keine Einrichtung, Lampen oder

Computer. Nicht mal ein Hinweis oder Symbol, das andeutete, dass dies ein Zentrum von Beeinflussung und Überwachung war. Auch war nicht zu erkennen, auf welche Weise eigentlich die äußerst seltsame Oberflächenbeleuchtung der Aula entstand, die mit ihrem blütenreinen Weiß wie ein Klischee des Himmels wirkte.

Während Henrick noch vor der Aula in einer Tür stand, hatte er den Eindruck, sich an verschiedenen Positionen des Raumes gleichzeitig zu befinden. Als hätte er viele Augen, die aus unterschiedlichen Blickwinkeln den Saal begutachteten.

»Damit dein menschlicher Verstand die Komplexität des Einflusses auf Zeit und Menschen begreifen kann, bilden wir für dich im Folgenden nun Metaphern ab. Sachbegriffe und materielle Anschauungen werden dir verdeutlichen, wie das Prinzip unseres irdischen Eingreifens funktioniert.«

Links und rechts begannen sich die Wände der Aula plötzlich ins Unendliche zu strecken. Dem Effekt gleich, wenn zwei voreinander gehaltene Spiegel eine endlos lange Röhre erzeugten – kein Ende mehr sichtbar. Ein schmaler, schlauchartiger Raum mit breitgezogener Vorderwand entstand, in der durch große, runde Fenster die Sterne hineinfunkelten. Henrick verstand, dass die Impression das Innere eines Raumschiffes symbolisieren sollte – eine Art Steuer- oder Relaisstation. Aber so nackt und synthetisch? Der unerfindlich weiße, aber nicht blendende Eindruck der Oberflächen erinnerte ihn an die sauberen Kulissen aus Hygienespots, in denen Frauen vor blank geputzten Badezimmern und Küchen Reinigungsprodukte bewarben.

»Wie du richtig erkannt hast, stellt dies eine Steuerzentrale dar, von der aus wir auf Erden alles überwachen, organisieren oder indirekt beeinflussen. Es ist ein Raumschiff im Erdorbit.«

Sie bewegten sich auf eines der großen Fenster zu, die in regelmäßigen Abständen die endlose Bordwand zierten. Gemeinsam schauten sie hinaus, um Erde und Mond zu betrachten. Nachdem sie den Erdtrabanten eine Weile angeschaut hatten, unterstrich Maria diesen Anblick mit einem weiteren Hinweis: »Der Erde wurden wichtige physikalische Impulse gegeben – ein Mond, damit sich das Leben auf ihr solider entwickeln konnte. Er diente zur Achsenstabilisation und Abbremsung der Erddrehung. So entstand zwischen Planetenkern und Erdkruste eine jeweils eigene Rotationsgeschwindigkeit, was als Folge ein schützendes Magnetfeld generierte.« Henrick staunte, er konnte kaum fassen, wo der Himmel, nein, wo Gott überall seine Finger im Spiel gehabt hatte.

Beide wandten sich vom Fenster ab und Maria begann die Funktionsweise des Einflusses auf Erden zu beschreiben: »Du fragst dich, warum dieses Raumschiff auseinandergezogen ist. Stell dir vor, dass wir es vor vier Millionen Jahren, in der Frühzeit der Menschheit, starteten. Den hinteren Teil des Schiffes – das Heck – verankerten wir dabei fest in dieser Frühzeit, während wir mit dem Vorderrumpf Tag für Tag der menschlichen Gegenwart um die Erde folgten, sodass sich unser Schiff seit seinem Start immer weiter auseinanderzog und um den gesamten Planeten wickelte – ohne zu reißen, wie ein Tunnel. In der fernen Zukunft, um das Jahr 3800, hielten wir schließlich an und befestigten dort den Bug des in die Länge gezogenen Raumschiffes. Wir konnten das Schiff nun von vorn bis hinten durchschreiten und aus den einzelnen Fenstern die jeweilige Zeitperiode auf Erden beschauen und beeinflussen – eine Übersicht der gesamten Menschheitsgeschichte.«

Henrick war für einen Moment nicht klar, ob ihre bizarre Beschreibung tatsächlich nur eine Metapher oder aber doch die wahrhaftig benutzte Intervention aufzeigte. Schließlich berücksichtigte Maria – auch wenn die Darstellung für physikalische Begriffe eigentlich absurd war – bekannte Entsprechungen in Bezug auf Raum und Zeit. Doch die Antwort auf seine Gedanken folgte prompt: »Wir beschreiben es mit Funktionsweisen, die für Menschen nachvollziehbar sind. Mit bekannten physikalischen Gesetzen von Realität und Kontinuität. Die Metapher ist stark vereinfacht und dient der Entlastung deiner begrenzten Vorstellungskraft. Die tatsächliche Funktions- und Wirkweise wäre nicht mal im Ansatz in konservativ menschliches Denken zu übersetzen.«

Henrick hatte begriffen – es war also so, als wollte er einem antiken Römer erklären, wie ein Fernseher funktioniert und wie man damit fernsieht. Maria korrigierte sein Äquivalent: »Für unsere Welt hinkt ein solches Gleichnis, denn ein Römer ist ein Mensch wie du.

Auch dass es sich um eine Gegenüberstellung unterschiedlicher Perioden einer sich entwickelnden Welt handelt, stellt deine Analogie zu uns ins falsche Licht. In unserer Dimensionalität – auch wenn man dies noch nicht mal korrekt mit dem Begriff ›Dimension‹ wiedergeben kann – gibt es keine unterschiedlichen technischen oder moralischen Entwicklungsstufen mehr, so wie zwischen einem Römer und dir. Es gibt kein ›Weiter‹ im herkömmlichen Fortschrittssinne, hier erfolgen keine weiteren funktionalen Entwicklungsprozesse.«

»Aber es geht immer weiter. In der Entwicklung?«, er stockte kurz, »der geistigen, spirituellen Entwicklung?« Henrick lächelte verschüchtert.

Als genieße sie es, auf seinen menschlichen Lapsus mit einer Kostprobe ihrer Existenz zu antworten, zog sie ihn liebevoll an sich heran, schloss die Augen und küsste ihn zärtlich auf den Mund. Henrick war überwältigt und verwirrt zugleich, denn er fühlte nicht das, was man sonst bei einem Kuss fühlte. Alle Empfindungen nahmen nur noch eines wahr: unbeschreibliche Unendlichkeit. Jede Art von Instinkt war darin aufgehoben, zeitlos, als würde er alles je Geschehene auf einmal sehen. Und da, für einen winzigen Moment, war er wirklich er selbst – wie er wirklich war, ein Teil des Himmels, der Ewigkeit.

»Du denkst, dass sich alles stets weiterentwickeln würde, dass Fortschritt keinen Endpunkt kenne. Aber wir sind das, worauf alle Zivilisationen des Universums hinsteuern. Entwicklung und Fortschritt sind hier geschehen und vollendet. Dies bedeutet nicht Stillstand, sondern ist das Ziel, ist *Alles*.«

Henrick war von dem Kuss noch immer ganz verwirrt. Zur Ablenkung blickte er den gedehnten Schiffsgang entlang.

»Wo genau in der Zeit befinden wir uns hier?« Er deutete auf eines der Fenster.

»Schau hinaus«, antwortete sie.

Ein Blick auf die unter ihm liegende Erde schärfte Henricks Augen. Wie in seiner Vision als Adler konnte er auf der Erdoberfläche nun wieder alles nach Lust und Laune heranholen, mehr noch, jede Einzelheit durchstöbern – Bäume, Straßen, Gegenstände, Autos. Plötzlich vermochte er auch Mauern und Dächer zu durchdringen, seine Vogelperspektive drehte sich in die Horizontale. Schon sah er sich Gesichtern zufällig auftauchender Menschen gegenüber, automatisch ihren Gedanken und Emotionen ausgesetzt. Unwillkürlich verfing er sich derart heftig in ihren Gemütsaffekten, dass er nicht mehr eindeutig zwischen Fremd- und Eigenempfinden unterscheiden konnte. Sein Herz begann zu rasen, er versuchte sich zu lösen! Kraft seiner Gedanken schaffte er es nicht, der Klemme zu entkommen. Fahrig wandte er sich schließlich vom Schiffsfenster ab, was einen solchen Ruck hervorrief, dass er hart auf den Boden des Raumschiffes fiel.

Seltsam, wunderte sich Henrick, der Aufprall tat nicht weh – oder doch? Er rappelte sich wieder auf und atmete einige Male durch. Erst jetzt realisierte er, dass er die Welt der 1960er Jahre wahrgenommen hatte.

Maria erklärte ihm die Bedeutung der Fenster: »Jede dieser Öffnungen repräsentiert einen anderen Zeitabschnitt auf Erden. Gehst du die Fensterreihe hinauf, siehst du an jeder folgenden Scheibe zukünftige Zeiten, gehst du in die andere Richtung, erscheinen dir vergangene Zeiten. Trotzdem herrscht für jedes dieser Fenster Gegenwart, in die wir von hier aus direkt eingreifen können.«

Demonstrativ blickte sie hinaus und konzentrierte sich kurz auf den blauen Planeten. »Die von mir an diesem Fenster vorgenommene Beeinflussung kann in ihrer Wirkung an den folgenden Fenstern sofort beobachtet werden. Nehme ich hier also eine Intervention vor, dann kannst du unmittelbar an einem der weiter hinten gelegenen Fenster sehen, welchen Effekt das Ganze genommen hat. Von dort hinten teilst du mir schließlich auch mit, was sich verändert hat. … Auf diese Weise planen und gestalten wir das Geschehen bis ins kleinste Detail. Allerdings beeinflussen wir es immer nur indirekt, meist sind es kleine Störungen unserer Repräsentanten oder indirekte Informationen, die wir an sie weitergeben. Ähnlich wirken wir auch auf natürliche Menschen ein.«

»Ihr ruft euch also die vorgenommenen Störungen und eingetretenen Veränderungen durch den langen Gang dieses Schiffes einander zu? Um die Entwicklung abschätzen zu können?«

Maria wackelte verspielt mit dem Kopf, signalisierend, dass sein

Befund zu diesem Sinnbild im Grunde richtig war. Dann vervollständigte sie seine Interpretation: »Wir rufen uns nichts zu. Wir teilen uns die stattgefundenen Änderungen mit und beraten dann darüber. Außerdem sind es *wir beide* – du und ich – und nicht irgendwelche Anderen, die all dies hier lenken.« Für eine Sekunde zuckte Henricks Miene. Anspielungen, dass er hierher gehörte, musste er jedes Mal ganz von Neuem verarbeiten.

Unverzüglich offenbarte sich nun auch die besagte Arbeitsweise innerhalb des bizarren Raumschiffes. Mehrere Personen, die angesichts ihrer schnellen Bewegungen für Henrick nahezu unkenntlich waren, bewegten sich durch es hindurch. Sie beobachteten und beeinflussten, gaben Anweisungen, kommunizierten miteinander, glichen ab, passten an, prüften die Auswirkungen ihrer Beeinflussungen und änderten sie wieder. Die Geschwindigkeit des Schauspiels erinnerte Henrick an Zeitrafferaufnahmen aus Filmen und Dokumentationen, wenn der Verlauf von Jahreszeiten veranschaulicht wurde oder nächtliche Autolichter die Verkehrsströme einer Stadt aufzeigten. Allerdings wirkten die Interaktionen an Bord dieses Schiffes nicht wie eine Zusammenfassung langwieriger Prozesse, sondern wie die tatsächlich dafür in Anspruch genommene Zeit – nur wenige Sekunden. Der gesamte Verlauf schien für die Involvierten in nur einem Moment stattzufinden, alles auf einmal, als hätte Zeit keine Bedeutung.

Maria erklärte ihm die Details: »Um Ereignisse und jedwede Eventualitäten auf Erden verfolgen, prüfen und gegebenenfalls korrigieren zu können, sind unzählige Eingriffe notwendig. Daher reagieren wir multipel – alle Personen, die du hier schemenhaft wahrnimmst, sind wir selbst.«

Henrick ergänzte ihre Worte überrascht: »Wir teilen uns bei diesem Vorgang wieder in Kopien auf? Wie bei unseren irdischen Charakteren?«

»Keine Kopien. Wir sind nie Kopien. Für einen Menschen ist es aber zu kompliziert, die Funktion, die dahinter steckt, exakt und verständlich zu verdeutlichen. Was du zu diesem Schaubild lediglich wissen musst, ist, dass wir auf diese Weise koordinierter entscheiden können, welchen Prozess wir auf Erden in Gang setzen und welchen nicht.«

Henrick wurde mulmig zumute, seine Gedanken kreisten um die »duplizierten Geisteszustände« – seine Repräsentanten auf Erden und im Himmel –, wie auch immer er sie nennen oder definieren sollte. Was würde es für ihn bedeuten, wenn er vollständig in diese Dimension zurückkehrte? Was geschähe mit ihm, seinem Ich? Würde er überschrieben werden? Würde er zu jemand anderem? Könnte er gar auf ewig jemand anderer werden und trotzdem noch immer vorhanden sein – anwesend, und doch nicht real, ohne sich bemerkbar machen zu können? Gefangen in seiner Seele …? Wer konnte schon wirklich wissen, ob nicht ein Teil seiner Persönlichkeit dauerhaft gefangen oder gelähmt bliebe.

Maria spürte den sich anbahnenden Identitätskonflikt.

»Nichts bleibt gelähmt, nichts von deiner Persönlichkeit wird gefangen. Bist Du vollständig zurückgekehrt, wird nichts ausgelöscht oder überschrieben. Stell es dir wie eine Fusion vor, in der du jederzeit wieder Henrick werden kannst, in der du immer Henrick bist. Nichts von deiner momentanen menschlichen Persönlichkeit wird erstarren oder beschädigt werden. Du bist und bleibst Henrick, wie eine Laune oder Charaktereigenschaft, die in bestimmten Momenten zum Vorschein kommt. Henrick wird immer ein Teil von dir bleiben, vertraue mir.«

Hilflos seiner geistigen Vernichtung ausgesetzt, wandte er sich von ihr ab.

»Sieh her«, geduldig zog Maria ihn wieder zu sich heran und blickte ihm tief in die Augen. »Dies hier haben wir schon so oft getan, mit den beinahe immer selben Fragen und Antworten. Wer wir sind, was wir machen, worin unser Auftrag besteht. Ebenso empfängst auch du meine heimkehrenden Persönlichkeiten.«

»Eine Kopie von mir empfängt dich.«

Was würde er bloß fühlen, wenn er mit den Anderen seines Selbst verschmelze? Stand ihm ein gedanklicher oder emotionaler Kollaps bevor? Ausgerechnet hier, im Himmel? Wie absurd!

Zum Schutze seines vor einen zerreißenden Abgrund geführten Ichs, begannen seine Gedanken die Möglichkeit zu spinnen, einer eigens erschaffenen Welt aufgesessen zu sein, seinem Hirn entsprungen – sich lediglich im Netz einer durch Drogen hervorgerufenen Wahnvorstellung zu befinden.

Maria stoppte die sich ausbreitende Gefahr. Sie umarmte ihn fest und hielt ihn bei sich. Es half dabei, seinen Geist zu stabilisieren, Urvertrauen zurückzugewinnen. Henrick brauchte einen Moment zum Abschalten, zum Ordnen seiner Gedanken und Gefühle, ehe er sich wieder auf etwas einlassen konnte – einlassen wollte. Während auch er Maria fest umschlungen hielt, dachte er an Dinge, die ihm für immer verloren gehen würden. Weder kommentierte sie seine Bedenken, noch wollte sie sie zerstreuen. Sanft wog sie ihn in ihren Armen und strich ihm liebevoll über den Rücken.

Seelenzustände in ihren eigentlichen Urzustand zurückzuversetzen, bedurfte willentlichen Loslassens. Druck, egal welcher Art, behinderte den Prozess, konnte ihn gar stoppen und auflösen. Ohne Klarheit und geistige Bereitschaft des zurückkehrenden Repräsentanten durfte der entscheidende Schritt nicht gegangen werden.

Wenn man von Zeit hätte sprechen wollen, so dauerte es für Henrick wohl eine Viertelstunde, bis er sich von Maria löste und sich auf den weißen Boden der Aula setzte. Er war fertig, fühlte sich erledigt, als müsse er schlafen. Doch wollte er nicht ruhen und gestand sich nüchtern ein, dass Schlaf hier wohl kaum von echtem Nutzen sein konnte. Er erhob sich wieder und wanderte benommen auf die endlose Front zahlloser Fenster zu. Noch ehe er eine der Öffnungen erreicht hatte, drehte er sich mit beherztem Gesichtsausdruck nach Maria um und fragte: »Du sagtest, dass ich nur eingeschränkt beeinflussbar gewesen wäre, damit ich von der Erfüllung meines Auftrages nicht abgehalten werden konnte. In welchem Umfang konnte ich denn beeinflusst werden?«

Er wirkte tapfer, versuchte seine an ihm nagende Verzweifelung zu überspielen. Um ihn nicht weiter zu verunsichern, formulierte Maria neutral und unmissverständlich: »Es war deine Migräne, jene seltsamen Aussetzer, wenn du dich nicht richtig orientieren konntest oder dich plötzlich nur schwer an Vergangenes erinnertest.«

Henrick war überrascht, dies zu hören: »Meine Migräne?«

»Ja, Migräne. Jene zu dieser Epoche so häufig anzutreffende Befindlichkeitsstörung. Mit ihr steuerten wir dich. Darüber hinaus diente sie deinen Angehörigen als Erklärung deines Todes. Sie sahen ein, dass du an jenem Abend dein massives Herz-Kreislauf-Versagen mit deiner Migräne verwechselt haben musstest. Die neben dir liegenden Tabletten deuteten darauf hin.«

Henrick stockte der Atem, seine Augen richteten sich einmal mehr erstaunt auf Maria. Er war also tatsächlich tot? Vorsätzlich vermied Maria darauf einzugehen und setzte stattdessen ihre Erklärungen zur Fremdsteuerung fort: »Angesichts der für deinen Auftrag benötigten Persönlichkeitsautonomie erfuhrst du nur sehr selten unmittelbare Beeinflussung. Wir waren nur unter bestimmten Umständen in der Lage, dich zu beeinflussen. Übernahmen wir aber die Kontrolle, war dir dies im Nachhinein nur als Aussetzer erklärbar. Der entstandene Zeit- und Erinnerungsverlust blieb dir dabei unter einem Bewusstseinsnebel dauerhaft verborgen.«

»Bewusstseinsnebel dauerhaft verborgen ...?« Bestürzt von ihrer Mitteilung war er nicht, vielmehr packte ihn ein anderes Gefühl – dass er den von ihr zuletzt ausgesprochenen Satz selbst verfasst hätte.

Maria setzte sich auf eine der leuchtenden Treppenstufen und betrachtete Henrick erwartungsvoll: »Wie hast du dich gerade gefühlt? War an dem Satz etwas fremd?«

Während er sich neben ihr niederkniete, versuchte er sich zu erklären: »Ja, seltsam. Als wisse oder kenne ich etwas, einfach so – wie bei einem Déjà-vu.«

Sie unterstützte sein Grübeln: »Der Satz stammt von deinem hier existierenden Urbewusstsein. Es war und es ist dein eigenes Gedächtnis.«

Henrick empfand den eingepflanzten Satz nicht als fremd oder aufdringlich. Eher, als sei er auf Betrachtungen gestoßen, denen er neue hinzufügen konnte. Oder war es umgekehrt? Jedenfalls änderte dies nichts an seiner Persönlichkeit, erschien ihm widernatürlich oder wurde von ihm abgelehnt. Es war vielmehr wie eine Rückkehr, als erschließe er eine Vergangenheit, zu der ihm viele alte Einfälle und Anekdoten in den Sinn kamen.

Maria brachte ihm weitere migränebedingte Irritationen nahe: »Erinnerst du dich an den Zettel aus dem Schwimmbad? *Wir* wiesen dich dazu an, ihn zu schreiben. Er enthielt gezielte Informationen eines zukünftigen Ereignisses – einer Nachrichtensendung, die du an jenem Abend im Billardcafé mit den Worten des Zettels vergleichen solltest. Dieses Ereignis sowie die anschließend mit mir im Billardraum stattgefundene Blickbegegnung waren Versuche, dich auf sanfte Weise zu verwirren, sodass dir anhand deiner psychologischen Fachkenntnisse die vorangegangenen Ereignisse einmal mehr als purer Irrsinn bewusst würden. ... Damit du letztendlich von weiteren Dechiffrierungen abließest.«

Wie von außen eingegeben, bemerkte Henrick nun, dass in »Murielent« – einem Wort auf dem Zettel – der Name »Uriel« steckte: ein Erzengel der Bibel! Maria lächelte ihn an, Henrick verstand umgehend, was ihm dies sagen sollte.

»Was noch ... was habt ihr noch getan?«

»Als du vor Wagner durch die Kasseler Innenstadt flüchtetest ...«

Henrick blinzelte.

»Als du dich während deiner Flucht unter dem Dach des Friseursalons unterstelltest, durchfuhr dich ein Migränekopfschmerz unglaublicher Intensität, erinnerst du dich? Es war kein Zufall, dass du Wagner anschließend in der Bar trafst – es war von euch so verabredet worden. ... Vor dem Eingang des Friseurs vereinbartet ihr den Fortgang eurer Jagd, während du kurzfristig deines eigentlichen Bewusstseins enthoben warst.«

»Und was war mit Wagner ...?«

»Im Gegensatz zu dir war Wagner während all eurer Begegnungen seines primären Bewusstseins enthoben. Auch er war selbstverständlich einer deiner anderen Vertreter auf Erden, der dich von deinen Entschlüsselungen abhalten sollte, indem er dir unter fadenscheinigen Vorwänden Angst einjagte. Hätten sie gewirkt, hättest du als Henrick Merten weiter auf Erden verbleiben können.«

»Was hatte es dann aber mit den schwächeren Attacken meiner Migräne auf sich? Die Anfälle, die keine Erinnerungslücken, sondern eher Schwindel und eingeschränktes Sehen hervorriefen? War das einfach nur Migräne?«

»Leichtere Migräneattacken, ohne Schwinden deines Bewusstseins, markierten Punkte, ab denen wir einen alternativen Geschehensverlauf generierten. Beispielsweise innerhalb des Erstgesprächs mit Bachspiel – um die Unterhaltung zwischen euch zweckkonform verlaufen zu lassen. … Oder als du Wagner im Schwimmbad begegnetest – die am Beckenrand mit Wagner eigentlich stattgefundene, aber unvorteilhaft verlaufende Unterhaltung hoben wir auf. Ebenso eure Konversationen vorm Eingang des Schwimmbades und an deinem Auto vor der Klinik. Sie fanden faktisch nicht statt. Der dabei von uns abgeänderte Verlauf der Zeit fiel dir lediglich als Symptom deiner Migräne auf. … Auch im Billardcafé trafst du Wagner – als du dich noch wundertest, warum Leonard so schnell zurückgekehrt war. Allerdings durften wir aus kausalen Gründen des vorangegangenen Ereignisverlaufs diese Begegnung zeitlich nicht rückgängig machen. Für die Streichung aus deinem Gedächtnis mussten wir also dein Bewusstsein manipulieren, was den Eindruck erzeugte, dass der Ablauf zu kurz gewesen oder die Zeit zu schnell vergangen wäre. … Erinnerst du dich an den kurzen Schmerz in deiner Schläfe, als du allein am Billardtisch standest?«

Henrick nickte, er war verblüfft und verwirrt zugleich.

»Also, meine Befindlichkeitsstörung diente in erster Linie der direkten Einflussnahme. Gibt es noch mehr, um den Geist und die Handlung zu beeinflussen?«

»Leichte psychische Störungen. Sie helfen uns, unsere Identitäten in angepeilte Richtungen und Situationen ihres Lebens zu steuern. Wir geben ihnen eine genetische Prädisposition für bestimmte psychische Auffälligkeiten und charakterliche Züge, damit sie in den Lebensumständen, unter denen wir sie aufwachsen lassen, bestimmte Eigenschaften und Schwächen ausprägen. Depressionen, Phobien, Manien, Aggressionen, Größenwahn oder Komplexe, alles taugt wunderbar, um unseren Repräsentanten die nötigen Impulse zu geben. Menschen mit Paranoia, wie Bachspiel, können somit nicht nur ihren Auftrag erfüllen, sondern bequem auch bei anderen unserer menschlichen Identitäten die erforderlichen Entwicklungsprozesse in Gang bringen.«

Henrick schockierte die ihnen selbst auferlegte Qual, schließlich konnte er als Psychologe den Grad und die Bedeutung psychischer Bürden gut einschätzen. Doch er relativierte schnell, denn welcher Mensch hatte keine emotional bedingten Beschwernisse, geschweige, wer konnte von sich sagen, frei von jeglichem neurotischen Habitus zu sein?

»Auch echte Menschen beeinflussen wir in ihrem täglichen Dasein. Hierbei nutzen wir ihre bereits natürlich in ihnen angelegten Charakterauffälligkeiten, um sie für eine konstruktive Denk- und Handlungsweise empfänglich zu machen. Dadurch bleiben unsere Einflüsse unauffällig, erfüllen aber gleichsam ihre Wirkung.«

Dieses Beispiel ließ Henrick einen Verdacht äußern, der ihm schon länger auf der Zunge brannte: »Werden unsere geistigen Ersatzidentitäten, die ein Schicksal der Menschheit hervorrufen oder verhindern sollen, an die Quelle des Übels gesetzt? Also, … ersetzen wir Politiker und Machthaber?« Gespannt striegelte er sich sein Ohrläppchen.

»Nein. Da wir nur unterschwellig Einfluss nehmen, ist beinahe nie eine unserer kreierten Persönlichkeiten in einem hohen politischen Amt oder in der Öffentlichkeit vorzufinden. Bis auf ein paar wenige Personen innerhalb der gesamten Weltgeschichte, die aber anhand ihres Auftrages und Auftretens klar identifizierbar sind, agieren unsere Repräsentanten fast ausschließlich im Hintergrund, oft indirekt, als Personen, die aufdecken oder hohen Einfluss auf Politiker und politische Entscheidungen ausüben.«

Gottes Schutz

Begleitend zu dieser Erklärung, begann sich vor den beiden eine Art filmischer Erzählstrang auszubreiten: dreidimensional, scheinbar durch echte Materie verdinglicht, widersprüchlich in seiner Darbietungsweise, als würde der Ablauf in der Vorstellung seiner Betrachter stattfinden.

Die Szene trug sich auf einem sowjetischen Militärstützpunkt zu, 50 Kilometer südlich von Moskau. Die im Mittelpunkt stehende Person war ein Oberstleutnant, Dimitri Chaganov, der diese Nacht das Kommando über die computer- und satellitengestützte Frühwarnzentrale des sowjetischen Luftraumes innehatte. Die übrigen Offiziere und technischen Mitarbeiter innerhalb jenes Serpuchow-15-Bunkers waren beschäftigt und hochkonzentriert. Ausstattung und Kulisse des Stützpunktes verrieten, dass das Geschehen in den letzten Jahren des Kalten Krieges spielen musste.

Henrick spürte das starke Engagement des ernst dreinschauenden Chaganov. Jetzt, kurz vor Mitternacht, etwa vier Stunden nach Antritt seiner Dienstschicht als Kommandooffizier, verfolgte er stehend vor einem Monitor der Brückenschaltzentrale die aktuellen Ergebnisse des sowjetischen Frühwarnsystems.

Henrick war aber noch immer allein von der überdimensional sich darbietenden Vision übermannt. Allein die Präsentation der darin auftretenden Charaktere war mit außergewöhnlichen Begleiteindrücken geschmückt: Gerüche, körperliche Handlungen und Berührungen der Protagonisten konnten miterlebt werden! Keineswegs vergleichbar mit einer einfachen visuellen Projektion. Er kam sich vor, als befände er sich selbst in den einzelnen Personen, verstrickt in die laufende Handlung, wobei er Taten und Vorgehensweisen jedes involvierten Charakters mit seinen eigenen Gefühlen nachvollziehen konnte, als könne und würde er selber mitentscheiden und bestimmen!

Obwohl alle Russisch sprachen, verstand Henrick jedes Wort. Nicht wie in einer filmischen Synchronisation, nein – so bizarr es auch war, er konnte die fremde Sprache schlichtweg verstehen.

Plötzlich ertönte ein lauter Sirenenalarm. Auf den Bildschirmen der Frühwarnzentrale stand in kyrillischen Buchstaben das Wort »START«. Ein Unteroffizier trat aufgeregt an Chaganov heran und überreichte ihm ein mit beunruhigenden Informationen bedrucktes Papier. Während Chaganov zum Ausdruck Stellung nahm, wurde der Alarm auf stumm gestellt, die übrigen Offiziere wurden hellhörig. Aufgekratzt grummelte Chaganov vor sich hin: »Ja, sieht ganz so aus. Nur eine Interkontinentalrakete, mit direkter Flugbahn auf die Sowjetunion.« Er hielt den Ausdruck zur besseren Lesbarkeit etwas höher, direkt unter eine Lampe des düsteren Brückenraumes. »Nur ein Objekt, sind Sie sich sicher?«

Der Oberstleutnant setzte sich auf einen herumstehenden Stuhl und machte ein sehr ernstes Gesicht. Was sollte eine einzige Rakete bedeuten? War es ein Fehler ihres Satellitenfrühwarnsystems oder gar eine hinterlistige Attacke des imperialistischen Westens? Möglich war alles. Schließlich war dem russischen Geheimdienst seit Monaten hinlänglich bekannt, dass die NATO in einigen Wochen ihr unangekündigtes und streng geheim gehaltenes »Able Archer 83«-Manöver durchführen würde.

Eingeschleuste Spione des KGB und anderer geheimdienstlicher Organisationen des Warschauer Paktes waren seit Monaten im Brüsseler NATO-Hauptquartier sowie rund ums Washingtoner Pentagon damit beschäftigt herauszufinden, was die US-Amerikaner mit dieser Übung im Schilde führten. Einige Observierungen ergaben zumindest verdächtige Vorbereitungen, die es äußerst fraglich machten, ob sich aufgrund der insgesamt sehr hohen Geheimhaltungsstufe tatsächlich nur ein ordinäres militärisches Manöver dahinter verbarg. Selbst ranghohen Militärs der NATO könnten die wahren Hintergründe verheimlicht worden sein. Was plante der Westen also wirklich?

Mächtige Sowjets wie auch zahlreiche Offiziere, Chaganov inbegriffen, vermuteten hinter diesem Test Vorbereitungen für einen nuklearen Erstschlag. Eine Ablenkung womöglich, damit die US-Amerikaner vor, während oder im Anschluss an das geheimnisumwitterte NATO-Manöver einen umso leichteren Überraschungsangriff auf die Sowjetunion starten konnten. Pflichtbewusst folgerte Chaganov, dass dieser Vorfall auch den vor vier Wochen bei Murmansk abgeschossenen Korean-Airlines-Flug 007 erklären würde, bei dem die sowjetischen Streitkräfte alle 269 Insassen eines westlichen Passagierflugzeuges getötet hatten, das unangekündigt und angeblich versehentlich ihren Luftraum überflog. Möglicherweise war der Abschuss von den Amerikanern einkalkuliert worden, um dem sowjetischen Militär im Umgang mit seinen Verteidigungsmaßnahmen Zurückhaltung auferlegen zu können sowie sein Selbstvertrauen in sich und seine Frühwarntechnik zu schwächen. Im Falle eines plötzlichen nuklearen US-Erstschlags könnte sich die Sowjetunion gehemmt fühlen, einen umgehenden Vergeltungsschlag anzuordnen, da sie aufgrund ihrer Selbstzweifel zunächst einmal einen amerikanischen Angriff in Frage stellen und überprüfen würde. Wichtige Minuten würden verstreichen. Konnte also hinter dieser scheinbar anfliegenden Rakete eventuell mehr als nur ein Fehler des sowjetischen Frühwarnsystems stecken? Sollte die eigene Verteidigungsentschlossenheit mürbe gemacht werden?

Mitten in seinen Überlegungen wurde Chaganov von jenem Unteroffizier unterbrochen, der ihm den Papierausdruck zum vermeintlichen US-Interkontinentalraketenstart überreicht hatte: »Unser Frühwarnsystem könnte überlistet worden sein. Die Amerikaner verfügen möglicherweise über eine Tarn- oder Störvorrichtung, weshalb wir nur einen einzigen Abschuss registriert haben.«

Chaganov stimmte mimisch den Überlegungen des Unteroffiziers zu, äußerte sich aber nicht verbal. Mit Hilfe ihrer Satelliten gingen die Offiziere nun dazu über, mit eigenen Augen den Luftraum über vereinzelten amerikanischen Raketensilos zu überprüfen. Da aber die anbelangten US-Abschussbasen aufgrund der nordamerikanischen Abenddämmerung inmitten unzählig wimmelnder Lichtpunkte verborgen blieben, war es für die diensthabenden Offiziere nahezu unmöglich, eindeutig einen feindlichen Raketenstart auszumachen.

Konnte dies von den Amerikanern geplant gewesen sein? An Chaganov nagten Zweifel. Was sollte er tun? Fest stand nur, er musste etwas tun. Allein schon das Nichthandeln könnte ihn seine Karriere kosten. Die Situation verlangte eine schnelle, klare und vor allem kluge Entscheidung. Nervös starrte er auf die Bildschirme, nur eine Rakete im Anflug!?

Da heulte erneut die Alarmsirene. Wieder stand »START« auf den Schirmen. Stabrow, ein weiterer, Chaganov unterstellter Offizier, kommentierte die neue, erschreckende Beobachtung ihres Satellitensystems: »Eine zweite, dritte und vierte Rakete nehmen direkten Kurs auf uns – über den Nordpol.« Der Offizier korrigierte sich: »Eine fünfte Rakete wurde gestartet. Einschlagspunkte entweder am Nordpol oder in etwa 16 Minuten im Moskauer Stadtgebiet und anderen sowjetischen Territorien.«

Ein weiterer Alarm wurde ausgelöst, auf den Bildschirmen tauchte nun das Wort »Raketenangriff« auf. Lichter auf den Schaltpulten blinkten und ein aufdringlicher Warnton hallte in langen Intervallen durch die Räume des Bunkers. Die Atmosphäre wurde hektisch, fast panisch. Ebenso aufgekratzt wandte sich Offizier Stabrow an Chaganov: »Kann es sein, dass wir etwas übersehen haben? Kann es sich nicht um einen Fehler handeln? Wir hatten vor Kurzem einen ähnlichen Fall, Sie wissen …«

Kommentarlos zog sich Chaganov in ein ruhiges Nebenzimmer der Offiziersbrücke zurück. Von dort rief er das Oberkommando der Streitkräfte an. Präzise schilderte er die Begebenheiten, besprach die Möglichkeit eines Fehlers sowie eine angemessene Reaktion. Nach einem weiteren Gespräch mit der sowjetischen Staatsführung kehrte der Kommandooffizier wenige Minuten später auf die Brücke der Frühwarnzentrale zurück. Seine Stirn glänzte, das Gesicht angespannt.

»Haben Sie denen alles erklärt? Auch die eventuellen Gründe eines Fehlalarms?« Stabrows Stimme hechelte, ihm war heiß, seine Hände eiskalt – Angst, jene Dinge tun zu müssen, die sie so oft geübt hatten. Besorgt folgte der Offizier seinem Vorgesetzten, noch einmal zog er korrigierend Bilanz: »Fünf Raketen, da kann etwas nicht stimmen. Ein Irrtum, ein Missverständnis. Auslöser dafür könnten …«

»Denken Sie doch mal nach«, drehte sich Chaganov wutentbrannt um und schrie: »Wenn wir jetzt nicht handeln, ist es vielleicht für uns in zehn Minuten vorbei. Und selbst wenn nicht, dann vielleicht bei einem späteren Überraschungsangriff! Außerdem …«, der Aufbrausende bemerkte, dass die übrigen Offiziere erschrocken zu ihm herüberblickten, automatisch verringerte er seine Lautstärke: »Außerdem habe ich noch keine Antwort vom Oberkommando bekommen. Halten Sie sich also zurück, verdammt!«

Chaganov wie auch das informierte sowjetische Oberkommando glaubten, dass die Raketen eine gezielte Provokation seien. Marschflugkörper ohne nukleare Sprengköpfe, die später von der US-Armee in den Nachrichten als Flugzeuge deklariert würden, um für den eigentlich geplanten Angriff mehr Vorlaufzeit zu haben – während die sowjetischen Streitkräfte noch immer nach dem Fehler in ihrer Satellitentechnik suchten. Das sowjetische Oberkommando ging zudem davon aus, dass in Westeuropa die umstrittenen Pershing-II-Raketen, die Moskau und das russische Umland in weniger als sieben Minuten erreichen konnten, bereits heimlich installiert waren. Allein dieses Waffensystem brächte es fertig, die Sowjetunion in einem nuklearen Erstschlag niederzustrecken, ohne dass der Westen selbst einen Vergeltungsschlag fürchten musste. Russische Raketen hätten keine Chance mehr, rechtzeitig zum Abschuss gebracht zu werden.

Anlass zum entschlossenen Handeln gab auch die mangelhafte Leistungsfähigkeit des landgestützten sowjetischen Langstreckenradars, dessen Reichweite für im Anflug sich befindende Interkontinentalraketen nahezu unbrauchbar war. Flugkörper wurden meist erst nach Eindringen in sowjetischen Luftraum sichtbar. Diese technische Insuffizienz und das sich potenziell daraus ergebende Verteidigungsdilemma waren nur dem Oberkommando und den Offizieren in den Militärbunkern bekannt. Vielleicht wussten auch die US-Amerikaner davon, weshalb vielleicht aus Kalkül nur einige wenige Interkontinentalraketen zur Verunsicherung losgeschickt wurden.

Ein vorlauter Offizier nahm die erwartbare Handlungskonsequenz des Oberkommandos vorweg: »Was wäre angemessen? Raketen als Warnschüsse abfeuern? Vielleicht einen Sprengkopf am Nordpol detonieren lassen? Wenn unser Langstreckenradar erkennt, dass sich tatsächlich Raketen im Anflug befinden, könnte es bereits zu spät sein.«

Chaganov starrte auf die Bildschirme. Allein aus Prestige gegenüber dem Westen durfte die Sowjetunion einen mutmaßlichen Angriff nicht länger abwarten. Er überprüfte noch einmal die Lage: »Sind Sie sicher, dass es fünf Raketen sind? Zeigen Sie mir bitte aktualisierte Satellitenbilder der lokalisierten Abschusspunkte.«

»Noch immer zu viele Reflektionen und Lichter«, kommentierte ein Offizier, »Unmöglich, eindeutige Schlüsse daraus zu ziehen.«

Die Männer der Brücke waren angespannt, sie schwitzten. Satte drei Minuten vergingen, bis endlich das Telefon klingelte. Chaganov nahm den Hörer ab und lauschte einige Sekunden einem ranghohen Admiral, dessen Sätze er jeweils kurz bejahte.

Oberkommando und Staatsführung sahen es als angemessen an, mehrere hundert Sprengköpfe in Abschussposition zu bringen. In wenigen Minuten sollte allerdings nur ein einziger gestartet werden, in Richtung Nordpol, um dort zu detonieren. Aufgrund der Unwägbarkeit von nur wenigen, im Anflug sich befindlichen Raketen, sollte es bei nur einer, die Sowjetunion absichernden Drohung bleiben, die jedoch unmittelbar den Abschuss aller sowjetischen Raketen nach sich ziehen sollte, falls die anfliegenden US-Raketen von dem Langstreckenradar im sowjetischen Luftraum gesichtet werden würden.

Während Chaganov den telefonischen Anweisungen folgte, trat ihm deutliche Röte ins Gesicht. Ihm ging auf, dass das Gespräch zwischen dem amerikanischen Präsidenten Reagan und dem kränkelnden sowie sehr misstrauisch dem Westen gegenüber eingestellten Generalsekretär der KPdSU, Juri Andropow, ergebnislos geblieben war. Oder ließ sich Andropow von seinen Militärs einlullen? Chaganovs Wangen glühten, während sich der Rest seines Körpers eisig kalt anfühlte. Der Admiral am anderen Ende der Leitung beendete das Gespräch.

Umgehend forderte Oberstleutnant Chaganov seine Offiziere auf: »An alle: Dies ist keine Übung. Starten Sie das System für den Verteidigungsfall!« Es wurde still im Bunker, die untergebenen Offiziere schauten sich für zwei Sekunden geschockt an, Chaganov schrie: »Los, verdammt! Schnell, Beeilung! Ist euch eigentlich nicht klar, dass die Sowjetunion in diesem Moment einem massiven Angriff mit Interkontinentalraketen ausgesetzt ist?«

Die Männer brachen in fieberhaftes Arbeiten aus. Sie liefen auf der Brücke umher und holten aus abgeschlossenen, dickwandigen Einbauschränken Boxen hervor, in denen sich versiegelte Papiere mit Zahlencodes befanden. Über verschlüsselte Funkkanäle begannen sie, diese Codes mit raketenbestückten Militärbunkern abzugleichen. Ein moderater, durch die gesamte Frühwarnzentrale hallender Sirenenalarm sowie grelle, mechanisch tickende Zirpgeräusche begleiteten das Geschehen.

»Geben Sie an alle Alpha-70-Militäreinheiten sowohl Entsicherungs- wie sekundäre Bestätigungscodes für das Scharfmachen ihrer Sprengköpfe aus. Sonderbefehl für Bunker XQ-17: Zweites Silo bereit machen, Sprengkopf ›Zar‹ in Position bringen und sofortigen Abschuss ausführen. Detonation über geografischem Nordpol. Bitte Bestimmungskoordinaten übermitteln und Durchführung der Befehlskette bestätigen.«

Nach Verifikation und Abschluss aller benötigten Autorisationsmechanismen stand den Offizieren der Frühwarnzentrale der Schrecken ins Gesicht geschrieben.

Gegen 0 Uhr 22 des nach Moskauer Zeit gerade angebrochenen 27. Septembers 1983 wurde von der unterirdischen Militärabschussbasis XQ-17 zum Zwecke der Abschreckung und Gegenreaktion auf unangekündigte, möglicherweise im Angriff sich befindende Nuklearwaffen der USA, eine sowjetische, atomar bestückte Interkontinentalrakete mit Ziel geografischer Nordpol gegen die Länder des NATO-Militärbündnisses gerichtet. Erwartungsgemäß explodierte der 5-Megatonnen-Sprengkopf einen Kilometer über der Oberfläche der eisigen Polgefilde. In Bruchteilen einer Sekunde brachte er gewaltige Eismassen zum Schmelzen.

Zwei Stunden später, infolge des sowjetischen Raketenabschusses und einer überstürzt daraus hervorgegangenen US-amerikanischen Reaktion, die sich zu einem erbarmungslosen, nuklearen Schlagabtausch ausweitete, zeigte sich die gesamte Erdoberfläche als rot brennende Ebene, von Trümmern übersät, restlos von radioaktiver Strahlung durchdrungen, die entgegen allen vorherigen wissenschaftlichen Abschätzungen, jegliche Chance auf Kontinuität menschlichen Lebens verwehrte.

Der Atomkrieg, seine Einschläge und gewaltigen Eruptionen, die auf Henricks innere Vorstellungswelt unerbittlich einprasselten, zerschmetterten die Grenzen des Ertragbaren. Er musste sich eingestehen, dass er die Auswirkungen eines solchen Krieges nicht derart extrem und absolut eingeschätzt hatte. Nicht so vernichtend! Aus dem Fernsehen kannte er zwar jene klassischen atomaren Schauexplosionen, nicht aber solche, wie sie sich ihm jetzt boten. Nicht mal die aus Hollywoodstreifen bekannte Vernichtung von Zivilisation und Menschen – gern pompös, überbordend und in perfider Faszination für Morbidität und Untergang zelebriert – waren ansatzweise mit dem Albtraum zu vergleichen, den die Wucht dieses einmaligen und endgültigen atomaren Schlagabtausches für den Planeten bereithielt. Rau, auffallend kurz und hilflos, ohne Aussicht auf Überleben, für niemanden.

Schließlich schloss die Darbietung mit einem glühenden Planeten. Einem Anblick, den sich nicht mal die Kriegsgegner und Pazifisten jener Zeit hätten träumen lassen. Gewaltiger und schlimmer als alles, was man je gesehen hatte. Geführt mit dem Arsenal aller vorhandenen Nuklearwaffen, dem vielfachen Overkill …

Aus der grausamen Wirklichkeit entlassen, die Henrick noch immer mit weit geöffneten Augen lähmte, fragte Maria: »Du verstehst, was dir die Szenerie vermitteln will?«

Er nickte. »Es ist … es war Realität?«

»Ja, die Protagonisten waren ihre Verursacher.«

»Wann genau geschah es?«

»Für die Sowjetunion, Asien, Arabien und östlicher gelegene Gebiete fand es am 27. September 1983 statt, während man in Nord- und Südamerika, Europa und Afrika überwiegend noch den 26. September schrieb.«

»Und wie habt ihr … wie haben *wir* es aufgehalten, diese Entwicklung?«, gespannt fingen sich Henricks aufblickende Augen in Marias zartem Angesicht.

»Es war die Art der Meldeberichterstattung, die in jedem unserer überprüften Szenarien die fatale Entwicklung in Gang brachte: Chaganov, wie all seine Kollegen, informierten stets das sowjetische Oberkommando. Um diesen Ablauf zu neutralisieren, aktivierten wir einige Jahre zuvor einen unserer Repräsentanten für die Laufbahn in der sowjetischen Armee und setzten ihn – anstelle des eigentlichen Offiziers – an besagtem Abend im Dienstplan ein. Die Austauschperson war kein reiner Militär, sondern ein Ingenieur, der vor allem aufgrund seines ihm mitgegebenen Charakters den bevorstehenden Ablauf verhindern konnte: Stanislaw Jewgrafowitsch Petrow war gewissenhaft und willensstark, selbstsicher und aufopferungsbereit, sodass er eine drohende Degradierung beziehungsweise ein Ende seiner militärischen Offizierskarriere in Kauf nehmen konnte, um dem sowjetischen Oberkommando die bedrohlichen Beobachtungen als Folge technischer Probleme zu verkaufen. Denn das waren sie letztendlich wirklich: technische Probleme an den Satelliten.«

Henricks Mundwinkel zuckten. »Auf diese Weise nahm es ein anderes Ende ...?«

»So lief es glücklich ab, ja. Viele entscheidende Situationen, politisch, institutionell oder strukturell, klären wir auf diese Weise. Mancher würde sich wundern, wie oft schon große Unglücke geschahen. Im Grunde haben Menschen stets zu viel Vertrauen in Politiker, Verantwortliche und Technik.«

»Warum aber haben wir die technischen Probleme nicht gleich mit Hilfe unserer Identitäten beseitigt? Warum haben wir nicht die Konstrukteure der Satelliten ausgetauscht?«

»Das hätten wir auch tun können. In diesem Fall führte aber die Einflussnahme auf die Fehler in der Satellitenfrühwarntechnik zu weit, es störte und veränderte den natürlichen Ablauf vieler anderer, wichtiger Ereignisse.«

Henrick staunte, während ihm automatisch und unverhohlen die in Kirchen platzierten Schutzengelstatuen in den Sinn kamen. Euphorisch brach es aus ihm hervor: »Könnten wir nicht auch gegen den Hunger etwas tun?« – Ohne die nötige Klarheit, dass es nicht schon längst so wäre, wenn dies ein tatsächliches Ziel beinhaltete. Bedauernd schüttelte Maria den Kopf.

»Nein, im Grunde ist das falsch, so schlimm sich das auch anhören mag. ... Diese Qualen gehören mit zur Gesamtentwicklung. Es fördert letztendlich eine bessere Welt, da ohne dies das Bewusstsein unter den Menschen für bestimmte Zustände nicht sensibilisiert beziehungsweise nicht zugänglich gemacht werden kann. Die Tschernobyl-Katastrophe zum Beispiel, sie haben wir nicht verhindert, weil sie die Einstellung zur Atomkrafttechnologie vereinzelter Länder beeinflusste und sich, im Hinblick auf einen konstruktiveren Entwicklungsprozess, in vielen Punkten als nützlich erwies.«

Prophezeiungen

In diesem Moment, mit Blick auf die zahlreichen Fenster der Raumschiffsinnenwand, ging Henrick ein Licht auf. Intuitiv verstand er die Funktion hinter Zeitbeeinflussung und prophetischer Weissagung: »Die vor Ewigkeiten in heiligen Schriften, Versen oder Sagen verfassten Prophezeiungen, die das Kommen des Weltuntergangs ankündigen, gründen sich alle auf Ereignisse, die jetzt und in naher Zukunft auf Erden stattfinden, richtig?! Es sind Beobachtungen aus diesem Raumschiff, die dann von hier in die Vergangenheit geschickt werden. – Es ist im Prinzip alles schon vorbei. Die Menschheit kann ihr Schicksal nicht mehr abwenden, es nicht mehr beeinflussen?!«

»Richtig«, Maria behagte sein Verständnis, »obwohl auf Erden die Menschheit im Grunde zwar noch immer in der Lage ist, dieses Schicksal zu beeinflussen, haben wir das endgültige Ergebnis bereits vor uns liegen und in die Vergangenheit entsandt, damit es dort von unseren Repräsentanten verbal verkündet oder in Schriften als verworrene Prophezeiung niedergeschrieben werden kann.«

Henrick interessierte der Mechanismus dahinter. Und vor allem: Wie kontrollierte sich all dies selbst? Könnten nicht gefährliche Fehlentscheidungen aus Zeitabläufen mit jeweils unterschiedlichen Prophezeiungen entstehen?

»Das ›endlos um die Erde gewickelte Raumschiff‹ unserer Metapher besteht aus mehreren Ebenen, man könnte sagen ›Etagen‹. Dabei besitzt die höchste Etage als einzige die vollständige Übersicht über den gesamten Ablauf der Menschheitsgeschichte. Auch überschaut und lenkt sie die Vorgehensweisen der unteren Etagen. Das heißt, während die unteren Ebenen den Entwicklungsprozess auf Erden direkt steuern und beeinflussen, überwacht die höchste Etage stets die weitreichenden Folgen dieser Eingriffe. Hierfür bestehen zwischen den einzelnen Ebenen jeweils nur abwärts laufende Kommunikations- und Anweisungsstrukturen. Einzelne Ebenen geraten somit nicht in ein sich gegenseitig beeinflussendes Wechselspiel. Dies hält den dynamischen Prozess aus Beobachtung, Kontrolle und Korrektur stabil.«

Henrick schaute auf. Über ihm erblickte er weitere Etagen. Doch er verstand nicht, was Maria gemeint hatte.

»Zum Beispiel wissen die untersten und mittleren Ebenen nie im Detail, ob und in welcher Schwere sich das Ergebnis ihrer Beeinflussung in den Schriften des Nostradamus, der Bibel oder anderen prophetischen Werken niederschlägt. Weissagungen, religiöse Schriften oder Ankündigungen von Propheten werden allein von der allerhöchsten Ebene erstellt und in die Vergangenheit der Menschheitsgeschichte entsandt. Auch die Planung erforderlicher Naturkatastrophen und höherer Gewalt führt allein sie durch.«

»Die unteren Ebenen kennen also die kausalen Auswirkungen der Geschichte nur in geringfügigem Ausmaß. ... Die oberste sieht hingegen alles, sie hat den Gesamtablauf vor sich«, resümierte Henrick.

»Richtig. Damit unsere indirekte Beeinflussung auf Erden reife Früchte tragen kann, ist es vorteilhaft, unsere Arbeit voneinander abzukoppeln. Es ist ein altbewährtes Prinzip.«

Henrick fragte sich, wer noch in diesen Ebenen arbeitete. Waren sie etwa tatsächlich nur zu zweit – Maria und er?

»Insgesamt sind wir drei: Zwei individuelle Identitäten – unsere beiden Seelen – und etwas, das man nicht als klassisches Individuum bezeichnen kann. Wir beide, du und ich, befinden uns auf fast allen Ebenen, um von dort Kontrolle und Beeinflussung auf Erden auszuüben. Die dritte Form jedoch, die man nicht als klassisches Individuum bezeichnen kann, befindet sich *allein* – also *ausschließlich* – auf der höchsten Ebene. Sie greift selten direkt auf Erden ein, meistens agiert sie nur durch uns. Sie gibt uns Prioritäten und Korrekturanweisungen, die wir dann an unsere menschlichen Identitäten weiterleiten oder die wir als Korrekturen oder Eingriffe auf Erden umsetzen.«

Henrick staunte. Ihm war klar, dass das dritte Wesen, das nicht als klassisches Individuum bezeichnet werden konnte, Gott war.

»Aber, wir sind nur zwei? Zwei Engel sozusagen? Wieso gibt es nicht noch mehr unserer Art, die sich um die Geschicke der Menschheit kümmern?«

»Es ist nicht nötig, es wäre sogar hinderlich. Genau genommen stehen uns aber immer alle anderen Engel des Universums zur Verfügung. Im kommenden Gericht befinden auch sie sich auf Erden und werden in der eingeleiteten Katastrophe einmalig als Gesandte in Erscheinung treten. Sie werden die 144.000 genannt; Engel, die während des göttlichen Gerichts ihren Auftrag zusammen mit unserem mächtigsten Gesandten erfüllen werden.«

Maria lächelte, umarmte ihn wieder und ergänzte: »Unser Interagieren auf Erden macht es darüber hinaus erforderlich, dass wir beide in jeweils nur einem Geschlecht auftreten. Du übernimmst alle männlichen, ich die weiblichen Charaktere. Diese stets vorhandene Gegengeschlechtlichkeit besteht nicht aufgrund sexueller Dispositionen, sondern dient dem Zweck leichteren Arrangierens und Interagierens. Es bietet den Vorteil, dass sich die von uns auf Erden befindlichen Identitäten leichter erkennen, kombinieren und aufeinander abstimmen lassen können.«

Immer wieder überwältigten Henrick die von Maria so ruhig und sachlich vorgetragenen Beschreibungen. Klare und logische Offenlegungen, als seien sie einer akademischen Arbeit entnommen. Doch vieles blieb ihm undurchsichtig. Das Grundprinzip hatte er zwar verstanden, das Gesamtkonstrukt schien aber für seinen begrenzten Verstand zu viel zu sein.

Das brachte ihn auf einen Gedanken, eine Frage, die er sich angesichts der Nostradamus-Vierzeiler schon immer gestellt hatte: »Sind nicht die von realen Menschen getätigten Fehlinterpretationen des Nostradamus in der Lage, die ganze Zukunftsentwicklung zu verändern? Ich meine, … Nostradamus hat doch die Nazizeit beschrieben und seine Verse wurden von den Nazis benutzt, um behaupten zu können, dass in Deutschland ein ‚heiliges Reich‘ entstände. Wie will man verhindern, dass Prophezeiungen, die vielleicht für etwas ganz anderes stehen, nicht Teile der Geschichte beeinflussen, letztendlich den bereits feststehenden Entwicklungsprozess sogar verändern oder zersetzen?«

Maria lachte und berührte ihn sacht an der Schulter: »Weil alles zum Ablauf dazugehört. Nichts, was auf Erden passiert, geschieht zufällig. Alles ist ab- und angepasst. Es gehören selbst die Gedanken und Reaktionen von Menschen hinzu, die aufgrund des Lesens prophetischer Schriften den Ablauf ihres Tages und somit den Ablauf von anderen Menschen oder der Geschichte beeinflussen. Alles zusammen ist der Entwicklungsverlauf, den wir von hier aus sehen, kontrollieren und in prophetischen Verlautbarungen in die Vergangenheit schicken.«

Maria forderte Henrick auf, mit ihr die weiß leuchtende Aula zu durchschreiten.

»Dass die Nazis dachten, *sie* wären mit dem ›heiligen Reich‹ gemeint, das in Deutschland entstehen werde, war ein gewollter Nebeneffekt dieser Vers-Prophezeiung. Denn es bescherte den Nazis jenen Hochmut, der sie letzten Endes zerstörte und die Deutschen der Nachkriegszeit sensibler für die Gefahr des Größenwahns machte. Davon abgesehen hat Nostradamus' Vers ›Das heilige Reich wird kommen in Deutschland‹ tatsächlich etwas mit der Zukunft Deutschlands zu tun, als Ursprung einer Renaissance und Entdeckung eines neuen Weges.«

Henrick schüttelte beeindruckt den Kopf, er lächelte und kratzte sich mit seinen Fingern am rechten Mundwinkel. Etwas lag ihm noch auf dem Herzen. Entgegenkommend schloss sich Maria mit einem Schmunzeln seiner scheuen Geste an, was beide dazu veranlasste, sich zu setzen. Just hinter ihnen – aus dem Nichts – präsentierte sich eine bequeme Sitzbank, auf der sie nun Platz nahmen. Die Aula verschwand.

In einiger Entfernung tauchten nun humanoide Wesen auf, die im Lichte einer aufgehenden Sonne steinzeitlichen Betätigungen nachgingen. Malerisch begleitete jener Hintergrund Henricks noch ausstehende Fragen: »Eins finde ich seltsam: Warum habt ihr mich nicht viel früher geholt? Ja, ich weiß«, wiegelte er ab, »mein Leben diente zur Überprüfung, was geschähe, wenn ich den Menschen die Katastrophen vorhergesagt hätte. Ihr musstet mich die Prophezeiungen entdecken lassen, damit ihr die Auswirkungen übersehen konntet. Aber, … warum habt ihr mich und Bachspiel den gesamten Ablauf *so lange* durchspielen lassen? Warum habt ihr mich nicht schon viel früher beeinflusst, damit ich damit aufhöre?«

Maria antwortete ohne Umschweife: »Bachspiel war Überbringer und Aktivierer deiner Aufgabe. Ihn musstest du treffen, damit der mit dir im Zusammenhang stehende Alternativverlauf für uns einsehbar wurde. Zwangsläufig führte dies aber auch zu einer schwieriger zu lösenden Verkettung von Ereignissen, insbesondere, weil du für uns nur eingeschränkt beeinflussbar warst.«

Henrick sammelte sich, Maria erklärte die Einzelheiten: »Erst ab dem Moment, als du die vollständige Formelsammlung in Bachspiels Patientenzimmer fandest, waren wir in der Lage, den mit dir in Verbindung gebrachten Alternativverlauf zu überprüfen. Du musstest die Formelsammlung an dich nehmen, ansonsten hätten wir die daraus entstehende Entwicklung nicht einsehen können. Allerdings hieß das auch, dass wir aus zeitlichen Kausalitätsgründen alle vorangegangenen Umstände bestehen lassen mussten, damit du in der Lage wärst, das Heft zu finden und die Nostradamus-Centurien zu entschlüsseln. Somit konnten wir dich also erst ab deinem Heftfund von den Entschlüsselungen aktiv abhalten.«

Maria prüfte Henricks Gedanken, konnte er ihr folgen?

»Erinnerst du dich, als du zum ersten Mal Wagner sahst? – Auf dem Klinikparkplatz, kurz nach deiner Entdeckung des Formelheftes? Wie er dich durch die Scheibe direkt mit seinen Augen fixierte? … Aufgrund mangelnder Wirkung und unpässlicher Folgen brachen wir den Eingriff ab, ließen aber eure Blickbegegnung aus Gründen der Verunsicherung bestehen, um dir so später – in den Gesprächen mit Wagner und mir – besser suggerieren zu können, dass eine Bedrohung undefinierbarer Herkunft dahinterstecke. … Wir sandten dir auch eine Einladung zu einer Podiumsdiskussion mit Prof. Dr. Wagner zu, die du aber leider absagtest. Dort, am Fachbereich deiner ehemaligen Universität, hättest du Wagner treffen und kennen lernen können.«

Henrick nickte verdrossen, indessen er sich fragte, was eigentlich dann aus Bachspiel geworden war. Maria berührte ihn am Arm: »Das ist etwas komplizierter. Nachdem wir die Auswirkungen deiner Veröffentlichungen auf die Zukunft bis in alle Einzelheiten und Wechselwirkungen inspiziert hatten und sie aufgrund überwiegend negativer Konsequenzen für eine konstruktive Entwicklung der Menschheit ablehnen mussten, generierte dies für dich und Bachspiel einen neuen, speziellen Auftrag: die Aktivierung eines

Repräsentanten. Bachspiel verfehlte die Erfüllung dieses Auftrages. Du hattest letztendlich Erfolg.«

Henrick verstand nicht und schüttelte den Kopf.

»Erinnerst du dich an den Metallschaden deines Autos?«

Henrick zuckte mit den Schultern und nickte betreten.

»Ja, die Beule, vorne rechts.«

»Sie entstand, weil du eines Nachts die Aktivierung des Repräsentanten vornahmst. Der Blechschaden war dabei Folge dieses Aktivierungsauftrages, für den du die Zielperson in einen rabiaten Verkehrsunfall verwickeln musstest, damit wir sie nach dem Ereignis verwirrenden Eindrücken und Vorstellungen aussetzen konnten. Nach dem Unfall war die Person nicht mehr fähig, exakt einzuschätzen, ob körperlich-mentale Ursachen oder doch andere, widernatürliche Eingebungen ihre seltsamen Erinnerungsirritationen hervorriefen. Diese Uneindeutigkeit, ob Organschaden oder übersinnliche Inspiration, veranlasste die Zielperson schließlich dazu, die von uns ihr indirekt auferlegten Eindrücke in einem Medium zu verarbeiten und zu veröffentlichen – ähnlich deinem Auftrag prophetischer Offenbarung. Allerdings hielt der Repräsentant unsere Eingebungen zunächst für etwas, das aus ihm allein, aus seiner Kreativität zu kommen schien. Das Ergebnis dieser Veröffentlichung war daher auch weit subtilerer Natur – nicht spektakulär oder erschreckend wie eine Offenbarung glasklarer, kommender Weltereignisse. Es offenbarte sich abstrus, indem es in erzählender Doppeldeutigkeit auf das kommende Ende hinwies.«

Maria wandte ihren Kopf von ihm ab und blickte in eine plötzlich vor ihnen sich ausbreitende Märchenlandschaft. Henrick wusste nicht ganz, wovon sie sprach. Dafür wurde ihm etwas anderes klar: »Habe ich Bachspiel zur Flucht verholfen, damit er diesen Aktivierungsauftrag annehmen konnte?«

»Ja. Als du ihn im Fernsehraum antrafst und einige Sätze mit ihm wechseltest, hast du ihm vorher in seinem Zimmer einige Zweitschlüssel und eine Ersatz-Pin-Karte unters Kopfkissen geschoben, sodass er nachts die Klinik verlassen konnte. Ebenso von uns veranlasst, positionierte er dann sein Formelheft außerhalb des Zimmerfensters. … Ohne unsere Einwirkung hinterließ er dir zusätzlich eine Nachricht im Bilderrahmen. Damit wollte er dir zeigen, dass er mit seiner Ankündigung, bald die Klinik zu verlassen, Recht gehabt hatte.«

»Warum aber habe dann *ich* am Ende die Aktivierung des Repräsentanten vorgenommen? Was lief bei Bachspiel schief?«

»Bei einer durch einen Unfall herbeigeführten Aktivierung müssen meistens mehrere Anläufe vorgenommen werden, da ein gewisses Maß an Glück und Geschicklichkeit benötigt wird, um die Zielperson zwar zu verletzen, ihr aber zugleich nicht zu viel Schaden zuzufügen. Zahlreiche Unfälle an Kreuzungen und abgeschotteten Plätzen blieben erfolglos, mussten zurückgenommen werden. Manchmal verstarb die Zielperson sogar oder erlitt schwere, irreversible Verletzungen. Der Grund, dass du die Aufgabe schließlich erledigtest, war recht weltlichen Ursprungs: Bachspiels individuelle Fahrkünste reichten für die Erfüllung des Auftrages einfach nicht aus.«

Henrick hielt eine Weile inne und fragte sich dann, wohin Bachspiel danach verschwunden war?

»Was passierte mit meinem Patienten nach der Erfüllung des Auftrages? Kam er wieder in die Klinik?«

»Als die Aktivierung der Zielperson abgeschlossen war und wir voraussahen, dass Bachspiels bewusstes Ich nach Wiedereinlieferung in die Klinik von einer Ergebnisveröffentlichung nicht lassen konnte, erlitt er noch vor seiner Einlieferung – als er dir nachts über die leere Autobahn zur Klinik folgte – einen Herzinfarkt. … Erinnerst du dich an das vorbeirasende Fahrzeug in jener Samstagnacht?«

Henrick nickte wortlos. Deswegen fuhr der Wagen so schnell.

»Für dich bestand zu diesem Zeitpunkt noch die Hoffnung, dass du von deiner Veröffentlichung ablassen würdest. Erst als du in der darauf folgenden Woche die von dir entschlüsselten Nachrichtenpassagen der Zukunft lasest, in denen Querverweise zum dritten Weltkrieg standen, war es auch für dich vorbei. Selbst wenn du mir dann all deine Daten übereignet hättest, wären allein die Versatzstücke aus deinem Gedächtnis derart ausreichend gewesen, dass eine Veröffentlichung dieses Wissens Einfluss auf die Zukunft genommen hätte.«

Ehe Henrick es für sich spürbar registrieren konnte, begann sein Bewusstsein zu schwinden. Erstaunlicherweise störte es ihn nicht, hatte er doch alles erfahren, was er wissen wollte. Bedenken, unpässliche Gefühle und Panik lösten sich auf. Er fühlte sich glücklich … glücklich heimzukommen.

In seiner Konzentration gemindert, sank er zusammen, es wurde grell. Mit hoher Geschwindigkeit wurde er durch einen endlos scheinenden Raum gesogen, so schnell, dass ein materieller Körper daran zugrunde gegangen wäre. Ihn übermannten vertraute Gefühle, denen er sich zu nähern begann, etwas, das nichts mit jener Machtlosigkeit und Schwäche zu tun hatte, die er von Erden her kannte. Frei im Geist, kehrte er heim.

Kapitel 5

Nach dem Klinikaufenthalt

Samstagnachmittag rief Michael weder Eva noch seine Freundin Jojo an. Letztere wollte er nicht unnötig beunruhigen, außerdem stand für ihn der Wunsch nach Genesung und Schlaf an vorderster Stelle. Auch von sich aus meldeten sich Eva, Jojo und andere Freunde nicht bei ihm. Wie Dr. Rentmann es ihm empfohlen hatte, legte er sich den Nachmittag über hin, schaute am Abend ein wenig fern und döste gegen 23 Uhr auf seinem Bett ein. Schlaftrunken bemerkte er noch, wie Jojo nach Mitternacht sein Appartement betrat, den Fernseher abschaltete und zu ihm ins Bett krabbelte. Es freute ihn, dass sie von seinem Unfall erfahren, sich Sorgen gemacht und ihr Seminar extra für ihn abgebrochen hatte. Eva musste ihr also von dem Vorfall berichtet haben.

Ausgeschlafen erwachte Michael am Morgen des darauf folgenden Sonntags. Er holte sich den Wecker vom Nachttisch heran. 7 Uhr früh! Sonst erwachte er wesentlich später, der gestrige Dauerschlaf hatte seinen Schlafrhythmus vollkommen durcheinandergebracht.

Er schaute sich im Zimmer um, Jojo lag nackt neben ihm unter der Bettdecke. Sein Kopf brummte immer noch, der Körper schmerzte. Jetzt merkte er, wie übel ihm der vorgestrige Unfall mitgespielt hatte. Oder war es gestern? Kurz musste er sich sortieren, war Samstag oder Sonntag? Der Wecker bestätigte: Es war Sonntag.

Mit nichts anderem als einer Unterhose bekleidet, stand er auf. Barfuß betrat er das kleine Badezimmer des Appartements. Sich im Spiegel des Alliberts betrachtend, überkam ihn für einige Sekunden erneut jener Schwindel, den er bereits gestern, beim Verlassen des Krankenhauses, gespürt hatte. Hoffentlich trug er von diesem bescheuerten Unfall keinen bleibenden Schaden davon!

Moment!? Was genau war eigentlich passiert? Erschreckt starrte er in den Spiegel und fixierte gelähmt sein Ebenbild. Seine Augäpfel bewegten sich umher, verzweifelt nach Hinweisen suchend, die seine Erinnerungsfähigkeit stimulieren könnten. Plötzliche Übelkeit, er hielt sich am Waschbecken fest – es wollte ihm einfach nichts zum Unfallhergang einfallen. Schon gar nicht zu den Umständen, die sich unmittelbar vor oder nach dem Unglück ereigneten. Doch! Blitzartig kehrte seine Erinnerung zurück! Der Abend, die Leute vor dem Haus, … jetzt wusste er es wieder.

Unbehaglich konzentrierte er sich wieder auf seine morgendliche Schwere, öffnete den Spiegelschrank und nahm Zahnbürste und Zahnpasta heraus. Erst mal musste er seinem stumpfen Mundgefühl ein Ende bereiten. Er befeuchtete die Bürste und quetschte die fast leere Tube über dem Bürstenkopf aus. Nach ein paar Putzbewegungen schloss er die Tür des Alliberts und erschrak urplötzlich vor dem befremdlichen Eindruck hinter sich im Spiegel – seine Freundin betrat leise, nackt und ohne besonders wachen Eindruck das Bad.

Taumelnd grüßte sie ihn: »Morgen, Schatz«, setzte sich mit geschlossenen Augen aufs Klo und knickte mit ihrem zierlichen Körper ein. Michael kam die Situation unwirklich vor, als habe er zu Jojo keine tatsächliche emotionale Bindung. Als seien Gedächtnis und Empfindung voneinander getrennt worden, und sein Verstand wolle ihn nun davon überzeugen, dass seine Gemütsregung falsch sei.

Zaghaft, mit der Zahnbürste im Mund, drehte er sich zu ihr.

»Jojo, wieso … siehst du so komisch aus? Hast du was mit deinen Haaren gemacht?«

Verschlafen schaute sie auf und überlegte kurz: »Nein, wieso?«, und knickte tiefer ein, jetzt auch mit dem Kopf. Verwundert wandte er sich ab und setzte nachdenklich sein Putzen fort. Ohne auch nur ein fragendes Wort zu seinem Unfall zu verlieren, entschwand Jojo durch die Badezimmertür und legte sich zurück ins Bett.

Michael wurde flau im Magen. Die Tomographieaufnahmen hatten doch auf keine signifikanten organischen Beeinträchtigungen hingewiesen?! Unweigerlich kamen ihm Rentmanns Worte in den Sinn: Dass mentale Störungen und Ausfallerscheinungen zu einem späteren Zeitpunkt nicht auszuschließen seien … War dies eingetreten? Waren dies erste Anzeichen einer Ausfallerscheinung?

Obwohl die Prognose beängstigend war, fehlte Michael gegenwärtig jegliche Konzentration, um sich eindringlicher über Rentmanns Worte Gedanken zu machen. Leicht verstört stellte er die von der Zahncreme gereinigte Bürste zurück in den Becher, verließ das Bad und kuschelte sich behutsam neben seine Freundin ins Bett, die, als er ihren Po zu fassen bekam, spitz zu lachen begann. Unter der Decke schob er sein Gesicht zwischen ihre Brüste und setzte sein Necken fort. Sie zu ärgern gefiel ihm, sie regte sich dann immer so süß auf. Angestrengt, mit lautem Gequengel, drückte Jojo ihn von sich weg. »Hör auf, ich will noch schlafen. Ich bin kaputt.« Michael ließ sich von ihrer sprichwörtlich »müden« Abwehr nicht aufhalten. Er steigerte seinen Flachs, was die Bettdecke durch die aufgezwungene Balgerei zur Seite rutschen ließ und ihre miteinander verkeilt ringenden Körper zum Vorschein brachte. Flink umfasste er ihre Handgelenke und blickte ihr ins Gesicht.

»Ich könnte schwören, du warst mal stärker.«

»Wirklich?«, antwortete Jojo wütend, ihre Zahnreihen zu einem verspannten Grinsen geschlossen.

»Ja, warst du«, lachte er schlapp. Krampfhaft bemühte sich die Zarte, Michaels Haltegriff zu entgehen und seinen an ihr herumfuhrwerkenden Beinen Einhalt zu gebieten. Seltsam, wunderte er sich, sie hatte tatsächlich etwas mit ihren Haaren gemacht, sie waren schwarz?! Und ihr Gesicht … es sah so anders aus!

Jojo näherte sich seinem Mund, um sich mit einem Kuss aus ihrer Umklammerung freizukaufen. Da erschrak er sich fast zu Tode – *jetzt* erkannte er sie!

Atemstarre

Jäh, mit schroffem Kopfschmerz, erwachte Michael im Bett des Stadtklinikums!

Sein Atem stand still! Panisch schnellte er aus seiner Liegeposition hinauf in die Senkrechte, hustete einmal laut und sog röhrend den

Atem ein. Seine Lunge schien gebläht, er röchelte – anzunehmen, dass ihm aufgrund seiner Schlafposition die Möglichkeit auf angemessenes Luftholen versagt geblieben war. Er hustete heiser, Schleim rutschte von den Bronchien in die Mundhöhle. Angewidert spuckte er den Auswurf in mehrere Papiertaschentücher, die er in einem Fach seines Nachttisches zu fassen bekam.

Bewegungsstarr, ohne klaren Ausdruck, verharrte Michael in der Aufrechten. Seine Augen geradeaus gerichtet, rang er in kurzen Atemzügen weiter nach Luft. Um den in seiner Lunge angesammelten Schleim restlos abhusten zu können, konzentrierte er sich auf eine regelmäßige Atmung. Zwei weitere Patienten des dunklen Krankenzimmers wälzten sich derweil unruhig im Schlaf.

Ermattet, den Großteil seines Sekrets gelöst, die Atmung halbwegs normalisiert, fiel er zurück aufs Krankenlager. Gedanken wälzend starrte er hoch zur Deckenlampe. Was war eigentlich geschehen? War er nicht schon zuhause gewesen? Hatte er phantasiert? Ein aus Luftnot entstandener Albtraum?

Déjà-vu

Gegen 8 Uhr morgens rief Jojo ihren Freund in der Klinik an. Sie teilte ihm mit, ihr Blockseminar zu unterbrechen, um ihn gegen Mittag, persönlich abzuholen. Bis dahin schaute niemand von Michaels Freunden oder Kommilitonen im Krankenhaus vorbei. Auch telefonisch hatte sich keiner nach ihm erkundigt. Nicht aber die unkameradschaftliche Geste stieß ihm sauer auf, sondern die zunehmend ihm auffallende Ähnlichkeit zwischen Realität und seiner vorangegangenen asthmatischen Traumillusion. Besonders unwohl erging es ihm, als er bei einem Spaziergang durch den Stationsflur die Tür eines Dr. Rentmanns entdeckte. Noch erstaunlicher das Foto am Türschild – exakt jener Mann, der ihn im Traum behandelt hatte! Wie war das möglich? War er dem Arzt vielleicht schon zuvor irgendwo mal begegnet? Erkundigungen beim Klinikpersonal ergaben, dass sich der Doktor derzeit in einem mehrwöchigen Urlaub befand.

Körperlich war so weit alles in Ordnung. Trotzdem sollte Michael in den kommenden Tagen mit der neurologischen Abteilung der Klinik einen Folgetermin ausmachen, damit die erstellten Tomographiebilder mit aktuellen Aufnahmen abgeglichen werden konnten. Zur Klärung der Unfallvorkommnisse riet man ihm, die Polizei zu kontaktieren, egal, ob der Unfall provoziert oder aus Versehen verschuldet war; Fahrerflucht durfte nicht ungeahndet bleiben. Da jedoch abzusehen war, wie schwierig das Überreden der Zeugen werden würde, und Michael möglichst alle Unfallanwesenden bei der Anzeigeerstattung dabeihaben wollte, verschob er die Erledigung auf einen unbestimmten Tag der nächsten Woche.

In einem kargen Aufenthaltsraum, etwa gegen halb zwölf, traf Jojo auf ihren verträumt dreinschauenden Freund. Mit einem sanften Kuss begrüßte sie ihn. Michael erwiderte ihren Kuss noch einmal. Im direkten Anschluss begaben sich die beiden geschwind über das Treppenhaus des zweiten Stockes hinab ins Foyer der Eingangsetage. Er humpelte etwas – unerheblich, sodass er keinen Anlass sah, den Aufzug zu nehmen. Jojo stützte seinen rechten Unterarm; am Ellbogen waren größere Schürfwunden erkennbar. Im Stoff der Nackenpartie seines dünnen, blauen T-Shirts zeigten sich eingetrocknete Blutstropfen.

Von einer starken Sommersonne geblendet, traten die beiden vor den Eingang des riesigen Gebäudekomplexes; vor ihnen der bildschöne Klinikpark. In ihm hielt Michael nach einem Ort Ausschau, an dem er seiner Freundin in Ruhe von seiner seltsamen Illusion berichten konnte. Auf einer mit Sitzkissen belegten Parkbank, zwischen zwei mittelgroßen Buchen, fand er schließlich die dafür benötigte Abgeschiedenheit.

Einige Minuten saßen sie einfach da, ohne zu sprechen. Entspannt betrachteten sie das gepflegte Grün des Parks und seine darin umherstreifenden Patienten. Manche sahen schwer gezeichnet aus, andere wirkten gesund, genesen, froh.

Mit unspektakulärem Tonfall begann Michael seine Schilderung:

»Gestern bin ich hier schon einmal aufgewacht. Hier im Krankenhaus, in derselben Situation, am selben Tag nach dem Unfall.«

Er wartete auf eine Reaktion. Verwirrt zog Jojo ihre Augenbrauen zusammen.

»Den heutigen Nachmittag verlebte ich überwiegend schlafend in meinem Appartement, schaute am Abend fern, bis ich spätabends im Bett einschlief. Am Sonntagmorgen, dem morgigen Tag also, erwachte ich dann neben dir in meinem Bett.« Ihr Gesicht wirkte teilnahmslos, zeigte kaum Unverständnis. In dem kurzen Abriss erkannte sie ein aus seinem Unfallschock hervorgegangenes Trugbild.

»Ich stand auf, ging rüber ins Bad, putzte mir die Zähne. Du kamst hinterher, aber du warst es irgendwie nicht … nicht wirklich – was mir zuerst nicht so recht auffallen wollte.«

Jojo wippte mit ihren übereinandergeschlagenen Beinen. Mit der Zungenspitze fuhr sie sich einmal schnell über den Mund. Reserviert presste sie die obere Zahnreihe in ihre Unterlippe.

»Diejenige, die ins Bad hereinkam, hatte schwarze Haare … und sah dir überhaupt nicht ähnlich. Du warst es nicht, nicht mehr. Keine Ahnung, wer es war.« Michael log, denn er wusste, wen die Frau seines vermeintlichen Traumes darstellte, wollte aber vermeiden, dass Jojo seiner Schilderung emotionale Untreue unterstellte.

»Sie war mit mir zusammen, es schien alles … alles völlig real! So wie jetzt, in diesem Augenblick. Klar, deutlich und existent. Darüber hinaus unterlag beinahe mein gesamtes bisheriges Leben denselben jetzigen Inhalten und Vorhaben. Nur war dieses Mädel an deine Stelle getreten, als sei sie schon immer da gewesen. Und ich nannte sie ebenfalls Jojo – als gäbe es dich gar nicht, als hätte es dich nie gegeben.«

Jojos Ausdruck änderte sich äußerlich kaum. Gleichwohl war sie rundweg vor den Kopf gestoßen. Schließlich hatte er ihr gerade gebeichtet, dass er sich insgeheim eine andere Frau an seiner Seite wünschte! Oder zumindest von einer träumte.

Wie vielleicht die meisten Frauen in solch einer Lage gab sich Jojo zunächst unbeeindruckt. Sie blinzelte ein wenig, erfahren darin, sich nichts anmerken zu lassen. Haarfein verzog sie ihre

Mundwinkel, kratzte sich zur Überdeckung ihrer tiefen Kränkung einige Male am Kinn und folgte weiter anstandslos seinem durch einen Traum zum Ausdruck gebrachten Wunsch, fremdgehen zu wollen.

»Im Nachhinein kann man einen Traum doch von der Wirklichkeit unterscheiden? Wenn man aufgewacht ist.« Jojo verstand nicht, worauf er hinauswollte. Sie öffnete den Mund zu einer Gegenfrage, doch Michael ließ sie nicht zu Wort kommen: »In dieser Realität war es, als sei unser jetziges, gemeinsames Leben nicht geschehen. Alles aufgehoben, einfach nicht vorhanden. Erinnerungen an dich fehlten vollständig. Meine gesamte Retrospektive beruhte allein auf dieser Frau, die sich in meinem Appartement befand.«

Noch bevor sie eine Anklage gegen ihren Freund richten konnte, fiel es ihr wie Schuppen von den Augen: Sein Traum wies auf einen Schaden seines Gedächtnisses hin! Besorgt strich sie ihre blonden Haare zur Seite, rückte etwas näher an ihn heran und legte tröstend ihre Hand auf seinen Unterarm. Bemüht suchte sie nach einer passenden Satzformulierung, die es ihr ermöglichen sollte herauszufinden, was das Bildnis jener Frau tatsächlich auszudrücken versuchte. War es nur ein in Folge des Unfalls auftretendes Hirngespinst oder symbolisierte es ein Geheimnis? Hatte er gar während ihrer vergangenen gemeinsamen Jahre mit einer anderen etwas am Laufen gehabt, was sich nun als verdrängte Schuld in seinen Träumen manifestierte? Aber, das hätte sie doch schon vorher spüren müssen, zumindest ansatzweise, über irgendwelche unstimmigen Äußerungen und Begebenheiten.

»Welche Gefühle hast du ihr gegenüber empfunden? Du sagtest, sie hieß wie ich, hatte aber schwarze Haare?« Jojo verstand, dass die ihr gegenüber so gegensätzlich gehaltene Haarfarbe Sehnsucht nach sexueller Abwechselung versinnbildlichte. Die Verwendung des gleichen Namens symbolisierte hingegen, dass er das Vertrauen und die Liebe zu ihr nicht missen wollte.

Michael wusste genau, was sich nun im Hinterkopf seiner Freundin zusammenbraute. Eine Psychologiestudentin im siebten Semester! Ahnend, wie eifersüchtig und zugleich fürsorglich sie sich wegen seines Gedächtnisproblems bald aufführen würde, setzte er beteuernd seine Erklärungen fort: »Glaub mir, es war kein Traum. Es war alles absolut real – sie war Jojo. Sie war meine Freundin. Wie du jetzt.« Verärgert entging er ihrem bedächtigen Blick und ergänzte: »Und es hat nicht im Entferntesten mit dem Zeug zu tun, worüber du den ganzen Tag deine Hausarbeiten schreibst. Nichts daran repräsentiert Wünsche oder Sehnsüchte … Und nichts bezieht sich in irgendeiner Weise auf Beziehungsverhältnisse zu anderen Personen.«

Michaels Genervtheit hatte Gründe: Mit psychologischen Einschätzungen behelligte Jojo ihn bequemerweise immer dann, wenn sie an ihm etwas auszusetzen hatte, ihn therapieren wollte. Er selbst war froh, dass er es vor einigen Jahren mit Psychologie hatte bleiben lassen und sich ab dem dritten Semester gänzlich auf Politologie zu konzentrieren begann. Der Psycho-Kram war einfach nichts für ihn. Trotzdem hatte er es ausgerechnet jenen verschwendeten Psychologie-Studienseminaren zu verdanken, Jojo überhaupt kennengelernt zu haben.

Während dieser gemeinsamen Zeit im Fachbereich der Psychologie verpasste er ihr auch den Spitznamen »Jojo«. Eine Idee, die sich ihm spontan eingab, als er sie mit ihren Freundinnen auf eine Weise lachen und herumschäkern sah, die ihn an das Auf- und Abwippen eines Jojos erinnerte. Vermutlich fand er zusätzlich an dem Namen Gefallen, weil er ihn von einem weiblichen Filmcharakter herzuleiten glaubte.

Jojo rückte näher an ihn heran und nahm ihn behutsam in den Arm: »Schatz, ich fürchte, der Unfall hat einen Schock hervorgerufen und setzt jetzt ein unverarbeitetes Trauma frei.«

Michael wollte ihr gegenüber keine Rate- oder Versteckspiele mehr spielen, er wollte ihr die Wahrheit über diese Frau in seinem Traum sagen, er musste es tun. Auch, weil sie vermutlich damit Recht hatte, dass etwas mit ihm nicht in Ordnung sei.

»Jojo«, ein langer Wimpernschlag eilte seiner erneuten Klärung voran, »ich habe nicht vor, dich zu kränken oder zu verwirren. Ich kann dir nur versichern, dass es kein Traum war. … In dieser Realität war dieses Mädchen meine Freundin – nur kann ich mich jetzt an absolut nichts mehr mit ihr erinnern, keine Einzelheiten, keine mit ihr gemeinsame Geschichte. Lediglich das, was ich mit ihr an diesem Sonntagmorgen erlebt habe. Ähnlich verhielt es sich mit dir an jenem Morgen – mir blieb keine bewusste Erinnerung mehr an dich, nur noch ein Gefühl.«

Jojo überlegte ernst: »Du meinst also, im Traum war sie während deiner gesamten vergangenen Studienzeit deine Freundin?«

»Nicht im Traum«, er bewegte harsch seinen Oberkörper, »in der Wirklichkeit, in der Realität. Und jetzt kommt es mir so vor, als wärst du wieder an ihre Stelle getreten – als sei jener Sonntagmorgen nur eine Art Ausflug dorthin gewesen und jene andere Jojo ein Echo, das jetzt langsam darin verhallt.«

Jojo verwirrten seine seltsamen Beschreibungen. Ihre Stirn legte sich wieder in Falten. Alarmiert grinste sie ein wenig: »Du willst mich auf den Arm nehmen?«

Ernst verneinte Michael: »Es ist, als sei mein Leben zerstreut. In winzige, unmöglich zueinander passende Fragmente.« Jojos bislang tröstend auf Henricks Schultern ruhende Hand rutschte seinen Rücken hinab. Er starrte zu einer einige Meter entfernt stehenden Buchsbaumhecke, in deren Laub Tierfiguren geschnitten waren. Zwei Minuten saßen sie wortlos da und schauten zerstreut in die Parklandschaft. Jojo hielt es für unnötig, nochmals auf seine innere Vorstellungswelt einzugehen, sie fragte sich bereits, was sie hinsichtlich seines psychischen Phänomens zu unternehmen habe. Vielleicht könne sie vorab ein paar Professoren ihres Fachbereiches um Rat fragen.

Unterdessen verging Michael die Lust, ihr seine wirren Gefühle in allen Einzelheiten weiter unter die Nase zu reiben. Er hatte sich vom bisher gefassten Entschluss verabschiedet, ihr die Wahrheit über dieses schwarzhaarige Mädel zu erzählen – seine Freundin aus Teenagertagen! Damals, vor acht Jahren, wollten sie zusammen studieren, doch nach Abschluss des Abiturs – noch vor ihrer gemeinsam geplanten Studienzeit – trennten sie sich. Allerdings nannte er sie zu Schulzeiten nicht Jojo. Hätte er sie später so genannt, wenn sie zusammengeblieben wären und in Kassel gemeinsam studiert hätten?

Auf dem Handy seiner Freundin ging unterdessen eine SMS ein.

Uninteressiert las sie den Text und stöhnte: »Nadine fragt, ob wir heute Abend zum Billardspielen mitkommen. Sie wusste nichts von meinem Blockseminar an diesem Wochenende, deshalb fragt sie.«

»Schön«, antwortete Michael knapp.

Sorgenvoll fügte sie an: »Wollen wir nicht schnell mal einen Doktor fragen?«, und deutete mit Bedacht auf den Eingang der Klinik. Michael ließ ihre Frage stehen, wandte sich ab und musterte mit gleichgültigem Blick die Architektur der Klinikgebäude. Was sollte er tun? Wie sollte er mit diesen wirren Erfahrungen bloß umgehen?

Aus heiterem Himmel erfasste ihn ein impulsiver Gedanke, ein Einfall! Sein Gesichtsausdruck änderte sich, der Miene eines vom Wahn Beseelten nicht unähnlich.

»Was ist?«, erkundigte sich Jojo unheilschwanger. Er äußerte keinen Laut, sie hingegen witterte eine weitere Gedächtnisschimäre: »Mit Amnesie oder partiell aussetzender Erinnerungsfähigkeit kenne ich mich nicht aus, du musst unbedingt zu einem Arzt, einem Facharzt!« Er ließ ihren Ratschlag unkommentiert – müßig, darauf zu antworten.

»Ich brauche keinen Arzt«, entgegnete er, erhob sich und setzte sich in Bewegung. Ratlosen Blickes ließ er seine Freundin hinter sich zurück.

Im Appartement

Michael wollte allein sein, nur für sich. Ein tiefes Bedürfnis nach Abgeschiedenheit umgab ihn. Schleierhaft, weshalb ihm so zumute war. Glaubte er, zuhause etwas Bestimmtes vorzufinden? Obwohl sich das insgeheim Gesuchte nie an diesem Ort befand?

Gedankenverloren, in der Mitte seines Appartements stehend, betrachtete er die in eine offene Wandvitrine gequetschten Hifi-Geräte. Neben seinem mittelgroßen LCD-Fernseher standen übereinandergestapelte Komponenten einer Stereoanlage, ein

Festplattenrekorder sowie zwei Spielkonsolen. Akzentuiert wurde der Anblick des vor Unterhaltungselektronik nur so strotzenden Schranks durch das einladende und einen Großteil des Zimmers einnehmende Futonbett, auf dessen ausgebreiteter Decke einsam ein schwarzer Pulli lag.

Links, neben seinem Schreibtisch, quer gegenüber der Vitrine, zierte eine verblasste, mit Zeitzonen versehene Weltkarte die Wand. Michael hatte darauf Reiseziele umkreist: das Grasland von Australien, den Gran Chaco im Osten Boliviens und die nördliche Kalahari im Süden Sambias. Zusammen mit Jojo wollte er die Halbwüsten und Savannengebiete der Erde bereisen.

Reglosen Ausdrucks zog er den Drehstuhl seines Schreibtisches hervor und setzte sich. Unerwartet nahm er ein Kratzen im Rachen wahr, ein Druckgefühl, das beim Schlucken unwirsch an den Mandeln stach. Kaum richtig bei der Sache, tastete er von außen seine Kehle ab. Schon im nächsten Moment stellte er fest, dass er sich schwach, fast kränklich fühlte, die Glieder schmerzten. Hatte er sich im Krankenhaus etwas eingefangen? Nicht auszuschließen, boten Hospitäler mit ihrem eher schlecht desinfizierten Personal doch die besten Bedingungen für Übertragungs- und Infektionskrankheiten.

Angesäuert fiel sein Blick aufs Bett, in welchem das dunkelhaarige Mädchen gelegen hatte. Warum war es ausgerechnet sie, seine Ex, die sich im Appartement befand? Und warum hatte er bereits vor der Party geglaubt, sie in der Tankstelle erkannt zu haben? Eine unbewusste Sehnsucht? Zeigte sie sich ihm deshalb in einem realitätsnahen Traum? Im Grunde einleuchtend, schließlich hatte er Laura – das junge Mädel auf der Party – ebenfalls mit ihr verglichen. Alles also nur Verwirrung, Einbildung? Von der ganz schweren Sorte? Bedingt durch einen Schock, oder schlimmer, aufgrund eines ernsten Schadens am Gehirn?!

Als hätte er danach gerufen, überwältigte ihn eine Erinnerung: Es war hier, in diesem Appartement, wo er seiner dunkelhaarigen Jojo ihren Spitznamen gab. Während ihrer Studienzeit!

Was ging bloß in ihm vor? Wie konnte er sich dieses nie stattgefundenen Ereignisses so sicher sein, so selbstverständlich annehmen, sich daran erinnern zu können? Brachte er vielleicht etwas in die falsche Reihenfolge? Verwirrung allein, aufgrund seines Schocks, konnte dies beim besten Willen nicht sein. Vielmehr musste die mangelnde, seinem geistigen Gesamtzustand innewohnende Zerstreutheit für eine ernsthafte neurologische Ursache sprechen. Partielle Amnesie, oder was sagte Jojo noch?

Erfüllt vom Wälzen der Widersprüche seines mentalen Paradoxons, stand Michael auf und wanderte mit kleinen Schritten durch seine übersichtliche Einzimmerwohnung. Aus dem kleineren seiner beiden Appartementfenster blickend, das eine hervorragende Aussicht auf den Innenhof des Wohngebäudes bot, sah er verträumt zu den Bäumen der gegenüberliegenden Grünanlage herüber. Im Hochsommer besaß dieser beinah schon kleine Wald eine schier undurchdringliche Laubfülle, dichter als alle anderen Bäume, die auf den bewachsenen Flächen Kassels standen.

Michael sehnte sich nach Ablenkung von seinen mühseligen Gedanken, er wollte abschalten. Wozu sich auch grämen und weiter verrückt machen, es führte eh zu nichts. Vielleicht kontaktiere er auf Anraten seiner Freundin wirklich einen Psychodoktor, der ihm seine Vorstellungen zumindest deuten und erklären konnte.

Einmal tief durchgeatmet, drehte er sich vom sonnenüberfluteten Hof ab und ließ sich direkt unterhalb des Fensters auf einen bequemen Sessel plumpsen. Links neben sich, in einem schmalen Ablageschrank, suchte er nach der Fernbedienung für die Glotze.

Er kramte herum und bekam ungewollt einige Bücher zu fassen. Wo war die Bedienung geblieben? Michael tastete weiter. Keine Lust aufzustehen und in das Schrankfach hineinzuschauen, fuhr er mit der Hand verwundert in der Ablage umher – wo sonst sollte diese bescheuerte Fernbedienung schon sein, wenn nicht hier? Sie musste irgendwie nach hinten gerutscht sein, zwischen Bücher und andere Gegenstände. Verärgert, mit aufbrausender Hast, sprang er schließlich auf und untersuchte den Schrank genauer: »Verdammt«, grummelte er, »wo ist das blöde Teil denn hin?«

Doch nichts, keine Fernbedienung. Auch nicht in der darunter liegenden Schublade. Wohin war sie verschwunden? Da fiel es ihm ein: Sie lag doch immer in der kleinen Bar, rechts neben seinem

Sessel!? Dort, wo er Süßigkeiten, Knabberzeug und Spirituosen aufbewahrte. Wie bloß kam er auf die Eingebung, dass er sie in den Ablageschrank bugsiert habe? Er besaß feste Gewohnheiten!? Nichtsdestotrotz schien er sich tatsächlich für einen Moment daran erinnert zu haben, die Bedienung stets im Schrank zu verstauen.

Erneut begann Michael die Befürchtung zu quälen, dass dies eine weitere Folge seines vermeintlich geschädigten Gehirns sein könne. Eingebildete Erinnerungen – war das möglich?

Vom beängstigenden Beigeschmack seines Verdachts verstimmt, kam ihm die Idee, einfach all seine fehlerhaften Erinnerungen und trügerischen Handlungsroutinen aufzuschreiben, um sie später in einem gesamtbildlichen Kontext auswerten zu können. Vielleicht ergäben sich ihm so Antworten auf seine Fragen.

Kurzerhand wandte er sich nach der hinter ihm liegenden Fensterbank um, zog von ihr einen Block mit Stift herunter und machte sich daran, das letzte Erinnerungserlebnis zu notieren. Wie sollte er es gliedern? In der Folge ihres auftretenden Erscheinens? Inspiriert ließ er seine Gedanken eine Weile umherschweifen und stierte auf eine Kekstüte in der Bar. Moment, … flüchtig hatte er den Faden verloren, wie war das noch? Wie wollte er es machen? Fragend suchte er im Raum umher, damit sich ihm seine vorangegangene Idee erneut eingeben würde. … Was genau war es? Wieder stierte er in den offen stehenden Barschrank.

Eine Zeit verging, einige Sekunden oder Minuten, dann kehrte er sein versteinertes Gesicht vom Schrank ab und bemerkte überraschenderweise Block und Stift in seiner Hand. Wozu hielt er dieses Zeug in seinen Händen? »Fernbedienung an falschem Platz« stand in großen Lettern am oberen Rand des Blattes, darunter eine gezeichnete Tabelle. Wann hatte er das dort draufgekritzelt? Als er den Block mit in der Uni hatte? Eine Tabelle, die er dort ins Leben gerufen, aber nicht fortgesetzte hatte? Massenhaft besaß er solch verrissene Blätter.

Gleichgültig legte Michael Block und Stift beiseite, griff rechts im geöffneten Barschrank nach der Fernbedienung und schaltete den auf Standby stehenden Fernseher ein. Gerade als das Fernsehbild auf dem Flachbildschirm erschien, zog ein anderer, auf dem Bett liegender Schreibblock seine Aufmerksamkeit auf sich. Er lag direkt neben Michaels schwarzem Pulli.

Hatte er den Kram dort liegengelassen? Desinteressiert reckte sich Michael nach den Schreibutensilien und zog alles zu sich heran.

Wieder eine Tabelle!? Diesmal unverständlich formulierte Stichpunkte auf der linken Seite, rechts eine Art Lebenslauf, der scheinbar die Inhalte des linken Abschnittes erklärte. Möglicherweise eine Art Ergänzung oder Übersicht. Auf beiden Tabellenseiten stand Unverständliches – »Abend bei Meyer« zusammen mit Punkten, wie und wo er Jojo zum ersten Mal traf. Wann hatte er solchen Müll aufgeschrieben?

Seine Laune war gereizt, er fühlte sich irgendwie krank, keinen Nerv auf Rätsel. Insbesondere weil es sich um Inhalte drehte, die er zu unbestimmter Zeit zusammenhanglos notiert hatte. Da bemerkte er plötzlich, dass sein Hals kratzte, das Schlucken bereitete ihm Schmerzen. Hatte er sich etwas in der Klinik geholt? Kein Wunder bei all den dort umherfliegenden Keimen. Vorsichtig drückte er seitlich an der Gurgel herum. Er fühlte sich fertig, erschöpft, mit dem Verlangen nach Schlaf. Ohne langes Zaudern beschloss er, sich hinzulegen; der Fernseher lief weiter.

Bequem aufs Bett gelegt, knüllte er den fragwürdigen Wisch zusammen und zielte auf den Abfalleimer unter seinem Schreibtisch. Daneben! Mit genervtem Stöhnen erhob er sich wieder aus seiner Liegeposition – herumliegenden Krempel konnte er nicht leiden. Während er sich bückte, stach ihm der Inhalt seines randvollen Mülleimers ins Auge: zigfach zerknautschte Blätter darin, alle seinem Papier ähnlich! Keines war mit einem anderen verknittert, jedes war einzeln. Erstaunt zog er den Behälter zu sich heran. So viele Bögen schmiss er nie in solch verschwenderischer Weise weg!

Scheu nahm er einzelne Knäuel heraus und begann sie zu öffnen. Seine Handschrift?! Die Seiten gaben in ähnlicher Form Tabellen wieder, wie er sie schon auf den zwei anderen Blättern vorfand: Spiegelstriche mit Informationen unbekannter Ereignisse, zusätzlich von Beschreibungen wichtiger Lebensabschnitte ergänzt.

Auf den Fußballen drehend, kehrte er seinen Oberkörper vom Papierkorb ab und begutachtete mit misstrauischem Blick sein Zimmer – ein Gefühl, beobachtet oder genarrt zu werden. Da, schon wieder: ein weiterer Schreibblock auf der Garderobenablage! Für einen Augenblick gelähmt dorthin starrend, brütete er, was los war. Hatte er etwas vorgehabt?

Wirr wandte er sich zum Abfall zurück, öffnete weitere der Papiere und begann zu lesen.

Monate später

Januar. Jojo und Michael waren zusammengezogen. Das Studentenpaar ließ sich in einer beschaulichen Wohngegend Kassels nieder, in welcher sie eine geräumige 3-Zimmer-Dachgeschosswohnung bezogen. Optimal, um später eventuell auch Nachwuchs großzuziehen – ein Kindergarten lag nur ein paar Häuser weiter. Auch die Uni war gut zu erreichen, schließlich benötigte Jojo bis zum Erreichen ihres Abschlusses noch mindestens drei Semester.

Michael hingegen war mit seinem Studium fast fertig. Neben seiner Abschlussarbeit schrieb er emsig an einem Sachbuch – einer empirischen Analyse, so sagte er. Erkundigte sich Jojo nach dem Fortgang und Stand dieser Arbeit, hielt er sich mit Auskunft darüber stets sehr bedeckt. Beinahe aberwitzig verwehrte er ihr jegliche Einsicht, machte aus dem Ganzen ein infantiles Geheimnis. Teile des Buches würden in seine Abschlussarbeit miteinfließen, überdies sollte es eine Überraschung für sie werden.

Jojo machten diese zwielichtigen Verlautbarungen stutzig. Was immer hinter seinem Benehmen steckte, die Ursachen der auf sein Sachbuch gerichteten Verhaltensabsurditäten mussten auf seinen Erinnerungslücken fußen – den Folgen des Unfalls.

Endlich, am Nachmittag des vorletzten Januartages, etwa gegen 20 Uhr, schloss Michael die Arbeit an seinem Buch ab. Jojo kam gerade dick eingepackt von der Uni heim, als sie Michael im Arbeitszimmer des gemeinsamen Domizils noch auf der Tastatur seines Computers herumhacken hörte. Wärmend hielt sie sich ihre von der Kälte erblassten Wangen. Ohne zunächst Mantel und Mütze an der Garderobe abzulegen, ging sie den Wohnungsflur entlang und horchte am Arbeitszimmer. Vorsichtig klopfte sie an, öffnete die Tür einen Spalt weit und trat dann ein.

»Bin fertig«, schwang sich Michael behände zu ihr um. Gut gelaunt rollte er ihr mit seinem Drehstuhl entgegen. Eigentlich überraschte sie seine Mitteilung nicht besonders, er hatte zuvor angekündigt, seine Arbeit in den nächsten Stunden abzuschließen. Trotzdem freute sich die Hübsche über die gute Nachricht, zeigte sich demonstrativ erstaunt und zog ihre dunkelgrüne Strickmütze vom Kopf. Schlendernd ging sie zu ihrem Computerschreibtisch herüber, legte dort ihre Kopfbedeckung ab und lehnte sich mit ihrem Po an den Tisch. Entspannt sah sie ihm dabei zu, wie er letzte Korrekturen an seinem Text verrichtete.

Einige Klicks mit der Maus ließen den Drucker anspringen.

»Du druckst jetzt schon alles aus? Wozu?«, fiel sie ihm dazwischen, ein vom Sparwillen getriebener Unterton nicht zu überhören. »Bist du wirklich komplett fertig?«

»Bin ich. Durch einen Ausdruck erhalte ich einen klareren Gesamtüberblick. Am Bildschirm gibt's ja bestenfalls von einer einzigen Seite 'ne deutliche Ansicht.« Michael blickte sie grinsend an. »Anfang und Mitte des Textes hab' ich sowieso schon ausgedruckt«, und zeigte auf einen Stapel Blätter hinter seinem Computermonitor.

»Ah«, sagte sie kühl. Solche Spielereien konnte sie nicht leiden. Jojo besaß nicht nur die Auffassung, dass generell jeder zur Probe ausgedruckte Text Geldverschwendung sei, sondern war auch der Überzeugung, dass man am Monitor wesentlich effizienter korrigieren könne. Ehe sie jedoch dazu übergehen konnte, sich über seine unnötige Aktion aufzuregen, begann sie ein Gedanke zu trösten: Irgendwann in nächster Zeit müsste er die ausgedruckten Blätter unbeaufsichtigt herumliegen lassen, was ihr endlich Einblick in sein geheimes Manuskript verschaffen würde!

Beiläufig fragte sie: »Und willst du das Skript auch in einem Verlag rausbringen?«

»Ja. Wenn es so weit ist, dann schon«, grinste er.

Mit leichtem Schwung, die Arme verschränkt, stieß sie sich aus ihrer lehnenden Position vom Rand ihres Schreibtisches ab, nahm Kurs auf die Zimmertür und zog währenddessen ihre Winterjacke aus. Um ihn in Sicherheit zu wiegen, wollte sie aus seiner Gegenwart verschwinden – bis er sich über einen längeren Zeitraum von den ausgedruckten Blättern entfernen würde.

Im Wohnungsflur zog sie ihre Schuhe aus, schlüpfte in ein Paar Hausschlappen und hing ihre restliche Winterkluft an einen Garderobenhaken. Ihr weiteres Vorgehen durchkalkulierend, begab sich die Blonde in die Küche, nahm einen Joghurt aus dem Kühlschrank und wartete am Küchentisch genüsslich speisend ab.

Der Drucker beendete seine Arbeit. Jetzt würde Michael noch sortieren, anschließend den Computer herunterfahren und dann vielleicht ins Wohnzimmer gehen. Sie lauschte aufmerksam, unterdessen checkte sie ihre in einem Terminkalender über dem Küchentisch eingetragenen Klausurtermine.

Sein Handy läutete, Jojo hörte ihn ein paar undeutliche Sätze von sich geben. Kurze Zeit später betrat ihr Freund den Flurkorridor, grabschte nach seiner Jacke und rief nach Jojo: »Schatz? ... Maria? Wo bist du? Ich muss noch mal zur Uni.«

»Hier in der Küche«, entgegnete sie mit vollem Mund, sichtlich davon erfreut, aufgrund seines sich ankündigenden Verschwindens nun müheloser Einsicht in seine Unterlagen zu erhalten.

»Mein Professor war dran – wegen den Studienanfängern des Bachelorstudiengangs. Die haben für morgen zu wenige Tutoren. Ich soll einspringen, muss dafür aber noch neues Arbeitsmaterial holen.«

Maria, am Kopfende des Küchentischs sitzend, strich sich mit abgespreizten Fingern eifrig die goldblonden Locken aus dem Gesicht. Einige ihrer nackenlangen Haare klebten an einem Joghurtklecks, der unterhalb ihrer linken Kinnpartie zum Vorschein kam. Im Vorübergehen blickte Michael zur Küche hinein, bevor er sich an der Garderobe die Schuhe anzuziehen begann: »Willst du in der Zwischenzeit schon mal was für heute Abend kochen, oder was machst du jetzt? Hast du noch was zu erledigen? Soll ich nachher was machen?«

»Ja. Ich muss noch mal weg ... gleich«, holperte sie flatterig daher. Ihre Antwort sollte ihn nur beruhigen, falls er vorhatte, seine Unterlagen vor ihr zu verstecken.

Während sie weiter seelenruhig in ihrem Joghurt herumlöffelte, stellte sich Michael in die Küchentür und wickelte sich einen Schal um den Hals. Dann verabschiedete er sich mit dem Satz: »Bin schätzungsweise in 'ner Stunde wieder da«, und verschwand aus ihrer Sicht.

Als er die Wohnungstür öffnete, vergegenwärtigte sich in Maria noch einmal seine Frage nach dem Abendessen. Gut gelaunt, ihre Neugier gleich stillen zu können, rief sie ihm hinterher: »Ach Schatz, ich mach uns was. Ich koch uns was Schönes. Bis nachher.«

»Klasse, bis dann.« Die Tür fiel ins Schloss.

Maria wartete ab. Vielleicht hatte er etwas vergessen und käme noch mal zurück. Drei Minuten vergingen, in welchen sie den Resten ihres Joghurts ergiebige Zuwendung schenkte. Dann stand sie auf, wandelte noch ein wenig im Flur umher und schaute sich ihre aufgehängten Wandbilder an. Sie haderte etwas mit ihrer Absicht, doch schon die vergangenen Wochen konnte sie ihre Neugier auf sein Geschreibsel kaum mehr unter Kontrolle halten. Was war es, wovon handelte es? Welches Thema?

Verunsichert öffnete sie die Tür zum Arbeitszimmer, erwartungsvoll erfasste ihr Blick den ausgedruckten Papierstapel. Der gesamte Stoß lag mit der unbedruckten Seite nach oben. Am besten – um ihr Spicken geheim zu halten – las sie nur die oberste Seite, also die letzte Seite des Skripts. Diese könnte sie problemlos wieder auf den Stapel zurücklegen, ohne dass ihm etwas auffiele.

Maria setzte sich auf seinen Schreibtischstuhl und zog vorsichtig, mit viel Gefühl, das oberste Blatt vom Block, bestrebt, keinen Knick im Papier zu hinterlassen. Geschmeidig wendete sie die Seite.

Nanu, was war das? Ein solch betitelter Ausklang in einer wissenschaftlichen Arbeit – ein kurzer Epilog?! Was hatte er da geschrieben? Hatte sie einen falschen Stapel erwischt? Sie prüfte die Umgebung seines Schreibtisches, aber es waren keine weiteren Papierberge zu sehen. Sie roch am Blatt: frische Tinte – es musste der besagte Text sein. Nun gut, schon möglich. Irritiert begann sie die letzte Seite zu lesen:

Epilog

Es sind die bloßen Bedürfnisse des Lebens und seiner nackten Existenz, die allzu oft die Entwicklung und Ausformung der Liebe verhindern. Umso schwerer für jeden Einzelnen, dies mit dem gegebenen Charakter, Talent, Schicksal und Lebensumfeld zu bewältigen. Allzu leicht, dem Gewissen und der Liebe zu spotten, sie angesichts blanker Bedürfnisse und Bequemlichkeit zu ignorieren, treu- und herzlos zu sein.

Doch die Zeit, einander mit dem Herzen anzuerkennen, ist abgelaufen. Bei Gott, die Prüfung ist vorbei! Milliarden von Menschen einem Leid ausgesetzt, das niemand je für möglich gehalten hat. Gib Acht auf das Zeichen des Anstoßes ... Gott zeigt sich.

Bitte um Entschuldigung und vergebe. Der einzige Weg, das Siegel zu brechen, das den Ausgang aus dem ewigen Kreislauf der Hölle verbirgt.

Bete zu Gott und glaube an ihn! Von ganzem Herzen.

Und habe Vertrauen ...

YSSXIWPZFWZUYKQAWOVWU